U0090836

古典文獻研究輯刊

三十編

第 **17** 冊

明代佛教文學研究
（第一冊）

趙 偉 著

國家圖書館出版品預行編目資料

明代佛教文學研究（第一冊）／趙偉 著 -- 初版 -- 新北市：
花木蘭文化事業有限公司，2024〔民113〕
目 2+242 面；19×26 公分
（古典文學研究輯刊 三十編；第 17 冊）
ISBN 978-626-344-916-9（精裝）
1.CST：佛教文學 2.CST：明代
820.8   113009670

ISBN-978-626-344-916-9

9 786263 449169

古典文學研究輯刊
三十編 第十七冊   ISBN：978-626-344-916-9

明代佛教文學研究
（第一冊）

作　　者　趙偉
總 編 輯　杜潔祥
副總編輯　楊嘉樂
編輯主任　許郁翎
編　　輯　潘玟靜、蔡正宣　美術編輯　陳逸婷
出　　版　花木蘭文化事業有限公司
發 行 人　高小娟
聯絡地址　235 新北市中和區中安街七二號十三樓
　　　　　電話：02-2923-1455 ／傳真：02-2923-1452
網　　址　http://www.huamulan.tw 信箱 service@huamulans.com
印　　刷　普羅文化出版廣告事業
初　　版　2024 年 9 月
定　　價　三十編 20 冊（精裝）新台幣 50,000 元
版權所有 · 請勿翻印

明代佛教文學研究

（第一冊）

趙偉 著

作者簡介

趙偉，文學博士，教授。研究方向為中國古代宗教與文學、佛道教與宋明思想史。主持國家社科重點項目「明代佛教與儒家思想互動關係研究」，完成國家社科一般項目「明代佛教文學研究」。出版《晚明狂禪思潮與文學思想研究》《宋明心學與禪學研究》《北宋文人與佛教》等專著8部，合著4部，其中合著《中印佛教文學比較研究》入選「國家社會科學文庫」。發表論文80餘篇。

提　　要

　　本書是第一部系統地對明代僧徒文學進行研究，對明代佛教文學進行系統性的探索，對整個明代的佛教文學進行較為全面的論述。

　　本書由前言和主體兩大部分構成。「前言」有兩部分內容，第一是關於敘述對明代佛教文學研究成果的綜述，第二是對明代佛教文學創作情況進行概述說明。

　　主體由四大部分構成。第一部分是明代佛教文學研究的政治生態背景與思想背景。第二大部分是按照內容的類型，對明代的佛教文學進行整體上的敘述，梳理了明代佛教文獻及作者，並從佛禪義理詩、淨土詩、景致詩、別離詩、生活詩、思念詩、社會政治詩、道教化詩八個方面進行具體論述。第三部分是專題與具體僧徒的創作的研究，對明代重點的僧徒創作者進行專題論述。第四部分以明末僧徒密藏道開為例，闡論中國文學對佛教的影響。歷來學者都是從佛教對文學的影響方面進行深入的研究，本部分從文學對佛教的影響進行了闡述，亦是學術上的創新及對文學與佛教關係研究上的重要補充。

　　本書以整體論述與專題研究相結合的方式，不僅能在整體上對明代佛教文學創作有全面的印象；專題研究更能對明代佛教文學進行深入的探討，更能看到明代佛教文學的深度。本書打破常規，不僅針對明代佛教文學本身進行探討，更在部分專題中將僧徒置於明清至近代的大背景之下，敘述其形象演變，從而由此反觀其佛教文學創作，以新視角新的敘述方式更深透瞭解明代佛教文學。

本書為國家社科項目「明代佛教文學研究」
（14BZW062）結項成果

將本書獻給我的女兒趙含章

目次

前　言

　　本書以明代佛教僧徒的文學創作為研究對象，討論了明代僧徒的文學觀念與文學創作；本書並非單純討論明代僧徒的文學創作，而是從創作者的佛教觀念（包括三教觀念）、與朝廷或統治者的關係、與文人們的交遊入手，分析其文學觀念與作品的創作。故本書每一章的開篇，總是先詳細闡述創作者的思想觀念、與統治者之關係、交遊，進而分析其文學創作。這樣的寫作方式，可能使每一章的內容都看上去比較冗長，卻能從思想實質、從立體層面對明代的佛教文學有著更較為深入的瞭解。

　　本書的研究與寫作，將具體的僧徒創作者納入到明代思想與文學的大背景下去討論，如元末明初的詩僧放在明初高度集權的政治生態下討論，將明末的詩僧放在晚明心學、文學思潮的大背景下去討論，等等，以此加深對明代佛教文學創作背景的認識。通過這種方式，可以清晰地看到，明代的佛教文學並沒有脫離明代整體的文學發展趨勢，而是與明代的文學創作發展保持了一致。本書更是將明代佛教文學放在整個明清文學史的背景下去討論，從而清晰地看到某個具體僧徒創作者在自明代以來的閱讀者、接受者以及批評者視野中的發展變化，如在討論道衍的文學創作時，將道衍放在整個明清文學史背景之下，敘述其在數百年中形象的沉浮變化。在這個視角下，對明代的佛教文學的認識會更加深入。

一

　　對於明代佛教，儘管不是中國佛教研究的最重點領域，國內外仍然有著眾多的研究成果。陳垣《明季滇黔佛教考》等著作開明代佛教研究的先河，《釋

氏疑年錄》記載有卒年的明代僧徒 300 餘人；蔣維喬《中國佛教史》明清部分內容比較多，郭朋的《明清佛教》是較早專門論述明清佛教史的著述之一。近些年來，學術界對明代佛教的研究越來越關注，如任宜敏出版《中國佛教史》明代卷，對明代佛教史進行了總體性的論述；魏道儒《世界佛教通史》第五卷《中國漢傳佛教：公元 10 世紀至 19 世紀中葉》對明代佛教也有較為系統述論，潘桂明《中國佛教思想史稿》論述到明代的佛教思想。對中國佛教宗派的研究中有對明代佛教的論述，如魏道儒《中國華嚴宗通史》論述到明代華嚴宗的狀況，潘桂明、吳忠偉《中國天台宗通史》有對明代天台宗的論述，陳楊炯《中國淨土宗通史》有對明代淨土宗的論述。針對明代禪學史的研究，杜繼文《中國禪宗通史》述及到明代禪宗狀況，麻天祥《中國禪思想發展史》對明清時期的禪學發展有著較為詳盡的論述，潘桂明《中國居士佛教史》《禪宗思想歷程》對明代部居士佛教及禪宗較為詳細的描述；禪學在明代中後期又因於心學的關係而一度重新煥發出光芒，可參見孫昌武《中國佛教文化史》中關於心學與狂禪部分的論述，因此明代後期的禪學成為被研究者關注的重點領域之一，如陳永革《晚明佛學的復興與困境》重在展現晚明佛教的復興情況與存在的問題，中國臺灣江燦騰《晚明佛教改革史》是「綜合整治經濟和社會思想的多層面視角」〔註1〕對明代後期禪學的研究，等等。明代佛教專題研究的成果越來越多，如何孝榮《明代南京寺院研究》對有明一代南京寺院進行了綜合研究，對南京寺院的修建、建築、僧人，經濟、制度等方面做了深入的論述；2007年又出版《明代北京佛教寺院修建研究》，對有明一代的北京寺院的修建進行了相當詳盡的論述，並分析了北京佛教寺院修建興盛的原因。周齊《佛教與明代政治文化》分析了佛教與明代政治文化的關聯，張德偉英文著作 Thriving in Crisis: Buddhism and Political Disruption in China（1522～1620）論述晚明佛教與政治生態之間的問題，曹剛華《明代佛教方志研究》對明代方志的編撰進行了討論，該書被列入「國家哲學社會科學文庫」，等等。這些著作都是關於明代佛教研究的重要成果。相比較而言，中國港臺地區對明代佛教關注的較早，研究成果也較多，如張曼濤主編「現代佛教學術叢刊」中的《中國佛教史論集六：明清佛教史篇》、佛光山基金會編《憨山大師佛學思想研究》等五部書、釋聖嚴《明末佛教研究》、陳玉女《明代二十四衙門宦官與北京佛教》等著作。

歐美、日本學者關於明代佛教的研究成果不少，而且細緻深入，主要有忽

〔註1〕江燦騰：《晚明佛教改革史》，廣西師範大學 2006 年版，第 7 頁。

滑骨快天《中國禪學思想史》、中村元主編《中國佛教發展史》、長谷部幽蹊《明清佛教史研究序說》《明清佛教研究資料》《明清佛教教團史研究》三書、荒木見悟《近世中國佛教的曙光：雲棲袾宏之研究》、間野潛龍《明朝與佛教》、野口鐵郎《明代中期的佛教界》等。日本學者對明代佛教的研究，使用的往往還是傳統的方式、視角，同時也相當早就開始了對明代佛教社會史的研究，如竺沙雅章《中國佛教社會史研究》、清水泰次《明代的寺田》等。早期歐美學者主要在涉及中國佛教通史的著作中涉及到明代佛教，如 Chou Hsiang-Kuang 在 20 世紀五十年代撰寫 *A History Of Chinese Buddhism* 與 *Dhyana Buddhism in China: Its History and Teaching* 等著作中有對明代佛教的論述，Arthur F Wright 於 20 世紀五十年代撰寫的 *Buddhism in Chinese History* 論及到明代佛教。隨著研究的深入與學術的發展，歐美學者開始更多採用新視角與理論對明代佛教進行觀照。〔美〕于君方《佛教的復興：袾宏與晚明會通思潮》（*The Renewal of Buddhism in China: Chu-Hung and the late Ming Synthesis*）、卜正民《為權力祈禱：佛教與晚明士紳社會的形成》（*Praying for Power: Nuddhism and the Formation of Gentry Society in Late Ming China*）、艾術華《中國寺院》（*Chinese Buddhist Monasteries*）等，雖然同樣論及到佛教明代政策的關聯，卻是引入了國家概念、公共權威等理論，對明代的佛教進行闡述。這方面比較突出的，如卜正民收入到《明代的社會與國家》（*The Chinese State in Ming Society*）一書中《在公共權威邊緣：明代國家與佛教》《國家體制中的佛教：北直隸的寺院記載》兩篇文章。卜正民的觀察相當仔細，首先引用了朱元璋的兩段話，一段是「中國乃文明禮樂之邦，人心慈易，易為教化，若僧善達祖風者，演大乘以覺聽，談因緣以化愚」，第二段是「邇年以來踵佛者，未見智人，但見姦邪無籍之徒，避患難以偷生，更名易姓，潛入法門」。這兩段話能夠明顯感覺到朱元璋對佛教態度的變化，卜正民說：「表明他（朱元璋）最初的那種姿態已經土崩瓦解：厭惡取代了仁慈，威脅、譴責取代了憐憫。」出現這樣的變化，卜正民推測「也許與僧人素質的墮落有關」，但「更有可能是朱元璋對治國之道及制度的認識發生了變化」。朱元璋對佛教僧徒態度的變化，其實並沒有發生太大的變化，從一開始就是扶持加限制。對朱元璋的第一段話，卜正民可能只注意到朱元璋對佛教好感和扶持的一方面，而忽略了限制的方面；對第二段話，卜正民可能只注意到限制的一方面，同樣忽略了利用與扶持的方面。但卜正民指出的佛教與國家公共權威之間的關係，為研究者指出了一個新的研究

視角，書中說：「佛教與國家關係的變化最初發生在15世紀，在16世紀的最後25年也發生了一些改變。然而，這些變化雖不像明初排佛那樣猛烈，在國家文獻中也只留有很細微的一些記錄，但卻同樣揭示了國家與有組織的宗教之間關係的不穩定性。綜觀三次變化，我們能藉此探討一下明代歷史之中社會組織與公共權威之間的關係。更特殊的是，寺院佛教對於國家原則變化所作出的反應，還能幫助我們探討明初和明末公共權威在法令上的變更。」〔註2〕這是卜正民關於佛教與國家公共權威部分的研究主題，其對佛教與明代國家政策之間的關聯，不僅觀察十分細緻，而且相當敏銳。

　　20世紀90年代以來，以明代佛教為研究對象的碩博士論文亦不少，如中國臺灣國立中正大學歷史研究所釋見曄《洪武時期佛教發展之研究：以政策、僧侶、寺院為中心》（碩士論文）、《明末佛教發展之研究：以晚明四大師為中心》（博士論文）等，大陸涉及到明代佛教的碩博論文也很多，不一一列舉。

　　上述研究成果，對明代佛教的各個方面進行了探討，內容很多面，卻似乎有一個相對默契的看法，就是明代佛教是衰微的，甚至有研究者說明清佛教是衰敗的。如孫昌武：「明清時期，中國佛教在走向衰敗的整體趨勢中，依靠其以前幾百年發展過程中積累起來的成果和優勢，仍在諸多思想、文化領域繼續發揮重大作用。一個重要領域是理學……至明中葉，理學出現王陽明及其後學的『心學』一派，延宕至明末，造成理學又一度興盛，佛學特別是禪再次起了關鍵性的作用。」〔註3〕這段話是對明清佛教衰敗說的總結，同時卻又指出明代佛教的價值，導致理學的再度興盛。明初佛教的衰微或者衰敗的表現，一方面是教義上不能開新，一方面是佛教叢林存在著嚴重的弊端。教義上沒有開新，這是研究者一種普遍的認識，叢林中存在著嚴重的弊端也是明代佛教的事實。

　　明初僧人來復，曾敘及元末明初戰火對佛教的影響，《送廣上人序》云：「昔者叢林全盛時，柄法諸師皆卓行偉絕，雖其妙悟淺深有殊，然操履駿潔，提倡宏朗，足以風厲諸方，故參徒學子，歸之者如雲輸川委，或朝造門而暮已入其室，其諮決辯論，機鋒交觸，如兩鏡相照，舉無遁形，是以廣廈長床，多眾千百，輕功利於豪芒，重死生於呼吸，泊然一衲，兀若枯株，惟以觀心自勵，

〔註2〕〔加〕卜正民著、陳時龍譯：《明代的社會與國家》，黃山書社2009年版，第215頁。

〔註3〕孫昌武：《中國佛教文化史》，中華書局2010年版，第2663頁。

初未嘗以飲食豐薄而為去留也。比自海內幅裂，所至大方，多至焦土，窮山絕壑間存者無幾。然或苟能自立，則又例於編氓者，殘僧破屋，猶逃亡家，故巾錫所至，倀然無依，有道諸師亦或寥寥而莫之聞也，豈不重可慨矣乎。」〔註4〕受元末明初戰爭的衝擊，本來全盛之叢林，因「海內幅裂」而「存者無幾」，存者或無依靠，或「寥寥而莫之聞」，整個佛教叢林一片慘淡之狀。明朝建立後，佛教叢林這種衰敗的景象很快得到改變，佛教再次興盛起來，錢謙益《密藏禪師遺稿序》說：

> 密藏開禪師遺稿，法孫按指上人所收輯也。藏師英偉雄駿，千仞璧立，為紫柏尊者上首法筵，海眾所至，雲湧定中，知本師將有王難，刺血上書，一夕隱去。師資闊現，群龍無首，諸天鬼神猶不能測知，而況於凡心凡眼乎。《遺稿》多所與群公書問，諄諄勸勉，以扶正法。刻大藏為責任。其為人，仕者教忠，顯者教退，亢者教隱，競者教恬，根器濡弱者醒之以月愛，情塵軟暖者觸之以冷雲。筆舌聰明，自負宗眼者，必剿其扳援，搜其負墮，俾命根刬斷而後已。智眼分明，慈心諄復，熱血痛淚，至今凌出於紙墨之上，以方袍世外之人省邊略憂國計，當貢場款塞之日，抱靖康左衽之虞，人謂其袯衣遠遁，蓋已懸鏡今日，非偶然也。國朝自楚石、泐潭已〔以〕後，師弦絕響，崛起為紫柏、海印二大師，而藏師為紫柏之嫡子……此三人者豈非龍象乎〔註5〕。

錢謙益在序中讚揚密藏禪師，同時提到明朝建立之初，由於楚石、宗泐等禪師的存在，佛教已是處於繁盛的狀況。經歷了動盪和戰火的元末佛教，雖然受到摧折，明朝建立後迅速恢復起來，更由於朱元璋與明朝廷的扶持政策，而進入興盛的發展狀態。永樂時的僧徒道衍《徑山南石和尚語錄序》敘云：

> 余三十時，值元季繹騷，遯跡巖壑間，乃得參徑山愚菴及公，諮叩禪要。公以余性頗慧，不倦開發，命掌記，侍公左右三載，得嘗鼎臠而知其味矣。是時，浙河東西禪林尊宿如了菴欲、楚石琦、行中仁、恕中慍、了堂一、木菴聰輩，提唱宗乘，若震雷掣電，人莫能測。於是，諸大老道重天下，四方龍象奔走，雲臻而霧集，不異宏智、妙喜、真歇行道於宋紹興間也。余私喜之曰「像季之世，

〔註4〕來復：《蒲菴集》卷四，國家圖書館藏清抄本，第111頁。

〔註5〕道開：《密藏開禪師遺稿》卷首，《嘉興藏》第23冊，第1頁。

何幸得見佛日之朗耀、法雨之廣澤如此耶」。不數十年，諸大老相繼入滅，禪林中寥寥然一無所聞，縱有一人半人號稱善知識者，惟務杜撰辭說，胡喝亂棒，誑嚇里夫巷婦，真野狐種類也。故識者之所哂而不道，祖翁命脈，一發而已，其可哀乎。間有俊傑之士，深伏草野而不肯出，慮世之涇渭不分、珠璧瓦礫之相混故也。如我南石和尚，儒釋兼備，宗說俱通，負超卓之才，懷奇偉之器；行中仁公住雲巖，得和尚，猶慈明之得黃龍也。後和尚出世，辦香嗣公，蓋不忘其所自爾。和尚初住蘇州普門，次靈巖，三遷主萬壽；未幾，退隱吳淞之上，日與山翁野老，說無義語為樂，而大忘人世也。逮我聖天子即位以來，詔天下儒釋道流之深通文義者，纂修《永樂大典》，和尚應詔而起，留京三年。書完，值國家建報恩大齋會，而和尚預焉。居無何，杭之徑山住持缺席，僧錄司公舉非南石和尚不可補處。於是，和尚忻然遂行，登凌霄峰頂，握黑漆竹篦以驗方來，獅子哮吼，眾獸瘖伏，況野狐者哉。余茲喜祖道復興，如雲開睹孤月，四眾歡悅，而讚歎莫及。和尚老且病，倦於人事，即引退，卜地於寂照塔左，結廬以居，然而參學者亦肩摩接踵而至也。〔註6〕

道衍指出元末佛教盛行與龍象眾多的狀況，由於受戰火影響而有所沉寂，明朝建立之初則有恢復興盛之狀，亦如《笑隱訢禪師》中云：「禪師大訢者，字笑隱……禪席之盛，自秀法雲以來，未之有也。會中龍象，則有愚菴智及季潭宗泐、清遠懷渭輩，激揚旨要。」〔註7〕大訢雖為元末僧徒，智及、宗泐及懷渭等輩僧徒則皆為入明者，且受朱元璋之召，使得明初佛教出現了興盛之狀。

佛教叢林以較快的速度恢復興盛，並不表示明代佛教是在健康發展，實際上整個明代的佛教存在著相當嚴重的弊端，如《元明事類鈔》曾援引《李夢陽集》述明代僧徒「奸狀」，云：「黃綬為四川參政，過崇岡，忽旋風起輿前，公曰『是有冤』。禱之城隍，夢中若有人言州西寺云，公密訪之，果有寺倚山為寨，抵寺見一人狀甚惡，鞫之，盜也，並暴諸僧奸狀，遂毀其寺。」〔註8〕朱元璋的宗教政策時而扶持，時而又加以嚴苛的限制，佛教叢林存在的嚴重弊病是導致朱元璋做出對佛教各種限制的重要原因。尤其是到了明代後期，佛教的

〔註6〕道衍：《徑山南石和尚語錄序》，載《南石文琇禪師語錄》卷首，《續藏經》第71冊，第701頁。

〔註7〕自融：《南宋元明禪林僧寶傳》卷九，《續藏經》第79冊，第624頁。

〔註8〕姚之駰輯：《元明事類鈔》卷二十，《四庫全書》本。

弊病更加嚴重，佛教界眾多僧徒多有論及，此處只載僧徒自身對佛教弊病的批評。明後期的僧人雪浪，在《答東溟居士書》中說：「世道交喪之朝，近見往往法門稱龍象者，不罹毀辱則遭刑傷。僕雖不敢自儕於名德之例，而拳拳以卑自牧，故幸不遭於斯事，皆從佛祖加庇，前以宥過，而今而後，但宜潛山林，不可興化市廛也。」〔註9〕憨山在《答德王問》中，批評修行者執著於生死根云：「即今貪著世間種種受用，及美色淫聲，滋味口體一切皆是苦本，及一切瞋怒忿恨之心，及執著癡愛之心，與一切邪魔外道、邪師所說、邪教之法。即如今一類邪人，妄稱圓頓達磨等教，及妄立南陽淨空無為等教、歸家等偈，一一皆是近代邪人望空揑作。此等言語，惑亂世人之法，俱要盡情吐卻。乃至全真採取陰陽等術、內丹外丹之說，都是邪法，皆不可信。」對這些弊病，憨山主張以淨土法門救濟，云：「單單只是篤信念佛一門，每日誦《彌陀經》兩卷，念佛若干，或不計數，只是心心不忘佛號，即此便是話頭，就是性命根宗，更不必問如何是性命，當人本來面目，及三魂七魄元辰之說。者些全是在血肉軀上妄認妄指之談，俱無下落。若問在生怎麼樣沒後怎麼樣，在生造惡的，沒時惡境現前，在生念佛求淨土的，沒時淨土佛境現前，以遂我所求，乃是好事。若不是所求善心中來，都是邪魔之事，決不可錯信，誤了百劫千生也……以參禪要斷妄想心最難，故今以淨想換去染想耳……若念佛求生淨土一門，不必明心見性，單單只是念佛。佛者，覺也，若念念不忘佛，即念念明覺，自心若忘了佛，便是不覺。若念至夢中能念，即是常覺不昧。現在若此心不昧，則臨終時，此心不昧，即此心不昧處，便是下落。」〔註10〕以淨土救濟禪病乃是方便之一，但修淨土之僧徒同樣弊病嚴重，藕益智旭《淨土十要》中說到修淨土者之墮落，云「今約諸家負墮，略分十則」，十墮分別是「一斷滅墮，二怯劣墮，三隨語墮，四狂恣墮，五支離墮，六癡空墮，七隨緣墮，八唯心墮，九頓悟墮，十圓實墮」。十墮皆是對佛教義理、戒律等之破壞與違背，如四狂恣墮云「有等魔民專逞狂慧，不肯持戒修行，妄引經論相似語言，如煩惱即菩提，淫怒癡即梵行之類，隨語生解，隨解發毒」。面對淨土的十墮，智旭只期望修淨土者不要墮於魔教，「拋家蕩子慣憐羈旅之人，落第寒生備識窮途之苦，幸順佛言，莫依魔教」〔註11〕。

〔註9〕洪恩：《雪浪集》卷下，《四庫全書存目叢書》本。
〔註10〕德清：《憨山老人夢遊集》卷十，莆田廣化寺影印本，第129～130頁。
〔註11〕智旭：《淨土十要》，《續藏經》第61冊，第769頁。

　　明末對佛教弊端批駁最為集中的,是四大高僧之一的紫柏真可。蕅益批評淨土的十墮,紫柏則批評修禪者有十種「邪僻之心」。修禪波羅蜜之大意,以初心行人發心不同而有「簡非正明之辨」。「簡非」是指行人發心修禪不同致多墮邪僻,紫柏指出共有十種邪僻之心,云:「一為利養故,發心修禪,多屬發地獄心。二為名聞稱歎故,發心修禪,多屬發餓鬼心。三為眷屬故,發心修禪,多屬發畜生心。四為嫉妒勝他故,發心修禪,多屬發修羅心。五為畏惡道苦報,息諸不善業故,發心修禪,多屬發人心。六為善心安樂故,發心修禪,多屬發六欲天心。七為得力自在故,發心修禪,多屬發魔羅心。八為得利智捷故,發心修禪,多屬發外道心。九為生梵天處故,發心修禪,此屬發色無色界心。十為度老病死苦,速得涅槃故,發心修禪,此屬發二乘心。」十種發心善惡雖殊、縛脫有異,皆無大悲正觀;因發心邪僻「皆非佛種」〔註12〕。修禪者有十種邪僻之心,皆非真正「佛種」。淨土的十墮,禪學的十邪僻之心,顯示了明代佛教衰敝之狀,紫柏對此多有論述,如論明代「祖道」之衰云:

> 邇來去古逾遠,風俗愈薄,出家兒成群逐隊遊州獵縣。上則以為山水可以益道心,終年貪觀無厭;中則持半扇破瓢,披一領重衲,以為如是則謂之修行矣;下則猶有不可勝言者。所謂禪之與講,不知是何等味;又有一種野狐魔子,記得一兩端因果,便謂我通講矣,學得幾句沒把柄話,便謂我解禪矣。逆而推之,法門之弊一至於此者。大抵為師者,最初一念斷不真實,為生死出家,為弟子者,最初出家一念,亦必不真。上下既皆不真,豈有不真之師,而能教真弟子哉!豈有不真弟子,而能親近真正之師哉!用是觀之,祖道下衰,固其所也。〔註13〕

紫柏指出僧徒們只是表面上出家,實質上並非是真正出家者,修養上亦不真正明佛經之旨。相承之師徒皆不明佛旨,導致佛教處於越來越衰敗之中。《與方幼輿》文中,紫柏再次指出明末佛教僧徒不明佛教之旨,云:

> 邇來祖風凋弊,法道荒涼,無分黑白。凡在此門,孰不以為生死為言,及問死生所以,十個到有五雙罔措,此皆最初發心不真實,見地不透徹,所以一逢逼拶,自然手腳忙亂。且道真實心如何發?善財初見文殊即獲根本智,然後遍參知識,雖則門頭次第不同,要

〔註12〕真可:《紫柏老人集》卷之八,《續藏經》第73冊,第212頁。
〔註13〕真可:《紫柏老人集》卷之五,《續藏經》第73冊,第182頁。

且換他鼻孔不得。何以故？有本者如是耳。今時人雖說發心學佛，
大都如瞎公難相似，他也不知天明不明，但聽得他難鳴，亦隨胡叫。
一上撞著個孟嘗門下會假難鳴的賊，冷地叫一聲，亦即隨他鳴去。
學佛的人見地不透徹，見人嘴皮動，他心上理知開解，即搬出許多
來，殊不知總是意根上的影子。此點影子，熟睡的人熟睡去了，或
被跌的人跌悶去了；或臨卒然利害關頭，意識照管不到處，都總用
不著。這三個境界，較之臨命終時，孰險孰夷，想其輕重好惡，幼
輿必定辨得出。既辨得出，必知活時此點影子尚支吾不來，臨命終
時豈有交涉。又有一等人，以反聞聞自性做工夫，是必不聞聲塵，
將聞聲塵的機來反照自性，積習日久，或見個空清境界，便謂真得。
我且問他，聲塵畢竟是性內的、性外的？若在性內，則聲塵亦性，
何必去聲塵而反聞，則謂之聞自性。若在性外，性非有外，謂性外
有聲塵，決無是處。又有一等，於耳根門頭靈靈應物的，謂之真性，
殊不知此是由塵發知，應境影子，前境遷謝，此亦隨沒，以此當本
來面目，此所謂喚奴作郎，皆非佛旨。〔註14〕

紫柏揭明佛教僧徒對佛旨的惘然無措，可以想見紫柏對佛教叢林的這種狀況
是多麼痛心。佛教僧徒之所以會出現這種情況，原因之一是許多僧徒將佛門作
為逃難之所，云：「近世有等妄庸之徒，假佛門為逋逃之藪，其初入門，既非
真心，則既入之後，靡所不為。一旦惡滿事敗，陷於王難，波及無過之僧、及
真心齋戒者，上之人又不察其真偽，凡見髡其首者即謂之僧，殊不知首髡而非
僧者眾矣。故執政者，又不可不精辨其真偽也。」〔註15〕這段話是提醒執政者
要辨別真僧與偽僧，卻揭出明代只是將佛門作為避難之所的「妄庸之徒」。逃
入佛門的「妄庸之徒」與逃禪的士大夫完全不同，逃禪的士大夫大多熟通佛教
義理，「妄庸之徒」主要是為了避難或者躲避官府的懲罰而遁入山林、出家為
僧，自然不會去領會佛理並遵守戒律而行佛行。紫柏繼續批評佛教僧徒不明真
正佛教意旨，云：

今有人見淺而不見遠、執小而謗大，潭柘先生聞而哀之，恐其
斷佛慧命，罪當坐墮。借喻世法引淺入深，使其知詐力近功，不若
真實仁義，真實仁義，不若開佛知見。夫佛知見者，不可以巧智得，

〔註14〕真可：《紫柏老人集》卷之二十三，《續藏經》第73冊，第343頁。
〔註15〕真可：《紫柏老人集》卷之七，《續藏經》第73冊，第200頁。

亦不可以苦行求，唯貴薰蒸開發耳。然薰蒸開發，有萬不同，如以十惡五逆薰蒸開發者乃地獄知見，以慳吝薰蒸開發者乃餓鬼知見，以愚癡薰蒸開發者乃畜生知見，以五戒十善兼未到地等薰蒸開發者乃人天知見，以生滅四諦薰蒸開發者乃聲聞知見，以十二因緣薰蒸開發者乃辟支、緣覺知見，以無量四諦薰蒸開發者乃別教菩薩知見，惟以無作四諦薰蒸開發者始名佛知見也。嗚呼，像季之世，末法風高，魔外雲興，龍象稀觀，不惟佛種難培，即人天種子，因果紕繆者多，真正者寡矣。〔註16〕

僧徒的佛教修養低下，原因很多，紫柏指出「僧徒試經之科寢而不行」是重要的原因之一，云：「今本朝取士惟以舉業，僧徒試經之科寢而不行。夫舉業者，本無用之具，藉之以羈縻人情，消磨歲月則可，若以之取人材、裨治道，譬如救火以油，滋其焚矣。僧不以試經剃染，則佛言尚不知，安知佛心乎。不知佛心而為僧，僧何殊俗。」〔註17〕由於試經之科的廢除，為僧而不知佛言與佛心，僧與俗則無區別。佛教的功用之一在於能化俗，這也是朱元璋扶持佛教的原因之一，現實是弊病纏身的佛教往往不僅不能化俗，反而被俗所化，紫柏《徑山佛殿緣起》說：「自唐國一欽祖開山，乃至宋大慧杲禪師，傳心如貫珠，燈燈相續以迄于今，則去聖彌遠，世與道喪。僧不能轉俗，更為俗轉矣。夫經曰『若能轉物，即同如來』，今不能轉俗，竟為俗轉。」〔註18〕僧徒為俗所轉的表現是受到世俗潮流觀念的影響，如《贈少宗天恩二開士禮補陀還燕文》云：「道德之變如江湖之日趨下也，天下不貴性觀，唯貴情觀，如咸體咸爻初本一卦，即體觀之，其神未始不全也，以爻觀之，則不勝其紛紛矣。噫，安得人之忘身心，而親觀大聖於日用之間哉。」〔註19〕紫柏批評僧徒受到了俗世重「情觀」的影響，不能於日用間悟佛旨修佛行。「情觀」只是俗化佛教叢林的因素之一，影響更大的因素是俗世的逐利，《與馮開之》中云：「古人讀書便立志作聖賢，今人只要作官。吾曹亦然，古人出家志在作佛祖，今者惟為利欲耳。貧道遲回長安，念頭頗不同，然舊識皆勸我早離北，雖是好心，為我實未知我。大都為我者，率以利害規我，若利害，我照之久矣，實非我志也。」〔註20〕上

〔註16〕真可：《紫柏老人集》卷之八，《續藏經》第 73 冊，第 212 頁。

〔註17〕真可：《紫柏老人集》卷之八，《續藏經》第 73 冊，第 211 頁。

〔註18〕真可：《紫柏老人集》卷之十三，《續藏經》第 73 冊，第 254 頁。

〔註19〕真可：《紫柏老人集》卷之十四，《續藏經》第 73 冊，第 270 頁。

〔註20〕真可：《紫柏尊者別集》卷之三，《續藏經》第 73 冊，第 419 頁。

述材料描述的明末佛教衰敝狀，能看出紫柏說的並非是個案，而是整個叢林的狀況，《跋〈證道歌〉》中說：「余浪跡江海三十餘年，足跡遍天下，在在處處所見緇流黃冠率飽食橫眠，遊談無根，靡醜不作，污佛污老，退人信心。」〔註21〕紫柏沒有單純批評佛教叢林的衰敗，更進一步指出叢林的衰敗實際上受到世道之弊的影響，《與馮開之》中云：「大都比時，無論俗人與僧，惟以機智為能，窺動靜而迎人意，就情辦事，則真實根本竟無暇培護。由是觀之，法門興替可知矣。豈惟道法若是，世道亦可知也。」〔註22〕佛教叢林「在在處處」的衰敝，非僅紫柏一人的看法，眾多禪僧及學者都曾提及，明末如愚《贈天界寺竹壑禪師》詩序云：「余足跡遍天下，有名尊宿，參謁殆盡，多外假莊嚴者，惟南都竹壑禪師，可謂人貌而天也。」〔註23〕叢林整體上修養與修行之衰敝，給明代佛教帶來極大的危害，紫柏所以在《論出家》中說：「故亡佛者，非魔王外道能亡之，亡之者，不殊俗之僧耳。」〔註24〕這樣的情況，對欲重振佛教的紫柏來說，內心中必定著急萬分。

　　如愚參遍天下名宿，所見到的儘管多是「多外假莊嚴」之僧徒，但如竹壑禪師一般有真修真悟者亦相當多。紫柏和如愚一樣，儘管批評天下禪學衰敝不堪，仍極力主張要大力鼓倡禪風，論「道學禪學」云：「夫道學雖弊，則勝俗學多矣。禪學雖弊，則勝道學多矣。今有以道學為名利之淵藪，互而排之，以禪學為逋逃之淵藪，亦互而排之。殊不知風俗無常，以道學之風鼓之，則成道學之俗，以禪學之風鼓之，亦成禪學之俗。道學與禪學之俗成，自然高明者日多，而污暗者日少；即或假道學禪學，以為污暗者有之，此亦嘉禾中稊稗耳。」〔註25〕不能因為禪學有弊端而排斥禪學，鼓倡禪學之風，即或不能免除假禪學，卻能夠使「高明者日多，而污暗者日少」，從而使得佛教慢慢振興起來。亦如上文所引道衍、錢謙益等語，各種各樣的問題和弊病儘管存在不少，明代佛教實際上仍然是相當興盛的，如同如愚《宿黃梅菴》詩中提到「老衲怕聞人世事，端居石榻學枯禪」〔註26〕，「學枯禪」自然是謙指，寓意真修實悟，整個明代如如愚一般不聞人世事而實修真悟的高僧大德亦層出不斷，成為支撐

〔註21〕真可：《紫柏老人集》卷之十五，《續藏經》第 73 冊，第 273 頁。

〔註22〕真可：《紫柏尊者別集》卷之三，《續藏經》第 73 冊，第 416 頁。

〔註23〕如愚：《空華集》卷下，《四庫全書存目叢書》本。

〔註24〕真可：《紫柏老人集》卷之八，《續藏經》第 73 冊，第 211 頁。

〔註25〕真可：《紫柏老人集》卷之二，《續藏經》第 73 冊，第 156 頁。

〔註26〕如愚：《飲河集》卷下，《四庫全書存目叢書》集部第 191 冊，第 77 頁。

明代佛教發展的主要力量之一。佛教僧徒的修行，在大量的傳記文獻中可以見到，如通門禪師《廣陵同人禪師傳》中敘同人的修行云：「公亦愛與高明者遊，語合則彌月留連；不合，雖承事悉恭，未肯少屈也。其視外物甚輕，即有遺之古玩，雖賞鑒不置，有須〔需〕者脫手無恪。其在藤溪閱經之暇日，獨行山中，拾松子置案下，雞鳴而起，取火吹爐，盥沐端坐，吐辭琅琅。未知者竊聽戶外，疑公侵早，為人演法，及穴隙窺之，見公嚮壁展經，如臨海眾，究竟旁無一人，始異之，以此知公求法猛利，蓋其性然也。」〔註27〕正是有這樣眾多嚴謹、踏實修行的僧徒，明代佛教才能出現興盛的局面。這些高僧大德們留下了大量的語錄、詩偈，創作了大量的詩文著述，成為明代佛教文學研究的主體對象。

二

對明代佛教的衰微或者衰敗的看法，當然也有研究者持有不同意見。明代佛教的衰微，最為主要的表現是教義上沒有開新，但並不是說佛教的作用與價值衰微了。如上述孫昌武《中國佛教文化史》所言，從明代心學即可看到佛教發揮出的重要作用，孫昌武又說：「在佛教已經衰微之際，禪思想又一次煥發出耀人的光彩，推動思想界掀起波瀾，在思想、文化領域創造出一批有價值的成果，從而再一次顯示了佛教及其思想積累的永恆的價值。」〔註28〕即使在衰微或者衰敗的狀態下，明代佛教仍然煥發出巨大的價值。

如果換個角度來說，明代佛教禪學刺激了心學的進一步發展，實際上仍然可以看成是明代佛教的一種新的發展，即在心學領域展現出了不可估摸的價值。同時，明代民間佛教信仰的發展遠超前代，研究者往往對知識分子佛教關注更多，一定程度上忽視民眾的佛教信仰。佛教作為宗教，本質上還是一種信仰，不應該視之為純粹的知識學說；民間佛教信仰體現的是純粹在信仰層面對佛教的虔誠信奉，明代民間出現「家家阿彌陀，戶戶觀世音」的狀況，反映了明代佛教在民眾信仰層面的廣泛普及與發展。

根據這兩個層面，或者可以認為明代佛教不能完全說成是衰微的，不能完全說成是衰敗的。即使從教義開新的角度看，明代佛教相比於六朝唐宋確實可以說衰微，但即如上述所言，佛教在整個明代仍然相當流行。作為明代佛教文學研究的主體，明代的高僧們創作的詩文著述，在數量上極為豐富，在質量與

〔註27〕通門：《牧雲和尚懶齋別集》卷之三，載《禪門遺書》第九冊，第59頁。
〔註28〕孫昌武：《中國佛教文化史》，第2663頁。

水平上亦頗為可觀，在文學思想上更是與明代主流文學思想保持了一致。

　　在佛教文學創作方面，明代雖然沒有出現如唐代皎然、貫休、齊己，宋代參寥等聲名顯揚的詩僧，但平實而論，明代許多僧徒往往既有很高的佛學修養，又有很高的文學創作水平，如朱彝尊論明後期僧人圓信。圓信生平事蹟見後，著有《語風稿》，《明詩綜》援引《靜志居詩話》論其禪與其詩云：「雪公造詣淵微，與天童悟禪師同為禹門法嗣，天童以巾拂付弟子一十二人，再傳登獅座者，多至六百七十八人，居士不與焉。雪公終身不付一弟子，手攜藤杖甚奇古，或見之以為難得。雪公笑曰『小大魔王，動以拄杖拂子付人，十年之後，此物不中打狗』，謂悟公暨通容也。將示寂，坐高齋，俛見擔糞者過其下，呼至，授以拂子曰『拏去趕蒼蠅』，可謂獨立不懼者已。其居徑山，書亭柱云『孤雲遊此中，萬山拜其下』，臨終偈云『三間茅屋傍溪住，兩扇竹窗關月眠』，均瀟灑有致。《早秋對雨》之作尤覺出塵。」〔註29〕《早秋對雨》詩應該就是《早秋過朱子葵太守鶴洲草堂對雨分韻得飛字》，詩云：「方花礎潤晚涼歸，隔浦蓮舟望漸稀。林下自聞秋葉雨，燈前亦有草蟲飛。巡簷半濕黃藤杖，倚檻重添白苧衣。明發雪溪新水下，前邨應沒舊魚磯。」〔註30〕整詩頗類宋初九僧之詩風，亦如朱彝尊「尤覺出塵」的評述。明代如圓信這般詩與禪兼具的僧徒頗多，成為明代佛教文學創作的主體與重要支撐。

　　朱彝尊明確指出，明代詩僧的作品完全可以與唐宋詩僧之作並肩，如《明詩綜》援引《靜志居詩話》評論淨倫云「竹室不以詩名，往往饒中晚唐風韻」，又繼續說道：「五言如『松皮山舍小，石子野溪彎』『雨苔迷石徑，山氣冷龕燈』，七言如『晴送青山芳沼上，冷懸紅日畫樓西』『半竿落日孤城遠，千里分沙一水流』『到岸舟橫流水曲，尋溪路入落花藤』『樹頭落子銜松鼠，崖畔飛霜叫竹雞』『原上燒痕初過雨，堤邊新柳未拖泥』『黃茅恰好三間屋，赤米看收數畝田』，亦可入李和父《弘秀集》也。」〔註31〕淨倫生平事蹟見後，著有《竹室集》。《弘秀集》即指《唐僧弘秀集》十卷，是宋代李龏編寫的一本詩總集，朱彝尊稱淨倫作品完全可入《唐僧弘秀集》，是指淨倫作品能與唐代詩僧作品比肩之意。四庫館臣對《唐僧弘秀集》頗有微辭，指謫其「採摭頗富，而亦時有不檢」，但對搜集整理與保存唐代僧人的作品，有著極大的貢獻，四庫館臣

〔註29〕朱彝尊：《明詩綜》卷九十二，中華書局年2007版，第4369頁。
〔註30〕朱彝尊：《明詩綜》卷九十二，第4370頁。
〔註31〕朱彝尊：《明詩綜》卷第九十一，第4322頁。

對此予以肯定：「唐僧有專集者不過數家，其餘散見諸書，漸就澌滅，鮮能裒合而存之，俾殘章斷簡一一有傳於後，其收拾散亡，要亦不能謂之無功也」。李龏《唐僧弘秀集》原序中稱唐代僧詩以詩吟詠性情，云：「古之吟詠情性，一本於詩，詩至唐為盛，唐之詩僧亦盛。唐一代為高道為內供奉名弘材秀者，三百年間今得五十二人，詩五百首。或取於各僧本集，或出於諸家纂錄，皆有拔山之力搜海之功，風制不塵，一字弗贅，發音雄富，群立崢嶸，名曰《唐僧弘秀集》，不敢藏於巾笥，刊梓用傳，識者第毫殘松管，燈焰蘭膏，截錦揚珠，神愁鬼毒，詩教湮微，取以為緇流砥柱藝苑規衡，非假沽名鼓吹於江湖也。兼禪餘風月，客外山川，千古之下，一目可見耳。」〔註32〕明末毛晉憾明代無僧徒詩歌集，遂仿照編選刊刻《明僧弘秀集》，共輯洪武元年（1368）至正德十六年（1521）間一百九十七位僧人的一千七百餘首詩作。目前存崇禎十六年（1643）毛氏汲古閣刻本，共十三卷。詩末附有小傳，書前有毛晉崇禎十六年自序。毛晉編選《明僧弘秀集》之意，在於弘揚明代僧徒的文學創作，尤其是詩歌創作。毛晉自然是認為明代僧徒的詩歌創作可以與唐代詩僧作品爭輝，朱彝尊有同樣的看法，如論筠隱大遂《出林草》時，援引小萍菴之語云：「『遂公潛蹤林樾，景企前修，或拖寄長吟，不覺詞意俱遠，可與齊己並駕也。』」「拖寄長吟」或許是筠隱大遂的生活方式之一，《懷圓印師兄》詩中提到與圓印以詩相見云：「梅花開準合，梅子熟猶分。不住是真性，隨棲如片雲。只將詩擬見，豈有信相聞。想得懸瓢處，吟僧自一群。」〔註33〕日日與一群詩僧沉浸在「拖寄長吟」，潛移默化地「不覺詞意俱遠」，以致於其詩「可與齊己並駕」。

　　如大遂一般沉浸於「拖寄長吟」而「不覺詞意俱遠」的明代僧徒，著實不少，成為明代佛教文學創作的主體。明代詩僧創作的概況，通過《列朝詩集》《明詩綜》《明僧弘秀集》《御選明詩》《古今禪藻集》《檇李詩繫》等著述可以有清晰的瞭解。眾多僧徒的文學作品通過各種方式得以保存下來，當然也有眾多僧徒的文學作品沒有得到很好地保存而佚失，如通門禪師《跋天童雲門永覺佛日四尊宿墨蹟》中提到四位禪師作品因為沒有細心保存而多數佚失的情狀，云：「世間事常見便不經心，欲見而不得便為稀有，即如天童先師手墨，昔日在左右，要亦有之，以不經心故，竟無存者，於今為歎。雲門老人天趣灑落，言句書法如之，生平一未嘗收拾，然至精藍斗室中每每見之，皆韻語也。先師

〔註32〕李龏編：《唐僧弘秀集》卷首，《四庫全書》本。
〔註33〕錢謙益：《列朝詩集》閏集卷三，《續修四庫全書》第 1624 冊，第 338 頁。

獨不喜作韻語，所有筆墨皆法言，後之學者苟不忘其法，雖不見猶見也。雲門老人韻語多得處處見之，亦差勝藏諸篋笥也。永覺老淨業，阿序未見其稿。」〔註34〕由此可見明代僧徒創作散落佚失的情狀。

　　明代僧徒的文學創作，從元末明初一直延續到明末，而且非常值得注意的是，明初與明末僧徒的文學創作非常活躍，相比較而言，明代中期的創作要沉寂得多。憨山在《夢遊詩集自序》中提到雪浪的詩作「聲動一時」，述及明代佛教文學創作的這一狀況，說：「僧之為詩者，始於晉之支遠，至唐則有釋子三十餘人。我明國初，有楚石、見心、季潭、一初諸大老，後則無聞焉。嘉隆之際，予為童子時，知有錢塘玉芝一人，而詩無傳，江南則予與雪浪創起。雪浪刻意酷嗜，遍歷三吳諸名家，切磋討論無停晷，故聲動一時。」〔註35〕錢謙益《紫柏尊者別集序》中論述明初大慧宗杲法嗣興盛時，提到明初佛教創作的興盛，云：「禪門五燈，自有宋南渡已後，石門妙喜至高峰斷崖中峰為一盛，由元以迄明初，元叟、寂照、笑隱至楚石、蒲菴、季潭為再盛。」〔註36〕石門妙喜即大慧宗杲，因其曾住妙喜菴而得名，錢謙益雖無明說此為明初佛教文學之盛，但所列如楚石、蒲菴等僧徒，皆為當時詩文聲譽特盛者。

　　明初與明末都可以列舉出眾多作品水準頗高的著名僧徒，明中期則似乎有些偃旗息鼓、默默無聞。郎瑛感歎元末明初僧徒文學創作之盛而中期創作之沉寂，云：「元末僧嘗記元僧有詩云：『百丈巖頭掛草鞋，流行坎止任安排；老僧腳底從來闊，未必骷髏就此埋。』又一云：『殘年節禮送紛紛，盡是豪門與富門。惟有老僧階下雪，始終不見草鞋痕。』予以當時訢笑隱、恩斷江、無無極皆著名，斯時要如二詩落脫高遠，夫豈可到？惜忘其名也。繼而入我天朝，又若衍斯道成莫大功勳，潛天淵超然入道，闔仲猷、勤無逸、一如初皆化夷臣服，其餘類季潭、祥止菴、洽南洲、復見心、仁一初、祿天然、道竺隱、噩夢堂輩，或以詩文名世，或以輔藩有功，十大高僧之說，豈虛語哉？不知亡國之時，何至僧人如此之多！或曰此輩原非僧流，入天朝，畏法而狃之。雖然，今之時，亦少若人也。」〔註37〕通過郎瑛與錢謙益、憨山三人所列舉，表明明初與明末確實佛教文學創作較盛、水準較高。朱彝尊評論德祥之詩歌時提及明初諸僧的寫作，云：「止菴詩原出東野，意主崛奇，而能斂才就格，足與楚石、

〔註34〕通門：《牧雲和尚懶菴別集》卷之二，載《禪門遺書》第九冊，第48頁。
〔註35〕德清：《憨山老人夢遊集》卷四十七。
〔註36〕真可：《紫柏尊者別集》卷首，第401頁。
〔註37〕郎瑛：《七修類稿》卷三十四，《續修四庫全書》本。

季潭巾瓶塵拂，鼎立桑門，蒲菴以下要非其敵。姚恭靖《祥老草書歌》云：『祥師只今為巨擘，上與閒素爭巀嶭。錢塘山水甲天下，秀氣毓子為靈檀。十年不出筆成家，中山老兔愁難安。晴軒小試烏玉玦，雙龍隨手掀波瀾。昨將一紙遠寄我，天孫機錦千花攢。願師勿置鐵門限，從他需索來熱官。縉紳相與歡莫及，便欲奪去加巾冠。』然則止菴之草書更妙絕時人矣。」〔註38〕德祥對寫作確實十分重視，如《答香光居士》詩云「新詩忽寄到，猶勝一相逢」〔註39〕，即是表達對詩歌寫作的極大重視。明代的僧徒對文學寫作的重視，基本上與德祥出於一轍，以詩歌寫作抒發內心之情與所感，如守仁《秋夕病中》云：「夕雲斂中天，月出萬象正。九野聲影消，平湖湛寒鏡。驚風著露草，棲熒光不定。嘗新感時物，金氣颯已應。扶羸卷前幔，銷肌怯虛靜。憂來復就枕，蕭條發孤詠。」〔註40〕海舟普慈《頌古》詩之四言寫作云：「拋卻長竿卷卻絲，手攜蓑笠獻新詩。果然月照池如鏡，不是漁人下釣時。」〔註41〕寫作是詩僧日常生活中的重要組成部分。

　　如上引小萍菴論大遂之詩可與唐詩僧齊己並肩，明代以皎然、齊己及唐代詩歌為榜樣的僧人頗為不少，如宗泐有《喜清遠兄至以齊己詩長憶舊山日與君同聚沙十字為韻》十首，表明宗泐與同侶之間相互研學齊己之詩，詩之一云：「一別動二紀，累念山海長。何期風雪裏，來此溪上航。乍見如不識，大喜忽欲狂。燈花解人意，今夕爛生光。」之二云：「因亂阻殊邦，及見消往憶。始愛道貌清，復驚鬢毛白。論新無少歡，話舊有深惻。坐久忽忘言，芳梅照寒席。」之三云：「前年浙僧來，稍稍聞去就。持斧住越山，移幢入吳岫。高居既鄰支，朗詠亦依晝。應世自無心，麻衣澹如舊。」之四云：「今年遠書至，念我戀茲山。如魚在池沼，江海忘往還。不才負高誼，此生多厚顏。惟思拂衣好，老去一身閒。」之五云：「昔事龍河師，法筵全盛日。童年與君居，眾訝早入室。回首白日飛，浩劫彈指疾。平生竟何為，志願良未畢。」之六云：「良友平生親，風塵散何許。草莽或零落，雲霄亦騫舉。天地日淒涼，折芳欲誰與。所嗟芙蓉花，白露下秋浦。」之七云：「昔下廬山雲，停橈宛水潯。咫尺不我見，千里長思君。卻寄千金劍，寒光動星文。至今在篋笥，騰氣時絪縕。」之八云：「少年同居日，聞君拂絲桐。高齋月照席，兩耳生秋風。當時青雲士，奇文詠

〔註38〕朱彝尊：《明詩綜》卷九十一，第4296頁。
〔註39〕朱彝尊：《明詩綜》卷九十一，第4302頁。
〔註40〕錢謙益：《列朝詩集》閏集卷二，第282頁。
〔註41〕錢謙益：《列朝詩集》閏集卷二，第306頁。

空同。往事春花歇，江水今自東。」之九云：「人生空中雲，東西散復聚。古來賢達輩，何曾定出處。乘流任所之，遇險從自阻。今日偶重逢，相看復何語。」之十云：「同遊賞溪曲，清興浩無涯。澄潭弄新漲，芳蹊踏晴沙。緣崖採秋菊，搴林摘春茶。留連此中意，當期歲月賒。」〔註42〕顧起綸謂宗泐之詩並從陶、韋中來，云：「泐公博達古雅，實當代弘秀之宗。高皇帝嘗奇之，賜今號。其詩如乘蘆涉江，雪浪凌空，步步超脫塵埃。選中有『不辭鬥死多，但恨生男少』『心非檣上帆，隨風豈舒卷』『青山白雲際，綠樹幽人廬』『松響風忽來，泉流雨初歇』『高帆天際遙，獨雁雲邊沒』『群動夜方息，白雲亦孤還』，都從陶、韋乘中來。」〔註43〕無文（字貞白），有《鵠林草》，詩作亦被稱之如皎然、齊己，云：「貞白死時年三十三，遺詩僅六十餘首，語新體潔，雅近中唐，摘其佳句即皎然、齊已何多遜焉。」〔註44〕詩中之佳句，皎然、齊己亦遜，評價可謂之高。冬溪方澤等亦以初盛唐詩為準繩，《明詩綜》援引彭子殷之語云：「嘉靖開士以善詩鳴者三人，谷泉福、玉芝聚、西洲念，冬溪子與之倡和。古體上仿漢魏，而律一以初盛唐為準。晚乃旁溢，稍及於錢、劉、皇甫諸家。然力以繩墨自維，語涉纖險輒擯去之。猶法吏之慎守三尺，嗜古者不以瓦缶雜鼎彝也。」〔註45〕方澤與「以善詩鳴者」谷泉福等三人的寫作，「律一以初盛唐為準」，是以唐詩風範來規約自己的寫作。

　　僧徒的詩文寫作，受到文人們的高度讚賞，如子賢一愚的詩歌為元末著名文人楊維楨所贊，「禪定之外，肆志作詩，最為鐵崖所賞」〔註46〕。懷海《贈北磵和尚》中稱北磵和尚的寫作為「一代文章」，云：「橘州骨冷不容呼，正始遺音掃地無。一代文章歸北磵，十年梵語落西湖。人皆去獻遼東豕，我獨來看屋上烏。春盡閉門無恙否，楊花飛作雪模糊。」〔註47〕稱其詩文為「一代文章」，是懷海對北磵和尚的認可，應該也是時人對北磵和尚的認可。宋濂在《送天淵禪師濬公還四明序》中稱讚天淵的創作，云：

　　　　文辭之美者，見之於世何其鮮哉，非文辭之鮮也，作之者雖精而知之者未必真知之者，固審而揚之者未必至，此其每相值而不相

〔註42〕宗泐：《全室外集》卷三，《四庫全書》本。
〔註43〕顧起綸：《國雅品》卷七「釋品」，《四庫全書存目叢書》本。
〔註44〕朱彝尊：《明詩綜》卷九十二，第4386頁。
〔註45〕朱彝尊：《明詩綜》卷九十二，第4333頁。
〔註46〕錢謙益：《列朝詩集》閏集卷二，第306頁。
〔註47〕錢謙益：《列朝詩集》閏集卷二，第310頁。

成。唐有柳儀曹，而浩初之文始著，宋無歐陽少師，而祕演之名未
必能傳。至於今，蓋理勢之必然，初不待燭照龜卜而後知之也。嗟
夫，浩初、祕演何代無之，其不白於當時，卒隨煙霞變滅而無餘者，
豈有他哉？由其不遇夫二公故然爾。此余讀天淵師之所作，其有感
於中矣乎！天淵名清濬，臺之黃巖人，古鼎銘公之入室弟子，嘗司
內記雙徑，說法於四明之萬壽寺，近歸隱於清雷峰中，蓋法筵之龍
象也。余初未能識天淵，見其所裁輿地圖，縱橫僅尺有咫，而山川
州郡彪然在列，余固已奇其為人，而未知其能詩也。已而有傳之者，
味沖澹而氣豐腴，得昔人句外之趣，余固已知其能詩，而猶未知其
能文也。今年春偶與天淵會於建業，因相與論文，其辯博而明捷，
寶藏啟而琛貝焜煌也，雲漢成章而日星昭煥也，長江萬里，風利水
駛，龍驤之舟藉之以馳也。因徵其近制數篇讀之，皆珠圓玉潔而法
度謹嚴，余愈奇其為人，傳之禁林，禁林諸公多歎賞之。余竊以謂
天淵之才未必下於祕演、浩初，其隱伏東海之濱，而未能大顯者，
以世無儀曹與少師也。人恒言文辭之美者蓋鮮，嗚呼，其果鮮乎哉？
方今四海會同，文治聿興，將有如二公者出荷斯文之任，倘見天淵
所作，必亟稱之，浩初、祕演當不專美於前矣。或者則曰『天淵浮
屠氏也，浮屠之法以天地萬物為幻化，況所謂詩若文乎』，是固然
矣，一性之中無一物不該無一事不統，其大無外其小無內，誠不可
離而為二，苟如所言，則性外有餘物矣。人以天淵為象為龍，此非
所以言之也。天淵將東還，賢士大夫多留之，留之不得，詠歌以別
之。〔註48〕

宋濂在序中極力稱讚如天淵者「文辭之美」，同時指出僧徒中「文辭之美」者
並不少，只是不遇賞識者。宋濂揭示出僧徒與文人之間的關係，遇到賞識的文
人且加以極力推揚，就有可能名動天下，如宋濂將天淵詩文傳之禁庭中，得到
朝廷官僚和文人們的「歎賞」。受到宋濂歎賞的，再如用堂子梗，《列朝詩集》
云：「張蛻菴嘗跋夢堂噩公及公《吳中唱和卷》，以唐皎宋潛為比。及應召至金
陵，與宋景濂遇於護龍河上，宋復敘其《水雲小稿》，尤歎其詩文，以為寄情
翰墨，獨露本真，近代明教寶覺之流也。」〔註49〕宋濂歎賞其寫作「寄情翰墨，

〔註48〕宋濂：《文憲集》卷八，《四庫全書》本。
〔註49〕錢謙益：《列朝詩集》閏集卷二，第296頁。

獨露本真」，不僅歡賞詩文之文辭，亦是歡賞其文學觀念。

　　如宋濂所言，明代僧徒確實不乏創作者，由上文提到的《明詩綜》等關於明代僧徒詩歌的選集就能夠看到。如善啓，永樂時授僧綱司副都綱，曾預修永樂大典，有《江行唱和詩集》，《靜志居詩話》論其詩云：「曉菴早負詩名，錢唐瞿宗吉賦牡丹詩，師與對壘，用一韻賦百首，獨菴、南洲交器重之。」〔註50〕小萍菴論冰如照源，云「源公乍躭律韻，遂富篇章，茹藻含毫，時發清響，有《雲林草》」〔註51〕。錢謙益論道原宗衍，云：「道原遍讀內外書，實以論，而獨長於詩，博採漢魏已降，而以少陵為宗，取喻託興，得風人之旨，故其詩清麗幽茂，而在可傳也。」〔註52〕《古今禪藻集》載文人對著有《幻華集》的斯學（字悅支）的賞譽，《靜志居詩話》云：「庾山詩格清圓，句如『薄衾寒入夢，細雨遠沉鐘』『白雲非舊主，黃葉自前朝』『客來黃葉雨，鬼嘯白楊風』『太原山繞中條近，小有天通上界寬』，均有幽致。《禪藻集》載某居士稱之，曰：『清冰勵操，栗玉明襟。韻似道林，不屑養馬；才憂無可，不愛除官。』可云賞譽之至。」〔註53〕一雨通潤自誓要與士大夫交遊，錢謙益援引程夢陽對一雨的相賞，云：「師狀貌古樸，風規閒雅，樂與方內名士遊處，嘗自誓生生世世居學地，與士大夫相見。程夢陽喜其《山居詩》有『山深雲亦好』之句，為詩寄之曰『記取山深雲亦好，為傳問訊到禪房』，其相賞如此。」〔註54〕由這些「賞譽之至」評述，可見明代僧徒的寫作深為文人所知賞。

　　著有《樓閒集》的魯山普泰，詩文受到多位文人的稱賞。何仲默云「魯山曠懷磊落，善談世務，不獨能演其教，其詩亦皆自得」，對普泰及其詩作評價甚高。朱彝尊《靜志居詩話》的評價則稍有差別，云「魯山初見賞於楊君謙，復見稱於李獻吉，詩名籍甚，然卑卑無甚高調」，似乎對其不甚認同。《明詩綜》錄有寫給楊君謙與李獻吉詩，《寄楊君謙》詩云：「都下聞歸雁，江東憶故人。高山千里夢，芳草十年春。吟苦先催老，心安卻耐貧。吳門他日過，書院許誰鄰。」詩中表達出對楊君謙的思憶之情，本詩含有濃鬱的文人化氣息，尤其是「吟苦先催老，心安卻耐貧」既有佛禪之意，更抒發出文人的心懷，能見賞於楊君謙並不意外。《足獻吉秋風南北路相別寺門前之句》詩云：「身世本如寄，

〔註50〕朱彝尊：《明詩綜》卷九十一，第4319頁。
〔註51〕錢謙益：《列朝詩集》閏集卷三，第340頁。
〔註52〕錢謙益：《列朝詩集》閏集卷二，第297頁。
〔註53〕朱彝尊：《明詩綜》卷九十二，第4349頁。
〔註54〕錢謙益：《列朝詩集》閏集卷三，第330頁。

去留俱灑然。秋風南北路，相別寺門前。」〔註55〕詩中充滿著自得之意，「身世本如寄」是對浮生的慨歎，「去留俱灑然」是洞徹浮生本質之後的自得，既有對「理」或「道」的自得，又有一絲悟得浮生本質之後精神得到昇華之後不經意的自詡；「秋風南北路，相別寺門前」寫別離，別離本身帶有莫名的傷感，「秋風」強調發生於秋季的別離，使別離增添了更多的淒涼之色；詩中既有悟理，又瀉情感，悟理的自得與別離的傷感形成反差，既是悟理的反差，又是傷情的反差，使詩歌既有悟理的平和又有別離的失落，反差又使詩歌具有更深的韻致；洞徹浮生之理能夠使人超脫，似乎不應帶有情感的糾葛，「秋風南北路，相別寺門前」又並沒有強烈濃鬱地宣洩別離的情感，平和之中流露傷感的意緒又更襯托出詩者對禪理的洞徹之悟。如《足獻吉秋風南北路相別寺門前之句》這樣的僧徒之作受到文人的贊許，絲毫不足為奇，顧起綸援引李獻吉、何仲默之語後，評價道：「魯山，獻吉云『魯山，秦人也。喜儒，嗜聲音』，仲默亦云『讀書好詠，曠懷善談』。余觀其《樓間集》，頗事行腳，嘗歷終南太行嶧岱間，良多勝致。其『越平吳亦盡，劍去水空流』『寒蟬依樹響，秋蘚上階生』之句，亦自閒雅。」〔註56〕方澤（字雲望）有《冬溪內外集》，《靜志居詩話》稱其詩文受到多位文人的稱讚，云「冬溪詩格清純，不雜偈語，宜為唐應德、方思道、屠文升所稱」。「詩格清純」之語，頗能抓住冬溪詩歌之點，如《古意》詩云：「孟冬風始寒，鴻雁凌晨飛。疇昔嘉樹林，枝葉日以稀。一隨氣運變，誰能覺其非。賢者貴特達，在遠諒不違。君看松柏姿，歲晚長依依。」〔註57〕詩歌頗含佛禪之意，卻不雜偈語；本詩極類似長期漂泊旅程中文人之作，很難看出本詩出自一位僧徒之手。

「詩格清純」是文人評價僧徒詩歌的常用語，實際上也是僧徒詩歌創作的主要風格之一，錢謙益評雪溪圓映「銳志教理，作詩清新秀絕，有《西林草》」，「清新秀絕」與「清純」之意相同，其詩之清新秀絕如《山中懷萍菴師》云：「高竹過於木，溪分兩岸陰。看流成獨影，得句只孤吟。詩草荒誰理，心蓬亂日深。懷人秋水寺，寂莫此山林。」〔註58〕高竹、清溪、岸陰構造成清新秀絕的意象；本詩並非僅僅以景物與環境描寫凸顯清新秀絕之意，更由外境表達內心孤獨之境，「獨影」與「孤吟」相對，將孤獨之境寫出；本詩之創意在此基

〔註55〕朱彝尊：《明詩綜》卷九十一，第 4328～4329 頁。
〔註56〕顧起綸：《國雅品》卷七「釋品」。
〔註57〕朱彝尊：《明詩綜》卷九十二，第 4333～4334 頁。
〔註58〕錢謙益：《列朝詩集》閏集卷三，第 339 頁。

礎上繼續深入，清新秀絕之下展示內心的孤獨，孤獨之感來自於對友人的感懷，「懷人」與「寂莫」將「懷」的主題深化。《靜志居詩話》以「天籟清機」評道盛（字覺浪）之作，云：「浪公早登猊座，聲動楚越之交，白蓮之社不少宗雷，青豆之房恒多龍象。詩如『清明微雨後，花鳥亂飛時』『苦竹長遮徑，高松自護關』，足稱天籟清機也。」〔註59〕錢謙益以「超然之致」評了虛無著之作，云：「著公好作小詩，余為書生，嘗以存紙作小字示余，多超然之致。」〔註60〕這些評斷基本上是一致的，反映出明代僧徒創作共同具有的一種詩歌創作的風格。

　　明代僧徒詩文創作水平為文人們所認可，與向文人學習及與文人之間的頻密交往是分不開的。道衍《送斯法師住北禪詩卷後序》記僧徒與文人的結交云：「古之釋子，行茂而識高者，未嘗不與縉紳大夫交，縉紳大夫無不樂與釋子交者。何邪？釋子世外人也，無聲色玩好，無勢利馳競，況其行之茂而識之高哉。故縉紳大夫不以儒釋異道，而樂與之交焉。」〔註61〕僧徒主動結交文人士大夫，文人由於僧徒之「行之茂而識之高」而樂與相交。有些僧徒本身出家之前就是有一定影響的文人，如函可（字祖心），為尚書韓文恪日纘子，少為諸生，忽棄家入羅浮，清軍南下後坐事戍瀋陽。函可有《剩人詩》，詩中多抒發對明亡的悲歎，如《皇天》詩云：「皇天何苦我猶存，碎撦袈裟拭淚痕。白鶴歸來還有觀，梅花斫盡不成村。人間早識空中電，塞上難招嶺外魂。歎息舊遊誰復在，獨留雙眼哭高旻。」〔註62〕函可乃明亡後出家之文人，詩中充斥文人氣是自然的。第一句「皇天何苦我猶存」是對國破而己獨存的悲歎，「碎撦袈裟拭淚痕」是表達自己內心的悲痛。《弼臣病阻白門寄書並詩次答》抒發內心中同樣的情感，詩云：「驚傳一紙到遼陽，舊國樓臺種白楊。我友盡亡惟汝在，而師更苦復予傷。孤舟臥老長干月，破衲披殘大漠霜。共是異鄉生死隔，西風吹淚不成行。」〔註63〕這樣的詩作體現出了與純粹出家僧徒不一樣的詩歌風格。如函可者，實際上反映是是明代士大夫的「逃禪」，即士人由於各種原因逃入禪學之中。甚至出現全家逃禪者，如明末通門在《廣陵同人禪師傳》載同人全家逃禪事，云：「同人化公者，等慈老師之高足也，等師為雲棲弟子，

〔註59〕朱彝尊：《明詩綜》卷九十二，第 4389 頁。

〔註60〕錢謙益：《列朝詩集》閏集卷三，第 332 頁。

〔註61〕道衍：《獨菴外集續稿》卷四，《姚廣孝集》第一冊，第 179 頁。

〔註62〕朱彝尊：《明詩綜》卷九十二，第 4397 頁。

〔註63〕朱彝尊：《明詩綜》卷九十二，第 4397 頁。

族居茖上，擅名詞壇，世稱為錢叔達。晚好清淨，歸林下，宗伯錢牧翁延居虞之拂水山房。化公之剃染，蓋於斯也。化公族在廣陵，其父有俠氣，寓生賣漿，揮千金而不惜。有二子，莫知其意，皆使之出家，長曰時中，次即化公也。化公出家未幾，其父亦陡然出塵，皈歸〔依〕瓶窰聞谷大師，號無礙。」〔註64〕文中不僅載等慈禪師逃禪，更記載了同人禪師全家逃禪；等慈與同人等都是擅名詞壇者，他們的逃禪無疑擴展了佛教文學的創作。

影響士人逃禪的最大因素是國家和社會的動盪，明代士人大規模逃禪是在明末，如錢邦苴《祝髮記》敘其出家云：

> 自庚寅八月孫可望入黔，逼勒王號，迫授余官，拒不受；退隱黔之蒲村，躬耕自給。歷辛卯迄癸巳，可望遣官逼召一十有三次，余多方峻拒；甚至封刃行誅，余亦義命自安，不為動也。甲午二月二十三日，為余初度之辰。山陰胡臲菴、鄰水甘羽嘉、富順杜耳侯、西湖許飛則、渝州倪寧之、遂寧黃璽卿、湄水馬仲立、黃月子同集假園，釃酒祝餘。適廣安鄭於斯致書云「偶以採薪不能來，謹寄一贊為壽」，贊云：「昔與先生同朝，帝嘗曰『直臣矣，汲黯有其骨而學術遜之』。今與先生同隱，人咸曰『隱者矣，嚴光有其高而氣節遜之』。夫汲黯無學術、嚴光無氣節，吾有以知先生矣。」諸子讀是贊，舉觴祝曰「非鄭公不知先生，非先生不足當是贊也」。余再拜，謝曰「苴不敏，敢忘諸君子今日之訓，以貽知己羞」。次日，餘慶縣令鄒秉浩復將可望命，趣余就道；咸以恐嚇，危害萬端。余酌酒飲之，談笑相謝。臲菴知余意，席間私賦詩曰：「酒中寒食雨中天，此日銜杯卻惘然。痛哭花前莫相訝，不如往泛五湖船。」是晚，余遂祝髮於小年菴，乃說偈云：「一杖橫擔日月行，山奔海立問前程。任他霹靂眉邊過，談笑依然不轉睛。」

錢邦苴的逃禪，在明末非常具有代表性，由於明的滅亡，大批士大夫逃入禪學之中，《祝髮記》接著說明了這種情況：

> 是時，門下同日祝髮者四人，曰古心、古雪、古愚。時古心亦有偈云：「風亂浮雲日月昏，書生投體向空門；不須棒喝前因現，慷慨隨緣念舊恩」。次日，祝髮者五人，曰古德、古義、古拙、古荒、古懷。次日，又二人，曰古囿、古處。時諸人爭先披剃，呵禁不得；

〔註64〕通門：《牧雲和尚懶齋別集》卷之三，載《禪門遺書》第9冊，第59頁。

余委曲阻之，譬曉百端，余乃止。先後隨余出家者，蓋十有一人，

因改故居為「大錯菴」，俾諸弟子居之，共焚修焉。

「諸人爭先披剃，呵禁不得」清楚表明了逃禪士大夫人數之眾。逃禪士大夫之作，往往既保持著原來的思想觀念，又深味佛教之理，如錢邦芑被孫可望扭械至黔，在途中口占三首，之一云：「才說求生便害仁，一聲長嘯出紅塵。精忠大節千秋在，桎梏原來是幻身。」之二云：「扭械縈纏悟夙因，千磨百折為天倫。虛空四大終須壞，忠孝原來是法身。」之三云：「前劫曾為忍辱仙，百般磨煉是奇緣。紅爐焰裏飛寒雪，弱水洋中泛鐵船。」〔註65〕詩中「百般磨煉是奇緣」將磨煉視為悟理的因緣，「精忠大節千秋在，桎梏原來是幻身」「虛空四大終須壞，忠孝原來是法身」將佛教義理與儒家倫理融為一身之中。大量的士大夫逃禪，不僅豐富了佛教文學作品數量，更豐富佛教文學作品的內容。

明代的僧徒們非常注意向文人學習寫作，如弘瀬（字空波），朱彝尊援引屠田叔「空波詩爾雅而調適」評論之後，提到朗初禪師學詩於楊伯翼之事，云：「上人朗初學詩於楊伯翼，侍几杖於五井山，伯翼遺草得傳，皆其力也。朗初以詩法轉授空波，及西來、休遠，時人以比支遁、支亮、支纖，謂之一朗三支云。」〔註66〕文人在寺中的題詠，對佛教僧徒的寫作有刺激作用，玄穆有《題焦山寺》詩云：「獅子峰前放晚參，直登絕頂縱幽探。帆檣遠近迷蒼靄，樓閣高低鎖翠嵐。水色倒涵天上下，山形雄壓地東南。焦先去後巖扉古，樹老碧桃春正酣。」《靜志居詩話》論此詩說：「天順中，鎮江同知府事常山張春命焦山寺僧弘慧輯寺中題詠，止存宗泐二首及此詩。」〔註67〕文人們在寺中題詠，引起僧徒們的反應並予以回應，這是文人在寺廟中題詩對僧徒詩歌寫作的刺激。

值得注意的是，僧徒的創作不只是受到文人的影響，同樣能對文人產生一定的影響，如明末僧人道源。道源號石林，生平事蹟見後，有《寄巢詩集》，朱彝尊論道源注李商隱詩被朱長孺「陰掠」云：「石林好讀儒書，嘗類纂子史百家為《小碎集》，又以餘力注李義山詩三卷。其言曰：『詩人論少陵忠君愛國，一飯不忘，而目義山為浪子，以具綺靡華豔，極《玉臺》《金樓》之體而已。』第少陵之志直，其詞危；義山當南北水火，中外箝結，不得不紆曲其指，誕謾

〔註65〕計六奇：《明季南略》卷之十四，中華書局 2018 年版，第 455～456 頁。
〔註66〕朱彝尊：《明詩綜》卷九十二，第 4359 頁。
〔註67〕朱彝尊：《明詩綜》卷九十一，第 4323 頁。

其辭，此風人《小雅》之遺，推原其志義，可以鼓吹少陵。惜其書未刊行，會吳江朱長孺箋義山詩，多取具說，間駁其非。於是一時詩家，謂長孺陰掠其美，且痛抑之。長孺固長者，未必有心效齊丘子也。」〔註68〕朱長孺「陰掠」道源之見，不僅表明道源著述的價值與被認可，同時表明對朱長孺產生了很大的影響。

明代僧徒中不乏沉浸於苦索之中者，如《明詩綜》援引顧起綸對果斌的評論，云：「半峰詩多成於中夕，沉思苦索而後得之，對客揮毫非所能也，正如南能腰石碓米已熟，但欠篩在。」〔註69〕這段評論只引了前半段，顧起綸並言果斌之作雖「多在中夕沉思苦索得之」，亦堪於唐代皎然並肩，云：「果斌余辛酉秋，寓半峰竹亭中，與斌公嘯詠者月餘。嘉其欣欣不倦，得遠公雅致。其為詩，多在中夕沉思苦索得之，就坐揮毫，非所能也。余謂『公作詩，如南能腰石碓米已熟，但欠篩在』，雖出一時調語，今觀集中尚堪播揚。其七言是元調，意勝於格，往往有逸趣。五言多有佳者，如『鳥棲雲外樹，龍護缽中蓮』『谷響珠泉落，巖危草閣懸』是神駿語，亦皎然、靈一之選。」〔註70〕

明代僧人群體的創作亦十分興盛，如作《雪山集》的法杲（字雪山），朱彝尊云：「雪山參學於雪浪，與巢松、一雨齊稱。詩如『鳥來迎戶入，花發隔溪看』『芳樹橋邊盎，春山雨後新』『野黃潮撼樹，江黑雨藏山』，均饒清韻。有集八卷，一雨所輯，王伯谷極賞之，謂為近代詩僧領袖。」〔註71〕錢謙益說「以詩言之，亦當為近代詩僧領袖，巢〔巢松慧浸〕、雨〔一雨通潤〕輩遠不逮也」〔註72〕，儘管認為一雨之作不逮法杲，如上所引，仍受到程夢陽等文人的高度評賞。《明史》載圓復有《三支集》二卷，收錄弘瀬、佛引（字西來）、圓復（字休遠）三人之詩作集，錢謙益說：「四明延慶寺僧，與同寺弘瀬空波、佛引西來皆詩僧也。」〔註73〕《三支集》之名見上引《靜志居詩話》「朗初以詩法轉授空波，及西來、休遠，時人以比支遁、支亮、支纖，謂之一朗三支」。屠田叔評價佛引詩云「西來詩溫簡而開暢」，《明詩綜》收錄其《晚晴寄空波空明休遠》詩，云：「前邨收薄靄，舍外雨新晴。竹鼠爭枝墜，簷鳥得食鳴。峰

〔註68〕朱彝尊：《明詩綜》卷九十二，第4382頁。
〔註69〕朱彝尊：《明詩綜》卷九十二，第4341頁。
〔註70〕顧起綸：《國雅品》卷七「釋品」。
〔註71〕朱彝尊：《明詩綜》卷九十二，第4356頁。
〔註72〕錢謙益：《列朝詩集》閏集卷三，第327頁。
〔註73〕錢謙益：《列朝詩集》閏集卷三，第342頁。

開餘日氣，水咽過灘聲。芋熟沙田早，連朝憶友生。」〔註74〕此詩表明三人關
係十分密切。三支中以圓復詩歌水平最高，李杲堂論云：「三支詩以休遠為第
一，此外又有萬誐、希聲、福亮、覺真、道東、起白、宏演、敬中，皆延慶寺
僧，俱一時之秀。」《明詩綜》收錄圓復詩兩首，《山中》詩云：「槲葉縫衣翠，
松花作飯香。全生無長物，辛歲有餘糧。觀瀑衣忘濕，緣流路轉長。偶然逢怪
石，趺坐一林霜。」《留別念空》詩云：「問水尋山各自忙，草鞋無底踏秋霜。
江南遊遍還江北，何日能來共竹房。」〔註75〕兩首詩一為寫景，一為贈別，卻
能看得出皆充滿著對人生之感歎，在表達禪觀的同時，抒寫不捨之情意。這些
詩僧群體，體現了明代僧徒創作之盛。

　　明代的女尼之作亦頗可稱，《明詩綜》云：「至於象教東流，比丘比丘尼當
一時俱集矣。而尼至晉建興中始有之，莊嚴寺僧寶唱撰《比丘尼傳》，以洛陽
竹林寺尼淨撿稱首焉。宋有妙總，為蘇魏公頌孫，又溫州淨居妙道禪師，係黃
公裳女，並有法語，見《傳燈錄》。明正統中，有呂姑諫阻裕陵北征，復辟後
為建順天保明寺，都人目為皇姑寺者是已。顧終明之世，禪學頗盛，而尼之著
作無聞，迨天啟、崇禎之季始有付巾拂立禪林者，因合女冠為一卷。」如行徹
（字繼總），衡州人，劉善長之女，嫁陳氏子而寡，中歲出家為僧通微弟子，
住嘉興福國禪院，有《語錄》。《明詩綜》援引《靜志居詩話》稱其詩有郊、島
風骨，云：「繼總偈語多近詩者，如《山居》云『野猿探果熟，巢鳥入林深』，
《送人》云『晚食蕘絲滑，秋衣薜荔輕』，《落葉》云『秋聲千葉墜，遠影一巢
孤』，均有郊、島風骨。」行徹《秋日懷母》詩云：「不見慈闈秋信來，籬邊黃
菊帶霜開。為憐消息無人寄，一日峰頭望幾回。」〔註76〕詩中句句懷母，頗可
與孟郊《游子吟》相較高下，《靜志居詩話》「有郊、島風骨」之言不虛。

　　明代僧徒的詩文水平能夠被認可，或許可以從兩個方面來看。一是抒發佛
教之理時「辭理俱爽」，顧起綸評方澤、方益說：

　　　　方澤、方益二方並小品藻才，初不詳歷。澤集中有《寄同學怡
　　師住天目》，殆即是山僧也。其《燕坐》云：「物虛城是壑，心遠地
　　皆山。」味其音旨，是頓悟語。益初居聽松，嘉中住惠山寺。先輩
　　嘗有買其山作宅兆者，訪益於泉上曰「師有新詠，得誦之」，益率意

〔註74〕朱彝尊：《明詩綜》卷九十二，第 4360 頁。
〔註75〕朱彝尊：《明詩綜》卷九十二，第 4361 頁。
〔註76〕朱彝尊：《明詩綜》卷九十三，第 4391～4392 頁。

－25－

答云「道人偶得『題竹有新句，聽松無舊廬』之句」，遂憮然傾意，
咸嘉其深臻。余少時屢與益劇談，其辭理俱爽，指靡不韻，才辯足
以弘教者，不徒工為詩。惜其稿盡零落，粗舉附於品末。〔註77〕

「辭理俱爽」之詩是最能為人所接受的。二是如方益「率意答」之語，即其詩
文寫作多出自胸臆，錢謙益論西吾道衡詩云：「西吾少時有詩數十首，不嫻格
律，時時有道人語。中年率意應酬，殊失本色。」〔註78〕如《力農》詩云：「衲
子家風在，空山自有年。死心衣帶下，生意鑊頭邊。火種鋤秋月，刀耕破曉煙。
倦來何所事，高枕夕陽眠。」〔註79〕道衡雖然不嫻格律，本詩卻能夠符合基本
韻律，詩意上看確實屬「道人語」。僧徒寫作充斥「道人語」是自然而然的事
情，「空」「死心」「高枕夕陽眠」表達了道衡的「衲子家風」；「死心」與「生
意」相對，「生意」又與「死心」相合，顯示了道衡「道人語」之深。道衡中
年之後「率意應酬」，卻受到錢謙益「殊失本色」的批評，所謂的「本色」指
的應當不是「道人語」，是指內心胸臆之本色，「殊失本色」實際上正是道衡寫
作直抒胸臆的表現；從《力農》詩來看，道衡之作並無「殊失本色」之處。道
衡之作「失本色」而被批評，亦有以「本色」寫作而受到讚賞，冬溪方澤評價
著有《石林集》的永瑛（字含章）的寫作，云：「石林禪餘，景與意會，朗吟
自若，其詩意到詞發，類多率爾，而幽沖暇豫，自足陶寫，蓋適其適，而不適
人之適者。」冬溪的這個評價，其實就是在說明永瑛的詩作出自胸臆，抒寫自
己之性靈。如《山居誌感》詩云：「嘉蔬植我園，好鳥巢我樹。樹枯鳥驚棲，
園荒蔬委路。寒氣蕭山林，新芳颯然故。物理有固然，於何起欣惡。」〔註80〕
詩中描寫所居住之環境，是寫「適其適」及「不適人之適」，完全是抒發自己
的性靈與胸臆；描寫「適其適」及「不適人之適」的個人居住環境之後，最後
的「物理有固然，於何起欣惡」之語，應該是從內心胸臆而不加以掩飾地發出
來的，實質內容實際上表達的仍然是「適其適」的普遍悟解。

三

　　佛教文學作為中國文學的重要組成部分，自然會被研究者關注到。20 世
紀初期，佛教文學、佛教與中國文學的研究受到了包括梁啟超、胡適、陳寅恪、

〔註77〕顧起綸：《國雅品》卷七「釋品」。
〔註78〕錢謙益：《列朝詩集》閏集卷三，第 342 頁。
〔註79〕錢謙益：《列朝詩集》閏集卷三，第 343 頁。
〔註80〕朱彝尊：《明詩綜》卷九十一，第 4330 頁。

季羨林、〔日〕加地哲定等國內外學者的重視，進行了開拓性的研究。佛教與明代文學的研究，是其中不可缺少的部分。對佛教與明代文學的研究，主要集中在四個方面：

（一）佛教與明代詩文的研究。早期的一些佛教文學通史類、整體性的研究，日本學者開展的研究相對要較早一些，如加地哲定《中國佛教文學》、深浦正文《佛教文學概論》、小野玄妙《佛教文學概論》、泉芳璟《佛教文學史》等，或多或少地涉及到明代部分。研究明末儒學與思想史的專家荒木見悟，《明末清初的思想與佛教》《明末宗教研究》《袁中郎〈珊瑚林〉：中國文人の禪問答集》《明末の禪僧無念深有について》等大量論著中論述到佛教與明末文人、文學問題。

20 世紀 80 年代以來，中國學者所發表的大量成果更多地涉及到明代，如孫昌武《佛教與中國文學》《中國文學中的維摩與觀音》、陳洪《佛教與中國古典文學》《結緣：文學與宗教——以中國古代文學為中心》、張中行《佛教與中國文學》、胡燧《中國佛學與文學》、周裕鍇《中國禪宗與詩歌》、吳言生《禪宗詩歌境界》、覃召文《禪月詩魂——中國詩僧縱橫談》、張錫坤等著《禪與中國文學》、謝思煒《禪宗與中國文學》、杜松柏《禪與詩》、高觀如《中國佛教文學與美術》、張長弓《中國僧伽之詩生活》、馬焯榮《中國宗教文學史》、弘學《中國漢語系佛教文學》等。

研究者普遍注意到佛教對明代文學的影響相當巨大，如孫昌武說「明王朝建立以後……佛教在文壇上的影響仍然相當巨大」，原因在於：一是佛教更深刻地浸入到士大夫階層的意識之中；二是佛教的民俗信仰與知識分子中的居士佛教進一步分化，民眾中的淨土信仰、觀音信仰等民俗信仰大為普及，在家居士研習佛教義理成為風氣〔註81〕。孫昌武在《喻禪與喻詩》中，提到心學與禪宗的密切關係促成文學中注重心性的發展：「到了明代，理學中的心學一派得到了突出的發展，而心學與禪宗的淵源關係更為密切。這種思想環境，促成文學中注重心性的思潮更加發展，詩文自胸襟流出的觀點也有更多的人提倡，在文壇上亦有深遠的影響。」〔註82〕對明代的禪學與心學、文學的問題，周裕鍇同樣論及到，《中國禪宗與詩歌》中敘及到「心學與狂禪」「童心說與性靈說」等晚明文學極為核心的內容。論及心學、狂禪與文學時，周裕鍇說：「李贄與

〔註81〕孫昌武《佛教與中國文學》第二章，上海人民出版社 1988 年版，第 164 頁。
〔註82〕孫昌武《禪思與詩情》，中華書局 1997 年版，第 234 頁。

達觀雖被統治者迫害致死，而詩文領域的反擬古主義運動卻並未夭折。禪宗的『本心』已化為詩文領域中的『靈性』（湯顯祖語）和『性靈』（袁宏道語），成為明清兩代與封建正統文學相對抗的叛逆傳統，並深化了中國古代詩歌『師心寫意』的主觀抒情特徵。」〔註83〕這個說法有些過於強調作家中以心學、禪學作為叛逆的因素，其實能夠注意到的是，李贄、袁宏道等人之外的眾多作家，在使用心學、心性等書寫作品時，並不如李贄等人一樣充滿著叛逆，只是將心性、性靈等作為一種概念使用，或者是一種寫作方式，表達創作者的文學觀念。儘管如此，周裕鍇的說法，揭示了佛教對晚明文學思想與文學創作的巨大影響。尤其是在「童心說與性靈說」部分中指出：「禪風的演變對詩風的演變有一定的內在影響，但另一方面，詩人並非被動地接受這種影響，而勿寧說是根據時代的需要和個人的喜好，對禪學有選擇地吸收和改造……在晚明的心學與禪宗的二重奏中，最響亮的聲音是對禪宗『本心』『真性』的闡釋和發揮而得出的『童心說』和『性靈說』。」〔註84〕這是相當深入的觀察，即文人們對禪宗並非是簡單地借用，而是主動接受與吸收，並在思想與創作中開出新思想與新內容。

晚明文學思潮中的佛教因素，向來受到研究者的重視，如黃卓越《佛教與晚明文學思潮》、周群《儒釋道與晚明文學思潮》《論袁宏道的佛學思想》《佛禪與袁宏道的文學思想》等論著，左東嶺《李贄與晚明文學思潮》等論著中也涉及到佛教問題。孫昌武《從「童心」到「性靈」──兼論晚明文壇「狂禪」之風的蛻變》、王樹海《〈牡丹亭〉與明代狂禪思潮》、毛文芳《晚明「狂禪」論》等，專門論述晚明狂禪與文學的關係。筆者的《晚明狂禪思潮與文學思想研究》等專著與系列論文，對佛教與明末的狂禪思潮亦有專門的說明。

（二）佛教與明代小說的研究。《西遊記》因與佛教的淵源，胡適於1923年發表《西遊記考證》，採用歷史考證的方法，對小說的佛教淵源和演化、孫悟空的佛教原型進行了探討。隨後如魯迅《中國小說史略》、陳寅恪《〈西遊記〉玄奘弟子故事之演變》、季羨林《〈西遊記〉裏面的印度成分》等數篇論文、鄭振鐸《〈西遊記〉的演化》、巴人《印度神話對〈西遊記〉的影響》、顧子欣《孫悟空與印度史詩》、蕭兵《無支祁哈奴曼孫悟空通考》、〔美〕浦安迪《明代小說四大奇書》等論述到其與佛教的關係。

〔註83〕周裕鍇《中國禪宗與詩歌》，上海人民出版1992年版，第101～102頁。
〔註84〕周裕鍇《中國禪宗與詩歌》，第220～221頁。

　　20 世紀八十年代以來，佛教與明代小說之關係受到了相當多的關注，不僅關於《西遊記》的成果呈幾何數量增加，涉及到佛教的其他小說也被大量關注。佛教與明代小說的關係，孫昌武在《中國文學裏的維摩與觀音》一書中有比較明確的說明。《佛教與中國文學》中提到的佛教的民俗信仰與知識分子中的居士佛教，在《中國文學裏的維摩與觀音》中有更為詳細地闡述，其中的「維摩」就是系統闡述歷代文人、居士與《維摩詰經》的關係，是典型的知識分子的佛教；「觀音」則是闡述觀音信仰的俗神化以及民眾佛教信仰。本書第十二章「宋代以後文學創作中的觀世音」中，說：「南宋以後維摩詰在文學表現的衰落成為對比，觀世音在這一時期的文學創作裏，特別是在小說、戲曲和民間文學中，成了相當重要的表現題材。」〔註85〕因此本書沒有涉及到明代知識分子的佛教信仰與文學創作，而是對民眾佛教及文學中的表現做了大致的梳理和說明。

　　佛教與整個明代小說的研究呈增多趨勢，如齊裕焜、黃霖等著的幾部《明代小說史》中，佛教因素越來越被重視。宋珂君《明代小說中佛教「修行」觀念》、陳洪《淺俗之下的厚重》、釋永祥《佛教文學對中國小說的影響》、張瑞芬《佛教因緣文學與中國古典小說》、孫遜《中國古代小說與宗教》、臺靜農《佛教故實與中國小說》等，都有較多地探討。筆者《林兆恩與〈三教開迷歸正演義〉研究》，以《三教開迷歸正演義》這部小說為例，對佛教與小說的關係有所述及。

　　關於佛教與明代小說研究的內容，主要集中在題材和佛教觀念兩個方面。孫昌武《佛教文學十五講》中提到長篇小說接受佛教影響時說：「首先表現為直接以佛教內容作題材，如《西遊記》《封神演義》《南海觀音傳》《濟公傳》等。但就上述幾部作品與佛教關係看，只有《南海觀音傳》是替觀音信仰做宣傳的，其他都有另外的主題。當然，他們的創作以不同方式，不同程度地利用了佛教提供的資源，也表達佛教的某些觀念，佛教的影響是相當顯著的。」對小說反映佛教觀念，孫昌武接著說：「另有更多作品題材和主題與佛教無涉，佛教的觀念同樣貫穿在其中，則體現佛教更廣泛也更深刻的影響。如《金瓶梅詞話》是我國第一部文人獨立創作的、描寫世態人情的長篇小說，反映社會生活的內容相當深廣，其中貫穿因果報應觀念……在觀念上就把整個故事納入到因果報應的框架之中了。」歷史演義小說和章回小說中，往往同樣貫穿著佛

〔註85〕孫昌武《中國文學中的維摩與觀音》，高等教育出版社 1996 年版，第 361 頁。

教觀念，孫昌武說：「由『講史』發展出的歷史演義小說，作為章回小說的重要一體，往往用佛教的輪迴報應觀念來『解釋』歷史現象、人物命運。這類小說中最優秀的代表作品《三國演義》，其全部情節的發展，從漢室衰亡、桃園結義、三分天下直到諸葛亮齎志以歿、劉蜀終於敗亡，貫穿著強烈的宿命色彩。作者更常常直接出面，用因果報應解釋作品情節的發展。更多的廣泛流行的公案小說則往往直接把陰騭、宿命、冤冤相報作為解破案的關鍵。如在民間廣泛流傳的《包公案》《施公案》《海公案》等，一方面表揚清官，抑惡揚善，一方面宣揚天道公平、善惡果報的『規律』。」〔註86〕這裡提到的只是長篇小說與佛教的關係，短篇小說同樣充滿著佛教義理與觀念。

（三）佛教與明代戲曲的研究。這方面所指的，並不是佛教僧徒創作的戲曲，而是指佛教對中國戲曲創作的影響與推動，佛教因素被納入到戲曲寫作之中。〔日〕青木正兒在《中國近世戲劇史》中在對明代戲劇類型劃分時提出「釋道劇」，鄭振鐸隨後在《插圖本中國文學史》中提出「仙佛劇」，為後來的戲曲研究者所沿襲。在對一些具體作家和劇作研究中，如青木正兒、鄭振鐸、吳梅《中國戲曲概論》、劉大杰《中國文學發展史》、趙景深《中國文學史新編》、徐朔方《湯顯祖集·前言》、郭英德《明清傳奇史》、黃文錫《論湯顯祖創作思想的發展》、藍凡《試論湯顯祖「四夢中的佛學禪宗思想」》、徐子方《明雜劇史》、王耕夫《論明代喜劇作家徐渭》等論著中，論述到湯顯祖、朱有燉、徐渭劇作中的涉佛問題。20 世紀 90 年代以後，在佛教與明代戲曲樣式體裁、佛教故事被引入戲劇、戲劇中的僧徒形象、佛教義理對戲劇的影響等方面，發表了一些的成果。關於佛教與戲曲的關係，孫昌武曾在《佛教與中國文學》中加以說明：首先，佛教對中國戲曲的發展起到了推動作用；其次，中國戲曲的題材，大量取自佛教；第三，中國歷史上眾多重要的戲曲創作者，受到佛教思想的深刻影響，並在作品中具有明顯的表現。明清的地方戲曲中，往往充斥著道德說教，「佛教意識則被用作一個重要的輔助因素而受到重視」〔註87〕。《佛教文學十講》中，孫昌武又說到佛教與明代戲曲，道：「明代湯顯祖的代表作品『臨川四夢』，表現強烈的重情、貴生意識，反映當時先進的、具有積極意義的思想潮流，但佛教的虛無出世、忍辱求安等觀念同樣滲透其中。特別是《邯鄲夢》《南柯夢》，分別取材唐傳奇《枕中記》和《南柯記》，對富貴利祿進行

〔註86〕孫昌武《佛教文學十講》，中華書局 2014 年版，第 274～275 頁。
〔註87〕孫昌武《佛教與中國文學》第三章，第 297 頁。

批判，卻看不到積極的出路，只好把人生表現為『空花夢境』，流露濃重的『淨世紛紛蟻子群』的悲觀、虛無觀念和『人生如夢』的意識。沈璟重視音律，開創所謂『吳江派』，對戲曲藝術頗多貢獻，其《雙魚記》取材馬致遠的《薦福碑》，《紅渠記》取材唐傳奇《鄭德麟傳》，都宣揚生死有命的宿命論；《桃符記》裏決定主人公劉天儀、裴青鸞命運的，也是輪迴報應的『規律』。」〔註88〕

　　相比較其他領域而言，佛教與戲曲的研究成果要少的多，多是在戲曲研究中提到其中的佛教因素或者佛教色彩。郭迎暉《明代中後期宗教題材劇研究》（浙江大學 2008 年博士論文）是研究明代宗教題材劇專門成果，馬強《明代戲曲中的僧尼形象研究》（安徽大學 2009 年碩士論文）針對明代戲曲中的僧尼形象進行了一定的說明。

　　（四）近二十年關於明代佛教文學的研究。上述關於《西遊記》等的研究，實際上就是佛經文學研究的內容，但並非是佛教僧徒文學創作的研究。21 世紀以來，關於明代僧徒的文學創作的研究也逐漸為研究者所注意，如李舜臣等學者對佛教文學尤其是明清佛教文學進行了很多的探究。成果多集中在詩歌方面，如李聖華《從方外到方內，味趨大全——明初僧詩述論》（《貴州社會科學》2012 年第 2 期）、查清華《江南僧詩的意趣情感及其文化因緣》（《學術月刊》2012 年第 4 期）等。

　　李舜臣發表了多篇關於明代僧徒文學創作的論文，承擔的《歷史僧徒著述敘錄》國家社會科學規劃項目中，對目前仍存的明代佛教僧徒著述進行了詳致梳理（該項目成果由中華書局於 2022 年以《歷代釋家別集敘述》為題出版）。《中國佛教文學：研究對象‧內在理路‧評價標準》（《學術交流》2014 年第 8 期）一文中，從佛教文學的理論構想上進行了說明；《明初方外詩壇生態論考——以明太祖與詩文僧的關係為中心》（《哈爾濱工業大學學報》2015 年第 3 期）、《明代佛教文學史研究芻議》（《學術交流》2013 年第 2 期）等文章對明代佛教僧徒文學創作進行闡述。著者一方面指出明代僧徒作家規模龐大，但目前對明代佛教文學的研究著墨甚微；一方面指出明代佛教文學創作兩頭熱、中間冷的「馬鞍形」狀態，即明初（洪武—永樂）、明末（萬曆—崇禎）創作相對繁盛，中期（宣德—嘉靖）創作相對低潮。李舜臣是對錢謙益《列朝詩集》所載 101 位詩僧的統計得出來的結論，實際情況確實是如此。

　　明初與明末佛教文學創作活躍、明中期相對低潮的情況，上述已有說明。

〔註88〕孫昌武《佛教文學十講》，第 277 頁。

李舜臣《明代佛教文學史研究芻議》一文中，進一步說明明末佛教文學創作的興盛與明後期心學的興起、明末社會的動亂導致士大夫的逃禪風潮等因素有著密切的關係。著者的研究視角是從人出發，無論是明初還是明末佛教文學創作的興盛，都是因人有關，如同錢謙益在《雪浪法師恩公》中的具體說明云：「說法三十年，如摩尼圓照，一雨普沾。賢首一宗為得法弟得繼席者以百計，秉法而轉教者以千計，南北法席之盛，近代所未有也。」〔註89〕雪浪等人逝去後，明末佛教再次衰落，錢謙益《壽聞谷禪師七十序》中說：「自萬曆間，紫柏老人以弘法罹難，而雲棲、雪浪、憨山三大和尚，各樹法幢，方內學者，參訪扣擊，各有依歸，如龍之宗有鱗，而鳳之集有翼也。及三老相繼遷化，而魔民外道，相挺而起。宗不成宗，教不成教，律不成律，導盲鼓聾，欺天誣世。譬之深山大澤，龍亡虎逝，則狐狸鰍鱔，群舞而族嘑，固其宜也。」〔註90〕雪浪等高僧影響到明末佛教興衰及創作的事例，確實可以說明佛教以及佛教文學創作因人而興亦因人而衰。

隨著明代文學研究的深入，以及明代僧徒著述、佛教典籍不斷被挖掘、整理出來，明代佛教文學有著繼續深入研究的巨大空間。長期以來明代佛教衰敝、文學作品鮮有價值的看法正逐漸得到改變，研究者越來越多地將目光投嚮明代佛教文學領域。實事求是地說，明代佛教文學作品數量還是相當龐大的，內容亦極為豐富，有很大繼續深入研究的空間與系統研究的必要。

〔註89〕錢謙益：《列朝詩集》閏集卷三，第 321 頁。
〔註90〕錢謙益：《牧齋初學集》卷三十七，上海古籍出版社 2009 年版，第 1043 頁。

第一章　明代佛教文學的政治與思想背景

　　明代佛教文學的創作與明代的政治生態、思想發展狀況等因素有著密切的關係。曾經做過佛教徒的明太祖朱元璋，對佛教的功用和弊病有著切身的深刻認識。明王朝建立之後，朱元璋採取了對佛教既整頓、限制又進行保護和提倡的政策，限制與扶持看上去有所衝突，實際上無論是限制措施還是扶持政策，都是圍繞讓佛教更好地為明王朝服務這一中心進行的。朱元璋所制定的限制與扶持、提倡的兩手策略，是明代佛教政策（當然也是明代宗教政策）的基調與指導思想。本章敘述明代佛教文學創作的政治與思想背景。

一

　　朱元璋出身於佛教僧徒，建立大明後制定的宗教政策直接成為有明一代宗教政策的基本綱領，學界對朱元璋的佛教態度及其明初的佛教政策有很多的探討，論文〔如〕本龍池清《明の太祖の仏教政策》（日本《仏教思想講座》1939 年第 8 輯）、郭朋《明太祖與佛教》（《世界宗教研究》1982 年第 1 期）、朱鴻《明太祖與僧道——兼論太祖的宗教政策》（《師大歷史學報》1990 年 6 月第 18 期）、陳高華《朱元璋的佛教政策》（《明史研究》第 1 輯，黃山書社 1991年）、釋見曄《明太祖的佛教政策及其因由之探討》（《東方宗教研究》1994 年第 4 期）、周齊《試論明太祖的佛教政策》（《世界宗教研究》1998 年第 3 期）、何孝榮《試論明太祖的佛教政策》（《世界宗教研究》2007 年第 4 期）等。著作中涉及到明代佛教政策的，有〔日〕忽滑骨快天《中國禪學思想史》（上海

古籍出版社 2002 年版）、〔加〕卜正民《明代的社會和國家》（黃山書社 2009 年版），釋聖嚴《明末中國佛教之研究》（法鼓文化事業股份有限公司 2009 年版）、郭朋《明清佛教》（福建人民出版社 1985 年版）、南炳文主編《佛道秘密宗教與明代社會》（天津古籍出版社 2001 年版）、周齊《明代佛教與政治文化》（人民出版社 2005 年版）等。研究明代區域佛教與明代佛教人物時論述到明代佛教政策的論著就更多了，明代區域佛教研究著作如何孝榮《明代南京寺院研究》（中國社會科學出版社 2000 年版）與《明代北京佛教寺廟修建研究》（南開大學出版社 2007 年版）、陳玉女《明代的佛教與社會》（北京大學出版社 2011 年版）等；明代佛教人物的研究，如夏清瑕《憨山大師佛學思想研究》（學林出版社 2007 年版）等關於明代四大高僧的研究。

　　明代佛教受到明代政治生態的嚴重制約，明代僧徒的文學創作受到明代政治生態的影響亦極為明顯，無論是研究明代佛教發展還是明代佛教文學創作，朱元璋為明代確定下的宗教政策的基調是不可逾越的。

　　就佛教與明代政治生態的關係而言，明代佛教的發展受到明代宗教政策的制約。朱元璋在南京建立大明之後，朱元璋及其繼任者們對待宗教採用既利用又限制的三教並用的態度和策略。朱元璋認識到要加強和穩固統治，必須加強思想上的統治。在思想上的統治，一方面以程朱理學作為統治思想，並以推行文字獄的方式，使得士大夫們不敢多言；一方面是利用儒、釋、道三教，內外並治。

　　關於三教關係，朱元璋屢屢加以論述，並作《三教論》，篇首為老子正名云：「夫三教之說，自漢歷宋，至今人皆稱之，故儒以仲尼、佛祖釋迦、道宗老聃，於斯三事，誤陷老子已有年矣，孰不知老子之道，非金丹黃冠之術，乃有國有家者日用常行有不可闕者是也。」朱元璋對老子的看法是非常準確的，清楚地界定了老子與後世道教煉丹求仙之間的差別，故言「古今以老子為虛無」實為大謬，「老子之道，密三皇五帝之仁，法天正已，動以時而舉合宜，又非升霞禪定之機，實與仲尼之志齊，言簡而意深，時人不識」。朱元璋對老子的認識，平實而論，確實高於一般人的見解。朱元璋指出「儒以仲尼，佛以釋迦，仙以赤松子輩」之三教者行於世者，是「天道」。儘管如此，朱元璋最為倚重的仍然是儒學，「仲尼之道祖堯舜，率三王，刪詩制典，萬世永賴」〔註1〕，

〔註1〕朱元璋：《明太祖文集》卷十《三教論》，《四庫全書》本。

是「凡有國家不可無」〔註2〕的；建立明王朝之後，朱元璋認為必須要以儒學
作為統治思想，將程朱理學確定為明王朝的統治思想。佛教與道教作為三教的
重要組成，朱元璋認為二者同樣於世不可或缺，云：「佛仙之幽靈，暗助王綱，
益世無窮，惟常是吉，嘗聞天下無二道，聖人無兩心，三教之立，雖持身榮儉
之不同，其所濟給之理一然，於斯世之愚人，於斯三教，有不可缺者。」〔註3〕

佛教與道教作為三教不可或缺的內容，卻並沒有被作為如儒學一般「永
賴」，可能是由於朱元璋清晰認識到佛道二教存在的一些弊病，朱元璋對二教
在歷史上所帶來的一些弊病加以批評，說：「昔梁武帝好佛，遇神僧寶公者，
其武帝終不遇佛證果。漢武帝、魏武帝、唐明皇皆好神仙，足世而不霞舉。以
斯求所求，以斯之所不驗，則仙佛無矣。」〔註4〕朱元璋曾與明初的宋濂論神
仙之說云：「古人主每宴逸，便思神仙，夫使國治民安，心神安泰，便是神仙，
他何所尚？」〔註5〕朱元璋對宗教有著清醒地認識，與歷史上溺佛佞道的皇帝
有很大的差別，宋濂回答道：「漢武好神仙而方士至，梁武好佛而異僧集，使
移此心以求賢輔天下，其有不治乎？」朱元璋與宋濂的對答，表明二人有沉
溺於佛道便難以治理好國家的觀念，若將求佛道之心轉移到求天下賢能之士，
國家更能長治久安。夏良勝援引此事之後，評論云：「聖祖御西廡，大臣皆坐
侍，指《大學衍義》中言司馬遷論黃老事，令宋濂講析，俾在坐者聽之。濂既
如詔，設言曰：『漢武嗜神仙之術，好四夷之功，民力既竭，重刑罰以震服之。
臣以為人主能以義理養性，則邪說不能侵；興學校以教民，則禍亂無從而作
矣。』」〔註6〕

出於對佛教之弊的認識，朱元璋對佛教採取了限制政策，洪武二十四年頒
布了《申明佛教榜冊》，朱元璋首先對佛教加以肯定，「今佛法自漢入中國，歷
曆數者一千三百三十年，非一姓為君而有者也」，至今所以不磨滅者，是「以
其務生不殺也」。但佛教之風至此弊甚，「其本面家風端在苦空寂寞，今天下之
僧多與俗混淆，尤不如俗者甚多，是等其教而敗其行」，《榜冊》中稱「有妻室
願還俗者聽，願棄離者聽」，可知彼時佛教弊病所達到的程度。因此需要「清
其事而成其宗」，即佛教不能廢除，但需要清整。具體如下：

〔註2〕朱元璋：《明太祖文集》卷十《釋道論》。
〔註3〕朱元璋：《明太祖文集》卷十《三教論》。
〔註4〕朱元璋：《明太祖文集》卷十《三教論》。
〔註5〕《罪惟錄》卷三十二上，《四部叢刊》本。
〔註6〕夏良勝：《中庸衍義》卷二，《四庫全書》本。

一，自經兵之後，僧無統紀。若府若州，合令僧綱司、僧正司驗倚郭縣分，僧會司驗本縣僧人雜處民間者，見其實數，於見有佛剎處，會眾以成叢林，清規以安禪。其禪者務遵本宗公案，觀心目形以證善果；講者務遵釋迦四十九秋妙音之演，以導愚昧；若瑜伽者，亦於見佛剎處，率眾熟演顯密之教應供，是方足孝子順孫報祖父母劬勞之恩。以世俗之說，斯教可以訓世；以天下之說，其佛之教陰翊王度也。

一，令下之後，敢有不入叢林，仍前私有眷屬，潛住民間，被人告發到官，或官府拿住，必梟首以示眾，容隱窩藏者流三千里。

一，顯密之教軌範科儀，務遵洪武十六年頒降格式內其所演唱者。除內外部真言，難以字譯，仍依西域之語，其中最密者，惟是所以曰密。其餘番譯經及道場內，接續詞情，懇切交章，天人鬼神咸可聞知者，此其所以曰顯。於茲科儀之禮，明則可以達人，幽則可以達鬼，不比未編之先，俗僧愚士，妄為百端訛舛規矩，貽笑智人，鬼神不達。此令一出，務謹遵毋增減，為詞訛舛紊亂，敢有違者，罪及首僧及習者。

一，令出之後，有能忍辱不居市廛，不混時俗，深入崇山刀耕火種，侶影伴燈，甘苦空寂寞於林泉之下，意在以英靈出三界者，聽。

一，瑜伽僧既入佛剎已集成眾，赴應世俗，所酬之資，驗日驗僧。每一日每一僧錢五百文，主磬、寫疏、召請三執事，每僧各一千文。

一，道場諸品、經呪布施則例（各項經寸數目不錄）。

一，陳設諸佛像，香燈供給，闍黎等項勞役，錢一千文。

一，凡僧與俗齋，其合用文書，務依修齋行移體式，除一表三申三牒三帖三疏三榜，不許文繁別立名色，妄費紙札，以耗民財。

一，今後所在僧綱、僧正、僧會去處，其諸散寺應供民間者，聽從僧民兩便，願請者願往任從之。僧綱、僧正、僧會毋得恃以上司，出帖非為拘鈐，假此為名，巧取散寺民施。從有緣僧，有道高行深者，或經旨精通者，檀越有所慕，從其齋禮，毋以法拘。

一，瑜伽之教、顯密之法，非清淨持守，字無訛謬，呼召之際，

幽冥鬼趣。咸使聞知，實時而至，非垢穢之軀，世俗所持者。曩者，民間世俗多有仿僧瑜伽者，呼為善友，為佛法不清，顯密不靈，為污濁之所污。有若是，今後止許僧為之，敢有似前如此者，罪以遊食。

《榜冊》頒布後，朱元璋令「本部官於奉天門欽奉聖旨」，「差僧人將榜文去，清理天下僧寺，凡僧人不許與民間雜處」〔註7〕。由《榜冊》內容來看，明初佛教之弊確實令人驚訝，進行整頓確實是勢在必行；佛教僧徒不務「苦空寂寞」之本業，而與世俗相混以獲利，必然會阻礙佛教的發展。

可能是弊深而難以遽改，《榜冊》頒布後，佛教僧徒行不法事、犯戒律行軌者仍多有，朱元璋又於洪武二十七年頒布《避趨條例》。

　　一，僧合避者，不許奔走市村，以化緣為由，致令無藉凌辱，有傷佛教。若有此等，擒獲到官，治以敗壞祖風之罪。

　　一，寺院菴舍，已有砧基道人，一切煩難答應官府，並在此人。其僧不許具僧服入公聽跪拜，設若己身有犯，即預先去僧服，以受擒拿。

　　一，欽賜田地，稅糧全免，常住田地雖有稅糧，仍免雜派人差役。

　　一，凡住持並一切散僧，敢有交結官府悅俗為朋者，治以重罪。

　　一，凡僧之處於市者，務要三十人以上，聚成一寺。

　　一，可趨向者，或一二人幽隱於崇山深谷、必欲修行者，聽。

　　一，僧有妻者，許諸人捶辱之，更索取鈔錢，如無鈔者打死勿論。

　　一，有妻室僧人，願還俗者，聽；願棄離者，修行者，亦聽。

　　一，僧寺菴院，一切高明之人，本欲與僧扳話，顯揚佛教，奈何僧多不才，其人方與和狎，其僧便起求施之心，為此人遠不近（文長不錄）。

朱元璋說明頒發此《趨避條例》的原因云：「自佛去世之後，諸祖踵佛之道，所在靜處，不出戶牖，明佛之旨，官民趨向者歷代如此，效佛宣揚者智人也，所以佛道永昌，法輪常轉。邇年以來，踵佛道者未見智人，致使輕薄小人毀辱罵詈，有玷佛門，特勅禮部，條例所避所趨者。」由上述條例的內容來看，

─────────────────────
〔註7〕幻輪彙編：《釋鑑稽古略續集》（二），《大正藏》第49冊，第936頁。

明初佛教之弊確實不容忽視,《榜冊》和《趨避條例》反映了朱元璋整頓佛教的態度,以及雷厲風行的手段,故云「榜示之後,官民僧俗,敢有妄論乖為者,處以極刑」〔註8〕。

但上述內容,並非全部是限制,有些亦是對僧徒的保護和扶持,其中的「僧不許具僧服入公聽跪拜,設若己身有犯,即預先去僧服」,即穿戴僧服時不必跪拜官員,在一定程度上是賦予僧徒一種相對超然的地位;「欽賜田地,稅糧全免,常住田地雖有稅糧,仍免雜派人差役」,是在財政上給予支持。

對佛教的保護和扶持,如上所言是朱元璋認識到佛教對國家與社會同樣不可或缺,如《心經序》中直接指出佛教等同於儒家三綱五常之理,云:「以朕言之則不然。佛之教實而不虛,正欲去愚迷之虛,立本性之實,特挺身苦行,外其教而異其名,脫苦有情。昔佛在時,侍從聽從者,皆聰明之士;演說者,乃三綱五常之性理也。既聞之後,人各獲福。自佛入滅之後,其法流入中國,間有聰明者動演人天小果,猶能化凶頑為善,何況聰明者知大乘而識宗防者乎。」〔註9〕朱元璋對佛教本質的認識,不僅超越一般的文人士大夫,甚至超於一般的僧徒,《佛教利濟說》云:「釋迦之為道也,惟心善世。其三皇五帝教治於民,不亦善乎,何又釋迦而為之?蓋世乖俗薄,人從實者少,尚華者眾,故瞿曇氏之子異其修,異其教,故天假其靈神之。是說空比假,示有無之訓,以導頑惡。斯成道也,今二千餘年。雖有慕道者眾,蹫斯道者鮮矣。然而間有空五蘊、寂憎愛、度世之苦厄者有之,此所以佛之妙,或張或斂。斯神也,巨則靈通上下,微則潛匿毫端。是故聰者欲得杳然,愚者無心或有善之,其故何也?所以天機之妙,人莫能與知;設使與知,則人與肩也,奚上之而奚下之耶。且佛之教,務因緣,專果報,度人之速甚於飄風驟雨急,極之而無已,人莫能知。」文中將佛教之功用說的極為清楚,並繼續強調云:「若時人知修持之道,以道佐人主,利濟群生,其得也廣。若量後世子孫,其福甚博。」〔註10〕從這兩篇文中,可以很好地理解朱元璋所說佛教乃「國家不可無」之意。基於這樣的立場,朱元璋對批駁二教、要求消滅二教者加以駁斥,言此乃是「有等愚昧」之人,「罔知所以」〔註11〕。

〔註8〕幻輪彙編:《釋鑒稽古略續集》(二),第938頁。
〔註9〕朱元璋:《明太祖集》卷十五《心經序》。
〔註10〕朱元璋:《明太祖集》卷十五《佛教利濟說》。
〔註11〕朱元璋:《明太祖文集》卷十《三教論》。

　　朱元璋之所以批評那些要求消除佛道二教者是「有等愚昧」之人，是因為這些人只知儒學可用於治政，而不知佛、道二教亦能「陰翊王度」：「古今通天下，居民上者聖賢也。其所得聖賢之名稱者云何？蓋謂善守一定不易之道，而又能身行而化天，不愚頑者也。故得稱名之。其所以不易之道云何？三綱、五常是也。是道也，中國馭世之聖賢，能相繼而行之，終世而不異此道者，方為聖賢。未嘗有捨此道而安天下，聖賢之稱，未之有也……斯道自中古以下，愚頑者出，不循教者廣，故天地異生聖人於西方，備神通而博變化，談虛無之道，動以果報因緣，是道流行西土，其愚頑聞之，如流之趨下，漸入中國，陰翊王度，已有年矣。斯道非異聖人之道而同焉。其非聖賢之人，見淺而識薄，必然以為異，所以可以云異者，在別陰陽虛實之道耳……所以，天下無二道，聖人無兩心。」〔註12〕佛、道二教與儒家無二道，佛、道二教聖人與儒家聖人無兩心，所以朱元璋說二教能「陰翊王度」。明初，這些「有等愚昧」之人頗多，明初文人宋濂曾記明朝建立之初就有儒士「以釋氏為世蠹」而「請滅除之」，朱元璋「以佛之功陰翊王度，卻不聽」〔註13〕。

　　朱元璋之後的歷代皇帝，對佛教基本上都是延續了朱元璋的限制與扶持的兩手政策，只是在扶持或限制的程度上有所差異。建文帝即位之後，繼承了朱元璋對宗教的政策。首先對佛道二教進行了限制：「朕聞釋道之教，其來久矣。本義清淨空幻為宗、超世離俗為事。近代以來，俗僧鄙士，貪著自養，殖貨富豪，甚至田連阡陌。本欲以財自奉，然利害相乘，迷不知覺。既有饒足之利，必受官府之擾。況因此不能自守，每罹刑憲，非惟身遭僇辱，而教亦墮焉。」建文帝是從寺觀的田地太多、經濟力量過大反而招致災禍出發，限制寺觀的財力；表面上是限制，出發點似乎仍然是保護。對佛教道教的功用，建文帝與朱元璋的看法是相同的，認為二教能陰翊王度，「夫佛道本心，陰翊王化，其助弘多」。但二教之末流，「所習本乖，蠹蝕教門，致使訕毀肆行，貽累厥初」，建文帝對此「甚憫之」，推究其「害教之端」「實自田始」。建文帝由此對僧道與寺觀的田產加以細緻的規定：「今天下寺菴宮觀，除原無田產外，其有田者，每僧道一人，各存田五畝，免其租稅，以供香火之費，餘田盡入官，有佃戶者，佃者自承其業，無佃戶者，均給平民。如舊田不及今定數者，不增。若有以祖

〔註12〕朱元璋：《明太祖文集》卷十《宦釋論》。
〔註13〕宋濂：《翰苑續集》卷之五，載《宋濂全集》，浙江古籍出版社1999年版，第859～860頁。

業及歷代撥賜為詞告言者，勿理。如原係本朝撥賜者，不在此例。凡僧道一應丁役，並免。」建文帝承襲了朱元璋對出家年齡的限制：「非奉朝命，不許私竊簪剃。年未五十者，不許為尼及女冠。」建文帝認為，「多藏厚亡」是「老氏攸戒」，「除欲去累」為「大覺所珍」，若能做到不積蓄財產、去累除欲，則「利欲減則善心生，善人多則風俗美」。按照這樣的「定制」，建文帝認為國家和天下就會「永底太平」〔註14〕。

明成祖以靖難之役奪取政權，僧人道衍在靖難之役中發揮了巨大的貢獻，因此明成祖給予了佛教極大的寬容，在本書道衍一章中可以看到。即使因為崇奉道教而對佛教有較大抑制的嘉靖皇帝，在早年的時候仍然對藏傳佛教有所崇信，如嘉靖二年，藏傳僧人「無故修設齋醮，日費不貲」，嘉靖皇帝「致萬乘之尊，親涖壇場」〔註15〕。扶持的同時加以限制，成為有明一朝對待佛教的基本與一貫策略。

二

上文提到宋濂與朱元璋申論佛道二教，也提到夏良勝對二人所論內容的評論。由他們之間的申論或評論可知，對佛教功能的認識，不僅朱元璋有這樣的看法，即是如宋濂、夏良勝等一般的文人也是同樣的看法。如宋濂等文人士大夫對明代佛教政策的制定有著巨大的影響，僧徒們亦與文人士大夫們交遊密切，因此要理解明代佛教的發展，同時要瞭解明代士大夫對佛教的認識以及態度。

宋濂作為明初文臣之首，以文辭侍帝，朝廷許多政策的制定與其有關，許多詔書的撰寫出自其手。明初的佛教政策（宗教政策）走向，宋濂在其中起了非常重要的作用。明初對佛教的扶持，包括禮待著名僧人、舉行法會等，朱元璋制定這些策略時，都會參考宋濂的意見；宋濂也大多參與了這些活動，對當時的佛教界、朱元璋和明初的佛教有較大的影響，如忽滑骨快天雖然對宋濂的佛學水平評價不高，卻對他在明初佛教中的重要作用加以肯定，說：「儒臣宋濂、沙門宗泐等，輔導帝致力文教之興隆，其功不可沒。」〔註16〕宋濂同時撰寫了大量的維護佛教的文章，被佛教界稱為佛教的護法者，其關於佛教的文章

〔註14〕徐學聚：《國朝典匯》卷一百三十四，《四庫全書存目叢書》本。
〔註15〕《明世宗實錄》卷二十六。
〔註16〕〔日〕忽滑骨快天：《中國禪學思想史》第六編第九章，第706頁。

被編為《護法編》。通過宋濂對佛教的維護，可以看到明代護教文人士大夫對佛教的態度，這是明代佛教發展與文學創作極為重要的動力。

　　朱元璋在建立明朝之前，就對著名的僧人非常重視，宋濂多有記載。至正十六年（1356），朱元璋攻下南京，覺原禪師立即「謁皇上於轅門」。朱元璋見覺原氣貌異常，歎曰：「此福德僧也。」命主蔣山太平興國禪寺。覺原的舉動，表明了很多僧人很會審時度勢，看到朱元璋有統一全國之勢，立即投向新政權，以求庇護。朱元璋回應了佛教僧徒們的舉動，對佛教加以保護，宋濂記載朱元璋保護覺原和興國禪寺云：「時當儉歲，師化食以給其眾，無闕乏者。山下田人多欲隸軍籍，師懼寺田之蕪廢也，請於上而歸之。山之林木為樵者所剪伐，師又陳奏，上封一劍授師曰：『敢有伐木者，斬。』至今蓋鬱然云。」〔註17〕朱元璋的回應，說明他在建立明朝之前已經意識到佛教對於統一天下和維護政權的重要性。在攻打南京時，大天界寺的僧徒「俱風雨散去」，只有孚中禪師「獨結跏宴坐，目不四顧」，士兵們見到禪師的姿態，「無不擲仗而拜」。朱元璋親自到寺中，聽孚中說法，「嘉師言行純愨，特為改龍翔為大天界寺，寺之逋糧在民間者，遣官為徵之」。孚中禪師在臨終前一日，朱元璋正統兵駐江陰沙州，當晚夢見孚中禪師服褐色禪袍來見，朱元璋問「師胡為乎來也」，孚中對曰「將西歸，故告別耳」，朱元璋回到南京，聞孚中遷化，情形正與與夢中相同。朱元璋對此相當感動，「詔出內府泉幣助其喪事，且命堪輿家賀齊叔為卜金藏」，並親自祭奠，云：「舉龕之夕，上親致奠，送出都門之外。」這種夢境感應或為巧合，或為宋濂誇張之辭，或為朱元璋的政治手段，不過卻能在一定程度上反映出朱元璋對佛教的扶持態度，故宋濂在文末評論孚中之遇朱元璋，云「其寵榮之加，近代無與同者」〔註18〕。朱元璋主動去拜訪孚中禪師，說明他在積極爭取佛教界的支持，以鞏固自己的政權。朱元璋初期對待佛教的態度，奠定了洪武時期宗教政策的基調。

　　宋濂對佛教功用的認識，與朱元璋的看法完全一致，在文中多次提到佛教能夠「陰翊王度」，如《西天僧撒哈咱失理授善世禪師誥》云來華僧人爾撒哈咱失理以佛教之說導怙惡之徒：「大雄氏之道，以慈悲願力導人為善。所以其

〔註17〕宋濂：《翰苑續集》卷之五《天界善世禪寺第四代覺原禪師遺衣塔銘》，載《宋濂全集》，第859頁。

〔註18〕宋濂：《鑾坡前集》卷之五《大天界寺住持孚中禪師信公塔銘》，載《宋濂全集》，第440～441頁。

教肇興於西方，東流於震旦，歷代以來，上自王公，下逮士庶，無不歸依而信禮之，其來非一日矣。欲使其闡揚正法，陰翊王綱，非擇其人，曷稱茲任？爾撒哈咱失理生於西域，樂嗜佛乘，纏結頓空，冥心契道。邇者不憚山川險阻，直抵中華，沖大磧之埃氛，度流沙之莽蒼，其志可謂堅且確矣。朕嘉其遠誠，特加以『善世禪師』之號。爾尚靈承佛教，救濟群生。冥頑而怙惡者，爾推報應之說以導之；貪嗔而敗事者，爾舉恬寂之行以啟之。」〔註19〕又在《和林國師尕兒只怯列失思巴藏卜授都綱禪師誥》中言來華僧人以如來願力化導有情，云：「浮圖之教，入中國者千三百年。其徒眾之繁，剎寺之廣，不設長以統制之，則其道不肅，其法不嚴，非所以示尊崇之意。爰選良材，用符善道。爾尕兒只怯列失思巴藏卜生鄰佛土，尊禮碩師，其於三乘教法，想已聞之熟矣。以西土之人，長西方之教，孰謂非宜？今特命爾為都綱副禪師，統制天下諸山。爾尚精勤弗怠，蚤夜孜孜，體如來之願力，化導有情。頑者，繩之為良；惡者，御之為善。其與俱生吉祥，相為表裏，共闡正宗，庶幾陰翊王度之功，於是乎在。」〔註20〕宋濂為朱元璋起草的這兩個誥，說明宋濂與朱元璋對佛教的認識完全一致，既是明朝宗教政策的重要主導者，也是重要的施行者。

　　宋濂對佛教對國家的維護功用的論證更加充分，從理論上論證了佛教可以補國家治化之不足。宋濂曾詳考佛教歷史、各派之源流和禪宗興起後出現的禪、教之別。與禪、教之間相互攻擊不同，宋濂認為禪與教沒有本質的差別，在他看來，無論是禪是教，都可補國家治化之不足：「三皇治天下也善用時，五帝則易以仁信，三王又更以智勇。蓋風氣隨世而遷，故為治者亦因時而馭變焉。成周以降，昏蠹邪僻，翕然並作。緤縲不足以為囚，斧鑕不足以為威。西方聖人，歷陳因果輪迴之說。使暴強聞之，赤頸汗背，逡巡畏縮，雖螻蟻不敢踐履，豈不有補治化之不足？柳宗元所謂『陰翊王度』者是已。此猶言其粗也。其上焉者，炯然內觀，匪即匪離，可以脫卑濁而極高明，超三界而躋妙覺，誠不可誣也。」人的思想和內心，往往是刑罰、斧鑕之威所不能達到處，通過佛教的宣講輪迴之說，使「暴強」之人有畏懼之心而回頭，止惡向善。在宋濂看來，人人本來都具有「真性」：「妙明真性，有若太空。不拘方所，初無形段。沖澹而靜，寥漠而清。出焉而不知其所終，入焉而不知其所窮。與物無際，圓

〔註19〕宋濂：《翰苑續集》卷之二，載《宋濂全集》，第809～810頁。
〔註20〕宋濂：《翰苑續集》卷之二，載《宋濂全集》，第810頁。

妙而通。」真性不失時，無佛法可言：「當是時，無生佛之名，無自他之相，種種含攝，種種無礙，尚何一法之可言哉？」人人具有真性，無我相、他相之差別。隨著真性的逐漸消失，欲望逐漸增強，佛法就應運而生，拯救身陷大澤的迷人：「奈何太樸既散，誕勝真漓。營營逐物，唯塵緣業識之趨。正如迷人身陷大澤，煙霧晦冥，蛇虎縱橫，競來追人，欲加毒害，被髮狂奔，不辨四維。西方大聖人，以慈憫故，三乘十二分教，不得不說，此法之所由建立也。眾生聞此法者，遵而行之，又如得見日光，逢善勝友，為驅諸惡，引登康衢，即離怖畏，而就安隱。」〔註21〕「三乘十二分教」為揭明人之真性，禪宗亦發揮同樣的作用，達摩和歷代禪宗祖師所揭明的同樣是人之真性：「人生而靜，性本圓明，如大月輪光明遍照，凡蘇迷盧境界具濕性者，大而河海，小而沼沚，無不有月。是故有百億水，則百億之月形焉。仰而瞻之，而中天之月未嘗分也。月，譬則性也；水，譬則境也。一為千萬，千萬為一，初無應者，亦無不應者，體用一源，顯微無間也。大聖全體皆真，不失其圓明之性，如月在寒潭，無纖毫障翳，清光燁如也。凡夫為結習所使，業識所縛，而唯迷暗是趨，如月在濁水，固已昏冥無見，加以獰飆四興，翻濤皷浪，魚龍出沒，變幻恍惚，欲求一隙之明，有不可得矣。故聖人之心主乎靜，靜而非靜，而動亦靜也；凡夫之情役於動，動而不靜，而靜亦動也。吾達摩大師特來東土，以迦葉所傳心學化彼有情，或澄濁為清，止浪為平，直入於覺地而後止。故其體常寂，而寂無寂也；其智常照，而照無照也；其應常用，而用無用也。至此，則其妙難名矣，然未易以一蹴到也。惟一惟虛，坐忘其軀；或緩或徐，長與神明居。懼其散而弗齊也，設疑情以一之；恐其至而自畫也，假善巧以引之；慮其偏而失正也，挽沉溺以返之。其道蓋如斯而已。歷代諸師，各尊所聞，守此而不敢失。」〔註22〕

〔註21〕 宋濂：《翰苑續集》卷之八《重刻護法論題辭》，第913～914頁。宋濂在《扶宗宏辨禪師育王裕公生塔之碑》中強調真如之性迴然長存：「我如來設教，騁威神妙智之力，示超絕極致之理，視萬劫為旦暮，剎那之頃，三際現前。是故以生滅為一，雖出入靡常，而真如之性炯然長存，既無染淨，亦無寡多，習其學者，往往深入禪定，後天地而不凋，不知孰謂之死，孰謂之生也。」（《芝園前集》卷之四，載《宋濂全集》，第1221頁）

〔註22〕 宋濂：《翰苑續集》卷之一《瑞巖和尚語錄序》，載《宋濂全集》，第784～785頁。在《達摩大師贊》中說達摩闡教之宗派，是為驅除纏蔽之枝葉而見清淨之本根：「繫傳香至，法證圓真。闢六宗之異戶，歸甘露之一門。操智慧刀，斬纏蔽之枝葉；裂煩惱綱，見清淨之本根。」（《芝園前集》卷之五，載《宋濂全集》，第1256頁）

迷人聞佛法（禪、教）而遵行之，如驅雲而見日光，驅諸惡而返歸真樸，是宋濂認為佛教有補於治化的理論基礎。宋濂對佛教有補於治化之功用，亦不憚老邁而闡揚之：「予故不辭為稽《決疑經》所載，以啟禪源；法水月之喻，以明性原；推達摩之教，以為學源。歷題之於首簡。予老且病，凡求文繽紛於前，悉皆謝絕，而獨為師拈此者，憫大法之陵夷，樂師言之契道也。」〔註23〕

在佛教「陰翊王度」、有補於國家之治化上認識的一致，宋濂對待佛教的態度可以說在一定程度上就是朱元璋對待佛教的態度。佛教有利於加強明政權統治與穩固，朱元璋因此對攻擊佛教的言論才置之不聽。如上文所言，朱元璋在扶持的同時，對佛教加以限制，宋濂記載道：「上聞寺僧多行非法，命師嚴馭之，師但誘以善言。」〔註24〕在這方面，宋濂應該也是同樣的態度，即不能放縱佛教僧徒，而是加以比較嚴格的限制，革除佛教存在的弊病，這樣更利於佛教的健康發展。

對佛教既利用又限制的出發點是好的，在扶持過程中往往會忽視對佛教的限制，《明史》載朱元璋對僧徒委以重任：「帝自踐阼後，頗好釋氏教。詔征東南戒德僧，數建法會於蔣山。應對稱旨者輒賜金襴袈裟衣，召入禁中，賜坐與講論。吳印、華克勤之屬，皆拔擢至大官，時時寄以耳目。」對僧徒委以重任、當做耳目，使得部分僧徒「橫甚」，往往會在朱元璋面前「讒毀」那些對佛教不滿的大臣，大臣們一不小心就會遭其「讒毀」，致使大臣們見到僧徒的違法亂紀，「舉朝莫敢言」。上文所列舉的《申明佛教榜冊》《趨避條例》，應該是朱元璋看到佛教徒中存在著的這些「橫甚」與違背佛教戒律的現象而頒布的。

宋濂作為明代支持佛教的代表，與宋濂不同，明代自然有反對佛教的士大夫。朱元璋強調「天下無二道，聖人無兩心」，有儒士與士大夫頗不贊同，宋濂記載明初有儒士上疏滅佛：「洪武元年戊申春三月，開善世院，秩視從二品，特授師（覺原禪師）演梵善世利國崇教大禪師，住特大天界寺，統諸山釋教事。頒降誥命，俾服紫方袍。章逢之士，以釋氏為世蠹，請滅除之。上以其章示師，師曰：『孔子以佛為西方聖人，以此知真儒必不非釋，非釋必非真儒矣。』上

〔註23〕 宋濂：《翰苑續集》卷之一《瑞巖和尚語錄序》，載《宋濂全集》，第784～785頁。
〔註24〕 宋濂：《翰苑續集》卷之五《天界善世禪寺第四代覺原禪師遺衣塔銘》，載《宋濂全集》，第860頁。

亦以佛之功陰翊王度，卻不聽。」〔註25〕在反對扶持佛教的士大夫中，頗有敢言之人，如李仕魯和陳汶輝就是其中的著名者，《明史》本傳提及二人上疏反對扶持佛教，云：「仕魯與給事中陳汶輝相繼爭之。汶輝疏言：『古帝王以來，未聞縉紳緇流，雜居同事，可以相濟者也。今勳舊耆德咸思辭祿去位，而緇流憸夫乃益以讒間。如劉基、徐達之見猜，李善長、周德興之被謗，視蕭何、韓信，其危疑相去幾何哉？伏望陛下於股肱心膂，悉取德行文章之彥，則太平可立致矣。』帝不聽。諸僧怙寵者，遂請為釋氏創立職官。於是以先所置善世院為僧錄司。設左右善世、左右闡教、左右講經覺義等官，皆高其品秩。道教亦然。度僧尼道士至逾數萬。仕魯疏言：『陛下方創業，凡意指所向，即示子孫萬世法程，奈何捨聖學而崇異端乎！』章數十上，亦不聽。仕魯性剛介，由儒術起，方欲推明朱氏學，以闢佛自任。及言不見用，遽請於帝前，曰：『陛下深溺其教，無惑乎臣言之不入也！還陛下笏，乞賜骸骨歸田里。』遂置笏於地。帝大怒，命武士捽搏之，立死階下。」〔註26〕陳汶輝和李仕魯上疏中闢佛的理由，還是傳統的儒佛之辨、陳述的是傳統的理由，認為儒學才是正統的統治思想，佛教是外來的異端。至於說劉基、徐達、李善長、周德興之得罪於朱元璋乃是因為佛教僧徒的「讒毀」，則去史實太遠。朱元璋殺戮功臣完全與佛教僧徒無關，是為了鞏固自己皇權的需要而採取的措施。同樣，設立僧官，也是為了便於管理天下的僧徒，並不是為了單純授佛教徒以官職、爵位。李仕魯以「置笏於地」的過激舉動責朱元璋沉溺佛教而不聽其言，完全沒有揣摩朱元璋所制定宗教政策的良苦用心，最終被朱元璋賜死並不足為怪。

　　宋濂的看法與上述僻佛反佛者完全不同，認為「儒釋之一貫也」，儒學與佛教都使人趨於善道：「天生東魯、西竺二聖人，化導烝民，雖設教不同，其使人趨於善道，則一而已。為東魯之學者，則曰：『存心養性也。』為西竺之學者，則曰：『我明心見性也。』究其實，雖若稍殊，世間之理，其有出一心之外者哉？傳有之：東海有聖人出焉，其心同，其理同也；西海有聖人出焉，其心同，其理同也；南海、北海有聖人出焉，其心同，其理同也；是則心者，萬理之原，大無不包，小無不攝。能充之則為賢知，反之則愚不肖矣；覺之則為四聖，反之則六凡矣。世之人，但見修明禮樂刑政為制治之具，持守戒定慧為入道之要。一處世間，一出世間，有若冰炭、晝夜之相反。殊不知春夏之伸，

〔註25〕宋濂：《翰苑續集》卷之五，載《宋濂全集》，第 859 頁。
〔註26〕《明史》卷一百三十九《李仕魯傳》，中華書局 1974 年版，第 3989 頁。

而萬匯為之欣榮；秋冬之屈，而庶物為之藏息，皆出乎一元之氣運行。氣之外，初不見有他物也。達人大觀，洞然八荒，無藩籬之限，無戶闥之封，故其吐言持論，不事形跡，而一趨於大同；小夫淺知，肝膽自相胡越者，惡足以與於此哉？」〔註27〕與儒家同一「途轍」的是，佛教同樣講孝：「大雄氏躬操法印，度彼迷情，翊天彝之正理，與儒道而並用，是故《四十二章》有最神之訓，《大報恩》中有孝親之戒。蓋形非親不生，性非形莫寄，凡見性明心之士，篤報本反始之誠，外此而求，離道逾遠……契經最神之訓，如來孝親之戒，其能服行而弗悖者歟？魯典竺墳，本一途轍，或者歧而二之，失則甚矣。」〔註28〕佛教與儒家「孝」等倫理觀念「途轍」同一的表現，在本書後文的眾多僧徒的作品中可以充分地看到，某些僧徒在這方面的觀念甚至更在宋濂之上。

綜上所論，宋濂認為不僅不能排斥佛教，而且要佛、儒並用，「真乘法印，與儒典並用」。儒釋並用則「人知向方」，宋濂進一步解釋說：「蓋宗儒典則探義理之精奧，慕真乘則蕩名相之粗跡，二者得兼，則空有相資，真俗並用，庶幾周流而無滯者也。」〔註29〕儒釋並用實際上就是真俗並用，這樣不僅可以將佛教徒納入到統治範圍之內，更能讓佛教充分發揮出作用，維護和加強明政權的統治。

三

上述提及如李仕魯和陳汶輝等請求將佛教滅除者，不僅在明代士大夫中屬於少數，即使在反對佛教的文人士大夫中同樣屬於少數，更多的往往是表面上僻佛反佛，實際上卻涉佛。這種情況在道學家與心學家中最為普遍。

明初道學家中，臺閣重臣楊士奇可以看作是代表之一。楊士奇雖然不能視作純粹的道學家，但一直以道學家自任，因此他對佛教的看法，頗能代表身居高位道學家們對佛教的認識，他們對佛教的態度，自然會極大程度上影響著明代佛教的發展與文學創作。

楊士奇，建文帝時入翰林院，充《太祖實錄》編纂，開始步入仕途。如上所述，朱棣靖難之役後，如方孝孺以及上述所言的周是修不屈服於朱棣或被殺或自殺，楊士奇為朱棣撰寫了即位詔書。永樂六年，朱棣征漠北，命楊士奇與

〔註27〕宋濂：《翰苑續集》卷之九《〈夾註輔教編〉序》，載《宋濂全集》，第 941 頁。
〔註28〕宋濂：《鑾坡後集》卷之十《贈清源上人歸泉州觀省序》，載《宋濂全集》，第 779 頁。
〔註29〕宋濂：《鑾坡後集》卷之八，載《宋濂全集》，第 721～722 頁。

蹇義留南京鋪作太子，開始受到朱棣的倚重。太子（即明仁宗）對楊士奇很是信任，楊士奇自記云：「永樂中，臣同尚書蹇義侍仁宗皇帝監國，義重厚老成，更歷多而疑慮深，臨事寡斷，每同承顧問，一事之間，義常持兩端，猶豫久未決。臣進曰：『有事須行，無終不決之理。』上曰：『然，受事皆應覆命，豈得不決？』義曰：『事當熟慮，慮不熟有後患，故必應詳審。』上曰：『義言亦是。』臣對曰：『凡事豈得不思，但思多則惑，既思而有疑，則擇一端近於理而可對上言者行之。』上笑曰：『此須兼知仁勇。自今議事，只如士奇言，擇當理者從之，不須多思致惑。』」〔註30〕明仁宗即位之初，就言楊士奇、蹇（義）、夏（原吉）三人為「吾所倚非輕」，告之云「但有事須盡言，庶幾以輔吾不逮」〔註31〕。楊士奇又在《三朝聖諭錄序》中言受到朱棣等三代皇帝的寵任說：「仁宗皇帝、宣宗皇帝嗣位，所以寵任士奇者，始終皆如永樂。士奇祗事三聖三十有三年，寵愈厚，而官愈進。」〔註32〕如楊士奇所言，他的仕途是「事三聖三十有三年，寵愈厚，而官愈進」，可謂受寵幸之極。

　　大學士黃淮曾為《東里文集》作序，序中言其二人「旦夕相聚處，聆笑語，接矩範」。黃淮《東里文集原序》開篇云「天生間世之才，必予之以清明粹溫之資，際夫重熙累洽之運，發為事業，參贊經綸，輔成國家之盛，著為文章，宣金石，垂汗簡，以彰文明之治」，這無疑是為表彰楊士奇蓄勢，故下句云「觀於今少師東里楊公士奇可見矣」。楊士奇「蚤失怙，奮志卓立，讀書數行俱下」，所交為「鴻儒碩士」，所談為「道德仁義」，其文學「芳潤內融，彪炳煜乎外見，濡豪引紙，力追古作」。楊士奇「歷事四聖熙洽之朝」，朝中之「大論議大制作」，出其手居多；其所撰寫「應世之文」，「率皆關乎世教」，作品「吐辭賦詠，沖澹和平，渢渢乎大雅之音」〔註33〕。序中歸納楊士奇創作的三個方面：一，為朝廷撰寫「大論議大制作」；二，作品多「關乎世教」；三，作品內容和風格為直追古作的「大雅之音」。黃淮與楊士奇「旦夕相聚」，他的評價雖有誇耀之嫌，卻也是比較中肯。

　　所謂的「大雅之音」，在後世的評論者看來，其實就是頌揚和粉飾，這是其作品被視之為臺閣體的原因。如《甘露賦》就是一篇純粹的頌揚之文，其序云：「洪惟皇帝陛下臨御以來，薄海內外，咸歸德化，尊卑大小，安分循義，

〔註30〕楊士奇：《東里別集》卷二，《四庫全書》本。
〔註31〕楊士奇：《東里別集》卷二。
〔註32〕楊士奇：《東里別集》卷二。
〔註33〕黃淮：《東里文集》卷首《東里集原序》，中華書局1998年版。

耕食鑿飲，朝恬夕嬉。陛下聖仁之心，宵旰惓惓，謂天下雖安，不可忘危，時
雖無事，不可忘武。陛下此心，即隆古帝王憂勤惕厲之心，所以為國家生民造
太平無窮之福者也。夫有至仁之德者，必有至和之應，乃永樂十年十月丁丑，
車駕狩於武岡之陽，講武事也。先夕甘露降茲山，戊辰狩陽山，甘露復降。臣
謹稽載籍有曰：『君治政甘露降。』又曰：『帝王恩及於物，順於人，而甘露降。』
又曰：『聖王之德，上及太清，下及太寧，中及萬靈，則膏露呈瑞。』凡此皆
天地至和之應，陛下至仁之所致也。」〔註34〕本篇作於永樂十年（1412），可
能是感恩於朱棣的寵信，言辭可謂頌揚之至。平實而論，楊士奇這些頌揚之文，
與其承擔的「大論議大制作」之責密切相關，作為朝廷的「大論議大制作」必
須維護皇帝和朝廷的威嚴、榮耀和秩序。從身份和職責來看，楊士奇撰寫這樣
的頌揚之文根本沒有必要值得大驚小怪，也沒有必要給予過於嚴厲的批評。

　　道學家世以及從小受到的道學訓練，使楊士奇極為重視道學，《明史》本
傳云：「六年，帝北巡，命與蹇義、黃淮留輔太子。太子喜文辭，贊善王汝玉
以詩法進。士奇曰：『殿下當留意《六經》，暇則觀兩漢詔令，詩小技，不足為
也。』太子稱善。」〔註35〕這裡的「殿下當留意《六經》，暇則觀兩漢詔令，
詩小技，不足為也」之語確實出自楊士奇之口，其《三朝聖諭錄》卷中記載到
此事：

> 　　永樂七年，贊善王汝玉每日於文華後殿說賦詩之法。一日，殿
> 下顧臣士奇曰：「古人主為詩者，其高下優劣何如？」對曰：「詩以
> 言志，《明良喜起》之歌、《南薰》之詩是唐虞之君之志，最為尚矣。
> 後來如漢高《大風歌》、唐太宗《雪恥酬百王除凶報》，千古之作，
> 則所尚者霸力，皆非王道。漢武帝《秋風辭》氣志已衰，如隋煬帝、
> 陳後主所為，則萬世之鑒戒也。如殿下於明道玩經之餘，欲娛意於
> 文事，則兩漢詔令亦可觀，非獨文詞高簡近古，其間亦有可裨益治
> 道。如詩人無益之詞，不足為也。」殿下曰：「太祖高皇帝有詩集甚
> 多，何謂詩不足為？」對曰：「帝王之學所重者，不在作詩。太祖皇
> 帝聖學之大者，在《尚書注》諸書，作詩特其餘事。於今殿下之學，
> 當致力於重且大者，其餘事可姑緩。」殿下又曰：「世之儒者亦作詩
> 否？」對曰：「儒者鮮不作詩。然儒之品有高下，高者道德之儒，若

〔註34〕楊士奇：《東里文集》卷二十四，第357頁。
〔註35〕《明史》卷一百四十八，中華書局1974年版，第4132頁。

　　記誦詞章，前輩君子謂之俗儒。為人主尤當致辨於此。」〔註36〕
楊士奇告誡太子不可沉溺於「詩人無益之詞」，詩賦只能是「於明道玩經之餘」
的一種娛樂，若「欲娛意於文事」，亦不可亂看，止可觀兩漢詔令，因其不僅
「文詞高簡近古」，更重要的是「其間亦有可裨益治道」，是典型的道學家語。
太子質疑儒者亦作詩，楊士奇直接將儒者加以分類，言儒者有高下之別，高者
乃道德之儒，「記誦詞章」不過是俗儒；楊士奇很明顯是以「道德之儒」自任，
如在為蹇義作的《退思齋記》中說的「退而思其道，進而施諸事」之語，可以
看作是作為道學家的自我表白，並作為道學家而「汲汲焉求諸心而不遑暇」地
「以身任天下」〔註37〕。

　　作為以「道德之儒」自任的純粹道學家，宗教態度或許應該如孔子般「不
知生焉知死」「不語怪力亂神」，楊士奇卻不僅大談「怪力亂神」，而且對宗教
義理能身同感受，如《題骷髏圖》詩云：「漆園傲世者，放言出糟粕。大觀天
地間，玩化以嘲謔。晝夜自恒理，生死等酬酢。存順而歿寧，焉往非吾樂。」
〔註38〕詩中通過觀看骷髏圖，從深處體悟莊子和道教的「晝夜自恒理，生死等
酬酢」之理。

　　楊士奇並不反對宗教信仰者，對宗教義理和宗教徒的積極行為持肯定態
度，對消極的或者對民眾、社會帶來不利影響的宗教因素，則給予駁斥。這方
面主要體現在對民間巫風的駁斥上，《贈醫士陳名道序》中敘江漢間「尚巫」
之風云：「江漢間，其俗尚巫，有疾不事醫，唯走巫求禱焉。徼幸以治，載醪
牲實篚造謝巫之庭，唯恐後。即不治，不咎巫，必自反，曰『我之弗虔』，不
敢懷纖毫怨懟，且慮復有求也……巫者古以事神，非有盜神之號以欺人也。今
盜神之號以欺人，人亦安其欺，雖百死不悔。於乎，先王之治天下，有假於鬼
神時日卜筮以疑眾者，一拘殺於司寇，巫所為疑不既甚矣乎？故巫不誅，醫不
行，民得保終乎天年者，幸也。」〔註39〕楊士奇批評江漢之間的民眾「信巫不
信醫」，《史記》扁鵲傳中就已經記載到扁鵲說病有「六不治」之六就是「信巫
不信醫」，明代的江漢之間的民眾竟然還秉承著「信巫不信醫」的觀念。巫不
能治好病症，江漢民眾自省「我之弗虔」之狀，恰如東漢後期的太平道和五斗

〔註36〕楊士奇：《東里文集》別集卷二，《四庫全書》本；又見《國朝典故》卷之四十
　　　　六《三朝聖諭錄》卷中。
〔註37〕楊士奇：《東里文集》卷之一，第8頁。
〔註38〕楊士奇：《東里詩集》卷一，《四庫全書》本。
〔註39〕楊士奇：《東里文集》卷之三，第31頁。

米道，張魯令其眾「誠信不聽欺妄」「有病但令首過」，唐章懷太子李賢注《後漢書》引《典略》云：「初，熹平中妖賊大起，〔輔有駱曜。光和中，東方有張角〕，漢中有張修。〔駱曜教民緬匿法，角〕為太平道，（張角）〔修〕為五斗米道。太平道師持九節杖，為符祝，教病人叩頭思過，因以符水飲之。病或自愈者，則云此人信道，其或不愈，則云不信道。修法略與角同，加施淨室，使病人處其中思過。又使人為奸令祭酒，主以《老子五千文》，使都習，號『奸令』。為鬼吏，主為病者請禱。〔請禱〕之法，書病人姓字，說服罪之意。作三通，其一上之天，著山上，其一埋之地，其一沉之水，謂之『三官手書』。使病者家出米五斗以為常，故號『五斗米師』也。實無益於療病，〔但為淫妄〕，小人昏愚，競供事之。」〔註40〕江漢民眾「我之弗虔」的自省，幾乎就是太平道和五斗米道「病或自愈者，則云此人信道，其或不愈，則云不信道」的延承。楊士奇在胡延平撰寫的傳記中提到其毀「淫祠」事：「廳事側有淫祠，數為妖，前知府徙舍避焉，延平命毀祠，更作室其上居之，妖頓熄。」〔註41〕楊士奇贊同胡延平毀「淫祠」的行為，可能其認為這些「淫祠」與「巫風」相類。《故亞中大夫寧國府知府陳公之碑》中敘宣、歙等處發生水災，「民危懼，計無出」，請「巫覡禱神」，結果「水勢益甚」，陳灌認為「巫覡焉知事神」，遂「躬禱於敬亭山神，水患遂息」〔註42〕。在這篇傳記中，楊士奇一方面繼續批評巫風之誣，另一方面卻認同陳灌「躬禱於敬亭山神」平息水患的做法，表明他有尊奉真正神祇的觀念。《故資政大夫戶部尚書郭公墓誌銘》亦記載郭敦祈城隍神而毀「淫祠」事：「嘗歲旱，公齋沐致禱，雨立降沾足。蝗入境為災，公自為文檄城隍神，是夕大雨雷電，蝗盡死。凡所禱輒應。城西有淫祠，歲四月軍民男女聚謁祭祠下讙嘩若狂，公禁止之。已而得風眩疾，吏民爭勸罷禁，弗聽，疾亦瘳。」〔註43〕郭敦「得風眩疾」，民眾認為是其禁「淫祠」之故而「爭勸罷禁」，表明「巫風」「淫祠」在民眾的信仰中極為普遍。

認同禁「巫風」「淫祠」而請禱真正神祇的做法，表明了楊士奇的宗教看法，即他對朝廷所認同的宗教持肯定和支持的態度，畢竟宗教能「陰翊王度」是自朱元璋以來明朝政府的認識。《敕賜廣福寺碑》中，楊士奇指出佛教能「陰翊王度」之因說：「佛之教，在於絕嗜欲，務清淨，而求諸內。其始以為已焉

〔註40〕《後漢書》卷七十五《劉焉傳》，中華書局 1965 年版，第 2436 頁。
〔註41〕楊士奇：《東里文集》卷之二十二《胡延平傳》，第 312 頁。
〔註42〕楊士奇：《東里文集》卷之十四，第 202 頁。
〔註43〕楊士奇：《東里文集》卷之十九，第 281 頁。

耳，及其成也，固推以化人。如從其化，由其道專用其心於恬澹寂寞，可為淳
古無事之俗，而吏治可簡，刑罰可省矣。」佛教能淳風俗、簡吏治、省刑罰，
因此「明君仁主之重其道，意亦有在於此」。尤其是「兼通儒旨，闓爽豁達」
的「叢林之傑」〔註44〕，更受到朝廷的讚賞和支持。宣府左都督譚佩以「為國
祝釐，為眾祈佑」的目的修造彌陀寺，楊士奇由此評論佛教「用之大者」在於
「濟利為用而利國利民」，「自其法入中國千有餘年，信用不疑，上下一軌，而
大臣秉仁愛之心者，惟國家生民是利是圖，苟眾以謂可為則從之，以盡吾之心」
〔註45〕。佛教「濟利為用而利國利民」、導引朝廷大臣「惟國家生民是利是圖」
的功用，實質上就是「陰翊王度」。《萬木圖序》中，記楊榮的大父楊達卿告誡
子孫毋以所栽種的林木「苟自利」，「將有為學宮、為釋老之宮、為橋樑及津渡
之舟而需材者給之，有貧欲為居室、沒欲為棺而不得材者給之」〔註46〕，亦給
與「為釋老之宮而需材者」，其意亦是如譚佩般認為佛教是有「為國祝釐，為
眾祈佑」之用。

　　對明初反對佛教的言論與行為，楊士奇多有記載，如《故嘉議大夫大理寺
卿虞公墓碑銘》中援引虞謙之言云：「僧道，民之蠹，今江南寺院田多者或數
百頃，而官府徭役未嘗及之，貧民無田，往往為徭役所困。請為定制，僧道每
人田無過五畝，餘田以均貧民。」〔註47〕虞謙認為寺院和道觀佔據太多的財
產，應予以限制，這是歷代反對佛教和道教的出發點和藉口之一。這種看法代
表了許多傳統士大夫也是明初很多士大夫的認識，《前朝列大夫交址布政司右
參議解公墓碣銘》中援引解縉之言云：「僧道之壯者，宜黜之使復人倫，經呪
之妄者悉火之以杜詿惑，斷瑜珈之教，禁符式之科，絕鬼巫，破淫祀，以底善
治。」〔註48〕解縉之說是反對佛道二教者的典型看法，將佛道二教等同於「巫
風」「淫祠」。《陳處士墓表》中的陳果，「長而篤孝友，父母沒，哀慕終身，喪
祭一用朱子禮，不為浮屠老子之教」，親屬中有強之用佛教或道教之喪儀，陳
果堅決不肯「徇世俗」用佛道二教的喪儀，若此將「墮家法」而「陷於不孝」
〔註49〕。《歐陽三峰墓誌銘》中的歐陽三峰與陳果的做法完全一致，云「持身

〔註44〕楊士奇：《東里文集》卷之二十五，第 368 頁。
〔註45〕楊士奇：《東里文集》卷二十五《宣府彌陀禪寺重修記》，第 370～371 頁。
〔註46〕楊士奇：《東里文集》卷之四，第 55 頁。
〔註47〕楊士奇：《東里文集》卷之十四，第 205 頁。
〔註48〕楊士奇：《東里文集》卷之十七，第 254 頁。
〔註49〕楊士奇：《東里文集》卷之十六，第 231 頁。

治家悉以禮，喪祭不用浮屠老子法，遺戒子孫世世勿變」〔註50〕。楊士奇沒有如解縉等士大夫一般狹隘地對待佛道二教，相反卻高度讚賞「儀矩從容秩然」而「博究教典，雖寒暑夙夜不懈」「言動必祗禮度，處物以和，馭眾以寬」「旁通儒書，間以餘力為詩文，多有造詣」「邂逅逢掖士，喜商論文事」〔註51〕的佛道之徒。

楊士奇對佛道二教之徒的欣賞，當然是以儒學的視角和價值觀為出發點的。如《武昌十景圖詩序》中提到士君子「睹仙佛之說」就更應該「思聖人之教於民生實用」〔註52〕，文中所謂的聖人很難說是儒家聖人還是二教的聖人，指儒家的聖人的可能性更大一些。楊士奇肯定佛教能「濟利為用而利國利民」而「陰翊王度」，《僧錄司右闡教一菴如法師塔銘》中再次提到自佛教盛行於中國，僧徒中「赫然有以動人者」往往才能智辯、馳騁卓越，士大夫遇之「往往駭異欣喜，樂與之遊，甚者重其可與用世」。楊士奇慨歎才能智辯馳騁卓越、尤其是「可與用世」之僧徒「在彼而不在此」，與古之才能智辯馳騁卓越的僧徒相比，「求夫淵然其存，泊然其行，望之如無能，即之而有味者」於今已不多得。朱棣即位後，曾召集四方之名高僧入觀，唯四明之能義、會稽之一如能「務乎內而不徒誇矜乎外」〔註53〕，表明楊士奇對佛教和僧徒的看法，強調的是佛教的「可與用世」與僧徒能「務乎內而不徒誇矜乎外」。

楊士奇肯定僧徒的「務乎內而不徒誇矜乎外」，又讚揚其能「屏去一切世俗之務」而立志向學，云：「夫天下之事，要其成在立志而已。探驪珠於不測之淵，能篤其志，無弗得者。」僧人源濟「篤志於其學，愈積而深造」，楊士奇讚揚其「今之儒者或不能及，蓋不獨賢於佛氏之徒而已」。如此讚揚源濟並不意味著讚揚所有的二教之徒，對不能「篤其志以要於成」者一樣進行批評，云：「夫人聰明秀敏，古今無異也，古之為學專於一，其成也皆有以及人，故古之天下，其治日常多也。後之為學析為三，至於可以及人，則惟儒者之道焉耳。而後之人聰明秀敏者，其所為學不在於儒者，常十倍為儒者之學，又非皆能篤其志以要於成，此天下之治所以常不逮於古也。」古之學分為儒、釋、道三家之學，三家之徒不能「篤其志以要於成」，致使「天下之治所以常不逮於

〔註50〕楊士奇：《東里文集》卷之十八，第260頁。
〔註51〕楊士奇：《東里文集》卷之二十五《僧錄司右善世南洲法師塔銘》，第373～375頁。
〔註52〕楊士奇：《東里文集》卷之三，第40頁。
〔註53〕楊士奇：《東里文集》卷之二十五，第372頁。

古」，後世之徒若「皆能篤其志如源濟」〔註54〕，則可及古人之治。楊士奇讚揚和肯定的是二教中「能篤其志以要於成」者，非所有二教之徒眾。《送釋岱宗序》中，楊士奇說「世之為其徒者，雖有能通其道，通而能由之者蓋尠」，表達了與上述相同的意思。「通而能由之者蓋尠」的事實，被「推舉為百里之地釋氏之徒之表率」的僧人釋岱宗就更加難能可貴。楊士奇指出釋氏之道「以清淨為宗，而不累於其外」，釋岱宗「自少警敏好學」且「誠有志進乎其道」，才能「不累於其外」，做到清淨「境靜」，境靜則心寧，心寧則志一，「志一則其所務者駸駸乎得」〔註55〕。《圓菴集序》集中表現出楊士奇對造詣精深出家者的欽佩，序云：

> 為釋氏之學，其才智有餘研極宗旨之外，往往從事於儒，而與文人遊，亦時作為文章泄其抱負，寫其性情。蓋自惠休有文名世，而唐之靈一、靈徹，宋之惟儼、惟演，元之大欣輩，累累有繼，逮於國朝宗泐、來復諸老，亦彬彬乎盛矣。玄極、頂公於諸老差後出，其文實伯仲間，蓋重於世久矣。玄極，天台儒家子，自其童卝已悟解穎敏，脫略凡近。始出家從浮圖師，居無幾，師謝之曰「吾不足子師」，乃求禪林之窮於道者而師之，篤志苦力，久而悉其道焉。又以為儒之道當究也，又求窮於儒者而師之，又篤志苦力久，而並其文悉焉夫。為文與為佛之道，其理無以異也，必有師宗，必究旨歸，壹其心，篤其志，先乎本而後乎末，探乎粹精而黜乎糟粕，無弗造者。若所造之難易淺深，則係其天稟之高下焉。玄極非其資稟之高，師承之正，積勤之久之所臻歟？於是勃勃起聲譽，而與宗泐諸老先後有聞於四方矣。蜀獻王首遣幣聘之，且寓詩有僧中班、馬之褒。太祖高皇帝聞其名，召至，奏對稱旨，命為僧錄左講經，升左闡教，兼住持靈谷寺，獎任之日重焉。玄極平生詩文甚富，多不存稿，既謝世，其徒崇遠收粹散逸，僅得其詩賦雜文二百首，釐為十卷，名《圓菴集》。圓菴，玄極別號也，將刻梓以傳，而求余序。玄極之文根於學，充於才，論性道明，言德行正，簡而不促，豐而不泛，尤謹於繩尺。要其造詣，非叢林之名能文者所易及也。然非獨其文，吾聞玄極於事其師如事父，師沒哀毀，服心喪三年，終其身語及師

〔註54〕 楊士奇：《東里文集》卷之二十五《送釋源濟序》，第365頁。
〔註55〕 楊士奇：《東里文集》卷之二十五，第365～366頁。

泣下泫然，其篤於倫誼類此，尤非尋常方外離倫遺情以為高者所可
同日語也。崇遠惇實清雅，惓惓圖永其師之傳，是亦其師之心矣，
皆可尚也。〔註56〕

圓菴玄極求道「篤志苦力」「研極宗旨」，又從事於儒，以文章抒寫性情、「泄
其抱負」且「詩文甚富」，楊士奇對其表達了真切的敬意。

楊士奇沒有如解縉等士大夫一般視佛道二教為「巫風」「淫祠」，除了看到
佛道二教能「陰翊王度」之外，對二教尤其是佛教義理的瞭解，也是重要的原
因之一。蘇州虎丘有雲巖寺，乃東晉成帝咸和二年（327）王珣及弟珉捐所居
住別墅修建而成，楊士奇評論說：「當是時王氏父子兄弟寵祿隆盛，光榮赫奕，
舉一世孰加也，而能遺棄所樂輕若脫屣焉者，豈獨以為福利之資乎？其亦審夫
富貴之不可久處，與子孫之未必世有者乎？」這番話中體現出了佛教的無常觀
念。佛教「足以鼓動天下」，不僅僧徒「多得夫瑰瑋踔絕刻厲勤篤材智之人」，
楊士奇更指出佛教僧徒「無所繫累乎外物」〔註57〕，不為外物所累，就在於外
物是無常的，《邳州》詩云：「岌岌下邳城，浩浩河流騖。佇立思徘徊，古人今
何處。船頭見青山，山下連煙樹。白鳥自幽閒，雙飛背人去。」〔註58〕與「浩
浩河流」相比，古人的蹤影杳無可覓，「古人今何處」一句是極為深刻的感歎，
如同蘇軾《念奴嬌・赤壁懷古》開篇的「大江東去，浪淘盡、千古風流人物」
一句，即便是「千古風流人物」的古人，皆不長存。船頭的青山與煙樹、背人
雙飛去的幽閒白鳥，卻是如同「人生如夢，一尊還酹江月」般對自然與世事的
真切體悟。《同蔡騏尚遠尤安禮文度朱智仲禮楊翥仲舉蔡冑用嚴遊東山得剪
字》詩云：「俯夷綠盈畝，陟降體自便。況接曠士言，復偶釋子辯。析空理弗
昧，違喧抱逾展。何因此間棲，永令浮慮遣。」〔註59〕與佛教僧徒辨析「空理」
而「弗昧」，表明楊士奇對佛教義理的深入理解，能從對「空理」的體味中排
遣掉內心中的「浮慮」。在文獻中，很難看到楊士奇閱讀佛教典籍的情況，他
對佛教義理的瞭解，應該主要來自與當時僧人的接觸與交往，如以上援引他所
撰寫的眾僧人的文集序、傳記、塔銘等等。從詩歌作品中，能顯示出楊士奇
與僧人的交往，如《送宗上人歸君山》詩云：「初維鄂渚楫，又上岳陽舟。行
住皆無繫，身輕波上漚。寺連龍井近，山壓洞庭流。回望王城裏，還來持缽

〔註56〕楊士奇：《東里文集》卷之二十五，第 366～367 頁。
〔註57〕楊士奇：《東里文集》卷之二十五《虎丘雲巖寺重修記》，第 370 頁。
〔註58〕楊士奇：《東里詩集》卷一。
〔註59〕楊士奇：《東里詩集》卷一。

遊。」〔註60〕句中的「無繫」，既指宗上人遊蹤的無繫，也包含了佛教的義理，將佛教義理巧妙利用宗上人的遊蹤表達出來。《送性上人歸巴陵獨松菴》詩云：「老禪心湛寂，身被七條衣。端坐無言說，誰知精道機。初來鸚渚見，又問岳陽歸。應憶松菴下，諸僧候錫飛。」〔註61〕性上人「心湛寂」，雖「端坐無言說」，卻是「精道機」，表達禪之「道機」不在言說，而在於內心的體悟。這些詩歌體現出來的，是楊士奇與僧人之間的密切交往，在交往中瞭解和體味佛教的義理。

　　楊士奇眾多的詩歌作品，以頌揚和描寫祥和、嘉瑞之氣象的內容居多，但其中不乏在一定程度上表達對宗教境界嚮往的作品，如《竹間詩為李伯葵賦》詩云：「夙志在閒適，結宇城東隅。修竹何漪漪，叢生羅庭除。雖無灌木蔭，清雲鬱紛敷。四時自蒼翠，寒暑常不渝。天風起旦夕，繞屋含笙竽。何必來羊求，靜閱古人書。至理會有得，陶然傾一壺。油油天壤內，安知憂與虞。」〔註62〕詩中表達的雖然由「閒適」帶來的「油油天壤內，安知憂與虞」，這裡的「閒適」應該是心境的「閒適」；身的「閒適」不一定能帶來心境的平靜與安樂，心境的「閒適」才能帶來內心的平靜與安樂。本詩看上去帶有濃重的陶詩意味，仔細體味則可感到其中表現出來或許更多的是對宗教義理的體悟而帶來的平靜與安樂。再如《題劉逸人樂畊卷》詩云：「理生雖異業，居世皆有務。治本既在茲，食力余所慕。九扈春始鳴，興言向田墅。初來正滿塍，爰方藝禾黍。雖有耘耔勞，三時足甘雨。歲功聿已成，屢豐報田祖。儲貯何必多，取具充寒暑。有酒可同歡，時時會鄰父。既醉去悠然，登高睇平楚。一為擊壤謠，遊心緬千古。」〔註63〕詩中也能體現出陶詩意境，延續了上詩所表達的「閒適」，又帶有「孔顏之樂」之意，同樣也能體味出由宗教之理演變而來的平靜之樂。

四

　　以純粹道學家自任的楊士奇，站在道學的立場對佛教有所批評，實際上卻仍從對國家有功用的角度上對佛教進行了維護和支持，在內心之中亦對佛教有著較為深刻的體悟。類似楊士奇一般的道學家，有明一代並不少，這是明代

〔註60〕楊士奇：《東里詩集》卷一。
〔註61〕楊士奇：《東里詩集》卷一。
〔註62〕楊士奇：《東里詩集》卷一。
〔註63〕楊士奇：《東里詩集》卷一。

佛教能夠繼續興盛發展的重要因素之一。

有明一代對佛教批判最厲害的，或許就是遵奉程朱理學的羅欽順。羅欽順，字允升，江西泰和人。成化元年生於浙江青田，成化十一年從姑夫蕭貴步受業，學習作五七言律詩。成化十三年，開始學習儒家典籍《大學》。成化十四年正月，家改題門符，剛十四歲的羅欽順即題為「不規規於事為之末，但勉勉於仁義之天」。這兩句題語預示了羅欽順今後的治學路向和志意抱負之所在。此後，羅欽順開始全面學習四書五經及儒學的其他典籍。關於羅欽順對佛教的批判，及其與佛教之間的關係，拙著《心海禪舟——宋明心學與禪學研究》及論文《佛教與羅欽順的詩歌》中有較為詳細說明，本處僅是簡略說明羅欽順對佛教的批判、實質上仍在一定程度上借用佛教的情況，以說明明代即使批駁佛教最力的程朱理學學者，其實仍與佛教有著千絲萬縷的聯繫。

羅欽順自述為學經歷說：「早嘗從事章句，不過為利祿謀爾。年幾四十，始慨然有志於道。」〔註64〕早年埋頭於科舉，希冀能金榜題名，進入官場。當他到京師參加科舉考試的時候，開始接觸佛教，《困知記》卷下有詳細地說明自己的學習經歷：「愚自受學以來，知有聖賢之訓而已，初不知所謂禪者何也。及官京師，偶逢一老僧，漫問何由成佛，渠亦漫舉禪語為答云：『佛在庭前栢樹子。』愚意其必有所謂，為之精思達旦。攬衣將起，則恍然而悟，不覺流汗通體。既而得禪家《證道歌》一編，讀之，如合符節，自以為至奇至妙，天下之理莫或加焉。後官南雍，則聖賢之書，未嘗一日去手，潛玩久之，漸覺就實。始知前所見者，乃此心虛靈之妙，而非性之理也。自此研磨體認，日復一日，積數十年，用心甚苦。年垂六十，始了然有見乎心性之真，而確乎有以自信。朱陸之學，於是乎僅能辨之，良亦鈍矣。」〔註65〕羅欽順曾一心研習、體悟佛教有幾乎十年的時間，通過參究趙州和尚的「庭前栢樹子」禪語，讀《永嘉證道歌》及其他佛教、禪宗典籍，悟到佛教之說乃天下「至奇至妙」之理。

弘治十五年，羅欽順開始「慨然有志於道」，一心鑽研程朱之學，被認為是程朱正脈，《欽定國子監志》卷五十四收有張伯行《請羅欽順從祀孔廟疏》的奏議，云「欽順之學，實得程朱正脈，且有發明之功」。專心於道學之後，羅欽順開始從程朱理學的角度出發批駁禪學之非：「嘗考兩程子、張子、朱子早歲皆嘗學禪，亦皆能究其底蘊，及於吾道有得，始大悟禪學之非

〔註64〕羅欽順：《困知記序》，《困知記》卷首，中華書局1990年版。
〔註65〕羅欽順：《整菴履歷記》，載《困知記》附錄，第202、204頁。

而盡棄之。」〔註66〕羅欽順在隨後的生涯中，一直把儒學和佛學作比較，最後確認了儒學之真和佛學之妄，羅欽順對佛教典籍的研讀實際上貫穿其終生。

在數十年中，羅欽順閱讀了大量的佛經，對《金剛經》《心經》《圓覺》《法華經》《楞伽經》等經的研讀非常仔細和深入，如論述諸經和禪宗說：「嘗閱佛書數種，姑就其所見而論之。《金剛經》《心經》可為簡盡，《圓覺》詞意稍復，《法華》緊要指示處，才十二三，余皆閒言語耳，且多誕謾。達磨雖不立文字，直指人心，見性成佛，然後來說話不勝其多。亦嘗略究其始終。其教人發心之初，無真非妄，故云『若見諸相非相，即見如來』；悟入之後，則無妄非真，故云『無明、真如無異境界』。雖頓、漸各持一說，大抵首尾衡決，真妄不分，真詖淫邪遁之尤者。如有聖王出，韓子火攻之策，其必在所取夫。」〔註67〕雖然說《法華經》中「閒言語居其大半」，但敘其切要處是爭悟與未悟，亦是準確：「《法華經》如來壽量品所云：『成佛以來，甚大久遠，壽命無量，常住不滅。雖不實滅而言滅度，以是方便教化眾生。』此經中切要處，諸佛如來秘密之藏，不過如此。閒言語居其大半，可厭。《分別功德品》偈中所說：『若布施、若持戒、若忍辱、若精進、若禪定、五波羅蜜，皆謂之功德。』及云：『有善男女等，聞我說壽命，乃至一念信，其福過於彼。』蓋於雖滅不滅之語，若信得及即是實見，是為第一般若波羅蜜，其功德不可思議，以前五者功德比此，千萬億分不及其一。其實，只爭悟與未悟而已。」〔註68〕羅欽順對佛經內涵的見解甚至超過了朱熹的認識，朱熹曾經答《金剛經》大意之問，說「彼所謂降伏者，非謂欲遏伏此心，謂盡降收世間眾生之心，入它無餘涅槃中滅度，都教你無心了方是。」羅欽順認為朱熹說得不全對，說：「詳其語意，只是就發阿耨多羅三藐三菩提心者說，蓋欲盡滅諸相，乃見其所謂空者耳。」〔註69〕羅欽順的認識確實比朱熹的解釋要恰當的多。

羅欽順認為異端之害以佛氏為最甚。佛教初傳入中國時，以生死輪迴之說動人：「人之情莫不貪生而惡死，苟可以免輪迴，出生死，安得不惟其言之聽？」既然有求於佛教，則「則彼之遺君親，滅種類，凡得罪於名教者，勢不得不姑

〔註66〕羅欽順：《困知記》卷下，第34頁。
〔註67〕羅欽順：《困知記》卷下，第44頁。
〔註68〕羅欽順：《困知記》卷下，第44～45頁。
〔註69〕羅欽順：《困知記》卷下，第44頁。

置之」。後來達摩來華，宣揚禪宗，「直指人心，見性成佛，以為一聞千悟，神通自在，不可思議」，學說之玄妙，超於前期，「於是高明者亦往往惑焉」。高明之士一旦信仰，佛教就會迅速廣泛傳播：「蓋高明之士，其精神意氣足以建立門戶，其聰明才辨足以張大說辭，既以其道為至，則取自古帝王精一執中之傳，孔門一貫忠恕之旨，克己為仁之訓，《大學》致知格物之教，《中庸》性道中和之義，孟子知言養氣，盡心知性之說，一切皆以其說亂之。真妄混淆，學者茫然，莫知所適。一入其陷阱，鮮復能有以自拔者。」〔註70〕羅欽順認為歷史上不沉溺於佛教之陷阱的，只有二程、張載、朱熹等人，並能「協心並力以排斥之」，羅欽順立志要接過程朱等人批駁佛教的大旗，駁斥佛教而以正視聽：「愚也才質凡下，於數君子無能為役，但以初未學禪而偶嘗有悟，從事於吾儒之學也久，而性命之理亦粗若有見焉，故於異同之際，頗能辨別。雖嘗著之於策，傳之吾黨，庶幾愛助之萬一。時復披閱，則猶病其說之未詳，懼無以解夫人之惑也，《記》於是乎有續云。」〔註71〕

羅欽順對道教和佛教都很反對，但二者相較，道教的危害要比佛教輕得多：「老子外仁義禮而言道德，徒言道德而不及性，與聖門絕不相似，自不足以亂真。所謂彌近理而大亂真，惟佛氏爾。」〔註72〕羅欽順因此將主要注意力放在批駁「彌近理而大亂真」的佛教上。潛心鑽研程朱理學之後，羅欽順說：「禪學畢竟淺。若於吾道有見，復取其說而詳究之，毫髮無所逃矣。」〔註73〕要反駁佛教，不僅要深入研究程朱理學，更要深入瞭解佛經，對佛經的批駁要有根據，如果批駁得似是而非，就沒有說服力。羅欽順批評胡敬齋（居仁）駁斥佛教靠想像：「胡敬齋力攻禪學，蓋有志於闡聖道者也，但於禪學本末似乎未嘗深究，動以想像二字斷之，安能得其心服邪。」〔註74〕佛經很多的說法與儒學非常相像，如「吾儒之有得者，固是實見，禪學之有得者，亦是實見」〔註75〕，要判定二者的區別，就要對儒學和佛教進行深入研究。

羅欽順曾說：「吾儒之辟佛氏有三，有真知其說之非而痛闢之者，兩程子、張子、朱子是也；有未能深知其說而常喜闢之者，篤信程、張數子者也；有陰

〔註70〕羅欽順：《困知記》續卷上，第 46 頁。

〔註71〕羅欽順：《困知記》續卷上，第 46、47 頁。

〔註72〕羅欽順：《困知記》續卷上，第 66 頁。

〔註73〕羅欽順：《困知記》卷下，第 34 頁。

〔註74〕羅欽順：《困知記》卷下，第 39～40 頁。

〔註75〕羅欽順：《困知記》卷下，第 40 頁。

實尊用其說而陽闢之者，蓋用禪家訶佛罵祖之機者也。夫佛氏似是之非，固為難辨，至於訶佛罵祖之機作，則其辨之也愈難。」〔註76〕羅欽順顯然認為自己是真知佛教之說而闢之者。為了能使人徹底認識到佛教之非，羅欽順從倫理、心性、《楞伽經》、禪宗等各方面進行反駁。

（一）從儒家人倫來批駁佛教。羅欽順認為儒家人倫是順天理之自然，並引用邵雍的話來說明佛道二教背棄人倫、非自然之道：「吾儒只是順天理之自然。佛老二氏，皆逆天背理者也，然彼亦未嘗不以自然藉口。邵子有言『佛氏棄君臣、父子、夫婦之道，豈自然之理哉』，片言可以折斯獄矣。顧彼猶善為遁辭，以謂佛氏門中不捨一法。夫既舉五倫而盡棄之矣，尚何法之不捨邪！獨有誑取人財以為飽暖安居之計，乃其所不能捨之法耳。」〔註77〕自然之理生生不息，五倫中的夫婦則是生生化化之源，佛教則斷絕了化生之源：「『鳶飛魚躍』之三言，誠子思吃緊為人處，復言『君子之道，造端乎夫婦』，則直窮到底矣。蓋夫婦居室，乃生生化化之源，天命之性於是乎成，率性之道於是乎出。天下之至顯者，實根於至微也，聖賢所言無非實事。釋氏既斷其根，化生之源絕矣。」〔註78〕在這一點上僻佛，實際上並無新意，自漢代以來就已屢屢被提出，尤其二程、朱熹等人更是在這方面對佛教大力批伐。

（二）從心性上駁斥佛教。從心性上辨別儒學與佛教的區別、駁斥佛教，是羅欽順反對佛教最主要的部分：「今須據他策子上言語反覆異同處，一一窮究，以見其所謂性者，果不出於見聞知覺，別無妙理，然後吾儒之性理，可得而明。有如士師之折獄，兩造具備，精加研核，必無以隱其情矣。」〔註79〕根據佛經窮究禪宗心性實質，並如訟師精研案件一樣，將程朱之心性與佛教之心性進行研究、加以比較，可見羅欽順批駁佛教之決心。

羅欽順簡述佛性說：「達磨告梁武帝，有云『淨智妙圓，體自空寂』，只此八字已盡佛性之形容矣。其後有神會者，嘗著《顯宗記》，反覆數百語，說得他家道理亦自分明。其中有云：『湛然常寂，應用無方。用而常空，空而常用。用而不有，即是真空。空而不無，便成妙有。妙有即摩訶般若，真空即清淨涅槃。』此言又足以發盡達磨『妙圓空寂』之旨。」為說明儒釋的心性差異，羅

〔註76〕羅欽順：《困知記》續卷上，第63頁。
〔註77〕羅欽順：《困知記》卷上，第23頁。
〔註78〕羅欽順：《困知記》卷上，第12頁。
〔註79〕羅欽順：《困知記》續卷上，第47頁。

欽順闡述儒家的心性說：「孔子教人莫非存心養性之事，然未嘗明言之也，孟子則明言之矣。夫心者，人之神明，性者，人之生理。理之所在謂之心，心之所有謂之性，不可混而為一也。《虞書》曰『人心惟危，道心惟微』，《論語》『從心所欲不踰矩』，又曰『其心三月不違仁』，《孟子》曰『君子所性，仁義禮智根於心』，此心性之辨也。」〔註80〕心是人的神明，性是人的生理，「心」與「性」不相離，卻也不容相混；儒家是「以寂感言心」，佛教是「以寂感為性」，若不能辨別清楚，認心以為性，就會「差毫釐而謬千里」〔註81〕。羅欽順進一步說明儒學的道心才是真正的性：「道心，性也。人心，情也。心一也，而兩言之者，動靜之分，體用之別也。凡靜以制動則吉，動而迷復則凶。『惟精』，所以審其幾也。『惟一』，所以存其誠也。『允執厥中』『從心所欲不踰矩』也，聖神之能事也。」〔註82〕道心才是所謂的真「性」，佛教所謂的「性」，是「覺而已矣」。

有些學者認為禪宗的「明心見性」與儒家的「盡心知性」相同，羅欽順於是辨別二者說：「釋氏之『明心見性』與吾儒之『盡心知性』，相似而實不同。蓋虛靈知覺，心之妙也。精微純一，性之真也。釋氏之學，大抵有見於心，無見於性。故其為教，始則欲人盡離諸相，而求其所謂空，空即虛也。既則欲其即相、即空，而契其所謂覺，即知覺也。覺性既得，則空相洞徹，神用無方，神即靈也。凡釋氏之言性，窮其本末，要不出此三者，然此三者皆心之妙，而豈性之謂哉。」〔註83〕這裡再次強調禪宗的「性」只是「知覺」，羅欽順反覆強調禪宗有見於心，無見於性，批評主張「明心之說」的學者認禪宗的『明心見性』與儒學的『盡心知性』相似，導致道之不明。黃宗羲對此評價說：「考先生所最得力處，乃在以道心為性，指未發而言；人心為情，指已發而言。」以道心為性，是羅欽順認為獨異於宋儒的見解，並且說「於此見得分明，則無往而不合。」黃宗羲卻並不贊同，說：「試以先生之言思之，心與性情原只是一人，不應危是心，而微者非心。止緣先生認定佛氏以覺為性，謂覺屬已發，是情，不是性。即本之心，亦只是惟危之心，而無惟微之心，遂以其微者拒之於心外，而求之天地萬物之表。謂天下無性外之物，格物致知，本末一貫，而

〔註80〕羅欽順：《困知記》卷上，第1頁。
〔註81〕羅欽順：《困知記》卷上，第1頁。
〔註82〕羅欽順：《困知記》卷上，第2頁。
〔註83〕羅欽順：《困知記》卷上，第2頁。

後授之誠正，以立天下之大本。若是，則幾以性為外矣。我故曰，先生未嘗見性，以其外之也。」〔註84〕

　　（三）批駁《楞伽經》。在所論述的佛經中，羅欽順對《楞伽經》研讀最深，本經成為羅欽順批駁佛經的靶子。《困知記》續卷上中，羅欽順專門批駁《楞伽經》，指出《楞伽經》大旨有四個方面，即「曰五法，曰三自性，曰八識，曰二無我」。所有佛法都包含在此經中，羅欽順解釋四個主旨說：「五法者，名也、相也、妄想也、正智也、如如也。三自性者，妄想自性、緣起自性、成自性也。八識者，識藏也、意根、意識、眼識、耳識、鼻識、舌識、身識也。二無我者，人無我、法無我也。」認識這些佛法，不出迷、悟兩途：「凡此諸法，不出迷、悟兩途。蓋迷則為名，為相，為妄想，為妄想緣起自性，為人、法二執，而識藏轉為諸識；悟則為正智，為如如，為成自性，為人、法無我，而諸識轉為真識、所謂人、法，則五陰、十二入、十八界是已。五陰者，色、受、想、行、識也。十二入者，眼、耳、鼻、舌、身、意六根，對色、聲、香、味、觸、法六塵也；加之六識，是為十八界。合而言之人也，析而言之法也。有所覺之謂悟，無所覺之謂迷。」〔註85〕羅欽順對《楞伽經》的解釋，符合大乘佛教的義理。羅欽順對《楞伽經》的認識並沒有到此為止，而是繼續指明佛教是明心，而非明性。《楞伽經》四卷卷首都有「一切佛語心品」字樣，羅欽順說：「良以萬法唯識，諸識唯心，種種差別，不出心識而已。」〔註86〕因此羅欽順不憚其煩地將四卷中的所有「識」字，一一拈出羅列，進行了分析，其首以「諸識有二種生、住、滅」，即所謂「生死根」也；以「識宅常住」為終，即所謂「涅槃相」也。但佛教說「生死即涅槃，涅槃即生死」，生死與涅槃並非二相，「故諸識雖有種種名色，實無二體。但迷之則為妄，悟之則為真。苟能滅妄識而契真識，則有以超生死而證涅槃矣。真識即本覺也，涅槃即所覺之境界也。」根據這些分析，羅欽順得出結論說：「由此觀之，佛氏之所謂性，有出於知覺之外邪？雖其言反覆多端，窮其本末，不過如此。」〔註87〕用意仍然是回到佛教見心不見性，或者佛教所說性，乃是知覺之謂。

　　羅欽順如此大張旗鼓地辨明佛教是以知覺為性，目的針對的應該是王陽

〔註84〕黃宗羲：《明儒學案》發凡《羅整菴欽順》，中華書局1985年版。
〔註85〕羅欽順：《困知記》續卷上，第48頁。
〔註86〕羅欽順：《困知記》續卷上，第49頁。
〔註87〕羅欽順：《困知記》續卷上，第52頁。

明的心學，羅欽順評價王陽明說：「《傳習錄》有云『吾心之良知，即所謂天理也』，又云『道心者，良知之謂也』，又云『良知即是未發之中』。《雍語》有云『學、問、思、辨、篤行，所以存養其知覺』，又有問仁者以天地萬物為一體，答曰：『人能存得這一點生意，便是與天地萬物為一體。』又問：『所謂生者，即活動之意否，即所謂虛靈知覺否？』曰：『然。』又曰『性即人之生意』，此皆以知覺為性之明驗也。」〔註88〕如此不遺餘力地批駁佛教的用意，至此終於顯露出來，除了是確實要批評佛教之外，更重要的或許是要批駁王陽明的心學，而為程朱理學正名。

羅欽順儘管對佛教進行了嚴格的批評，但浸染其中數十年時間，避免不了受到佛教的影響。羅欽順在表述自己想法時，往往借用佛教的某些觀念而不自知，詩文更體現出禪學觀念。如在實際生活中往往與友人談論佛教，《送王伯安入朝》詩云「厄墟聯句佛燈前，雲散風流頓十年」〔註89〕，《同諸士大夫議鄉約於龍福寺約成賦詩分韻得君字》詩云：「禪扃谿清晝，深虛隔塵氛。雨餘山翠入，林靜鳥聲聞。嘉賓何濟濟，跋涉良已勤。非貪涅槃趣，思整時俗棼。」〔註90〕這些詩作中提到的佛教，不僅不是駁斥，相反對佛教持讚賞的態度。《答陸黃門濬明》「梁武帝問達摩」章中說到禪學與儒學的相合：「達摩以造寺寫經『並無功德』，宗杲以看經念佛為『愚人』。來書謂『其本意只是要人學他上一乘法，在彼教中高處走耳』，極看得破。然所謂『並無功德』等語，皆是真心實話，不知不覺從天理上發出來……彼雖異端，天理如何泯滅得。」〔註91〕這樣對佛教肯定的話語，或許是羅欽順不自覺而發出的。

羅欽順亦如絕大多數文人士大夫一樣，喜歡流連於山水古蹟、佛教名勝，在佛寺留下了許多詩句，《憑虛閣宴飲次吳寧菴周大理韻各一首》詩云：「雲藏高閣樹浮煙，老衲焚香導客前。秀合江山千古在，美兼人景一時全。爭哦藻句添公事，頻繼芳尊減俸錢。紅日醉看猶未晚，羲和應與暫停鞭。」〔註92〕《遊青原山》詩云：「朝訪名山露未晞，翠嵐浮動欲侵衣。坡頭路轉松陰合，隴上人閒荳莢肥。泉響遙聞心已淨，寺門初到夢先飛。從來剩有煙霞癖，爭奈行藏與願違。」詩下有注釋云：「數月前嘗夢遊上元縣一寺，及入山則宛然夢中境，

〔註88〕羅欽順：《困知記》續卷上，第54頁。
〔註89〕羅欽順：《整菴存稿》卷十七，《四庫全書》本。
〔註90〕羅欽順：《整菴存稿》卷十六。
〔註91〕羅欽順：《困知記》附錄，第138頁。
〔註92〕羅欽順：《整菴存稿》卷十八。

乃知上元即青原，亦異哉。」〔註93〕在明淨的山林和泉流中，人的心境亦變得明淨。《午日白巖司馬招飲於天界寺席上次寧菴宗伯韻》詩云：「高雲閣雨試朝晴，寶地清涼即化城。江不擇流看欲納，鳥猶求友聽嚶鳴。衣冠已盡東南美，歌舞兼容雅俗更。聊把閒情付游衍，永持忠赤贊升平。」〔註94〕詩中顯然借用了佛經中的典故，「化城」即《法華經》中的化城之喻，羅欽順對這個比喻的引用恰到好處。再如《因閱〈慈湖遺書〉有感偶賦小詩三章》第三首：「鏡中萬象原非實，心上些兒卻是真。須就這些明一貫，莫將形影弄精神。」詩中所用的「鏡」，是佛教中的明鏡之喻，意指不要把鏡中的形影作為真實，而是假相，也是對佛理的翻刻。

　　羅欽順借用佛教的典故來說明理一分殊。詠理學詩《自勵》云：「紫陽基下學，象山明自然。支離與徑捷，彼此嘗交鑴。百年公論定，畢竟誰為偏。昔聞昌黎語，軻死失其傳。皇極久不建，西教擅吾權。投人劇妖冶，落網無愚賢。孰辨真頑空，拘肆成癡顛。良心一以溺，作聖何由緣。二程開興運，勁力掃腥膻。涵養須用敬，致知學攸先。神功合內外，彝訓肅昭宣。誰哉樂易簡，徑欲遺陳編。自然豈不貴，無乃流於禪。孤風邈難嗣，缺月澹寒川。近來白沙老，應執九原鞭。緬思原泉句，今昔幾尼淵。寧知下學功，是水可澄鮮。」〔註95〕又《大司寇林見素先生朝見之日余適出京承見示謁武夷精舍宿武夷自壽詩凡四首依韻奉答》詩云：「萬形皆至理，一貫乃真儒。」〔註96〕通過詩歌的形式，表達理一分殊的觀念。在另外詩作中卻借用佛教的典故來加以說明理一分殊，《次韻同年鄭憲長舟行書事》詩云：「藥里正關心，凝塵滿瑤瑟。忽枉故人書，頓愈無妄疾。長篇屢沉吟，首得防尾失。風波固云惡，高天自行日。那知洶湧時，不有黿龍出。吾命乃在天，顛頓亦奚恤。侃侃開笑談，底柱屹中立。雖然西江水，未容一日吸。顧此濟川舟，何方不可適。終風徒爾為，行雲靡留跡。大哉天壤間，自生還自息。此意當誰知，吾目為君拭。君吾榜中英，常情詎能測。激揚肅官箴，鑽仰希聖域。變化陰且陽，居然守無極。應悲行險徒，終年長戚戚。」〔註97〕整篇詩反映羅欽順理一分殊之說，天地之間陰陽一理，萬物雖殊，鳶飛魚躍，自生自息，井然有序。就是這樣一首理詩，其中卻借用佛教

〔註93〕羅欽順：《整菴存稿》卷十八。
〔註94〕羅欽順：《整菴存稿》卷十八。
〔註95〕羅欽順：《整菴存稿》卷十六《自勵》其三。
〔註96〕羅欽順：《整菴存稿》卷十六。
〔註97〕羅欽順：《整菴存稿》卷十六。

的典故。「妄」是佛教對非正見事情的說法,「西江水」是禪師們常用的機鋒。兩個佛教用語放在整篇詩中說明儒學之理,卻也不顯得突兀。

　　可能是儒家「達則兼善天下,窮則獨善其身」的曠達,不過更可能是潛心佛教數十年,羅欽順對人生的態度悄然發生著變化,尤其是受到宦官劉瑾的排斥打擊之後,羅欽順對仕途失去了興趣。雖然劉瑾被誅之後復官,於嘉靖元年(1522)升為南京吏部尚書,羅欽順卻以父親去世為由辭官,羅欽順不再嚮往仕途,而是嚮往真樂、獨樂,《用韻謝諸父見過賞雪》詩云:「奉親堂上是安居,春酒杯長日自舒。已向園林成獨樂,不知廊廟富新除。讀殘帝典孤燈在,參透禪機萬象虛。」〔註98〕參透禪機,萬象虛空,表明羅欽順反對佛教卻又受著佛教的影響,對待富貴、名利如同虛妄與浮雲,《為楊顯祖題畫送尹別駕實大之嘉興》詩說「浮雲富貴終何有」〔註99〕,《壬申元夕大人用梅聖俞韻賦四章依韻奉呈並寄二弟》詩說「談鋒先斬利名關」〔註100〕。對浮名、名利的認識,是與融入自然的真樂聯繫在一起的,《寄李敬夫用其送行韻》詩之一云:「謫仙孫子瑩冰清,七步踉蹌五字成。心遠獨憐山水好,眼高渾看利名輕。存身我已慚龍蟄,糜爵誰應和鶴鳴。別酒半醒回首處,江風吹浪暮雲平。」〔註101〕《內子生朝》詩云:「花吐高葵日正長,草深幽砌獨焚香。浮生苦被虛名累,仍向天涯憶孟光。」〔註102〕對歷史變遷和國事也有新的認識,《清明謁陵有感(辛巳)》詩云:「曾騎羸馬遡秋風,廿載重來鬢已蓬。史館故人多化鶴,泰陵新樹復摩空。山連禁籞春仍碧,花傍齋廬晚更紅。坐聽白頭宮監語,爐煙銷盡思無窮。」〔註103〕詩中表達了佛教的無常之意。

　　尊崇程朱理學的羅欽順,《整菴存稿》所收詩文中,文以載道的作品並不占多數,反而是遊佛教名勝、談論佛教、以佛教概念說理之類的詩歌居多。更主要的是,羅欽順的詩作,大多是抒發胸臆,是自性的流露,如《耕樂》詩云:「太守遺蹤半綠苔,廟門猶倚碧山開。競傳梅福登仙去,恐向桃源避世來。棲鶴長松無鳥宿,鎖蛟深穴有人猜。何當載酒窮幽討,杖屨應須約我陪。」〔註104〕

〔註98〕羅欽順:《整菴存稿》卷十七。
〔註99〕羅欽順:《整菴存稿》卷十六。
〔註100〕羅欽順:《整菴存稿》卷十八。
〔註101〕羅欽順:《整菴存稿》卷十七。
〔註102〕羅欽順:《整菴存稿》卷二十。
〔註103〕羅欽順:《整菴存稿》卷十八。
〔註104〕羅欽順:《整菴存稿》卷十七。

詩中所言正是禪學心性論的展現。

雖然羅欽順駁斥佛教有見於心、無見於性，實際上在詩文寫作中，不自覺地對佛教心性說加以運用。這樣的情況正說明，羅欽順反對佛教與運用佛教是分離的，在這個意義上可以說佛教已經融入到明人的神髓之中。

五

明代中後期，王陽明提出了心學之後，迅速影響到各個領域，對佛教及佛教文學創作同樣具有深刻的影響。要瞭解明代後期佛教文學創作，瞭解王陽明心學對佛教的影響是極為必要的。王陽明與佛教及禪學的關係是極為密切的，陳榮捷《王陽明與禪》、柳存仁《王陽明與佛道二教》等曾有過說明，重點在於說明禪學對王陽明之學的深入影響；本處則從王學推動了禪學的發展方面，進一步說明明後期佛教與心學之關係。

按照黃宗羲的說法，王陽明曾以朱熹之法格竹而「無所得入」，「於是出入佛、老者久之」〔註105〕。王陽明年幼時篤志佛教道教二家之書，並深有所得，「吾亦自幼篤志二氏，自謂既有所得，謂儒者為不足學」。讀二教之書到了儒學不足學的地步，可見所入之深。提出心學的早期，王陽明不迴避其與禪學的關係，並用佛禪的概念與內涵闡述良知之說，云：「『不思善不思惡，時認本來面目』，此佛氏為未識本來面目者設此方便。『本來面目』即吾聖門所謂『良知』。」〔註106〕用佛禪的本來面目比附良知，使良知之說明白易懂。隨著對心學闡述的深入，王陽明開始遮掩與佛教禪學之間的關係，說道：「其後居夷三載，見得聖人之學若是其簡易廣大，始自歎悔錯用了三十年氣力。大抵二氏之學，其妙與聖人只有毫釐之間。」〔註107〕所謂的居夷三載，指的是謫居貴陽的三年，即 1508～1510 年。王陽明「歎悔錯用了三十年氣力」，自然有對之前鑽研佛教的歎悔。

對早期鑽研佛教的「歎悔」有兩個方面的表現，其一是對佛教進行了批評，如《傳習錄》卷下論儒、佛云：「佛氏不著相，其實著了相，吾儒著相，其實不著相。」弟子問為什麼有此說，王陽明說：「佛怕父子累，卻逃了父子；怕君臣累，卻逃了君臣；怕夫婦累，卻逃了夫婦。都是為個君臣、父子、夫婦著

〔註105〕黃宗羲：《明儒學案》卷十《姚江學案》，第 181 頁。

〔註106〕吳光等編校：《王陽明全集》卷二《傳習錄》中，上海古籍出版社 1992 年版，第 67 頁。

〔註107〕吳光等編校：《王陽明全集》卷一《傳習錄》上，第 36 頁。

了相，便須逃避。如吾儒有個父子，還他以仁；有個君臣，還他以義；有個夫婦，還他以別；何曾著父子、君臣、夫婦的相？」〔註108〕這是認為佛教雖然講不著相，而刻意擺脫君臣、父子、夫婦等人倫實際卻是著了相。又批評佛教外人倫：「彼釋氏之外人倫，遺物理，而墮於空寂者，固不得謂之明其心矣。」〔註109〕外棄人倫反映出的是佛教「一個利己的心」〔註110〕。這些批評實際上都是從社會人倫著眼的，與以往的儒家士人如二程、朱熹、羅欽順等人對佛教的批評沒有什麼區別。

其二是將佛教禪學中的重要概念說成是儒學本具的。王畿說王陽明曾有「屋舍三間」之喻，唐虞之時三間屋舍都是儒學本有家當，後世儒學做主不起而僅能守一間，將左右兩間讓與佛道二教；隨著儒學日衰、佛道二教日熾，儒學反假借二教存活，以致於連其中一間都岌岌不能自存。面對如此情勢，王陽明發明良知之學，作為「三教之靈樞」〔註111〕而融攝佛道二教。「屋舍三間」的譬喻，實際上已經說明王陽明是將佛道二教的內涵說成是儒學本具的，佛道二教是在儒學的屋子裏發展起來。王陽明因此力辨儒學之公與佛學之私：

> 夫禪之學與聖人之學，皆求盡其心也，亦相去毫釐耳。聖人之求盡其心也，以天地萬物為一體也。吾之父子親矣，而天下有未親者焉，吾心未盡也；吾之君臣義矣，而天下有未義者焉，吾心未盡也；吾之夫婦別矣，長幼序矣，朋友信矣，而天下有未別、未序、未信者焉，吾心未盡也；吾之一家飽暖逸樂矣，而天下有為飽暖逸樂者焉，其能以親乎？義乎別、序、信乎？吾心未盡也；故於是有紀綱政事之設焉，有禮樂教化之施焉，凡以裁成輔相、成己成物，而求盡吾心焉耳。心盡而家以齊，國以治，天下以平。故聖人之學不出乎盡心。禪之學非不以心為說，然其意以為是達道也者，固吾之心也。吾惟不昧吾心於其中則亦已矣，而亦豈必屑屑於其外；其外有未當也，則亦豈必屑屑於其中。斯亦其所謂盡心者矣，而不知己陷於自私自利之偏。是以外人倫，遺事物，以之獨善或能之，而要之不可以治家國天下。蓋聖人之學無人己，無內外以天地萬物以

〔註108〕吳光等編校：《王陽明全集》卷三《傳習錄》下，第 99 頁。
〔註109〕吳光等編校：《王陽明全集》卷五《與夏敦夫》，第 179 頁。
〔註110〕吳光等編校：《王陽明全集》卷一《傳習錄》上，第 26 頁。
〔註111〕王畿：《王龍溪全集》卷一《三山麗澤錄》，臺灣華文書局股份有限公司影印清道光二年刻本，第 125～126 頁。

為心；而禪之學起於自私自利而未免於內外之分；斯其所以為異也。
辨別儒學之公與佛教之私，就是要擺脫心學與佛教之間的關係。「心性」一詞
出自佛教及禪學自然是無疑的，王陽明一方面將心性納入儒家本具之說，一方
面指出禪學心性與儒家心性之不同，云：「今之為心性之學者，而果外人倫，
遺事物，則誠所謂禪矣；使其未嘗外人倫，遺事物，而專以存心養性為事，則
固聖門精一之學也，而可謂之禪乎哉。」禪家的心性是外人倫，儒家心性「未
嘗外人倫」，因此儒家的心性並不是禪家之心性，「世之學者，承沿其舉業詞章
之習以荒穢戕伐其心，既與聖人盡心之學相背而馳日鶩日遠，莫知其所抵極
矣。有以心性之說而招之來歸者，則顧駭以為禪，而反仇讎視之，不亦大可哀
乎。」〔註112〕通過這樣的辨析與論證，王陽明就將「心性」之說納入到儒家
所本具的，而非禪學概念。

　　王陽明沒有大張旗鼓地宣揚心學與佛教之間的關係，但二者之間的關係
實際上確實是相當密切的，這種密切的關係可以王陽明所作的《藥王菩薩化珠
保命真經序》加以說明。《續藏經》收錄的《佛說化珠保命真經》前有王陽明
所作的《藥王菩薩化珠保命真經序》，不見收錄於各版本的《王陽明全集》，陳
榮捷與柳存仁等人的論著中也沒有提到這篇文章。這篇文章對瞭解王陽明與
佛教的關係具有重要幫助。

　　《佛說化珠保命真經》顯然是一部偽經，經名下有副標題「藥王菩薩化理
流佈」，可知此經主要是宣揚藥王菩薩信仰的，王陽明的序文同樣主要是宣講
藥王菩薩信仰及藥王菩薩的醫病功用。序文云：「予謫居貴陽，多病寡歡，日
坐小軒，撿方書及釋典，始得是經閱之。其妙義奧旨，大與虛無之談異，實余
平生所未經見。按方書，諸病之生，可以審證而治。惟瘡痘之種，不見經傳，
上古未有。間有附會之說，終非的證，治無明驗。此經所言，甚詳悉可信。且
痘之發也，必焚香潔淨，戒酒，忌諸惡穢，其機蓋與神通云。細察遊僧所言，
即藥王菩薩現世度厄，其曰『吾自樂此』者，藥也；曰『急扶我骸』者，急救
嬰孩也。乃謀之父老，因其廢廟而寺之，名其懸篋之石，曰佛篋峰。寺成二年
而大興，疾病禱者立應。予既名還攜歸，重刻此本，而家藏之，並為之序。正
德庚午陽明王守仁識。」序文後所署的「正德庚午陽明王守仁識」，符合王陽
明的經歷。正德庚午年，即1510年。王陽明於明武宗正德元年（1506），因反
對宦官劉瑾，被杖四十，貶謫至貴陽。在去貴陽的路上，劉瑾「遣人隨偵」，

────────────

〔註112〕吳光等編校：《王陽明全集》卷七《重修山陰縣學記》，第257頁。

王陽明「度不免，乃託言投江以脫之」。王陽明於正德三年春到達貴陽龍場驛。一方面要躲避劉瑾的迫害，一方面對貴陽的環境不太適應，身體狀況一直不太好，《年譜》中說：「龍場在貴州西北萬山叢棘中，蛇虺魍魎，蠱毒瘴癘，與居夷人鴃舌難語，可通語者，皆中土亡命。舊無居，始教之範土架木以居。時瑾憾未已，自計得失榮辱皆能超脫，惟生死一念尚覺未化，乃為石墎自誓曰：『吾惟俟命而已！』日夜端居澄默，以求靜一；久之，胸中灑灑。而從者皆病，自析薪取水作糜飼之；又恐其懷抑鬱，則與歌詩；又不悅，復調越曲，雜以詼笑，始能忘其為疾病夷狄患難也。」〔註 113〕據此可知，序文中所記的情況，與王陽明在貴陽的情況是相符的。「從者皆病，自析薪取水作糜飼之」之語，似乎也與《序》中的「撿方書」之語相合。因此本序為王陽明之作無疑，並非是偽撰，應該是在貴陽「撿方書及釋典」時讀到《佛說化珠保命真經》之後所撰寫的，寫作時間應在正德五年（1510）初至三月赴盧陵縣任之前。

　　《佛說化珠保命真經》的內容，是說貴陽爆發痘患，有遊僧以法力治好了痘患。後來痘患重新爆發時，把患兒帶到那個遊僧曾經住過的廟中，即能將痘患治癒，極為神奇。之後，當地便以《佛說化珠保命真經》來治療痘患。王陽明當時因身體不太好，想通過「撿方書及釋典」尋找合適的方法來消除或減輕自己的病痛和壓抑的心理得到緩解，看到《藥王菩薩化珠保命真經》後，感歎本經「妙義奧旨，大與虛無之談異」，是他「平生所未經見」。王陽明在貴陽時，貴陽應該是再次爆發了痘患，王陽明也一定檢索各種方書尋找有效的治療方法。看到《藥王菩薩化珠保命真經》後，根據經中所說方法，並根據自己的摸索，配合著藥物，治療兒童的痘患，最終取得了非常好的治療效果。因此他說《藥王菩薩化珠保命真經序》「大與虛無之談異」。序文中說的「必焚香潔淨，戒酒，忌諸惡穢」，與《藥王菩薩化珠保命真經序》中「父母齋戒，不殺不淫，香華耀燭，晨夕頂禮」的說法一致。痘患的治癒，應該還是藥物的作用，王陽明卻認為是《藥王菩薩化珠保命真經》發揮了作用，是「藥王菩薩現世度厄」。因為本經所展現出來的良好效果，王陽明不僅重新刊刻此經，而且「謀之父老」，尋一廢棄的廟宇而供奉藥王菩薩，廟寺建成後，「疾病禱者立應」。

　　值得注意的是，《傳習錄》中說的「居夷三載」後歡悔對佛教道教「錯用了三十年氣力」，正是寫作《藥王菩薩化珠保命真經序》之時。從序文的內容

〔註 113〕 吳光等編校：《王陽明全集》卷三十三《年譜一》，第 1227～1228 頁。

來看，絲毫看不出王陽明有「錯用了三十年氣力」之感。由此說明，王陽明後來儘管歎悔「錯用了三十年氣力」，並不能抹去心學與佛教之間的實際關係。

王陽明心學受到佛教禪學的深刻影響，及與佛教與禪學之間的莫大的密切關聯，是為學界所認可的。心學成熟之後，又反過來對禪學一直產生著巨大的影響。王學學者有很多的佛學著作，如李贄有《華嚴經合論簡要》《般若心經提綱》《淨土決》、焦竑有《楞嚴經精解評林》《楞伽阿跋多羅寶法經精解評林》《圓覺經精解評林》《法華經精解評林》、楊起元有《維摩經評注》《諸經品節》、袁宏道有《西方合論》《淨土十要》、瞿汝稷集有《指月錄》、鍾惺有《楞嚴經如說》等等。除了這些專門的佛學著作之外，那些散見於文人文集中的單篇的作品，數不勝數。在這些佛學著作、作品中，心學家們在闡發佛學、禪學義理的時候，不可避免地會打上心學觀念的烙印。

相較於唐宋時期，明代佛教發展的程度及禪門僧徒的教育水平、佛學水平，確實要低一些。眾多佛門僧徒，只知道沿襲唐宋公案故事，缺少對佛學深入的認識和體悟，如明末永覺元賢說：「如今有等人，只弄虛頭，向古人公案上穿鑿，學頌，學拈，學答話；向人前，或喝，或棒，擎舉，豎指。從東過西，從西過東，拂袖便行，推倒禪床，轉身作女人拜，打個筋斗出門去。此等雖是古人已用三昧，今日種種相襲，便成惡套了。」〔註114〕而且貪名逐利：「參學之士，以參禪為貴。參禪之功，必以識病為先。不識病則禪為偽禪，禪既偽則道為外道。所以爭人競我，貪名逐利，為今日之禪也。」〔註115〕明末陳懿典亦說：「聖朝尊尚佛法至矣，而禪學之弊，今且以合頭棒喝為佛事，而視三藏大典為粗淺言句，以杜撰無理語錄為向上真詮。而視天下古今為可欺誑，以私通賄賂為師資道合，而等授受於販漁，以夤緣達官為門庭，而列寶座於權位。」〔註116〕相比較而言，心學學者的佛學水平反而要更高一些，蓮池大師曾推許王龍溪說：「居士禹門早躍，破桃浪之千層，海藏今開，護竺墳之萬軸，說法則口施甘雨，咀玄則頷孕靈珠，蓋現頭角於吾宗久矣。」〔註117〕佛學的發展，往往要靠心學學者來加以推動，明末高僧憨山德清曾給焦竑寫信說：「念此未

〔註114〕元賢：《永覺元賢禪師廣錄》卷第四，《續藏經》第 72 冊，第 405 頁。
〔註115〕元賢：《永覺元賢禪師廣錄》卷第三，《續藏經》第 72 冊，第 402 頁。
〔註116〕圓澄：《湛然圓澄禪師語錄》附錄《會稽雲門湛然澄禪師塔銘》，《續藏經》第 72 冊，第 839 頁。
〔註117〕祩宏：《雲棲大師遺稿》卷二《與紹興王龍溪進士》，福建莆田廣化寺影印雍正刻本。

法寥寥，龍天推公，現宰官身，建大法幢，以作當代人天眼目，非小緣也。」
〔註118〕又說周汝登海門：「嶺南法道久湮，幸得大悲手眼，一發揚之，使闡提
之輩，頓發無上善根，比雖入室者希，而知有者眾。皈依者日益漸佳，如菩提
樹下，與曹溪諸僧，最難調伏，近來迴心信向者，蓋已十之二三矣。」〔註119〕
作為心學學者，竟然能調伏高僧都不能調伏的僧徒。憨山贊許楊起元對佛教的
推動：「讀《曹溪通志序》，言言皆從大慈真心流出，比見聞者，莫不大生歡喜，
況千載之下，不知喚醒多少夢中人。」〔註120〕蓮池大師評價管志道對佛教「銳
然起而維之，不負靈山之囑」〔註121〕。

　　心學學者喚醒的不僅是眾多的夢中人，即使明代的一些高僧大德，亦從心
學中獲益良多。唐宋時期，看到的多是儒學之士和文人士大夫向佛教高僧問
學，吸納佛教中的積極內容；在明代後期，看到更多的往往是佛僧從心學學者
得到啟悟的記載。明末禪師永覺元賢說：「我在廬山時，先師絕口不提宗門事。
一日因與兄弟論《金剛經》義甚快，先師笑曰『宗眼不明，非為究竟』。我聞
著茫然自失，乃請問如何是宗眼，先師拂衣而起。後因到郡城，訪羅近溪先生
於從姑山，始見《五燈會元》。」〔註122〕憨山自言曾借助焦竑之力悟禪云：「別
時承教一語，感荷無涯，歸來兀兀虛巖，心中獨照，敢負知己。時復海湛空澄，
法身頓現。」〔註123〕以上這些只是眾多此類言論中的冰山一角。心學學者對
僧徒和高僧大德們宣講的佛理，必定是被心學化了的佛理，甚至有可能就是宣
講心學的內容而使佛眾開悟。可以肯定地說，王陽明心學對明後期佛教禪學的
發展起到了巨大的推動作用。

　　心學對禪學思想的發展，大體可以有三個方面的內容。首先，王學陽儒陰
釋，往往用佛禪來解釋儒學，同時又「假儒書以彌縫佛學」，出入佛學二十餘
年、之後又反佛學的羅欽順曾說：「張子韶以佛語釋儒書，改頭換面，將以愚
天下之耳目，其得罪於聖門亦甚矣。而近世之談道者，或猶陰祖其故智，往往
假儒書以彌縫佛學，律以《春秋》誅心之法，吾知其不能免夫。」〔註124〕用

〔註118〕德清：《憨山老人夢遊集》卷十六《與焦從吾太史》，第 857 頁。
〔註119〕德清：《憨山老人夢遊集》卷十六《與周海門觀察》，第 815～816 頁。
〔註120〕德清：《憨山老人夢遊集》卷十六《與楊復所少宰》，第 859 頁。
〔註121〕袾宏：《雲棲大師遺稿》卷二《答管東溪僉憲》。
〔註122〕元賢：《永覺元賢禪師廣錄》卷第四，《續藏經》第 72 冊，第 411 頁。
〔註123〕德清：《憨山老人夢遊集》卷十六《與焦從吾太史》，第 858 頁。
〔註124〕羅欽順：《困知記》卷上，第 24 頁。

儒學來詮釋佛學，可以看作是佛學思想的新發展。

王學中的許多學者，在闡述其學術主張時，採用以儒學詮釋佛學的方式。王龍溪用孔子之說、良知來說明佛學的「空」:「孔子曰:『吾有知乎哉?無知也。』無知也者，空空也，無聖無凡，孔子之空空，與鄙夫之空空，一也。兩端者，良知之是與非也，叩兩端而竭，則是非忘矣。」〔註125〕周汝登說儒學和禪學不能分、又不能合:「儒與禪合乎?曰不可合也。儒與禪分乎?曰不可分也……如《維摩》《華嚴》之旨，悟之則無礙於儒，可以用世可以超世矣。孔子之旨，闡在濂洛以後諸儒;如來之旨，闡在曹溪以下諸師。……人而有悟於此，則儒自儒，禪自禪，不見其分;儒即禪，禪即儒，不見其合。」〔註126〕屠隆用儒家之說來比擬佛學的「空」:

> 仲尼無意必固我，空之謂也……故儒釋之不同者在世出世，而其大原同也。儒之用處，本實運而空存，釋之精處本空，空極而實顯。儒貴人倫亦去有所，去有所者空也;釋去真空亦稱妙有，妙有者實也。若纓紳煩躁而自同桎梏，何名為儒?玩空斷見，而淪於死灰，何名為釋?余見佛子之徒之謬悠貰荒者，往往以性空自詫，而菲薄儒者以為拘執。夫佛之寬衍何不容而菲薄儒者?彼其性空乎未邪而俗儒不達，又或矜詡名實而詆訶西方大覺以為偏枯與媾為鬥，吾怪其波流也，自非精詣玄覽之士烏能究其歸乎?〔註127〕

「向日儒服而強談佛，今居佛國矣，又強談儒」〔註128〕的李贄，說明德就是佛學中的「大圓鏡智」:

> 夫大人之學，其道安在乎?蓋人人各具有是，所謂我之明德是也。是明德也，上與天同，下與地同，中與千聖萬賢同，彼無加而我無損者也。既無加損，則雖欲辭聖賢而不居，讓大人之學而不學，不可不得矣。然苟不學，則無以知明德之在我，亦遂自甘於凡愚而不知耳。故曰「在明明德」。夫欲明知明德，是我自家固有之物，此大學最初最切事也，是故特首言之。〔註129〕

〔註125〕王畿:《王龍溪全集》卷八《艮止精一之旨》，第541頁。

〔註126〕周汝登:《東越證學錄》卷之七《佛法正論序》，《四庫全書存目叢書》本。

〔註127〕屠隆:《白榆集》卷之五《重修首山乾明寺觀音閣記》，《四庫全書存目叢書》本。

〔註128〕李贄:《焚書》卷一《答鄧明府》，中華書局1975年版，第42頁。

〔註129〕李贄:《續焚書》卷一《與馬歷山》，第3頁。

袁宗道明確地說自己是借禪解儒：

> 三教聖人，門庭各異，本領是同。所謂學禪而後知儒，非虛語也。先輩謂儒門淡泊，收拾不住，皆歸釋氏。故今之高明有志向者，腐朽吾魯、鄒之書，而以諸宗語錄為珍奇，率終身濡首其中，而不知返。不知彼之所有，森然具吾牘中，特吾儒渾含不泄盡耳，真所謂淡而不厭者也。閒來與諸弟及數友講論，稍稍借禪以詮儒，始欣然捨竺典，而尋求本業之妙義。予謂之曰「此我所行同事攝也」。既知此理之同，則其毫髮之異，久之自明矣。若夫拾其涕唾以入貼括，則甚不可，宜急戒之。勿以性命進取，混為一途可也。〔註130〕

從禪的角度再來看儒學，就更能明瞭儒家之說的本旨與深意。其弟袁中道說學儒後則能真明白禪學：「饒德操曰：『欲為仲尼真弟子，須參達磨的兒孫。』予則曰：『欲為達磨的兒孫，須參仲尼真弟子。』」〔註131〕

明末的禪師注意到了王學的這種用儒學來詮釋佛學的學術思想，如永覺元賢禪師說：「今日一二士夫家，借儒解釋，援釋談儒，非不自謂新奇度越，其於斯道，直是如醉如狂。」〔註132〕用儒學解禪，禪學必帶有儒學的色彩，晦臺元鏡禪師說：「龍溪、近溪二老，講陽明之學，而多用禪語，非有得於禪，乃以儒解禪也，禪安得不儒哉？」李贄甚至主張，凡為僧者，案頭都不宜少二溪之著作，而事實上，從永覺元賢禪師與羅汝芳（近溪）之間的交往來看，許多佛僧與二溪交誼深厚，而且確實是熟讀二溪之著述。元賢禪師接著談到明代與前代的儒釋關係的差異：「昔人借禪語以益道學，今人反借儒語以當宗乘，大道不明，群盲相惑，吾不知冥冥之何時旦也。」〔註133〕此處的「儒語」指的是心學，「借儒語以當宗乘」，反映了佛學界受到心學影響的一種突出表現。儒學入於佛學，不僅僅是簡單的比擬，而是一種深度的融合，對佛學來說，是在心學環境下的所出現的新因素、新發展。

其次，王學以心性統三教的學術旨歸，拙著《心海禪舟——宋明心學與禪學研究》及論文《左派王學的三教論》中對此已經有詳細的說明，此處不再說

〔註130〕袁宗道：《白蘇齋類集》卷十七《說書類序》，上海古籍出版社 2007 年版，第237 頁。

〔註131〕袁中道：《珂雪齋集》卷之十《悅習上人小序》，上海古籍出版社 1989 年版，第 489 頁。

〔註132〕元賢：《永覺元賢禪師廣錄》卷第十一，《續藏經》第 72 冊，第 446 頁。

〔註133〕元賢：《永覺元賢禪師廣錄》卷二十九，《續藏經》第 72 冊，第 565 頁。

明。心學以心性統三教的觀點，不僅反映了儒學思想的新發展，從一定意義上來說，也是反映禪學思想的新發展。

再次，明代禪僧大談心學。如上所述，明代中後期佛僧「借儒語以當宗乘」的做法，從佛教界本身能夠看出佛教思想的這種新變化。

明代中後期佛僧，雖然也有像蓮池大師那樣反對儒釋同性論，反對儒即佛與佛即儒之說，認為儒釋設化各有所主。對王陽明的良知之說，蓮池認為是王陽明學力深造所到，並非「佛學說之真知」〔註134〕。不過能看出蓮池對王陽明的良知之說非常瞭解，應該是很認真地閱讀了王陽明的著作。不管是贊同心學還是反對心學，明代中後期的許多高僧對心學頗為瞭解，陳縉說永覺元賢禪師「早專魯誥，善朱程之學，壯歲棄去，遂入壽昌法社」〔註135〕。在進入佛門之前，曾系統學習過程朱理學。不過根據元賢禪師自己的著作來看，其更善心學，曾評論文人黃季弨說：「溫陵一郡，賢豪最多，科甲最多，獨於理學一門，大為欠事。前輩雖有虛齋、紫峰諸老，用心最苦，然皆縛於訓詁義學，其根本之地，實自茫然矣。今老居士，獨能主張理學，肩道南之一脈，誠可空谷足音也。但更須知有離文字知解一著子，不然，雖日講良知，明至善，亦何似異於訓詁之學哉。」〔註136〕這裡的「理學」，似乎指的是心學，不是程朱理學。講良知要離文字而心悟，避免陷於訓詁之學的弊病。對心學體會之深，並非只是一般的泛泛瞭解。

高僧們對明後期心學界的情況非常瞭解，晦臺元鏡禪師在《晤曾心藥太史於沈園》詩中評論明末儒學界的情況說：「道學頭巾笑卓吾，才高氣俠謾相摹。大蟲兩個今相咬，捉敗還他老赤鬍。」〔註137〕把儒學紛爭的情況說得一目了然。元賢禪師評論李贄與耿天台之爭說：

> 卓吾與天台，初為莫逆交，因論學不合，遂至成隙。後二家之徒，亦互相詆訾。至卓吾不得其終，皆論學為之媒也。此其病在以情學道。以情學道故無不溺於情。雖學問益博知解益廣，而我執之情益盛，由是堅愈甲胄，利愈戈矛，其勢不至於相殘不止也。其所

〔註134〕祩宏：《竹窗隨筆》一，福建莆田廣化寺影印雍正刻本。
〔註135〕元賢：《永覺元賢禪師廣錄》卷首《禪餘外集序》，《續藏經》第72冊，第385頁。
〔註136〕元賢：《永覺元賢禪師廣錄》卷十二《與黃季弨先生》，《續藏經》第72冊，第450頁。
〔註137〕元鏡：《晦臺元鏡禪師語錄》，《續藏經》第72冊，第223頁。

持論，天台以人倫為至，主物以喜怒哀樂未發為至。余向居楚時，
所接緇白，率皆左袒卓吾。余謂天台無論矣，即卓吾亦未能無過也。
譬之手焉，舒則為掌，卷則為拳，拳掌雖殊，手體不變，何容取捨
哉！今所謂人倫之至者，拳之舒為掌也，所謂未發之中者，掌之卷
為拳也。一則執掌為至，一則執拳為至，其相去能幾何哉！使其知
手之體，則所執拳掌，特龜之毛兔之角耳。蓋聞，道不涉動靜，而
當為動靜之體；道不落有無，而常為有無之君。今之學道者，必欲
捨動而取靜，捨有而取無，是豈中庸之意哉！昔韓大伯點雪竇偈曰：
一兔橫身當古路，蒼鷹才見便生擒，後來獵犬無靈性，空向枯樁舊
處尋。卓吾執未發之中，正所謂枯樁舊處尋也。豈知喜怒哀樂之際，
而未發之中，已如赤日懸空，無可逃避哉！其所見若此，所以不能
轉喜怒哀樂，而為喜怒哀樂所轉。當逆浪顛風之會，生死危疑之間，
毫無主宰，遂至自刎。〔註138〕

這段評論不僅將李贄與耿天台二人之爭說得清楚明白、客觀公正，而且對於心
學的理解、把握非常到位，顯示了元賢禪師深厚的心學修養。

明末高僧們對儒釋的現狀非常清楚，元賢禪師以詩敘說云：「老漢生來性
太偏，不肯隨流入世俗。頑性至今猶未化，剛將傲骨求儒禪。儒重功名真已喪，
禪宗機辯行難全。」〔註139〕明末程朱理學重功名，禪宗亦弊端百出，保持活
力的就只有心學了。元賢有《明儒》八首，從禪學的角度來看待心學，之一云：
「中庸道在愚夫婦，魚躍鳶飛更灼然。怪底考亭多錯認，卻將邪習自成纏。」
之二云：「通天通地亦通人，腳跟底事轉難明。一念才生全體味，六經考遍只
詮名。」之三云：「孔門的旨在誠明，慎獨教渠扼要津。若識念從何處起，誠
明兩字亦非真。」之四云：「孟氏支離稱集義，顏生四勿亦非仁。一己病根能
照破，廓然宇宙是全身。」之五云：「仲尼一日欲無言，分明指出孟津源。顏
氏如愚方契旨，雲散秋空月滿軒。」之六云：「儒門盡道能經世，經世先須世
相空。一點未消成禍種，多少西行卻轉東。」之七云：「靈光一點本周圓，只
因物蔽便難全。所以曾生種格物，窮到源頭便豁然。」之八云：「妙體空空出

〔註138〕元賢：《永覺元賢禪師廣錄》卷十五《題卓吾焚書後》，《續藏經》第72冊，
　　　　第466頁。
〔註139〕元賢：《永覺元賢禪師廣錄》卷二十三《病中示眾》，《續藏經》第72冊，第
　　　　517頁。

見思，細觀四絕豈存知。擬欲多知希聖學，分明辜負一雙眉。」〔註140〕八首詩不僅辨析程朱理學與陽明心學的差異，更概括出心學的精華，詩中將心學與佛教的觀念有機地融合在一起。值得注意的是，元賢禪師對王陽明的良知說並不肯定，曾論陽明心學說：

> 佛氏論性，多以知覺言之，然所謂知覺者，乃靈光獨露，迴脫根塵，無待而知覺也。陽明倡良知之說，則知待境起境滅，知亡也，豈實性之光乎。程朱論性直以理言之，謂知覺乃心，心中所具之理為性，發之於四端為情，陽明之良知，正情也。即欲深觀之，則此情將動未動之間，有靈靈不昧，非善非惡者，正心也，豈實性之理乎。大都陽明之學，主之以儒而益之以禪，故覺其精深敏妙，驚駭世俗，而不知止，坐此昭昭靈靈之中。此昭昭靈靈者，乃晦菴已揀之砂，而釋氏深呵為生死本者也，乃以之睥睨今古，誇為獨得，不亦謬乎？〔註141〕

就對比王陽明之說而言，元賢似乎更肯定朱熹之說。對心學的這種態度，很難想像元賢能作出《明儒》詩八首。儘管元賢並不徹底認可陽明心學，思想中仍體現出心學的色彩：「堯舜稱之曰中，《大學》稱之曰明，《中庸》稱之曰誠，乃至諸佛稱之曰真如，曰圓覺，詎可以言性哉。至於方便開示，則亦不廢言詮，因其不編謂之中，因其不昏謂之明，因其不妄謂之誠，因其不妄不變謂之真如，因其流眾德爍群昏，謂圓覺，則因其本然無惡，謂之善。」〔註142〕這些說法和心學學者的認識似乎並無不同，看作是心學的表達未嘗不可。

明中後期佛僧談論心學、談論良知是一種普遍的現象，明末高僧蕅益大師就熟讀王陽明的良知之說，其閱讀《王陽明全集》後書二則，闡發良知之說，其一曰：「君子小人，良知之體，未始不同也。一蔽於私而不能致，遂嫉功妒能，誣忠陷良無所不至。……惟君子昭曠如太虛空，絕不與較是非，辯得失，故小人卒無所騁其毒。而陷溺未深者，猶可化為君子；一與之抗，則其去小人不能以寸。而玉石角，玉必先敝矣。通此佛氏二無我觀，妙旨泠然。孰謂『世間大儒，非出世白茅』哉。或病陽明有時闢佛，疑其未忘門庭，蓋未論其世，未設身處地耳。嗚呼！繼陽明起諸大儒，無不醉心佛乘，夫非煉酥為酒之功也

〔註140〕元賢：《永覺元賢禪師廣錄》卷二十三，《續藏經》第72冊，第515頁。
〔註141〕元賢：《永覺元賢禪師廣錄》卷二十九，《續藏經》第72冊，第565頁。
〔註142〕元賢：《永覺元賢禪師廣錄》卷二十九，《續藏經》第72冊，第561頁。

哉。」其二曰:「學無論儒釋,其貴真賤偽一心。學果真,雖一時受讒被抑,
精光終不可掩;學苟偽,雖一時欺世盜名,醜態終亦必露。故曰『斯民也,三
代所以直道而行』。夫『直道』即良知本體而已。致此本體,可建天地,質鬼
神,俟百世,況斯世之民哉。故斯世之民信之,而權奸俗儒獨無良知邪?特有
以蔽之弗能致之耳。嗚呼,均此本體,但弗致則與瑾、彬同惡,能致知則與陽
明同善,讀聖賢書者,宜何如慎其獨也。今世佛門,陷足於偽者亦多矣。吾為
此懼,欲閒之而未能。閱此書,不覺感憤流淚云。」〔註143〕蕅益對良知的闡
說,完全符合王陽明的原意。君子小人,良知之體均同,只是在迷與悟而已,
能悟則與王陽明同善,弗悟則與劉瑾、江彬同惡。王陽明雖然避諱佛學,其後
學諸儒卻醉心佛乘,對佛教來說是有益無害的。蕅益最後指出當下佛門多偽,
閱《王陽明全集》而感憤流淚,頗有以良知之學來指導佛學之意。

　　若說「直道」為良知本體,那麼元賢禪師所說「識得自己真心」之「真心」
也可以看作是良知本體:

　　　　學無多術,只要識得自己真心而已。今觀此身之內,四大假合,
　　　　日趨於盡。所謂真心者何?在意念紛起,生滅不常,非真心也;或
　　　　善或惡,遷變無定,非真心也;又全因外物,而現外物,若無此心,
　　　　安在非真心也。況此心於一膜之內,不能自見,是暗於內,非真心
　　　　也。一膜之外,痛疾全不相干,是隔於外,非真心也。若曰回光內
　　　　照,覺有幽閒靜一者,將以為真心乎?殊不知,此幽閒靜一,乃由
　　　　妄心所照,有能照之心,有所照之境,則此幽閒靜一,總屬內境,
　　　　即《楞嚴》所謂內守幽閒,猶為法塵分別影事,豈真心哉?既此等
　　　　俱非真心,將以何者為真心乎?居士,試於二六時中,看如何是自
　　　　己真心,不用生卜度,不用下注解,不用求人說破,不用別求方便,
　　　　不用計年月久近,不用計己力強弱。但如是默默自追自究,畢竟如何
　　　　是我自己真心。有朝忽然撞破,方知三教九流,決無二致;萬聖千賢,
　　　　決無異轍。為儒為釋,經世出世,無一毫頭許可為間隔也。〔註144〕
雖然元賢對「真心」的說明全用佛教術語,但仍然強烈地顯現出心學氣息。最
後所說「三教九流,決無二致,萬聖千賢,決無異轍」,實際上同於心學學者

〔註143〕智旭:《靈峰宗論》卷四《閱〈陽明全集〉畢偶書二則》,福建莆田廣化寺影
　　　　印《蕅益大師全集》本。
〔註144〕元賢:《永覺元賢禪師廣錄》卷十,《續藏經》第72冊,第441頁。

儒釋是名歧實同、以心性統三教之說了。

滿益大師有許多論儒學的文字，如《致知格物解》等短篇文，亦有如《四書滿益解》這樣的長篇著述，寫作此類文字的出發點就是借儒學之說來顯發佛教的義理，其《四書滿益解》自序說「爰至誠請命於佛，卜以數鬮，須藉《四書》助顯第一義諦，遂力疾為拈大旨」，顯示滿益大師用心學的觀念闡說佛教理想，而不是用原始儒學和程朱理學。又論心云：「四凶居堯舜之世，而不能自安其生；孔孟丁春秋戰國之亂，而不足以改其樂。故知得失全由自心，外境何與焉？今人不治心而問境，無乃惑乎？」〔註145〕此處所指顯然更多是指王學的心外無理、心外無境之說，而非佛教之「心」。滿益曾為王學古作座右銘，銘云：「浩然之氣，人皆性具。何以養之？集義是務。義非可襲，爰稱正路。坦坦周行，不憂不懼。立命知天，非域氣數。閉門造車，出門合度。道之所存，非毀何顧。道之不錄，榮名何慕。熟寐終夕，彈指便寤。南溟北溟，任爾遊寓。嗤彼昏盲，蠅趨虻附。夏則喜風，冬乃貪燠。悟性成修，力用斯裕。摩尼在幢，眾寶普澍。此外尋玄，五十百步。」〔註146〕銘中所說的「集義」，是指孟子所說的「由仁義行」，而「義非可襲」即非「義襲」，「義襲」是孟子所說的「行仁義」。「由仁義行」與「行仁義」，或「集義」與「義襲」，是程朱理學與陽明心學辯論很多的一個問題，由仁義行是指有一個仁義的心體，則所行所為無不是仁義的；行仁義是設置一個仁義的標準，讓人按照這個標準來所作所為。程朱理學認為應該走行仁義的道路，陽明心學則堅持要走由仁義行的道路。滿益大師作的這個座右銘，強調集義才是正路，並且結合佛教人人自有摩尼珠之說，悟性成修。顯然這是心學之說。

明末對心學的認識，湛然圓澄禪師的《良知歌》堪稱為代表：

> 良知非是有知知，良知亦非無知知。知得有無知斯在，直向有無中薦取。若謂有知見不圓，執著無知有一偏。有無疊成六十二，欲了除是悟言前。悟言前，透心法，日用了了惺惺著。待客迎賓出現成，何須百計求方略。入斯門，得自在，神通應現周沙界。縱橫妙用總無方，答話不須揀內外。饑便餐，睡便臥，行住坐臥只這個。柳綠花紅三月天，世界拈來如許大。有等道人彊作主，只管人前弄死語。顛拈倒用總不知，徒把良知作規矩。有等道人恣彊辯，何曾夢見娘生面。

〔註145〕智旭：《靈峰宗論》卷四《偶書二則》其二。

〔註146〕智旭：《靈峰宗論》卷九《王學古座右銘》。

　　出語茫然混正邪，徒事規模執方便。不知性，迷自心，無始劫來認識
　　神。若教火內翻身後，未審那個是天真。解天真，識通便，入門便討
　　公文驗。虛懸寶鑒定龍蛇，慧劍高提光焰焰。不用思，不用算，鳶飛
　　魚躍道一貫。良知良知若個知，知得良知金不換。〔註147〕

若把明代中後期高僧們這些論心學文字，以及薰陶心學之說而體現出心學色
彩的觀念，看作是佛學思想的一種新發展，並不過分，這是明代佛教思想與此
前不同之處。

　　明末佛教僧徒對心學的認可與侵染，在詩文創作中明顯地表露出來。明後
期佛教僧徒的詩文創作受到心學浸染的體現，其一是敘述與王學士人的交往，
其二是在作品中闡發心學觀念，其三是對晚明文學思潮的認同，晚明文學思潮
中的「直抒胸臆」「直抒性靈」等觀念，直接成為晚明僧徒創作的重要指導思
想。

〔註147〕圓澄：《湛然圓澄禪師語錄》卷八，《續藏經》第72冊，第838頁。

第二章　明代佛教文學文獻與 作者小傳

　　明代佛教文學創作者群體是明代的僧徒，他們的作品通過三個途徑保存下來，一是各自的專集，如來復、宗泐、憨山等都有著述存世；眾多僧徒都曾刻有詩文著述集，但大部分佚失了，現在保存下來的僧徒著述集是少數。二是存於各自的佛教著述中，尤其是語錄中，如愚菴、元賢等佛教著述及語錄中保存大量的詩偈。三是詩文合集、選集、志書及專門類書等，如《古今禪藻集》《御選明詩》《明詩綜》《列朝詩集》《浙江通志》《御定佩文齋書畫譜》等大型詩文集中收錄有僧徒的詩文作品；尤其是對著述已經佚失的僧徒來說，將其部分作品收錄並保存下來，具有極大的價值。本章依據明代僧徒著述專集以及收錄僧徒作品的大型類書、著述等，對著錄的明代僧徒的著述進行梳理，並盡可能收集有作品存世的僧人著述及僧人傳記。

一

　　載錄明代僧人傳記的典籍，有《釋鑒稽古略續集》《五燈會元續略》《五燈全書》《增集續傳燈錄》《續指月錄》《續燈正統》《宗門寶積錄》《南宋元明禪林僧寶傳》《補續高僧傳》等，如《釋鑒稽古略續集》彙集元明兩代僧人傳記，第二、三卷是明代僧人傳記；再如弘覺編輯《宗門寶積錄》，編列宋末元明禪師傳記與語錄，收錄明代禪師名字最多，但卻只有目錄，正文缺失。

　　上述典籍只是載記僧人傳記，載記有作品存世明代僧徒傳記文獻，有《蓮邦詩選》《古今禪藻集》《御選明詩》《明詩綜》《檇李詩繫》《列朝詩集》等，

以及各種寺志、方志等，通過這些載記明代僧徒作者的典籍，可以瞭解到明代佛教文學創作的大體情況。

《蓮邦詩選》，雲棲妙意菴廣貴輯，收錄於《續藏經》，其中收錄了明代 17 位禪師描述、歌詠淨土的詩作，分別是梵琦、笑巖（德寶）、古溪（覺澄）、蓮池（袾宏）、達觀（真可）、度門（無際）、雪嶠（圓信）、博山（元來）、端愚（觀衡）、頂目（弘徹）、萍蹤（如曉）、晦夫（大緣）、丁蓮侶（明登）、沈朗倩（大潔）、妙意（廣貴）、蕅益（智旭）、永覺（元賢）等，其中沈朗倩為居士，其他 16 人為佛教僧徒。卷首有古愚居士題序云：「經云：『清泰國土、寶樹珠網、德水珍禽常出清暢和雅之音，周遍世界皆演妙法，乃是我無量壽如來欲令法音宣流，變化所作，眾生聞者歡喜無量，自然隨順念天戒舍之道，自然隨順清淨離欲之行，自然隨順六度萬行之法，自然隨順無畏不共之力。故自他兼利，惑業頓除，皆得阿鞞跋致於無上菩提也。』明萬曆間，雲棲妙意菴廣貴輯古今尊宿贊西方勸念佛懷淨土願往生之偈，分類撰成《蓮華世界詩》一編。蓋淨土文錄充棟汗牛，此輯又何為也？凡詩歌之協於聲律也，能沁人肺腑，鼓人性靈，不覺手之舞之足之蹈之者，惟詩為然。貴師之旨，將欲以聲律化人，願同彌陀耶，而況此方教體清淨在音，耳根極利，聞慧最圓，則何難化娑婆成清泰乎。淨願社玄顒長老拾遺增錄一百餘首，改其籤，曰《蓮邦詩選》。」廣貴自作序云：「如來教人念一句阿彌陀佛，正攝其百念千念八億五千萬雜念，於一念念至，一念不起，自然證見阿彌陀佛，然後知一念百念千念、八億五千萬雜念皆阿彌陀佛之念，然後知一身百身千身八億五千萬雜類之身皆阿彌陀佛之身，然後知畜生、餓鬼、地獄皆阿彌陀佛之法界。然則經云『一聲阿彌陀佛，滅八十億劫生死重罪』，豈不深切著明矣哉。故知一聲阿彌陀佛，正是證明無淨無穢之淨土，證明無苦無樂之極樂，正是空其心之丹藥，正是大夢中之霹靂也。無奈我輩明知是夢，卻又尋夢，明知是夢引我入鐵圍山，卻又迷昧。故鄉道路豈可不用？過來人語，招之策之，掖之涵濡之。孔子曰『興於詩，立於禮，成於樂』，三者惟立禮為堅定之力耳。而興詩成樂，則始終皆以韻事發其歡喜，鎔其格扞，所以淨土光中，不但如來所出音聲皆演妙法，其摩尼水流注華間，其聲皆演說苦空無常無我諸波羅蜜，讚歎諸佛相好。如意珠王湧出金光，化為百寶色鳥，和鳴哀雅，常贊念佛念法念僧；樓閣中諸天作天妓樂，又樂器懸空，不鼓自鳴。其眾音中，皆說念佛念法念比丘僧。總之水流光明，及諸寶樹，鳧雁鴛鴦，皆說妙法。所以行者出定入定皆聞妙法，夫坐蓮華上者猶

藉此音聲以增其進，況其未到蓮池者乎。《小傳》載，張子房在漢軍中，項兵雖挫，猶自相持，子房乃教軍中作楚歌，使楚人懷鄉，而漢事遂成。可見聲音一道，可以補攻取之不及。昔賢淨土之詠，即子房之還鄉曲也，試看詠淨土者，多出於宗門之知識，其殆佛門之子房也哉。」〔註1〕文學作品如同張良之還鄉曲，能夠輔助修持者領悟佛法及傳播佛法，故文學作品對佛教來說具有相當重要的價值；淨土詩歌能使夢中尋夢之修持者「以韻事發其歡喜，鎔其格扞」，從而演說與領悟妙法。

《古今禪藻集》，《欽定續文獻通考》卷一百九十八「總集類」載「釋正勉、普文、性通《古今禪藻集》二十八卷」，云：「正勉，字道可；普文，字理菴，嘉興人；性通，字蘊輝，應天人。」《古今禪藻集》「所錄皆釋子之作而不必其有關於佛理」，其中卷十八至二十八收錄明代僧徒的詩歌，收錄只是節選而非全錄。《四庫全書》收錄本書，提要云：「曰禪藻者，猶曰僧詩云爾。所載上起晉支遁，下訖性通所自作，以朝代編次，每代之中又自分諸體。中間如宋之惠休、唐之無本後皆冠巾仕宦，與宋之道潛老而遘禍官勒歸俗者不同，一概收之，未免泛濫。又宋倚松老人饒節，後為僧，名如璧，陸游《老學菴筆記》稱為南渡詩僧之冠，與葛天民卒返初服者亦不同，乃遺而不載，亦為疏漏。至寶月《行路難》，鍾嶸《詩品》明言非其所作，載構訟納賂事甚悉，而仍作僧詩，皆未免失於考訂。他如卷一之末，獨附贊銘誄賦，蓋以六朝篇什無多，借盈卷帙，然以此為例，則諸方偈頌孰非有韻之文，正恐累牘連篇汗牛難載，於例亦為不純。特其上下千年，網羅頗富，較李龏《唐僧弘秀集》惟取一朝之作者，較為完具，存之亦可備採擇焉。」〔註2〕本書體例雖然不純，但「網羅頗富」使許多明代僧徒的作品被保留下來。

清人沈季友廣搜檇李一地的文獻，撰成《檇李詩繫》，其中卷三十一、三十二、三十三是專門著錄檇李明代詩僧詩歌，本書提要云：「《檇李詩繫》四十二卷……是編輯嘉興一郡之詩，自漢晉以迄本朝，凡縉紳、韋布、閨秀、方外、土著、流寓有吟詠傳世者，皆錄之；而以仙鬼、題詠、謠諺附焉。姓氏之下，又各為小傳，略敘梗概。其山川、古蹟、土風、物產亦間加附注，以備考據。初，明景泰中嘉興朱翰嘗詮次洪永以來郡人之詩，為《檇李英華》一書，所收不盡雅馴；崇禎末，秀水蔣之翹復續為《檇李詩乘》，其卷帙之富什倍《英華》，

〔註1〕廣貴：《蓮邦詩選》卷首，《續藏經》第 62 冊，第 791、792 頁。
〔註2〕沈季友：《古今禪藻集》卷首，《四庫全書》本。

—81—

而遺稿散佚，遂無傳本。季友此書踵二家之後，而更加詳博，殘章剩句搜訪靡遺，攟摭之勤殊為不苟。其間若《趙孟堅小傳》沿山臣房《隨筆》之誤，以為卒於元時；吳鎮沒於至正間，與楊璉真伽時代迥不相及，而謂楊發諸墳不及鎮墓，此類皆為疏於考核。然其甄綜頗備，一鄉文獻亦藉以有所徵焉。」〔註3〕本書對檇李一地之作者「搜訪靡遺」，保存下眾多明代僧徒詩歌作品。

明人曹學佺編《石倉歷代詩選》中收錄不少明代詩僧作品，本書數量龐大，共 506 卷，提要云：「是編所選歷代之詩，上起古初，下迄於明者也，凡古詩十三卷，唐詩一百卷拾遺十卷，宋詩一百七卷，金元詩五十卷，明詩初集八十六卷，次集一百四十卷……雖卷帙浩博，不免傷於糅雜。然上下二千年間作者，皆略存梗概，又學佺本自工詩，故所去取亦大都不乖風雅之旨，固猶勝貪多務得細大不捐者。」〔註4〕本書之編集，標榜駁雜，為兩千年之作者存「梗概」，收錄數量確實較多。如就元末明初僧人宗衍的詩歌來看，本書收錄數目確實稍多一些，本書收錄宗衍《題小畫》詩二首，之一云：「山色明人眼，江風冷鬢絲。都將身外事，拂石坐移時。」之二云：「秋高山氣佳，木落江水靜。意固不在魚，魚驚釣絲影。」〔註5〕本詩在下面提到《元詩選》等著述只錄第二首，缺第一首，故本詩對他書之收錄有所補齊。

清代康熙皇帝下令編輯的《御選宋金元明詩》之《御選明詩》，姓名爵里八中共收錄 133 為僧徒的簡介，這些僧徒都有詩歌作品被收錄在《御選明詩》中。康熙皇帝在《御製四朝詩選序》中說：「生民之始，稟二儀之精，含五常之性，而其理具於一心。人心之靈，日出而不窮。《詩大序》謂『在心為志，發言為詩』，其闡明虞廷言志之義而歸本於心者，其意深矣。蓋時運推移，質文屢變，其言之所發雖殊，而心之所存無異，則詩之為道安可謂古今人不相及哉。觀於宋金元明之詩，而其義尤著焉。世之論詩者，謂唐以詩賦取士，故唐之詩為獨盛。夫唐之詩誠盛矣，若夫宋之取士始以詩賦，熙寧專主經義而罷詩賦，元祐初復詩賦，至紹聖而又罷之，其後又復與經義並行。金大略如宋制。元自仁宗罷詩而存賦，明則詩賦皆罷之，士於其時以其餘力兼習有韻之言，專之則易美，兼之則難工，而其至者亦往往媲北宋而追三唐，豈非人心之靈日出而不窮者歟，此又可見古今人不甚相遠也……近得《全唐詩》，已命儒臣校訂，

〔註3〕沈季友：《檇李詩繫》卷首，《四庫全書》本。
〔註4〕曹學佺：《石倉歷代詩選》卷首，《四庫全書》本。
〔註5〕曹學佺：《石倉歷代詩選》卷三百三十六。

刊布海內，由唐以來千有餘年之久流傳自昔未見之書，亦可謂斯文之厚幸矣。
遂又命博採宋金元明之詩，每代分體，各編自名篇鉅集以及斷簡殘章，罔有闕
遺，稍擇而錄之，付之剞劂，用以標詩人之極致，擴後進之見聞，譬猶六代遞
奏八音之律無爽，九流並遡一致之理同歸。然則唐以後之詩又自今而傳矣。夫
詩之日遠而日新如此，而皆本於人之一心。孔子云『詩三百一言以蔽之，曰思
無邪』，子之言詩法也，即心法也……朕於是有以見夫天之所以畀於人者，此
心此理隨在流通，願學者謹其所存，而審其所發，將以上達夫大本大原，而充
廣乎萬事萬物，豈惟詩之為道也哉。」〔註6〕康熙之序不僅是本書遴選詩歌的
準則，同時顯示了康熙對詩歌的看法與觀念，即詩歌都是人心之所發，由於古
今「心之所存無異」，故古今詩歌無異。《御選四朝詩》中選錄能夠搜羅得到的
僧徒作品，按照這個觀念來看，康熙帝應該認為佛教僧徒的詩歌同樣由心之所
發，與一般詩歌著者並無差別。

　　同本的《御選元詩》卷七十九中，收錄宗衍、善學、大圭三名僧人的詩歌，
三人由元入明，故其作品既被收錄到《御選元詩》，又被收錄在《御選明詩》
中。清人顧嗣立編《元詩選》、清兵部主事陳焯編《宋元詩會》二部書中亦收
錄由元入明之部分僧人。《元詩選》提要述本書的編纂體例與貢獻，云：「《元
詩選》初集六十八卷卷首一卷二集二十六卷三集十六卷，國朝顧嗣立編。嗣立，
字俠君，長洲人。康熙壬辰進士，改庶吉士。是選凡三集，每集之中又以十干
分為十集，而所謂癸集者，有錄無書，故皆止於九集焉。初集所錄自帝王別為
卷首外，元好問以下凡一百家；二集所錄段克已弟兄以下凡一百家；三集所錄
麻革以下凡一百家。每人各存原集之名，前列小傳，兼品其詩，雖去取不必盡
當，而網羅浩博，一一採自本書，具見崖略，非他家選本餖飣綴合者可比。有
元一代之詩，要以此本為巨觀矣。嗣立稱所見元人之集約四百餘家，方今詔採
遺書，海內秘藏無不輻輳，中間為嗣立所未見者，固指不勝屈，而嗣立所見今
不著錄者亦往往有之。蓋相距五六十年，隱者或顯，而存者亦或偶佚，殘膏剩
馥，轉藉是集以傳，則其功亦不可沒矣。」〔註7〕顧嗣立所編選的詩作，許多
「今不著錄者亦往往有之」，元末明初僧徒的不少詩歌，往往借本書而得以留
存。二集卷二十六收錄僧徒詩歌，其中宗衍、大圭之作亦收錄其中。對宗衍生
平的介紹較他本為詳細，云：「宗衍字道原，中吳人。善書法，遍讀內外書，

〔註6〕《御選宋金元明詩》卷首，《四庫全書》本。
〔註7〕顧嗣立編：《元詩選》卷首，《四庫全書》本。

而獨長於詩。至正初，住石湖楞伽寺佳山水處，一時名士多與遊，為危翰林太僕、先輩覺隱誠公所推許，嘗以僧省堂選主嘉禾德藏寺，才辯聞望傾於一時。年四十三而歿，孫西金白嗣其法。道原為詩，博採漢魏以降，而以少陵為宗，取喻託興，得風人之旨，所著曰《碧山堂集》。初，太僕與道原相知，而未嘗相見，及洪武革命，太僕歸江南，而道原之歿久矣。特為之序其首云。」〔註8〕但就收錄的宗衍詩歌來說，卻並不其他著述收錄為多。《宋元詩會》一百卷，收「衲子十二人」，其中梵琦、來復、愚菴、宗泐、守仁、德祥皆由元入明，提要云：「《宋元詩會》一百卷，國朝陳焯撰。焯字默公，桐城人。順治壬辰進士，選庶吉士，以耳聾告歸，不復出。覃思著述，取所見宋元詩人之作輯為此編，每人各紀其爵里本末於下，以備考訂。雖甄錄篇什無多，而摭拾家數頗為廣備，王士禎《香祖筆記》稱康熙甲子奉使南海，次相城，焯過其客署，二從者背負巨囊，揖罷即呼具案，顧從者取囊書數十大冊，羅列案上，指示士禎曰『此吾二十年來所輯《宋元詩會》若干卷，將待君決擇之，然後出而問世』云云，蓋即指是書而言。是其卷帙本極繁富，而今刊行之本僅止此數，或經士禎鑒別之後，焯重加釐定而復為刪繁。」〔註9〕本書的特點是「摭拾家數頗為廣備」，因此收錄梵琦等人詩作不出乎意外，但選詩數量較少。

　　清人朱彝尊編撰《明詩綜》〔註10〕收錄明代詩人與詩歌，其中卷九十、九十一、九十二收錄是僧徒的詩歌。本書提要云：「明之詩派始終三變，洪武開國之初，人心渾樸，一洗元季之綺靡，作者各抒所長，無門戶異同之見。永樂以迄，化治沿三楊臺閣之體，務以舂容和雅，歌詠太平，其弊也冗沓膚廓，萬喙一音，形模徒具，興象不存，是以正德、嘉靖、隆慶之間，李夢陽、何景明等崛起於前，李攀龍王世貞等奮發於後，以復古之說遞相唱和，導天下無讀唐以後書。天下向應，文體一新，七子之名遂竟奪長沙之壇坫。漸久而摹擬剽竊，百弊俱生，厭故趨新，別開蹊徑，萬曆以後公安倡譏詭之音，竟陵標幽冷之趣，噍弦側調，嘈囋爭鳴，佻巧蕩乎人心，哀思關乎國運，而明社亦於是乎屋矣。大抵二百七十年中，主盟者遞相盛衰，偏祖者互相左右，諸家選本亦遂皆堅持畛域，各尊所聞。至錢謙益《列朝詩集》出，以記醜言偽之才，濟以黨同伐異之見，逞其恩怨，顛倒是非，黑白混淆，無復公論。彝尊因眾情之弗協，乃編

〔註 8〕顧嗣立編：《元詩選》二集卷二十六。

〔註 9〕陳焯編：《宋元詩會》卷首，《四庫全書》本。

〔註10〕本書使用的《明詩綜》是中華書局 2007 年出版的整理本，少數地方引用了《四庫全書》本。

纂此書以糾其謬，每人皆略敘始末，不橫牽他事，巧肆譏彈，里貫之下各備載諸家評論，而以所作《靜志居詩話》附於後。雖隆萬以後所收未免稍繁，然世遠者篇章易佚，時近者部帙多存，當亦隨所見聞，不盡出於標榜。其所評品亦頗持平，於舊人私憎私愛之談，往往多所匡正。六七十年以來，謙益之書已澌滅無遺，而彝尊此編獨為詩家所傳誦，亦人心彝秉之公，有不知其然而然者矣。」〔註 11〕朱彝尊編撰此書是為糾正錢謙益《列朝詩集》之錯謬，對「舊人私憎私愛之談」有所糾正；本書之收錄於隆萬以後稍繁，因此萬曆及之後的詩僧及作品著錄較多。

《明詩綜》提要顯示四庫館臣對錢謙益及《列朝詩集》頗為不滿，《列朝詩集》收集明朝一代之詩人與詩歌，並為每位詩人做簡要傳記。在《明詩綜》提要中對錢謙益進行批駁之後，《四庫全書總目》「集部總敘」繼續對錢謙益進行批評道：「敘集部之目，《楚辭》最古，別集次之，總集次之，詩文評又晚出，詞曲則其閏餘也。古人不以文章名，故秦以前書無稱屈原、宋玉工賦者，洎乎漢代始有詞人，跡其著作，率由追錄，故武帝命所忠求相如遺書，魏文帝亦詔天下上孔融文章。至於六朝，始自編次，唐末又刊板印行。夫自編則多所愛惜，刊板則易於流傳。四部之書，別集最雜，茲其故歟。然典冊高文，清詞麗句，亦未嘗不高標獨秀，挺出鄧林，此在翦刈卮言，別裁偽體，不必以猥濫病也。總集之作，多由論定，而《蘭亭》《金谷》悉觴詠於一時，下及《漢上題襟》《松陵倡和》。《丹陽集》惟錄鄉人，《篋中集》則附登乃弟。雖去取僉孚眾議，而履霜有漸，已為詩社標榜之先驅，其聲氣攀援，甚於別集。要之浮華易歇，公論終明，歸然而獨存者，《文選》《玉臺新詠》以下數十家耳。詩文評之作，著於齊梁，觀同一八病四聲也，鍾嶸以求譽不遂，巧致譏排劉事，見貫休《禪月集序》；勰以知遇獨深，繼為推闡，詞場恩怨，亙古如斯。冷齋曲附乎豫章，石林隱排乎元祐黨人，餘釁報及文章，又其已事矣。固宜別白存之，各覈其實，至於倚聲末技，分派詩歌其間，周、柳、蘇、辛亦遞爭軌轍，然其得其失不足重輕，姑附存以備一格而已。大抵門戶拘爭之見，莫甚於講學，而論文次之，講學者聚黨分朋，往往禍延宗社，操觚之士筆舌相攻，則未有亂及國事者。蓋講學者必辨是非，辨是非必及時政，其事與權勢相連，故其患大。文人詞翰所爭者，名譽而已，與朝廷無預，故其患小也。然如艾南英以排斥王、李之故，至以嚴嵩為察相，而以殺楊繼盛為稍過當，豈其捫心清夜，果自謂然？

〔註 11〕朱彝尊：《明詩綜》卷首，《四庫全書》本。

亦朋黨既分，勢不兩立，故決裂名教而不辭耳。至錢謙益《列朝詩集》，更顛
倒賢奸，彝良泯絕，其貽害人心風俗者，又豈尠哉？今掃除畛域，一準至公，
明以來諸派之中各取其所長，而不迴護其所短，蓋有世道之防焉，不僅為文體
計也。」〔註12〕本段大致析述集部之變化及其論爭，文末對錢謙益的批評極為
嚴厲，稱其「顛倒賢奸，彝良泯絕」「貽害人心風俗」。對錢謙益的這種嚴厲批
評，或許更多的是出於政治因素，錢謙益先是降清，後又反清，清代統治者對
其自然是極為不滿的。錢謙益自作《列朝詩集序》云：

> 毛子子晉刻《歷朝詩集》成，余撫之憮然而歎。毛子問曰：「夫
> 子何歎？」余曰：「有歎乎？余之歎，蓋歎孟陽也。」曰：「夫子何
> 歎乎孟陽也？」曰：「錄詩何始乎？自孟陽之讀《中州集》始也。孟
> 陽之言曰：『元氏之集詩也，以詩係人，以人繫傳，《中州》之詩，
> 亦金源之史也。吾將仿而為之。吾以采詩，子以厄史，不亦可乎？』
> 山居多暇，撰次國朝詩集幾三十家，未幾罷去。此天啟初年事也。
> 越二十餘年而丁開寶之難，海宇板蕩，載籍放失，瀕死訟繫，復有
> 事於斯集。託始於丙戌，徹簡於己丑。乃以其間論次昭代之文章，
> 蒐討朝家之史乘，州次部居，發凡起例，頭白汗青，庶幾有日。庚
> 寅陽月，融風為災，插架盈箱，蕩為煨燼。此集先付殺青，幸免於
> 秦火漢灰之餘。於乎怖矣！追惟始事，宛如積劫。奇文共賞，疑義
> 相析，哲人其萎，流風邈然。惜孟陽之草創斯集，而不獲丹鉛甲乙，
> 奮筆以漬於成也。瞿泉鵝出，天津鵑啼，海籙谷音，咎徵先告。恨
> 余之不前死，從孟陽於九京，而猥以殘魂餘氣，應野史亭之遺懺也。
> 哭泣之不可，歎於何有！故曰余之歎，歎孟陽也。」曰：「元氏之集，
> 自甲訖癸。今止於丁者，何居？」曰：「癸，歸也。於卦為歸藏，時
> 為冬令。月在癸日極。丁，丁壯成實也。歲曰強圉。萬物盛於丙，
> 成於丁，茂於戊。於時為朱〔離〕明，四十強盛之年也。金鏡未墜，
> 珠囊重理，鴻朗莊嚴，富有日新天地之心聲，文之運也。」「然則，
> 何以言集而不言選？」曰：「備典故，采風謠，汰冗長，訪幽仄，鋪
> 陳皇明，發揮才調，愚竊有志焉。討論風雅，別裁偽體，有孟陽之
> 緒言在，非吾所敢任也，請以俟世之作者。」孟陽名嘉燧，新安程
> 氏，僑居嘉定。其詩錄丁集中。余虞山蒙叟錢謙益也。集之告成，

在玄黓執徐之歲，而序作於元月十有三日。〔註13〕

四庫館臣儘管對錢謙益及本書批評嚴厲，錢謙益編輯此書卻是非常用心。本書閏集卷一、卷二、卷三收錄明代僧徒詩歌，並係以作者小傳，以及僧徒嗣法譜系等，是關於明代僧徒傳記與詩歌作品的寶貴文獻。

　　上述大型文獻收錄明代僧徒作品之外，有些小型選本文獻亦收錄明代僧徒的作品。如元末明初賴良編《大雅集》八卷中，就收錄有由元入明僧徒的作品。本書提要提及編選原則云：「《大雅集》八卷……是集皆錄元末之詩，分古體四卷，近體四卷。前有至正辛丑楊維楨序，又有至正壬寅錢鼐序，末有王逢序不署年月。維楨序稱其所採皆吳越人之隱而不傳者，序末良自識云『良選詩至二千餘首，鐵厓先生所留者僅存三百』，鐵厓（崖）道人即維楨別號，是茲集乃良所裒輯，而維楨所刪定，故每卷前署維楨評點字也。然觀集中止首卷前數篇有維楨評語，七言律詩中，顧瑛《和維楨唐宮詞》十首亦列評語於其下，余無維楨一語，或傳寫不完，或但經維楨點定，中間偶評數首，良重其名，遂以評點歸維楨歟。顧嗣立選元詩三百家，眾作略備，然大抵有集者，登選雖稱零篇佚什各入癸集，而癸集實闕而未輯，此集所錄多嗣立之所未收，其去取亦頗精審。蓋維楨工於篇什，故鑒別終為不苟，又每人之下皆略注字號里貫，元末詩人無集行世者，亦頗賴以考見，固不失為善本矣。」四庫館臣對本書表現出少見的讚譽，可見本書編選之良。本書篇幅不大，卻收錄了不少僧徒的詩歌，由元入明的僧徒如克新、宗衍、梵琦、守仁、元瀞、萬金的作品都有收入。本書收入的作品數量原本應該很大，按照提要所云，經過楊維楨的刪繁後才成如今之面貌，不然或許能夠保留下更多的作品了。即使如此，正如提要中云「此集所錄多嗣立之所未收」，保留下不少珍貴的詩作。如收錄克新《次鐵雅（厓）先生送沈煉師韻》詩四首，之一云：「會稽山前賀狂宅，句曲洞口陶仙家。參差樓觀五雲裏，飛佩時時凌紫霞。」之二云：「詞章近接楊夫子，丹術追師魏伯陽。昨日有書無犬送，秖令孤鶴遠傳將。」之三云：「白雲作衣霞作裙，太平不愛紫金魚。驢騎酒肆得佳句，都向琅玕節下書。」之四云：「茅齋門泊武湖航，絕勝王家輞口莊。明月滿天秋滿地，碧簫引鳳坐胡床。」〔註14〕《檇李詩繫》卷三十僅錄本詩的第一首。楚石梵琦《送康上人之京》詩云：「花隔深宮柳拂牆，少年仍值好春光。風飄玉佩縈雲曲，日射金爐夾道香。一色樓臺天

〔註13〕錢謙益：《列朝詩集》卷首，《續修四庫全書》第 1622 冊，第 283～284 頁。
〔註14〕賴良編：《大雅集》卷八，《四庫全書》本。

－87－

蕩蕩，九衢人物海茫茫。篋中舊筆今零落，猶記題詩鳳沼傍。」〔註15〕本詩只在此處有收錄。守仁《寄友人歸上洋》詩云：「四月南風吹白沙，春江游子思無涯。讀書未築樵東舍，送客先歸海上槎。萬里黃塵悲戰馬，滿城紅雨亂飛花。傷心不折湖邊柳，更待重來駕小車。」本詩只收錄於此。萬金《趙千里田家四季圖》詩四首，之一云：「桃花浪已深，楊柳風猶弱。鄰曲欣往來，逢迎勸耕作。犍犢不自暇，老農良有托。共醉社日尊，陶然得真樂。」之二云：「蠶事方告成，鳴蜩有新聲。插秧雨初遍，治草日不停。雜坐高樹陰，解衣午風清。作勞時自逸，孰謂非常情。」之三云：「湛湛露華白，蕭蕭楓葉殷。黃雲半已斂，玉粒終不慳。官賦戒早輸，農家期暫閒。酒熟互招飲，只在鄰里間。」之四云：「欣逢大有年，囷積已稍豐。滌場已十月，朋酒邀諸翁。處處歌擊壤，熙熙詠豳風。兒孫自生長，樂與堯民同。」〔註16〕本詩共四首，《御定歷代題畫詩類》卷六十九、《御選明詩》卷三十五亦有收錄，卻收錄第一首與第二首，無第三首與第四首。由此幾首詩來看，《大雅集》確實收錄了一些他書所沒有收錄的詩歌，對保存上述僧徒的作品實有很大的貢獻。並可以想見，楊維楨如若不予以刪節，應該會保存下更多的作品。楊維楨《序》中言：「余曰『東南詩人隱而未白者不少也，吾詩不必傳，請傳隱而未白者』，於是去遊吳越間，採諸詩於未傳者，得凡若干人，詩凡若干首。」錢鼐《大雅集序》中說：「天台賴先生善卿，以三十年之勞，不憚駕風濤犯雨雪冒炎暑，以採江南北詩人之詩，其採也公矣，情深而不詭則採之，義直而不回則採之，體約而不蕪則採之，詞麗而不淫則採之，而未始有不關於世教者。」〔註17〕正由於賴良如此勤力搜集，故能備錄他書所不備。

元末顧瑛因結交文人與僧道在玉山頻繁雅集，編集了《玉山草堂雅集》《玉山名勝集》《玉山記遊》等書，收錄參與雅集者創作的詩文，參與雅集的元末明初僧徒如良琦等的詩歌亦被收錄在內。《玉山草堂雅集》提要云：「瑛早擅文章，又愛通賓客，四方名士無不延致於玉山草堂者，因仿段成式漢上題襟集例，編唱和之作為此集，自陳基至釋自恢凡七十人。又仿元好問《中州集》例，各為小傳，亦有僅載字號里居，不及文章行誼者。蓋各據其實，不虛標榜，猶前輩篤實之遺也。其與瑛贈答者，即附錄己作於後，其與他人贈答而其人非與瑛

〔註15〕賴良編：《大雅集》卷七。
〔註16〕賴良編：《大雅集》卷四。
〔註17〕賴良編：《大雅集》卷首。

遊者，所作可取亦附錄焉，皆低書四格以別之。蓋雖以《草堂雅集》為名，實簡錄其人平生之作。元季詩家，此數十人括其大凡，數十人之詩此十餘卷具其梗概，一代精華略備於是。視月泉吟社惟賦《田園雜興》一題，惟限五七言律一體者，賅備多矣。」〔註18〕《玉山名勝集》提要云：「《玉山名勝集》十二卷，元顧瑛編……其所居池館之盛，甲於東南，一時勝流多從之遊宴，因裒其詩文為此集。各以地名為綱，曰玉山堂，曰玉山佳處，曰種玉亭，曰小蓬萊，曰碧梧翠竹堂，曰湖光山色樓，曰讀書舍，曰可詩齋，曰聽雪齋，曰白雲海，曰來龜軒，曰雪巢，曰春草池，曰綠波亭，曰絳雪亭，曰浣華館，曰柳堂春，曰漁莊，曰書畫舫，春暉樓，曰秋華亭，曰淡香亭，曰君子亭，曰釣月軒，曰拜石壇，曰寒翠所，曰芝雲堂，曰金粟影，每一地各先載其題額之人，次載瑛所自作春題，而以序記詩詞之類各分係其後。元季知名之士列其間者十之八九，考宴集唱和之盛，始於金谷蘭亭園林，題詠之多肇於輞川雲溪，其賓客之佳文詞之富，則未有過於是集者。雖遭逢衰世，有託而逃，而文采風流照映一世，數百年後猶想見之。」〔註19〕《玉山記遊》提要云：「《玉山紀遊》一卷，元顧瑛紀遊倡和之作，明袁華為類次成帙者也。所遊自崑山以外，如天平山、靈巖山、虎邱、西湖、吳江錫山、上方山、觀音山，或有在數百里外者，總題曰玉山，遊非一人，而瑛為之主，遊非一地，而往來聚會悉歸玉山堂也。每遊必有詩，每詩必有小序，以志歲月。所與遊者，自華以外為會稽楊維楨，遂昌鄭元祐，吳興郯韶、沈明遠，南康於立，天台陳基，淮南張渥，嘉興瞿智，吳中周砥、釋良琦，崑山陸仁，皆一時風雅勝流。又有顧佐、馮郁、王濡之三人，里貫事蹟皆未詳，然以其儕偶推之，定非俗士矣。所收不及《玉山名勝集》《草堂雅集》之富，而山水清音，琴樽佳興，一時文采風流，千載下尚如將見之也。」〔註20〕從提要可知三書收錄頗豐，僧人良琦之詩作多收錄於此三書之中，良琦專章中有詳述，此處不述良琦詩歌收錄之詳情。再如元瀞法師兩首詩，亦僅收錄於《玉山名勝集》中，在一次「碧梧翠竹堂題句」的雅集中，元瀞作詩云：「君家子弟彬彬盛，碧梧翠竹森相映。聲諧琴瑟動瑤窗，秀峙鵁鶄開寶鏡。高堂新暑泉石深，綠陰清畫門階淨。鼎彝圖史規漢章，麒麟鳳皇祖虞詠。人間妙絕虎頭癡，文采風流至今稱。浣花潭前雙鶴翎，金粟池中萬魚泳。翰林學士天

〔註18〕賴良編：《玉山草堂雅集》卷首，《四庫全書》本。
〔註19〕顧瑛編：《玉山名勝集》卷首，《四庫全書》本。
〔註20〕顧瑛編：《玉山記遊》卷首，《四庫全書》本。

上來，大宴玉山舉觴政。金杯行酒涼雲浮，冰盤薦鮮寒雪凝。清歌妙舞意氣揚，紫燕黃鸝語音競。邇來麗句江海傳，坐見高名巖壑應。深嚴未厭鵷鷺行，蕭散要遂麋鹿性。八窗風月色更妍，千畝冰霜節尤勁。誰言蒲柳秀且脆，卓爾松柏獨也正。元元生意本不殊，自是詞人涉疑諍。」〔註21〕《賦生公講堂》詩云：「生公說法地，乃在虎丘山。磊磊點頭石，尚帶春蘚斑。高風不可振，空堂桂團團。何以餞子行，月色秦淮寒。」〔註22〕由此可見此三部書之價值。

其他收錄明代僧徒詩文的志書、類書，如《西湖遊覽志》《武林梵剎志》《御定佩文齋書畫譜》等，收錄數量少，且僅僅收錄某一類，此處不作詳細介紹。

二

明代佛教文學作品的著述與收錄，已如上言。以下對僧徒的著述、作品及傳記進行簡要介紹。這些僧人及傳記主要從各種目錄類著述中輯錄而出，雖然盡力擴大搜集範圍，但遺漏者定然不少，這些記述只能窺明代佛教文學的基本創作情況，而非全部。

陳垣《釋氏疑年錄》收錄卒年在明及南明的僧徒有 361 人，由此可見明代僧徒數量之多；從文獻上來看，這些能夠有確切或者大致確切卒年可查的僧徒數量，在有明一代中仍然佔有極少極小的比例。如翻閱明代文人文集，其中有大量寫給佛教僧徒的詩歌、文章等，這些僧徒有的只有法號、有的甚至法號亦無，更無從談其確切的生卒年、生平經歷等。明人文集大量與佛教僧徒相關的作品、及其他各種各類文獻中出現的大量僧徒，表明如前文所言，明代佛教實際上是相當興盛的。本處所摘錄僧人小傳，全部是有著述或者作品留存，以《明史藝文志》《千頃堂書目》《明詩綜》《列朝詩集》《欽定續文獻通考》《御選明詩》《攜李詩繫》《古今禪藻集》《浙江通志》等文獻的著錄為主，輔以《宗統編年》《釋氏稽古略》等佛教史傳典籍。

梵琦。《千頃堂書目》卷二十八云：「梵琦《北遊集》《鳳山集》《西齋集》。字楚石，小字曇曜，象山人，居海鹽天寧寺，明初徵至京建法會，賜座第一。」《御選明詩》「姓名爵里八」（本節下引《御選明詩》「姓名爵里八」簡略為《御選明詩》）云：「梵琦，字楚石，小字曇曜，族姓朱氏，象山人。居海鹽天寧寺。

〔註21〕顧瑛編：《玉山名勝集》卷三。
〔註22〕顧瑛編：《玉山名勝集》卷四。

－90－

明初征至京，建法會，賜第一座。有《北遊》《鳳山》《西齋》三集。」《明詩綜》卷九十、《浙江通志》卷二百五十一載同。《槜李詩繫》卷三十一「西齋老人梵琦」敘梵琦事蹟較為詳細，云：「梵琦，字楚石，小字曇曜，象山人，姓朱氏。出家海鹽天寧永祚寺，得法於徑山元叟端和尚。元英宗詔令金書藏經，聞譙樓鼓聲，豁然大悟，遍主法席，名滿夷夏。泰定中，住當湖福臻院，晚歸天寧，築西齋退老。明興，再被詔，徵建法會於蔣山，琦居第一，賜伊蒲供於文樓。洪武三年秋，召問鬼神之理，館於天界寺，示微疾，書偈曰『真性圓明，本無生滅，木馬夜鳴，西方日出』，書畢而化，賜諡佛日普照慧辯禪師，宋濂為撰《塔銘》……姚廣孝亦謂琦公於淨業一門至老力行不懈，後雲溪宏禪師亦推琦為明宗師第一。有《淨土和陶》諸詩，《北遊》《鳳山》《西齋》三集。」《列朝詩集》閏集卷一「西齋和尚琦公」云：「梵琦字楚石，小字曇曜，象山人，族姓朱氏。母夢日墮懷中而生襁褓中，有神僧見之，曰『此兒佛日也，他日當振揚佛法，照曜濁世』，因以曇曜字之。九歲，趙文敏公見而異之，為鬻僧牒得度。得法於徑山元叟端和尚，帝師錫號曰佛日普照慧辯禪師。洪武初，詔徵江南戒德高僧建法會於蔣山，師居第一。再詔說法，親承顧問，賜伊蒲供於文樓。三年秋，召問鬼神之理，館於天界寺，示微疾，索浴更衣，跏趺書偈曰『真性圓明，本無生滅，木馬夜鳴，西方日出』。夢堂噩公問曰『何處去』，師曰『西方去』，堂曰『西方有佛，東方無佛耶』，乃震威一喝而逝。茶毘之餘，遺骼歸海鹽之天寧，葬於西齋而塔焉。師故所卜築，退居自號西齋老人處也。師學行高一世，宗說兼通，禪寂之外，專志淨業，作《西齋淨土詩》數百首，皆於念佛三昧心中流出，歷歷與契經合，使人讀之，恍然如遊珠網瓊林、金沙玉沼間也。行業具宋學士《塔銘》，及獨菴少師《西齋和尚傳》中。」宋濂所撰塔銘，即《佛日普照慧辯禪師塔銘》，收錄於《護法錄》卷一。《宋元詩會》卷一百「楚石琦」之內容，都在《列朝詩集》傳中。

宗衍。《明史藝文志》著錄有「宗衍《碧山堂集》三卷」，《千頃堂書目》卷二十八著錄「宗衍《碧山堂集》，字道原，蘇州人，危素為集序」。《元詩選》二集卷二十六著錄宗衍小傳見上。《槜李詩繫》卷三十一「碧山道人宗衍」條云：「宗衍，字道原，吳郡人。元末居石湖寶積院，洪武初住持海鹽當湖鎮德藏寺，吳下諸名士咸賦詩送之。有《碧山集》，危太僕為序，詩家稱其清麗幽茂、取喻託興得風人之旨。選本誤收《野雞毛羽好》一首，乃溫州陳氏女作，今削去。」《江南通志》卷一百七十四載：「宗衍字道原，吳人，至正初住石湖

楞伽寺。善為詩，一時名士多與遊，所著《碧山堂集》，危素序而傳之。」《列朝詩集》閏集卷二云：「宗衍字道原，中吳人。至正初，善為詩，住石湖楞伽寺佳山水處，一時名士多與遊，而尤為危翰林太僕、先輩覺隱誠公所推許。嘗以僧省堂選，主嘉禾德藏寺，才辨聞望傾於一時。年四十三而歿，孫西白金嗣其法聲，九皋有《德藏送行詩》，序云：『當時石湖與危先生相知而未嘗得見，洪武革命，先生歸江南，始克序道原所著《碧山堂集》，而道原之歿久矣。』道原遍讀內外書，資以論說，而獨長於詩，博採魏漢以降，而以少陵為宗，取喻託興，得風人之旨，故其詩清麗幽茂為可傳也。」《浙江通志》卷二百五十一載與《列朝詩集》同。

淨圭。《御選元詩》姓名爵里二載「淨圭，見朱存理《鐵網珊瑚》」，《列朝詩集》閏集卷二云：「《遊仙詞》卷題云『至正庚子十二月磧里釋淨圭』，見朱存理《鐵網珊瑚》。」《明詩綜》卷九十一載云「淨圭住磧里」。《六藝之一錄》卷三百六十「元人遊仙詞卷」中列有「釋淨圭詩」，《御選元詩》收錄《遊仙詩》8首，但據《鐵網珊瑚》收錄 20 首遊仙詩之後云「淨圭題」，即此遊仙詩並非淨圭所作，淨圭僅是書寫下 20 首詩歌。由《明詩綜》《列朝詩集》來看，淨圭為由元入明者。

宗泐。《明史藝文志》載「宗泐《全室外集》十卷、《西遊集》一卷」，《西遊集》下有注記本書撰寫之緣由，云：「洪武中，宗泐為右善世，奉使西域求遺經，往返道中之作」。《欽定續文獻通考》卷一百九十四載「釋宗泐《全室外集》九卷續集一卷。宗泐字季潭，臨安人，洪武初命住天界寺，尋往西域求遺經。還，授左善世。」《千頃堂書目》卷二十八載：「宗泐《全室外集》十卷《全室西遊集》一卷。字季潭，臨海人，洪武初舉行沙門居首，命住天界寺，十一年命往西域求遺經，還授左善世。」《明詩綜》卷九十載：「宗泐，字季潭，臨海人。洪武初，舉高行，沙門居首命。住天界寺，尋往西域求遺經，還授左善世。有《全室集》。」《御選明詩》載同，《列朝詩集》閏集卷一云：「宗泐字季潭，臨安人，族姓周氏。生始能坐輒跏趺。八歲從天竺笑隱欣公學佛，二十受具從智開山於龍翔。寓意詞章，尤精隸古，虞文靖、黃文獻、張潞公皆推重，為方外交。洪武初，高皇帝召西百金公問鬼神事，詔舉高行沙門，師居其首。建普度大會於鍾山，命制贊佛樂章，復說法超度迷溺。太祖臨筵歎美，命住天界，屢駕臨幸，召對內廷，賜膳無虛日，復賜和平日所作詩一帙。注《心經》《金剛》《楞伽》三經行世。太祖以佛書有遺佚，命領徒三十餘人，往西域求

之，十五年得《莊嚴》《寶王》《文殊》等經。還朝，開僧錄司授右衛善世，因長官奏事獲遣，往鳳陽槎峰建寺，三年訖工。天界寺火，以興復為己任，奏重建於聚寶門外。二十三年，詔再住天界，諭云『一百歲用鎮綱宗』。二十四年，復領右街善世。居無何，奉旨逸老，歸槎峰，上曰『寂寞觀明月，逍遙對白雲，汝其往哉』。乃渡江至江浦石佛寺，示微疾，三日沐浴念佛，泊然即寂，世壽七十四，夏六十。建塔天界，附廣智塔後。泐公初以度牒事論死，詔宥之，往西天取經。歸後十年，僧智聰坐交接胡丞相謀逆，詞連公及復見心，謂『公往西域，丞相屬令土番舉兵為外應』，公就論輸獄如聰言，有司奏當大辟，奉欽依免死，著做散僧。太祖頒《清教錄》，僧徒坐胡黨條列招詞者六十四人，咸服上刑，惟公一人得宥，《塔銘》所云『佚老槎峰，正著做散僧之日也』。詩文有《全室外集》十卷，以《欽和御製詩》為首。」

　　來復、法住。《明史藝文志》載「來復《蒲菴集》十卷，法住《幻住詩》一卷」，北京圖書館存清抄本《蒲菴集》六卷，後附法住《幻住詩》一卷，即二本合刊在一起。《千頃堂書目》卷二十八載：「來復《蒲菴集》十卷，《澹游集》〔缺〕卷數。字見心，自號竺曇叟，豐城人。元季航海至鄞，止定水寺，洪武初召至京，太祖覽其詩，褒美賜金襴袈裟，授僧錄司右覺義，詔住鳳陽圓通院。坐胡黨凌遲死。」又載「法住《幻住詩》一卷」，下注云「來復弟子」。國家圖書館藏清抄本《澹游集》為上下兩卷。《列朝詩集》在來復後附法住詩三首，並有小傳云：「法住，豫章人，號幻菴，又號雲峰，得法於蒲菴復公。」江盈科《雪濤閣四小書之四》中提到來復因詩中出現「殊」字而被朱元璋所斬事，云：「又有僧來復，字見心，豫章人。其詩與宗泐齊名，上召見之。一日，侍食訖，進詩謝云：『淇園花雨曉吹香，手挽袈裟近御床。闕下彩雲移雉尾，座中紅第動龍光。金盤蘇合來殊域，玉碗醍醐出上方。稠疊濫承天上賜，自慚無德頌陶唐。』上怒曰：『詩用殊字，謂我為歹朱；又謂我無德。奸僧敢大膽如此。』誅之。噫，前二詩未必佳，乃取不次之位。來復詩工矣，乃取不測之禍。太祖評詩，可謂無定價矣。」〔註23〕《御選明詩》載云：「來復，字見心，豐城人，姓黃氏。洪武初以高僧召見，覽所著詩，稱旨，賜錦襴袈裟，授僧錄司左覺義。詔住鳳陽槎芽山圓通院，後坐胡黨磔於市。有《蒲菴》《澹游》二集。」來復後附云：「法住，號幻菴，豫章人。」《明詩綜》卷九十載云：「來復字見心，自號竺曇叟，豐城人。元季航海至鄞，止定水寺。洪武初，召至京，

〔註23〕江盈科：《江盈科集》，嶽麓書社 2008 年版，第 734～735 頁。

太祖覽其詩，襃美，賜金襴袈裟，授僧錄司左覺義，詔住鳳陽圓通院。坐胡黨，凌遲死。有《蒲菴》《澹游》二集。」《列朝詩集》閏集卷一載云：「來復，字見心，豐城人，姓黃氏。禮南悅楚公為師。早有詩名，遊燕都，親炙虞文靖公、歐陽文公諸君子，與張潞公交尤厚。元政不綱，遂航海至鄞，於雙林之定水寺止焉。洪武初，與泐季潭用高僧名召至京，上詔侍臣取其詩覽之，襃獎弗置，賜金襴袈裟。蜀王椿最賢，上所鍾愛，命儒臣李叔荊、蘇伯衡及師與之論道，蜀王最重師，命撰《正心》《觀道》《崇本》《敬賢》四箴榜於宮。除授僧錄寺左覺義，詔住鳳陽槎芽山圓通院。二十四年，山西太原獲胡黨，僧智聰供稱隨泐季潭、復見心往來胡府，合謀舉事，見心坐凌遲，年七十三。野史載見心《應制詩》有『殊域』字觸上怒，賜死，遂立化於階下。田汝成《西湖志餘》則云逮其師訴笑隱，旋釋之，見心《應制詩》載在皇明雅頌初，無觸怒之事，而笑隱為全室之師，入滅於至正四年，俗語流傳可為一笑也。公詩文有《蒲菴集》，洪武十二年其徒曇鍔釐為十卷，宋學士為之序。元季之作見賞於道園諸老者，此集皆不載。」

　　廷俊。《明史藝文志》載「廷俊《泊川文集》五卷」，《御選明詩》載云：「廷俊，字用章，鄱陽人，一云樂平人。主西湖淨慈寺。有《泊川集》。」《明詩綜》卷九十云：「廷俊字用章，號懶菴，鄱陽人（一云樂平人）。至正末主西湖淨慈寺，洪武元年示寂於鍾山。有《泊川集》。」《千頃堂書目》卷二十八載：「廷俊《泊川文集》五卷。字用章，號懶菴，鄱陽人，至正末主西淨慈寺。洪武元年示寂於鍾山，葬南屏，危素著《塔銘》，黃溍、杜本、李孝光、張翥、周伯琦皆為序其集。」卷二十九又補錄元代僧徒著述時又云：「僧廷俊《泊川文集》五卷。字用章，樂平人。」是將廷俊分列於元明兩代，重複著錄。對如廷俊等由元入明之僧徒，在同一部書中既收錄到明代又收錄到元代，顯然是前後發生混淆，並且卷二十八著錄為「《泊川文集》」，本處著錄為「《泊川文集》」，前後頗不一致。廷俊著述應為《泊川文集》，《泊川文集》應為誤寫，本書在廷俊專章中有考辨。《列朝詩集》閏集卷一云：「廷俊字用章，饒之樂平人。甫亂出家，年二十剃髮，謁訴笑隱於中天竺，訴公歎曰『子黃龍佛印流也』。訴主持龍翔集慶，延居第一座，歷陞吳越大剎。至正末，主錢塘之淨慈內附，後浙西僧道以事役集金陵，師在行，館於龍河。明年建元，洪武徙寓鍾山，端坐示寂，闍維舍利無算。歸，塔南屏山中，葬日天花如雨。危素著《塔銘》，稱其為學善記覽，於前人出處言行，雖千百年若指掌，尤詳宋事，宿儒俱服其博洽。

有《泊川文集》五卷、《五會語錄》，黃溍、杜本、李孝光、張羽、周伯琦皆為敘。」

克新。《明史藝文志》載「克新《雪廬稿》一卷」，《欽定續文獻通考》卷一百九十六載：「釋克新《元釋集》一卷。克新姓余氏，字仲銘，自號江左外史，又稱為雪廬和尚。鄱陽人，元末住嘉興水西寺。」《千頃堂書目》卷二十八載：「克新《雪廬南詢稿》一卷。字仲銘，自號江左外史，鄱陽人。嘗為元文宗書記，住嘉興水西寺；洪武初召至南京，奉詔西域，招諭土番。」《御選明詩》載：「克新，字仲銘，鄱陽人。元末住嘉興水西寺，洪武初奉詔使西域，招諭吐蕃。有《雪廬南詢稿》。」《明詩綜》卷九十載：「克新字仲銘，自號江左外史，鄱陽人。元末住嘉興水西寺，洪武初召至南京，奉詔往西域招諭吐蕃。有《雪廬南詢稿》。」《列朝詩集》閏集卷一云：「克新字仲銘，鄱陽人，宋左丞余襄公之九世孫。始業科舉，朝廷罷進士，乃更為佛學，既治其學，益博通外典，務為古文。出遊廬山，下大江，覽金陵六朝遺跡，掌書記於文皇潛邸之寺七年。兵起，留滯蘇杭，主常熟州之慧日，遷平江之資慶。洪武庚戌，奉詔往西域詔諭吐蕃。公為文二十年，所著有《南詢稿》，黟南程文、河東張羽所正也。所與遊者，楊廉夫、顧仲瑛、丁仲客之流，而今所傳《雪廬稿》者，如《送總管側失總管還朝序》則徵糧於張氏由海道還朝者也，《蘇院判招降詩序》則張氏之蘇同僉攻江陰而旋師也，大率望庚申之中興、美張氏之內附，而於聖朝多指斥之詞。其為文自稱江左外史，殆亦有微指與。」

智及。《御選明詩》載云：「智及，字以中，吳縣顧氏子。幼入海雲院，歷主兩浙大剎，洪武初詔高僧十人，集大天界寺，智及居首，尋賜還山。」《列朝詩集》閏集卷一云：「公名智及，字以中，吳縣顧氏子。入海雲院為童子，見廣智訢公於建業，與張文穆溍公、危左丞以聲詩唱和，同袍聚上人訶之。歸海雲，見秋葉吹墜於庭，豁然有省，謁寂照端公於雙徑，端公以法器期之，執侍左右，聲光頓超諸老上。出世住兩浙大剎。洪武癸丑，詔有道浮屠十人，集大天界寺，師居其首，以病不及召對。乙卯，賜還海雲，戊午九月示疾，書偈而逝。宋學士敘《四會錄》及撰《塔銘》，以為姑蘇山川清妍，人物敏慧，學禪那者據位稱大師，猶以攻文翰、辨器物為尚，自宋季以迄于今，提倡達摩正傳，追配先哲者，唯師一人而已。」智及的詩偈存於《愚菴及禪師語錄》十卷中，《列朝詩集》所云「宋學士敘《四會錄》及撰《塔銘》」，即宋濂撰《徑山和尚愚菴禪師四會語序》《徑山和尚愚菴禪師塔銘》，亦收錄於《愚菴及禪師語

錄》之中。

　　道衍（姚廣孝）。《明史藝文志》載「姚廣孝《逃虛子集》十卷《外集》一卷」，《欽定續文獻通考》卷一百九十一載：「姚廣孝《逃虛子集》十一卷《類稿補遺》八卷。廣孝，長洲人，初為僧，名道衍，字斯道。洪武中選侍燕邸，燕王謀逆，資其策力居多。永樂初，乃使複姓，賜今名，爵至資善大夫、太子少師，封榮國公。」《千頃堂書目》卷十八載：「姚廣孝《逃虛子集》十卷。長洲人，幼名天僖，既為僧，名道衍，字斯道。洪武中以高僧應選侍燕邸，永樂初論靖難功為僧錄左善世，加太子少師。複姓，賜今名，卒贈榮國公，謚恭靖。」卷二十八又載：「姚廣孝《逃虛子集》十卷《外集》十卷。釋名道衍，字斯道，長洲人。永樂初為僧錄司左善世，東宮立，特授資善大夫太子少師。卒，追封榮國公，謚恭靖，太宗御製文銘其墓；仁宗立，追贈少師，配享太廟；嘉靖中移祀大興隆寺。」此處對其著述增加了「《外集》十卷」。《御選明詩》云：「道衍，字斯道，族姓姚氏，長洲人。幼名天僖，出家妙智菴。洪武中以高僧徵，尋應選侍燕邸，住持慶壽寺。永樂初，論靖難功為僧錄左善世，加太子少師，複姓，賜名廣孝。卒贈榮國公，謚恭靖。有《逃虛子集》。」《明別集叢刊》第十六冊收錄道衍著述有「《逃虛子詩集》十卷續集一卷、《諸上善人詠》一卷」。《明詩綜》卷十九錄道衍詩四首，分類並不是歸在釋子類中，而是歸之為官僚士大夫，云：「廣孝，長洲人，幼名天僖，既為僧，名道衍，字斯道。洪武中以高僧應選，侍燕邸，永樂初論靖難功為僧錄左善世，加太子少師，複姓，賜今名。卒，贈榮國公謚恭靖。有《逃虛子集》。」《列朝詩集》閏集卷一云：「少師釋名道衍，字斯道，族姓姚氏，長洲之相城裏人。幼名天僖，本醫家子，顧不肯學醫。魁磊高岸，意度偉然，喜為儒者博貫賅通之學。至正間，削髮居相城之妙智菴。里中靈應觀道士席應真者，讀書學道，通兵家言，尤深於機事，公師事之，盡得其學。然深自退藏，人無知者，惟王行止仲獨深知之。公應徑山書記之召，止仲謂文贈之，以謂上人年甫壯，天下亂已極，且必該治，治然後出，於時以發其所蘊，飛以沙門之法終其身者。嘗寓嵩山寺，袁珙見其相而異之，曰『公非常僧，劉秉忠之儔也』。洪武初，再以高僧徵；十五年，十王之國，太祖命各選一高僧侍王，公在燕府籍中，主持慶壽寺。靖難兵起，妙識機先，贊助私密，太宗即大位，召至京師，欲官之，固辭。為僧錄左善世；立東宮，特授資善大夫太子少師，復姚姓，賜名廣孝，輔太子南京，監修《高皇帝實錄》。上命蓄髮再三，終不肯；賜兩宮人，不近亦不辭，踰月乃召還。嘗

以賑濟歸吳，徒步閭里，以賜金散之宗黨。永樂六年，來朝北京，仍居慶壽寺。病篤，車駕臨視，問後事，對曰『出家人復何所戀』。明日，詔諸門人，告以去期，斂袂端坐而逝，夏八十有四。追封榮國公，謚恭靖。荼毗之日，心舌與牙堅固不壞，得舍利皆五色。賜塋在房山縣東北四十里，上自制文，銘其碑。仁宗立，加贈少師，配享太廟。嘉靖中，移祀大興隆寺。公初侍燕邸，每夜夢與劉太保仲晦窹語，厥後現身佐命，恪守僧律。南屏、西山，後先觀化，兩公之賜名，一曰秉忠，一曰廣孝，豈非宿乘願輪再世示現者與？餘錄公詩，列諸釋氏，以從公之志，所以崇公者至矣。公居吳，為高啟北郭十友之一，啟嘗敘其《獨菴集》，以為險易並陳，濃淡迭顯，能兼採眾家，不事拘狹。化後，吳人總刻其詩文，曰《逃虛子集》。」道衍不是純粹之僧人，具有豪雄之氣，清人姚之駰援引《明泳化類編》載道衍事，云：「姚廣孝初為僧，字斯道，嘗有《京口覽古》詩，其末云『蕭梁事業今何在，北固青青眼倦看』，僧宗泐見之，曰『此豈釋子語耶，斯道薄南朝矣』。」〔註24〕或許正是具有豪雄之氣質，才能輔佐朱棣取得靖難之役的勝利而奪位成功。

　　溥洽。《明史藝文志》載「溥洽《雨軒外集》八卷」，《千頃堂書目》卷二十八載：「博洽《雨軒外集》八卷。字南洲，山陰人，陸游裔孫。上天竺僧，洪武中為僧錄司右講經，歷左善世，為建文帝然燈，詛太宗。太宗即位，下獄，姚廣孝力救之始釋。仁宗即位，乞居南京報恩寺，宣德初卒。」《御選明詩》載：「博洽，字南洲，山陰人，族姓陸氏。出家普濟寺，洪武中召為僧錄司右講經，主天禧寺，歷左右善世。永樂中，遭讒下獄，十餘年得釋。洪熙初，歸老應天報恩寺。有《兩軒集》。」《明詩綜》卷九十一云：「溥洽字南洲，山陰人，上天竺僧。洪武中為僧錄司右講經，歷左善世，尋以讓道衍居右，遭讒左遷右覺義，久之復右善世。有《雨軒集》。」《列朝詩集》閏集卷一載總結溥洽生平，云：「博洽，字南洲，山陰人，族姓陸氏，放翁之後人也。於郡之普濟寺禮雪庭祥公為師，從具菴玘公於普福，貫串經範，旁通儒典，禪定之餘，肆力詞章。洪武二十二年，召為僧錄司右講經；三年〔後〕代夢觀主天禧，又三年由左闡教陞左善世。太宗即位後，召斯道衍於北京，命主教事，公以左善世遜衍，而己居右。永樂四年，詔修天禧寺浮圖，車駕臨幸，命公慶贊，祥光燁煜，天顏悅懌。時有任覺義者，忌其寵，拘詞間之，左遷右覺義，公不辯，自處裕如；既而上查其心，復右善世。仁宗即位，數被召問，乞居南京報恩寺養

〔註24〕姚之駰：《元明事類鈔》卷二，《四庫全書》本。

老，遣中官護送。宣德元年七月示寂，留偈而化，年八十有二。塔於長干西南之鳳嶺上，遣行人王麟蒞祭，賜院額為鳳嶺講寺，此楊文貞公士奇所撰《塔銘》之大略也。海鹽鄭曉《今言》云：靖難兵起，溥洽為建文君設藥師燈懺詛長陵。金川門開，又為建文君剃髮。長陵聞其事，囚之十餘年。永樂十六年，姚榮靖疾革，車駕臨視，問所欲言，榮國於榻上叩首，曰『溥洽繫獄久矣』，上即日釋之。出獄，走大興隆寺拜榮國床下，白髮長數十寸，覆額矣。楊文貞《塔銘》又云：三四十年間，鉅緇老衲有文聲者，師與衍公為首。衍公既進位宮師，於師尤厚，將化之前一日，太宗皇帝親臨視之，問所欲言，獨舉師為對，不及其他。文貞於洽公繫獄及設懺削髮之疑，皆沒而不書，但云『遭讒左遷』，又云『衍公將化，獨舉師為對』，則又隱括其事，使讀者使讀者習而問之，此所謂不沒其實、史臣紀事之體也。正統三年，盧陵周文襄公忱撰《鳳嶺講寺記》，云公當永樂間嘗為同列所間，太宗皇帝欲試其戒行，幽之於禁衛者十有餘載。其記洽公下獄與文貞《塔銘》互相證明，是事益有徵矣。壬午遜國之事，國史、實錄削而不書，無可考據。觀洽公十載下獄，考其所以被讒之故，則金川夜遁之際，於是乎益彰明較著無可矣。文貞文襄身事長陵，服官史館，其所記載非稗官野史可比；鄭氏記遜國事多流聞失真，比其最為可信者。詳稽洽公之行履，用以參補太孫之本紀，不當以為浮屠一人之始終。略而置之也。洽公繫獄時，門徒星散，獨心田霆公不肯一日去左右，洽公化後，建塔創寺，刻其詩為《雨軒集》八卷，霆亦官右覺義云。」上述所引，「溥洽」或作「博洽」，綜合來看，「博洽」應為誤，其事蹟詳見楊士奇《僧錄司右善世南洲法師塔銘》及《補續高僧傳》卷第二十五《南洲溥洽法師傳》等。《江南通志》卷一百九十四云「《雨軒集》《南洲集》，俱金陵溥洽」，即溥洽可能還有《南洲集》，但上文諸典籍皆未提到溥洽有《南洲集》，或許《雨軒集》《南洲集》本為同一書。

　　清濬。《明史藝文志》載「清濬《蘭江望雲集》二卷」，《千頃堂書目》卷二十八載：「清濬《望雲集》。字蘭江，天台人，嘗說法吳中，太祖召對稱旨，御製《清濬歌》賜之。」《御選明詩》云：「清濬，字蘭江，天台人。居天界寺，晚主松江之東禪寺。有《望雲集》。」《明詩綜》卷九十一載云：「清濬字蘭江，天台人，居天界寺，晚主松江東禪寺。有《望雲集》。」《列朝詩集》閏集卷一云：「清濬字蘭江，天台人。嘗說法吳中，緇素傾向，四座至無所容。後居天界寺，高皇帝召對稱旨，御製《清濬說》賜之，有《應制次鍾山寺作》。晚憩錫邑之東禪寺。有《望雲集》及《語錄》《毗盧正印》行世，學士宋濂為敘。」

懷渭。《千頃堂書目》卷二十八載：「懷渭《竹菴外集》。字清遠，南昌人，洪武初奉詔至鍾山，退居錢塘。」《明詩綜》卷九十載同。《御選明詩》云：「懷渭，字清遠，南昌人。洪武初奉詔至鍾山，退居錢塘之梁渚。有《竹菴外集》。」《江南通志》卷一百九十四云「《渭師外集》，金陵清遠」，《渭師外集》應該就是《竹菴外集》。《列朝詩集》閏集卷一云：「懷渭字清遠，晚號竹菴，南昌魏氏子。廣智全悟訴師俗姓之甥，而法門之嗣子也。全悟主持龍翔，清遠居座下，得從名薦紳張起巖、張翥、危素遊，其學大進。全悟示寂，囑之曰『能弘大慧之道使不墜者，唯爾與宗泐爾』。歷主浙東西大剎。洪武初，一奉詔至鍾山，退居錢塘之梁渚，為全悟藏爪髮之地。洪武八年順世，世壽五十又九。」宋濂有《淨慈禪師竹菴懷渭公白塔碑銘》，載其生平事蹟。

萬金。《千頃堂書目》卷二十八載「萬金《澹泊齋稿》。字西白，吳人，宗衍弟子。元末住持瑞光寺，洪武初召入禁庭，奏對稱旨，總持鍾山法會，住天界寺。一雲名力金。」《御選明詩》載云：「萬金，一作力金，字西白，吳郡姚氏子。元末住持瑞光寺，洪武初召對稱旨，總持法會事，住天界寺。有《澹泊齋稿》。」《明詩綜》卷九十載與《御選明詩》同，《檇李詩繫》卷三十一云：「萬金（《檇李英華》《姑蘇志》《禪林詩輯》俱作萬金，蔣之翹云皆誤，當是力金），字西白，號白菴，吳郡人。早從衍道原出家，後依銘古鼎入道，住持秀州天寧寺，築孤雲菴以奉母。洪武初，詔主天界寺，開善世院，統領釋教。五年，敕建法會於鍾山，總持齋儀，皆稱為白菴金禪師。六年，舉泐公自代，以母老辭歸。有《澹泊齋稿》。」《列朝詩集》閏集卷二載較為詳細，云：「萬金字西白，吳郡姚氏子。依寶積院道原衍法師為弟子，更衣入虎橋，謁銘古鼎於雙徑，俾掌記室，分座後堂。至正丁酉，出世住蘇之瑞光寺，效織蒲陳尊宿作孤雲菴於城東，以養老母。洪武改元，起主持大天界寺，萬機暇時，召入禁庭，奏對稱旨。四年春，詔集三宗名僧十人，及其徒二千，建法會於鍾山，命總持齋事。靈承上旨，創建規式。師以母耄，舉全室自代，復還菴居。五年冬，復建會，大駕臨幸，詔師闡揚第一義諦。一日，示微疾，委順而化，六年十二月也，世壽四十又七。公初為天台之學，研精秘義，至正中辭母東遊，陳敬初有文送之，其說如此。厥後得法古鼎，棄諸緣而躋覺路，直指心源，機用迭發。宋景濂謂寂照之子孫各主名山，大暢宗旨，師亦其一人也。吳人但知師為道原之子，不知其嗣法因緣如此。師名萬金，或改為力金，誤也。」

善學。《千頃堂書目》卷二十八載：「善學《古庭詩集》。號古庭，吳人。

出家大覺寺，元末主崑山薦福，明初居光福。以寺僧輸賦違期徙贛州，行至馬當山下疾而卒。」《明詩綜》所載同，並言「有詩集」，應就是《千頃堂書目》說的「《古庭詩集》」。其法嗣妙聲《故古庭法師行業記》載其事云：「師道貌腴甚，若不勝衣，而戒檢清白，善護三業，未嘗斯須放肆。閒居獨處，三衣不去體，經書不釋手，嘗與同學原澄以大乘同別之義互相質難，為《法華問答》數條，又嘗主修法華期懺，撰《法華隨品贊》三十篇，辨正教門關鍵；有錄雜著詩文有集，皆傳於學者。」〔註25〕《明詩綜》援引毛子晉之語稱贊善學的五言詩，云「古庭長於五言，如『雲起猿聲斷，松高鶴夢危』『人疑天上坐，鷗訝鏡中飛』『垣倒夜奔鹿，草深秋聚蛇』『殿空容鳥入，樹老引藤纏』，令元遺山見之應解頤也。」《列朝詩集》閏集卷二云：「古庭名善學，吳郡馬氏，年十七受華嚴於光福林屋清公，盡通法界觀門，並玄文要旨，凡賢首一家疏鈔無不深入。元末，宣政院請師開法崑山薦福，當路者欲令出門下，賦《曹溪水》四章拒之。洪武三年，居光福，光福為銅像觀音場，方思有所建置，寺僧輸賦違期，當徙贛州，有司欲與辨析，師謂宿業已定，毅然請行。抵池陽馬當山，示疾而化。宋學士撰《塔銘》，謂師之學可以融貫臺衡賢二家，而惜其不及見云。」宋濂撰塔銘敘善學生平，即《華嚴法師古庭學公塔銘》，收錄於《護法錄》卷第二。後嗣妙聲撰有《故古庭法師行業記》，敘善學生平事蹟、佛學承繼及著述云：「古先碩師智足以知諸佛立教之本，言足以達群經指意之奧，隨順物宜而異其施，初無彼此宗途之辨也。後世學者弗能觀其會通以崇其道，顧乃專門各家，務為角立，甚至相詆訾。吁，此道之所以衰也與。若夫生當叔世，卓然不惑於流俗，不泥其師說，取諸異同，參會融貫，得古人宏法之心者，其惟古庭法師乎。師名善學，古庭其號也，生吳郡馬氏。年十二出家於大覺寺，十七得度為僧，明年從林屋清公受《華嚴》於光福，無所得。又明年，聞曹溪寶覺蘭公有人望，往依焉，公授與法界觀門，並玄文要旨，師受習，盡通其義。蘭公慎許可，獨謂門人曰『學闍黎名實相副，吾道其在是乎』。自爾諮叩益力，凡賢首一家疏鈔，若《華嚴》《圓覺》《楞嚴》《起信》諸部，微辭奧義，極深研究，晝夜忘倦，由是深入法界壼閫，作《十玄門賦》示圓宗大旨，人爭傳寫之。時有說《華嚴》以應觀法界性為十界差別事，以惟心造為真如理者，師聞之曰『真如生滅，倒置錯亂，一至於此』。至正甲申，遂貳寶覺師講，繼為報恩第一座。會宣政院請師開法崑山薦福，當路者欲令出門下，師賦曹溪水四章

〔註25〕妙聲：《東皋錄》卷中，《四庫全書》本。

以拒之。甫二年即棄去。庚寅，眾復起師主陽山大慈，學者愈眾，每示眾曰：
『吾夐通《法華》，累入法華三昧，昔長水問道於琅邪，又從靈光受學靈光，
天台教人也，古人為法乃爾，吾徒專守一門可乎？』國朝洪武二年己酉，光福
人合道俗備威儀，書幣請師居之。光福為銅像觀音道場，師既至，施者翕然。
三年，寺僧以輸賦違約，當徙贛州，有司以師素不與事，欲為剖析無行，吏卒
亦敬師有道，相戒勿犯，而師以前業不可逭，漠然無辨；是年夏，與僧徒六人
偕往，抵池陽馬當山示疾，歿於寓所。聞者無不惜之，師道貌臞甚，若不勝衣，
而戒檢清白，善護三業，未嘗斯須放肆。閒居獨處，三衣不去體，經書不釋手。
嘗與同學原澄以大乘同別之義互相質難，為《法華問答》數條；又嘗主修法華
期懺，撰《法華隨品贊》三十篇，辨正教門關鍵。有錄雜著，詩文有集，皆傳
於學者。師生前朝大德十一年丁未，歿於洪武三年庚戌，自生之年距是得年六
十四。門人處仁法慧懼師行業將遂散失，乃請啟宗佑公撰次行事，欲刻諸石，
啟宗與師雅相親愛，最為知師者，其言可傳信。凡今所記載，皆啟宗所論定，
假筆於餘者，欲示其公也。嗚呼，古庭要為奇偉卓絕不可泯滅者，其傳無疑也。
或謂師遇難不善自解紛者，噫，夫至人利物，以身徇道，夷險一致，其肯趨利
避害以自全乎。若師之事，乃法運之厄，於師何有。」〔註26〕

　　妙聲。《明史藝文志》載「妙聲《東皋錄》七卷」，《欽定續文獻通考》卷
一百九十四載「釋妙聲《東皋錄》三卷。妙聲字九皋，吳縣人，洪武時與釋萬
金同被召，涖天下釋教。」《四庫全書》收錄即三卷本。《千頃堂書目》卷二十
八載：「妙聲《東皋錄》七卷。字九皋，吳縣人，居常熟慧日寺。洪武三年召，
統天下僧教。」《御選明詩》載：「妙聲，字九皋。吳縣景德寺僧，居常熟慧日
寺，洪武初召涖天下僧教。有《東皋錄》。」《明詩綜》卷九十一著錄與《御選
明詩》同，《列朝詩集》閏集卷二載：「妙聲，字九皋，吳縣人。景德寺僧，嘗
居常熟慧日寺。師事古庭學公，洞明止觀，縛綜內外典，善詩文。主平江北禪
寺，洪武三年與西白金公同被召，涖天下僧教。有《東皋錄》七卷，洪武十七
年法孫德瑫所刻。」《明別集叢刊》收錄「《東皋錄》一卷」，是殘本。

　　守仁。《明史藝文志》載「守仁《夢觀集》六卷」，《千頃堂書目》卷二十
八載「守仁《夢觀集》六卷。字一初，號夢觀，富陽人，四明延慶寺僧，住持
靈隱。洪武中徵授僧錄司右講經，升右善世。」《御選明詩》、《明詩綜》卷九
十一所載與《千頃堂書目》略同，《列朝詩集》閏集卷二云：「字一初，號夢觀，

富陽人，發跡四明延慶寺，住持靈隱。洪武十五年徵，授僧錄司右講經，甚見尊禮，三考升任右善世。母沒，奉旨奔喪，賜鏹殯殮。洪武二十四年，主天禧，示寂於寺。南洲洽公……又跋《楊鐵厓送夢觀遊方序》云『師少從鐵厓遊，奇才俊氣，師友契合，觀於序文可知』。鐵厓東維子有《送蘭仁二上人歸三竺序》，蘭即古春蘭公，仁即公也。其略云：『余在富春時，得山中兩生曰蘭曰仁，皆用世之才，授之以春秋經史學，兵興，潛於釋。』又云『二子齒甚稚，志甚宿，學甚武，能以宗乘與吾聖典合兩為一，以載諸行事，以俟昭代之太平』。《夢觀集》六卷，即古春所編定也。」

大圭。《千頃堂書目》卷二十八載：「大圭《夢觀集》。字恒白，晉江人，泉州開元寺僧。」《御選元詩》姓名爵里二載：「大圭字恒白，姓廖氏，泉州晉江人，為開元寺僧。」《元詩選》二集卷二十六「夢觀道人大圭」云：「大圭字恒白，姓廖氏，泉州晉江人。得法於妙恩，博極群書，嘗曰『不讀東魯論，不知西來意』。為文簡嚴古雅，詩尤有風致，自號夢觀道人。著《夢觀集》及《紫雲開士傳》。晉江有金釵山，其《募修石塔疏》云『山勢抱金釵，聳一柱擎天之雄，觀地靈侔玉几，睹六龍回日之高標』，一時傳誦。同時有守仁字一初，富陽人，亦號夢觀，有《夢觀集》六卷，洪武間徵授右善世。蓋二人詩集同名，而曹能始《石倉詩選》合為一人，誤也。」大圭為由元入明之僧人。

大章。《御選元詩》姓名爵里二云：「曇壩字大章，丹丘人，住嘉定南禪寺，後居天台之五峰。」《大雅集》卷七云「釋曇壩字大章，天台人」，《古今禪藻集》卷二十四收錄於明詩中，《列朝詩集》閏集卷二云：「曇壩字大章，天台人。友人褚守行坐事死，其子遠徙，公不遠數千里，輦輪守行所寄金帛，以遺其子。或云吳郡人。」即曇壩為由元入明之僧人。

無方。《御選元詩》卷三十四、《列朝詩集》閏集卷二皆僅錄其名，無生平介紹，存《登多景樓》詩一首，云：「大山千丈青岩嶤，長江萬古鋪瑤瑤。銀河倒影落天塹，海門日日來春潮。偉哉孫劉輩，壯志摩雲霄。只今英雄遺草木，秋霜肅殺寒不凋。朱欄仄上橫斗杓，煙巒直下明金焦。黃鶴山空杜鵑老，鴛鴦渚冷芙蓉嬌。人間笑傲輸漁樵，猶將興廢論前朝。萬歲嶺，千秋橋，月明尚有人吹簫，月明尚有人吹簫。」詩中充滿著對無常盛衰的感歎，無方可能是由元入明之僧人。

自恢。《御選元詩》姓名爵里二：「自恢字復初，一作覆元，豫章人。至正末主海鹽法喜寺，後住廬山。」《攜李詩繫》卷三十一載「復初上人自恢」云：

「自恢，字復初，豫章人。元末住海鹽法喜寺，洪武初隱居廬山。《古今禪藻集》載復初《漁莊》一首，乃同時福初字本元者所作，故不錄。」《列朝詩集》閏集卷二載同，《明詩綜》卷九十一載云：「自恢字復初，南昌人（一作元），洪武初住廬山。」

志瓊。《大雅集》卷六載云「釋志瓊字蘊中」，《御選元詩》姓名爵里二云「志瓊字蘊中，見賴良《大雅集》」，《列朝詩集》閏集卷二載云「志瓊字蘊中」，亦來自於《大雅集》；三書中所錄詩皆為《深秀亭暮春述懷》。

仁淑。《大雅集》卷三載云「釋仁淑，字象原」，《列朝詩集》閏集卷二載云：「仁淑，字象元，天台人。主持徑山與興聖萬壽寺，見吳興沈士偁《皇明詩選》。」

淨慧。《御選元詩》姓名爵里二載云「淨慧字古明，松江人」，收錄《寄梅雪朱隱居》《題楊竹西高士小像》兩首。《列朝詩集》閏集卷二在「松江人」後有「正嘗師處承典，甚得其法」，前一句語意不明；收錄《寄梅雪朱隱居》《題天馬圖》詩二首。《姑蘇志》卷三十載：「東塔崇教興福教寺，在縣治東北半里。宋建炎四年，僧文用謂此邑客山高主位低，請於縣令李闓之建塔鎮之，功未就而卒。咸淳間，僧法淵別建塔九成。洪武中，僧淨慧重修，妙聲記，歸併院三菴六。」難以確定此二淨慧是否為一人。

法智。《御選元詩》姓名爵里二載「法智，吳僧，見余闕《青陽集》附錄」，《列朝詩集》閏集卷二載「法智，吳僧也，見《續三體詩》」，《明詩綜》卷九十載同，《古今禪藻集》卷十六錄《過安慶弔余忠宣公》詩一首。知其為由元入明之僧人。

如蘭。《明史藝文志》載「如蘭《支離集》七卷」，《千頃堂書目》卷二十八載：「如蘭《支離集》七卷。字古春，富陽人，與守仁同學於楊維楨，授《春秋》。住持天竺寺，永樂初召校經律論三藏。善相人，嘗識于忠肅謙於童時，目為救時宰相。」《御選明詩》云：「如蘭，字古春，富陽人。住持天竺寺，永樂中召校鑴經律論三藏。有《支離集》。」《明詩綜》卷九十一載與《御選明詩》同，《列朝詩集》閏集卷二云：「如蘭，字古春，富陽人，自號支離。少與夢觀仁公俱遊於楊鐵厓之門，剃染後住杭天竺。道行超邁，太宗御極，召四方名德校錄經律論三藏，師與首列，賜賚優渥。于忠肅公《謁古春蘭法師塔詩》序云『古春法師，先君方外友也，予彌月時，師赴湯餅之會，摩予頂曰此兒他日救時宰相也。已而齠齔知學，先君數以師言警余。及登第拜官，恐負師之知言

茲以內艱家居，而師與先君不可復作矣。感時追舊，只具疏盤茗盞，拜師墓，爰賦一律以識余之耿耿云。」古公蓋精於相術，而袁柳莊之相訣，亦傳於異僧別古厓，此可入方技流也。」守仁《夢觀集》六卷（存卷一至三）為如蘭所編，收錄於《明別集叢刊》。

　　德祥。《明史藝文志》載「德祥《桐嶼詩》一卷」，《欽定續文獻通考》卷一百九十六載：「釋德祥《桐嶼集》四卷。德祥字麟洲，號止菴，錢塘人。洪武中住持徑山。」《御選明詩》、《明詩綜》卷九十一載與《欽定續文獻通考》同，《千頃堂書目》卷二十八云：「德祥《桐嶼詩集》。字麟洲，號止菴，錢塘人。洪武中住持徑山，舊傳其《西園詩》得罪太祖被刑，後或為據其詩辨其誣，言永樂時猶在。」《列朝詩集》閏集卷二記載更為詳細，云：「德祥字麟洲，錢塘人。持戒律，書宗晉人，擅名一時，詩刻苦，高逼郊島。有詩《桐嶼集》。洪武初，主持徑山，臨終倚座云『一隊糟漢，我爭如爾何』，談笑而逝。姚少師《祥老草書歌》云『祥師只今為巨擘，上與閒素爭蟣峿。錢塘山水甲天下，秀氣毓子為梗楠。十年不出筆成家，中山老兔愁難安。晴軒小試烏玉玦，雙龍隨手掀波瀾。昨將一紙遠寄我，天孫機錦千花攢。願師勿置鐵門限，從它須索來千官。搢紳相與歎莫及，便欲奪去加巾冠。厥聲已播不知息，箱篋盛貯光爛爛。』其為一時推重如此。吳之鯨《武林梵剎志》云：祥公與夢觀仁公同參，相與肆力於詩。仁公以南粵進翡翠，作詩寓諷云：『見說炎洲進翠衣，網羅一日遍東西。羽毛亦足為身累，那得秋林靜處飛。』太祖怒曰『汝謂我法網密，不欲仕我耶』。止菴亦以《西園詩》忤上，幾不免。《西園詩》今載集中，不知所謂忤上者何語，野史流傳，不足信也。祥公有題倪雲林、周履道書畫云『東海東吳兩故人，別來二十四番春』，又有《為王駙馬賦清真軒》詩，則知公生元季，至永樂中尚在也。有《和御製賜赤腳僧》詩。又《句容道中》詩云『十年三度上京華』，則洪武中應召浮屠也。田汝成《西湖志》云『故宋時為僧，入元屬念舊國，有《風雨》《望月》諸詩』，汝成《志》稱詳博，其疏謬如此。」

　　夷簡。《御選明詩》云：「夷簡，字易道，義興人。洪武五年與鍾山法會，後住持杭州淨慈寺，復主南京天界寺，除僧錄左善世。」《明詩綜》卷九十一載同，《列朝詩集》閏集卷二云：「夷簡，字易道，義興人。與止菴祥公同嗣法於平山林和尚。洪武五年，與鍾山法會；十一年，住杭州淨慈寺；十二年，住南京天界寺，除僧錄左善世。《鍾山法會》詩八首，以應制篇章宣說第一義諦，聲韻鴻朗，宣公紅樓之作方斯蔑如矣。」

　　曇噩。《御選明詩》云：「曇噩，字無夢，又稱夢堂，族姓王氏，慈谿人。洪武初召對，以年耄放還。」《列朝詩集》閏集卷二云：「曇噩，字無夢，又曰夢堂，族姓慈谿王氏，師事雪庭，傳公相宗律部，晝夜研摩，教相既通，篤意禪觀。參元叟端公於靈隱，機鋒交■，元叟欣然頷之，命掌內記。出世於浙東三明剎，國師賜以佛真文懿禪師之號。洪武二年，召至京，既奏對，上憫其年耄，放還越。四年而終，夏八十有九。公少學文於胡長孺，為袁桷。張翥輩所推服，烏斯道少從公授文法，遂以名家。宋景濂序斯道之文，以為經噩公之指授，得其心印雲。」《元明事類鈔》援引明陸儼山《詩話》「乞施剩韻」條載曇噩事，云：「國初越中詩人遊曹娥祠，一僧敝衣坐船尾，眾方分韻賦詩，殊不之顧。忽作禮，云『有剩韻，乞布施一個』，眾拈蕉字與之。即應聲賦七律一章，末云『西北陰沉天欲雨，臥聽篷韻學芭蕉』，眾驚曰『公非噩夢堂乎』，遂邀入社。」〔註27〕可見曇噩創作思維之敏捷。

　　子梗。《明史藝文志》載「子梗《水雲堂稿》二卷」，《千頃堂書目》卷二十八載：「子梗《水雲亭小稿》。字用章，奉化人，姓陳氏，宋濂為序其集。」《御選明詩》云：「子梗，字用堂，族姓陳氏，奉化人。主鄞之護聖，復歸主清泰，洪武中被召。有《水雲亭小稿》。」《列朝詩集》閏集卷二云：「子梗，字用堂，奉化人，族姓陳氏，古靈先生之諸孫，嗣法元叟端禪師。居四明，掌內記雙徑，出世鄞之護聖、奉化之清恭，若古鼎銘公、笑隱訢公、斷江恩公皆參扣。張蛻菴嘗跋夢堂噩公及公吳中唱和卷，以唐皎送潛為比，及應召至金陵，與宋景濂遇於護龍河上，宋復敘其《水雲亭小稿》，尤歎其詩文，以為寄情翰墨，獨露本真，近代明教抱覺之流也。」

　　清濬。《御選明詩》云：「清濬，字天淵，黃巖人。說法四明萬壽寺，歸隱清雷峰。洪武中召為天界僧官左覺義，命住持靈谷寺。」《列朝詩集》閏集卷二云：「天淵名清濬，黃巖人，古鼎銘公之入室弟子，嘗司內記雙徑，說法四明之萬壽，歸隱清雷峰中。洪武中，應召為天界寺僧官左覺義；庚午歲，命主持靈隱寺，御製詩十三首賜之。年六十五示疾，留偈而化。公初遊金陵，宋景濂嘗有文送還四明，極稱其詩文，以為其才不下於祕演浩初，其隱伏東海之濱未能大顯者，以世無柳儀曹與歐陽少師也。」其中提到的宋濂「有文送還四明」，即《送天淵禪師濬公還四明序》，宋濂在序中確實極力稱讚其詩文創作，云：「余初未能識天淵，見其所裁《輿地圖》，縱橫僅尺，有咫而山川州郡彪然在

〔註27〕姚之駰輯：《元明事類鈔》卷十九。

列，余固已奇其為人，而未知其能詩也。已而，有傳之者，味沖澹而氣豐腴，得昔人句外之趣，余固已知其能詩而猶未知其能文也。今年春，偶與天淵會於建業，因相與論文，其辯博而明捷，寶藏啟而琛貝焜煌也，雲漢成章而日星昭煥也，長江萬里、風利水駛、龍驤之舟藉之以馳也。因徵其近制數篇讀之，皆珠圓玉潔而法度謹嚴。余愈奇其為人，傳之禁林，禁林諸公多歡賞之。余竊以謂天淵之才未必下於秘演浩初，其隱伏東海之濱而未能大顯者，以世無儀曹與少師也。人恒言文辭之美者蓋鮮，嗚呼，其果鮮乎哉。方今四海會同，文治聿興，將有如二公者出，荷斯文之任，倘見天淵所作必亟稱之，浩初、秘演當不專美於前矣。或者則曰『天淵浮屠氏也，浮屠之法以天地萬物為幻化，況所謂詩若文乎』，是固然矣，一性之中無一物不該，無一事不統，其大無外，其小無內，誠不可離而為二。苟如所言，則性外有餘物矣。人以天淵為象為龍，此非所以言之也。」〔註28〕

無慍。《千頃堂書目》卷二十八云：「無慍《山菴雜錄》。字恕中，號空室，臨海人。出家徑山，主明州之靈巖，再主台州之瑞巖，忽謝眾入松巖。日本來聘，被召至闕下，以老病辭留天界寺，尋還鄞之翠山。」《御選明詩》載云：「無慍，字恕中，臨海陳氏子。出家徑山，主明州靈巖、台州瑞巖，退入松巖。日本國王慕名奏請住持，被召至京，以老病辭，留天界寺，尋還鄞之翠山。」二者所載大同小異，字句稍有不同，《明詩綜》卷九十一所載同。《列朝詩集》閏集卷二云：「公諱無慍，字恕中，臨海人，族姓陳氏。初受度於元叟端公，多聞法要，參扣入室、辨香酬恩則歸之於竺元道公。以虎丘八世孫坐大道場，說法度人。其《二會語錄》，無相居士宋濂序之。初居徑山，兩坐浙東名剎，投閒居太白山中。日本國王慕名奏請主持，召赴京師，年幾七十，私謂『縱使不往日本，又豈能生還乎』。上見憫，特寢其奏，留居天界。以病請，上憐，賜歸天童故山。洪武丁丑歲，示寂，其大弟子玄極頂公、韞中瑄公刻其所著《山菴雜錄》，而蘇伯衡為其序《夢觀》云『可與《林間》《草菴》並垂也』。」《浙江通志》卷二百五十一載同。

元極。《明史藝文志》載：「元極《圓菴集》十卷」，元極在此書有載外，不見載於他處，《明史藝文志》的來源，應該是楊士奇《圓菴集序》，文云：「為釋氏之學，其才智有餘，研極宗旨之外，往往從事於儒，而與文人遊，亦時作為文章泄其抱負，寫其性情。蓋自惠休有文名世，而唐之靈一、靈徹，宋之惟

〔註28〕宋濂：《文憲集》卷八。

儞、惟演，元之大訢輩，累累有繼。逮於國朝，宗泐、來復諸老亦彬彬乎盛矣。玄極頂公於諸老差後出，其文實伯仲間，蓋重於世久矣。玄極，天台儒家子，自其童丱已悟解穎敏，脫略凡近始出家從浮圖師。居無幾，師謝之曰『吾不足子師』，乃求禪林之竅於道者而師之，篤志苦力，久而悉其道焉。又以為儒之道當究也，又求竅於儒者而師之，又篤志苦力，久而並其文悉焉。夫為文與為佛之道，其理無以異也，必有師宗，必究旨歸，壹其心，篤其志，先乎本而後乎末，探乎粹精而黜乎糟粕，無弗造者。若所造之難易淺深，則係其天稟之更下焉，玄極非其資稟之高、師承之正，積勤之久之所臻歟。於是勃勃起聲譽，而與宗泐諸老先後有聞於四方矣。蜀獻王首遣幣聘之，且寓詩有『僧中班馬』之褒，太祖高皇帝聞其名，召至奏對稱旨，命為僧錄左講經，升左闡教，兼住持靈谷寺，獎任之日重焉。玄極平生詩文甚富，多不存稿，既謝世，其徒崇遠收粹散逸，僅得其詩賦雜文二百首，釐為十卷，名《圓菴集》。圓菴，極別號也。將刻梓以傳，而求余序。玄極之文根於學，充於才，論性道明，言德行正，簡而不促，豐而不泛，尤謹於繩尺，要其造詣，非叢林之名能文者所易及也。然非獨其文，吾聞玄極於事其師如事父，師沒哀毀，服心喪三年，終其身語及師泣下泫然，其篤於倫誼類此，尤非尋常方外離倫遺情以為高者所可同日語也。」〔註29〕由此序來看，元極、玄極為同一人。

惟則。《千頃堂書目》卷二十八載：「惟則《鴉臭吟》。字天真，湖州人，海鹽海門寺僧。」《御選明詩》云：「惟則，字天真，吳興費氏子。洪武初以高僧被徵，有《鴉臭吟》。」《攜李詩繫》卷三十一云：「惟則，字天真，小字僧寶，湖州人，海鹽海門寺僧。洪武初，徵高僧赴天界，白菴金公首薦之，以足疾辭。澈川有胡秋碧者，善傳神，嘗欲畫師像百幅施人，畫將半而師化；俄而，日本夷人至見之，皆羅拜，曰『此吾國祖師也，安得在此』，競以金購之。有《冰蘗禪師語錄》，曲江錢惟善為之序，又有《鴉臭吟頌古》百二十偈，宗門多傳之。黃鶴山樵王蒙題其像，曰：『道人自是門戶別，蘿戶松窗總奇絕，時將無心拈似人，笑指寒潭印秋月。』」《列朝詩集》閏集卷二云：「惟則字天真，吳興費姓子，嗣法於匡廬無極源公，源老病歸，侍佑聖寺，誓不涉世。洪武初，徵高僧，白菴金公首薦師，以足疾辭。癸酉仲春，忽告眾曰『吾去矣』，侍者請偈，厲聲曰『平常說底不是耶』，即瞑目逝。澈有胡僧秋碧，善傳神，畫師像累百幅，日本夷入見之，羅拜曰『此吾國祖師相，安得在此』，競以金購之

而去。僧史及剎志載，師行履如此。師有《七幸序》，云：洪武二十五年壬申八月二十九日晚朝，上命凡天下僧人但清理冊文上有名籍者，不問度牒已給未給，皆要他俗家餘丁一人充軍。鄙時在京，欽聞上命，進偈七章，其七曰：『天街密雨卻煩囂，百稼臻成春氣饒。乞宥沙彌疏戒檢，裰裟道在祝神堯。』或譏之曰『無事請死而已』。上覽偈，罷軍事不果。後題洪武乙亥孟秋七月二十日述於武林松盛坊之客軒。按，師乙亥歲在武林作此序，則諸書記癸酉入滅者誤也。海門和尚祭文稱，前左善世上天竺白雲堂上存翁住世七十八年，則諸書云以足疾不赴召，終老佑聖寺者，亦誤也。進偈佑僧，當在官左衛之日，此法門一大事，可以補國史之闕者，故詳志之。師有《鴉臭吟頌古》百二十偈，自謂人所未發，今宗門傳之。」

弘道。《御選明詩》載云：「弘道，字存翁，桐鄉密印寺僧，俗姓沈，吳江人。住持杭州上天竺，洪武中被召為僧錄司左善世。」《檇李詩繫》卷三十一載云：「弘道字存翁，號竺隱，崇德梧桐鄉人（今析桐鄉）。元末出家密印寺，住持杭之上天竺。洪武三年，被召赴京；十六年，授僧錄司左善世；二十四年，歸老。嘗奉旨同全室、具菴箋注《楞嚴》等經。永樂間示寂，姚少師撰《塔銘》。」《列朝詩集》閏集卷二云：「弘道字存翁，號竺隱，桐鄉密印寺僧。族姓沈，吳江人。洪武丙辰，主持杭州上天竺，注釋《楞伽經》。後與楚石同被召，為僧錄司左善世。辛未，告老，賜驛馳歸；明年秋，跏趺而逝世，壽七十八。藏於天竺雙檜峰雲隱塔菴，少師撰碑銘。」

元璹，又作原璹。《明史藝文志》載「元璹《三會語錄》二卷」，《千頃堂書目》卷十六載「元璹《三會語錄》二卷」，卷二十八載：「元璹《樸園集》。字天鏡，號樸菴，會稽人，自稱會稽山樵。洪武召至南京，乞歸至靈隱寺，罹禍謫戍陝西。」《御選明詩》云：「元璹，字天鏡，一字天覺，會稽倪氏子，一雲松江人，自稱會稽山樵。洪武中，召與法會，尋乞歸，主靈隱寺。坐事戍陝西。有《樸園集》。」《明詩綜》卷九十一云：「元璹字天鏡（一云字天覺），號樸隱，會稽人，自稱會稽山樵。洪武中，召至南京，乞歸，主靈隱寺，羅禍謫戍陝西。有《樸園集》。」《浙江通志》卷二百五十一載：「《樸園集》，《兩浙名賢外錄》『釋元璹著，字天鏡，會稽人，住靈隱』。」《武林梵剎志》載元璹事蹟十分詳細，云：「天鏡原璹禪師，會稽倪氏，幼從至大寺雪庭立公祝髮，及受具，遂往杭之集慶，從濟天岸學止觀。一日，師自謂『從上諸老多由教入禪，吾亦究別傳之旨乎』，登華頂參無見睹。又如玉肌見石室瑛，室與語，大奇之，

曰『吾法叔徑山原叟和尚具大眼，目今代妙喜也，子欲了已躬事往見勿後』，師遂參叟於不動軒。入門，叟震威一喝，師不覺汗流浹背，即禮三拜。己而，俾居侍司繼掌記室，尋遊金陵，見笑隱於龍翔，上江西禮諸祖塔像，過臨川訪虞文靖公，道話契合，延師度夏，為作《斷江塔銘》《樸隱軒銘》。至正丙申，出世邑之長慶，遷天衣。洪武五年，設廣薦法會於鍾山，詔天下名尊宿輪座說法，師預焉。九年冬，杭慈光率諸山請居靈隱，師辭再四，僉曰『而祖佛照妙峰，而父寂照，而兄了幻，皆說法靈隱，於今振墜緒提宏綱捨和尚其誰哉』，師幡然而起，上堂云：『即心即佛，嘉州牛吃禾，非心非佛，益州馬腹脹。不是心，不是佛，天下覓醫人灸豬左膊上。』良久云『啼得血流無用處，不如緘口過殘春』。上堂云：『聲不是聲，觀音三昧，色不是色，文殊法門，聲色無礙普賢境界。』拈拄杖畫一畫，云『大鵬展翅蓋十洲，籬邊燕雀空啾啾。』」〔註30〕《列朝詩集》閏集卷二大略同，唯云其於洪武九年主持靈隱寺後，「甫浹日，坐莊田事謫戍山溪，主者許其辯訴，笑曰『此定業也』。行至寶應，以十一年正月坐化於寧國禪寺，詳在宋金華《塔銘》中。」所述受誣被謫戍之事，與善學相同。

　　良琦。《御選明詩》載云「良琦字符璞，吳人。住天平山之龍門，又主檇李興聖寺，洪武中召對稱旨，授以印章為僧會，掌崇明僧教。」《明詩綜》卷九十載同，因其曾又主檇李興聖寺，故《檇李詩繫》卷三十一「龍門山釋良琦」云：「良琦字符璞，吳郡人。住天平山之龍門，自稱龍門山釋，與鐵史雲林、句曲外史、金粟道人齊名，元末顧瑛移居嘉興，琦亦從之，住郡城東興聖寺。洪武初尚存寺址，今改鬱序。廉夫云琦公『既究禪理，兼通儒學，能詩其餘技耳』。」《列朝詩集》閏集卷二載云：「良琦字符璞，吳郡人。自幼讀書，禮石室瑛為學禪白雲山中。性操溫雅，淡然無塵。」良琦作品主要被保存在《玉山草堂雅集》《玉山名勝集》《玉山記遊》等著述中，因與顧瑛等文人雅士交遊密切，故其雖為禪門中僧，然沾染了濃重文人習氣，《歷代詩話》載云：「蘇談云：阿瑛好事而能文，當時楊廉夫、鄭明德、張伯雨、倪元鎮皆其往還客也，尤密者為秦約、於立、釋良琦。有二妓曰小瓊花、南枝秀，每會必在焉。余因按，《玉山詩序》有『侍姬小瓊英，調箏即其人也』，詩云：『金杯素手玉嬋娟，照見青天月子圓。銀箏彈盡鴛鴦曲，都在秋風十四絃。』讀之風流欲溯。」〔註31〕

〔註30〕吳之鯨：《武林梵刹志》卷九，《四庫全書》本。
〔註31〕何文煥輯：《歷代詩話》卷七十，《四庫全書》本。

每至雅集，顧瑛二妓皆預焉，良琦在其中處之泰然。

子賢。子賢與良琦一起密切參與顧瑛之玉山雅集，《草堂雅集》卷十四云：「子賢字一愚，天台人，禪定之外肆志於作詩，最為鐵厓所賞。」《列朝詩集》閏集卷二附於良琦之後，所載內容相同，即子賢亦與良琦同由元入明。《御選元詩》姓名爵里載云「子賢字一愚，住天台山寺」，《元詩選》三集卷十六「僧子賢《一愚集》」條云：「子賢字一愚，天台人，幼聰悟絕人。住天台山寺，禪定之外，肆志作詩，最為楊鐵崖所稱賞。詩見《玉山雅集》。」子賢之作品應該就是保存在顧瑛等編集與玉山雅集有關的《草堂雅集》《玉山名勝集》《玉山記遊》等中，可能並無專門《一愚集》。

至仁。《千頃堂書目》卷二十載：「至仁《澹居稿》。字行中，自稱熙恬叟，鄱陽人，元末住紹興崇報寺，洪武初至虎丘寺。」《御選明詩》云：「至仁，字行中，鄱陽人。元末住紹興崇報寺，洪武初應召與鍾山法會，後主虎丘寺。有《澹居稿》。」《明詩綜》卷九十一所載與二書之著錄同，援引《靜志居詩話》論《澹居稿》云：「《澹居稿》為饒州路總管府判官皇甫琮廷玉所編，僧克新序之。嘗撰《楚石行狀》，有云『浙水東西被召者十有六人，余與西齋琦公、夢堂噩公與焉，則詩雖刊行於至正中，而實登明初之法席者也。』」《元詩選》初集卷六十八載「澹居禪師至仁」，云：「至仁字行中，別號熙怡叟，鄱陽人。得法於徑山元叟端和尚，駐錫蘇州萬壽寺。博綜經傳、《貢》《尚書》，泰甫黃侍講晉卿皆服其說，虞文靖公稱『其文醇正雄簡，有史筆宗門之子長也』，其詩句如『松間石榻春雲護，花底山尊夜月開』『沙渚草香流水活，海天雲淨碧峰遙』『醉題梧葉秋陰合，坐對槐花莫雨來』，又《詠海棠再花》云『月裏精神今更好，雨中顏色向來新』，俱穩秀有法。判官皇甫琮編次其詩文，曰《澹居稿》，江左外史雪廬新公為之序。」

自悅。《御選明詩》載云：「自悅，號白雲，天台人。居餘姚之燭溪，洪武初征至京，賜歸住杭州靈隱寺。」《明詩綜》卷九十載同。

福報。《御選明詩》載云：「福報，字復原，臨海人。住四明智門寺，洪武初被召，尋賜還。」《明詩綜》卷九十載同。

故山。《千頃堂書目》卷二十載：「故山《松月集》。洪武初，揚州府僧綱司都綱。」

如阜。《千頃堂書目》卷二十八載：「如阜《西閣集》。字物元，四明人。餘姚趙撝謙詮次，天台朱右序。」《御選明詩》載：「如阜，字物元。餘姚明真

院僧，洪武初被徵至南京，寂於天界寺。」《明詩綜》卷九十、《浙江通志》卷二百五十一載同。

大本。《御選明詩》載云：「大本，字宅衡，會稽僧徑山書記。」《明詩綜》卷九十一載同。

似杞。《御選明詩》載云：「似杞，字楚材，鄱陽人。」《列朝詩集》閏集卷二載同。

觀白。《御選明詩》載云「觀白，見周玄初《鶴林集》」，《列朝詩集》閏集卷二載同，《御選明詩》卷四十錄其《周元初詩》云：「仙姿寒湛玉壺冰，斬叱群魔走百靈。萬里風雲生赤日，九天雷電下青冥。瑤壇鶴唳秋如水，蕙帳人幽月滿庭。安得相從過衡嶽，飛行同躡鳳凰翎。」《列朝詩集》載本詩名為《周玄初禱雨詩》。因此周玄初之載觀白事應為可信。

文謙。《御選明詩》載云：「文謙，閩縣人，住臺之鴻福寺，洪武初召對。」《全閩詩話》引《靜志居詩話》云：「文謙，閩縣人。十一歲出家，遊吳越，歷金陵，住臺之洪福寺，振揚宗教。洪武初召對稱旨。久之，語其徒曰『吾將去矣』，援筆書偈云：『有世可辭是眾生見，無世可辭是如來見，踏倒須彌盧，虛室無背面』，端坐而化。有《秋懷次韻詩》：『命晉昔聞千矢賜，拜韓今見一軍驚。地連赤縣成中阻，水入黃河總未清。幾莖素髮殊方病，半幅鄉書故國情。洛下傷時同賈誼，成都買卜似君平。』」〔註32〕文中云所錄來源於《靜志居詩話》，《列朝詩集》閏集卷二載與《全閩詩話》同，即《靜志居詩話》《全閩詩話》所錄都應來源於《列朝詩集》。

淨明。《檇李詩繫》卷三十一「華嚴法師淨明」云：「淨明，字德巖，姑蘇人。洪武初住嘉興招提華嚴教寺，嗣法獨芳蘭法師，宋文憲稱其『樹教基，續慧命，有功法門』云。」其中所引宋濂之語，出自宋濂撰《報恩萬歲賢首講寺釋迦文佛臥像碑銘》，云：「及偽吳亡，德巖法師俯徇群情，起主寺事，不二三年，易腐為堅，殿堂樓閣門廡寶塔之屬，一一葺之，煥焉如新。已而，歎曰『諸役幸粗完，象可不復於古乎』。於是走告民間，不分耄倪，皆舉手加額，競輸貨泉，以後為愧。法師乃戒摶土之功，斷嘉木為骨骼，承以高座，塑臥像。其上塗以五色，覆以彩衾，諸弟子涕淚悲泣，環列前後，摩耶佛母亦立其側，悵然興哀，唯曼殊普賢二大士神情閒曠，超出死生之外。用意精緻，形模宛然。像長六十六尺，高一十二尺，曼殊等像高一十八尺。經始於洪武十一年秋七月

〔註32〕鄭方坤編：《全閩詩話》卷十一，《四庫全書》本。

十五日，明年夏五月十六日訖功。糜錢五萬有奇，用功六百有奇……法師名淨行，德巖其字也。博通帝心、雲華、賢首、清涼、定慧諸家書，力振其宗於將墜之時，一彈指間悉起諸廢，其化導有緣以成法師之志者，善長、正宗二沙門也。」〔註33〕二者所書雖「德巖」之字相同，其名一稱「淨行」，一稱「淨明」，不知何者為誤；或者不知「淨行」「淨明」是否為同一僧徒。若二人並非同一僧徒，則《槜李詩繫》予以混淆，若二人為同一僧徒，宋濂不言其有著述。《槜李詩繫》錄《向識定水宗師於吳會雙峩奉別已十八年矣因成一律》，云：「卓錫甬東山水窟，白雲長與德為鄰。鶴鳴峰頂不驚定，龍拜室中能化人。海氣晝寒濤卷雪，天香秋淨月垂銀。雙峩尚憶相逢處，詩寫珠璣照眼新。」可視之為詩僧。

　　至道。《千頃堂書目》卷二十載：「至道《夢室集》。字物外，臨海人，住無錫之嵩山寺，洪武中召，尋乞還。」《御選明詩》、《明詩綜》卷九十一、《浙江通志》卷二百五十一載同。

　　普莊。《御選明詩》載云：「普莊字敬中，仙居人。洪武中，被召入天界寺，歸住徑山。」《明詩綜》卷九十一載「歸住徑山」後，有「示寂於撫州」語。

　　正淳。《列朝詩集》閏集卷二載云：「字古心，閩顯人，洪武中詩僧。」《古今禪藻集》卷二十七錄《元夕有感》詩一首，《全閩詩話》載「僧正淳」引《閩書》云：「正淳字古心，閩縣人。洪武中詩僧，有《詠苔詩》：『青如蚨血染頹垣，漢寢唐陵幾斷魂。莫笑貧家春寂莫，漸隨積雨上青門。』」〔註34〕《列朝詩集》亦錄《詠苔詩》，知其所載可能也來源於《閩書》。

　　睿略。《欽定續文獻通考》卷一百九十六載：「釋睿略《松月集》一卷。睿略字道權，號簡菴，蘇州人，洪武時人。」《明別集叢刊》收錄《松月集》一卷。

　　照元。《千頃堂書目》卷二十載：「《照元上人詩集》。住持萬松嶺之壽寧寺，劉基序。」《浙江通志》卷二百五十一載同。

　　空谷。蓮池《竹窗隨筆》中曾提到「國朝洪永間，有空谷、天奇、毒峰三大老其論念佛」，並評論三人的念佛方式云：「天、毒二師俱教人看念佛是誰，唯空谷謂『只直念去，亦有悟門』，此二各隨機宜，皆是也。而空谷但言直念

〔註33〕陳暐：《吳中金石新編》卷六，《四庫全書》本。
〔註34〕鄭方坤編：《全閩詩話》卷十一。

亦可，不曰參究為非也，予於《疏鈔》已略陳之。」〔註35〕《禪門遺書續集》
收錄明杭州廣化禪寺刊黑口本《空谷集》六卷，卷前鄭雍識、周敘題語、彭清
序，鄭雍識論其創作與禪機云：「杭州廣化禪寺主持文盛，持其師空谷和尚語
錄示余，曰『將鋟刻，願乞一言識於後』，余得觀其所作，多指論學者心法之
要。或因應酬以贈遺於人，或因問答以啟迪於人。禪機之語，莫測其端倪；儒
釋並用，變化無窮。夫言，心聲也，心之所存者正，則言之所發亦正，空谷得
其正者歟。空谷嘗刊其得法師南極和尚《語要》行於世，今文盛又能哀輯空谷
之語，共傳於不朽，其師徒之用心善矣，誠可尚也。」〔註36〕周敘題語中稱空
谷為名僧，云：「昔蘇文忠公序錢塘勤上人詩集，謂佛者惠勤從歐陽文忠公遊，
公嘗稱之為聰明才智有學問者，公必致其益進之也。余觀今之縉紳先生，多為
空谷禪師序其語錄，此亦二文忠公之心歟？空谷固勤之屬歟？其徒文盛又克
哀輯空谷之語，傳之永久，視勤之徒，殆將過之矣。何吳中今昔之多名僧乎。」
〔註37〕《武林梵剎志》有空谷傳，云：「大明空谷禪師，諱景隆，字祖庭，號
空谷，姑蘇洞庭黿山陳氏子。父月潭居士，母金氏，生師於洪武癸酉七月十二
日。童時不茹葷，跌坐若禪定。永樂壬辰，從弁山白蓮懶雲和尚受學參禪，雖
家居而湖海禪伯，如古拙和尚輩靡不參謁。庚子出家虎丘，宣德二年詣杭州昭
慶受戒，遂依師住靈隱。七年，往天目禮祖塔，憩錫一載，刻苦參究，忽有省，
因造懶雲，剖露雲印可之。師所著有《空谷集》三十卷，心宗洞達，機辨峻拔，
儒釋通貫，事理交融，大理卿吳公志之。師存年五十二，時自作《塔銘》，於
武林西湖之修吉山院名正傳，有正傳十景之詠在集。」〔註38〕彭清序中敘述空
谷生平之後，評論其禪與文字著述云：「師乃視寶如石，曾未之顧，惟以道為
重任。今輯其語，分門列卷而匯次之，將壽梓以廣其傳，因請為序。余展示之，
其妙機大用，變化無跡，如雲間之鶴，翱翔於塵埃之外，超越於溟渤之間。耀
羽扶桑，揚音丹丘，軒騰無礙，故其說禪若波翻電掣，縈湛洄洽。而至稽天沃
日，又如人之一身，自頂至踵，肢節脈絡，一一相攝，了無隔滯。意宏深，辭
廓遠，所以外生死，忘物我，其凡塵妙幻化也。其法語、記、序、題跋、長篇、
拈提、頌古、詩偈、問答等目，混用儒釋語，其應酬本宗，則純闡第一真諦，
於題詠則貫攝性理，多合盛唐音響。蓋就事而顯理，惟法海無邊，教亦大備，

〔註35〕袾宏：《竹窗二筆》，載《蓮池大師全集》第三冊，第 1452 頁。
〔註36〕空谷：《空谷集》卷首，載禪門遺書續集》第二冊，第 1 頁。
〔註37〕空谷：《空谷集》卷首，載禪門遺書續集》第二冊，第 1 頁。
〔註38〕吳之鯨：《武林梵剎志》卷十一。

累億萬言，至無一言之跡，是聞者當悟云耳。或謂禪不尚文，惟心是印，是知渡長河登彼岸，而不知藉舟筏之力者也。第一義，流傳於今，所賴文字之存耳。傳宗必藉語錄，是編實空谷之足音，扣有應而跡難求，門人瞻仰光儀，聽聞頃刻得悟於一棒一喝之下，無資於文可也。苟無語言文字以顯其道，之語光沉影絕，則後學以何為究竟之地，不其捨正途而趨異域乎。是知文盛有功於心宗之傳。」〔註 39〕

德瑨。《御選明詩》載云：「德瑨，字伯貞，嘉興人，洪熙間虎丘寺僧，後住徑山。」《列朝詩集》閏集卷二載同，《檇李詩繫》卷三十一「徑山禪師德瑨」云：「德瑨，字貞伯，號石窗，又號石菴，嘉興人。弘治初，祝髮蘇州虎丘，後為徑山第七十九代禪師，軌文證果，趺坐而化。」

大同。《明史藝文志》載「大同《竺菴集》二卷」，《千頃堂書目》卷二十八載：「大同《竺菴集》二卷。字妙之，會稽人，鄞縣延慶寺僧，預修《永樂大典》。」《御選明詩》載云：「大同，字妙止，會稽人。鄞縣延慶寺僧，永樂中應召與修《大典》。」《明詩綜》卷九十一載同，《列朝詩集》閏集卷二載云：「大同，字竺菴，姓張氏，會稽人。禮顯宗彌講王為師，住四明延壽寺。永樂初，於南北都門，兩膺帝命，纂修藏典。」

洪宣。《千頃堂書目》卷二十八載：「洪宣《無聞和尚詩集》。鎮平人，洪永間說法少林寺。」

普慈。《千頃堂書目》卷十六載：「釋普慈《頌古詩》，字海舟，常熟人，洪永間僧。」《御選明詩》云：「普慈，字海舟，常熟錢氏子，出家破山寺。有《頌古詩》。」《列朝詩集》閏集卷二云：「海舟名普慈，吳郡海虞錢氏子。世業儒，出家破山寺，往參鄧尉山萬峰和尚，付以法偈，遂結廬太湖西洞庭山。三十年不過湖。聞盧白�公在安溪東明說法，親承萬峰祖印，遂往叩。旬日大悟，遂居東明演法，為萬峰法嗣。景泰元年，示寂，全身塔在東明左側。有《頌古詩》行世。」

善啟。《明史藝文志》載「善啟《江行倡和詩》一卷」，《千頃堂書目》卷二十八載：「善啟《江行倡和詩》一卷。字東白，號曉菴，長洲人，主蘇州永定寺，尋主松江延慶寺。授僧綱司副都綱，預修《永樂大典》，書成告歸，與上竺完公敬修、北禪瑾公如珪、白蓮車公指南舟中倡和，王汝玉序之。」《御選明詩》載同，其中「舟中倡和」即《江行倡和詩》，《列朝詩集》閏集卷二

〔註 39〕空谷：《空谷集》卷首，載《禪門遺書續集》第二冊，第 2 頁。

載云：「善啟，字東白，號曉菴，長洲人。甫能言，通佛典為浮屠，屏跡龍山，博習外典，見知於獨菴、南洲二公，而典記洽公者最久。應召纂修《永樂大典》，預校《大藏經》。與瞿宗吉賦《牡丹詩》，用韻往復幾百首。永樂乙丑，偕壁菴完公、如珪瑾公、指南車公自京還吳，有《江行唱和詩》一卷。正統八年示寂，錢文通溥銘其塔。」《明詩綜》卷九十一云善啟「有《江行倡和詩集》」，引《靜志居詩話》評論云：「曉菴早負詩名，錢唐瞿宗吉賦《牡丹詩》，師與對壘，用一韻賦百首，獨菴、南洲交器重之。嘗被召纂修《永樂大典》，書成告歸，與上竺完公敬修、北禪瑾公如珪、白蓮車公指南舟中倡和，有《江行詩》一卷，王汝玉序之。按，《大典》共二萬二千九百卷，疑編纂之不易，而敬修詩云『昔出當嚴冬，茲還及春暖』，蓋不過數月事爾，考當日賜鈔者二千一百六十九人，則因編纂者多，宜成書之速矣。」楊士奇《僧錄司右善世南洲法師塔銘》敘溥洽的得法弟子時，提到善啟之名云「得法弟子僧錄左善世聞晟，右善世圓瀨、鴻義、玄妙、廣惠禪師，右善世行杲，左覺義守行，右覺義惠朗、德潤、集慶、雲山，僧綱都副智達、善啟，上天竺住持碧潭等若干人」，知其曾在朝廷中任職。劉基有《魚樂軒記》，云：「至正癸巳，番陽程邦民以進士授官，判紹興之餘姚州。明年春，奉府檄至郡，理鈔法及賑濟事，寓永福寺之東軒。東軒者，上人善啟之所居也，其廣不盈丈，而清明不煩，有榻可息，有花木竹石可玩。軒之前甃瓦石為小池，有魚六七十頭，皆長五六寸，赤鱗錦章，出入蘊藻中。悠悠焉，或泳或翔，或吹而漚，或施而漣；與與焉，不啻如處江湖而乘秋濤也。程君觀而悅之，命其軒曰魚樂之軒。或難之曰：詩不云乎『魚在于沼，亦匪克樂』，今此無乃又迫於沼而非魚之所樂乎？程君曰：吁，果然哉。子見其一而未見其二也。夫惡憂患而樂無害，凡物之同情也，是故性遷於習，習貫而樂生焉，豈惟魚哉。野鳥之處籠中，其始至也憧憧焉，聞聲而躍，見動而惕，如不能須臾生也；及其久而馴也，則雖舉而之野，縱之而不逸，驅之而不去，徘徊盤旋，恐違其所，離之則悲以鳴，狂顧而疾赴焉。於是籠其家而樂在是矣。夫山野之優游，豈不勝樊籠之局促哉。彼既習而狃之矣，我局促而彼優游之矣，又烏得不樂哉。今夫湀澤之間，數罟不禁，繒罔如雲，鮫人蜑夫鼓枻生風，獼猴鷿鶹鷺鷥成群，利觜長骹沒，淵泉撇波濤，無隱弗屆，鯤鮞登於庖廚，鯫鱐殫於胎卵，患害日至，而無所避，優游云乎哉。則又曷若處此之為樂也。難者無以應，遂書以為記。吾聞釋氏好生而戒殺，雖蚤虱蚊蠍必思所以完之，然則是魚之得，上

人以為依，宜其有樂而無憂矣。」〔註40〕據劉基此序，善啟在元時居於寺院之中，洪武被召在朝廷中任職，永樂時被召徵纂修《永樂大典》。

德完。《御選明詩》載善啟修完《永樂大典》後，「偕德完、懷瑾自京還吳」，同時載：「德完，字敬修，南沙人。主杭州上天竺，授僧綱司都綱，應召與修《永樂大典》。」《浙江通志》卷二百五十一載：「《德完集》。《錢塘縣志》：『字敬修，南沙人，住上天竺。』」

懷瑾。《御選明詩》載云：「懷瑾，字如珪。蘇州北禪寺僧，又住嘉定保寧寺，為僧綱司都綱，應召與修《永樂大典》。」《明詩綜》卷九十一載同。

覺澄。《明史藝文志》載「覺澄《雨華詩集》二卷」，《千頃堂書目》卷二十八云：「覺澄《雨華詩集》。號古溪，蔚州人，天順中住金陵高座寺，集為胡忠定濙序。」《御選明詩》云：「覺澄，號古溪，族姓張氏，住南陽香嚴，終金陵高座寺。有《雨華集》。」《列朝詩集》閏集卷二云：「覺澄，號古溪，族姓張氏。年十歲為牧牛之童，十四從雲中天暉和尚出家，閱藏五載，從默菴和尚坐禪大興隆寺。景泰三年，宗伯胡濙命住南陽香嚴寺，自惟大事未明，不一年而退，登太岡山，參月溪和尚，往見西蜀楚山和尚於投子山。機緣相投，朝夕入室，山謂海雲曰『香嚴只是聰明見解，道眼未明在』，往安慶看《頌古聯珠集》，見趙州凌行婆機緣往返，豁然有省，因思『本參無字語話頭如何不徹』，奮然一拶，虛空迸碎，身與僧湯泯然不見。再看無字話頭，火中見雪，了然無疑。越五日，山自安慶回，謂海云『香嚴大事今番徹也』。明日正旦召大眾曰：『老漢離西川下江南，張漫天大網，為求作者，今有其人，且道是誰？』良久乃曰『香儼是也』。公避席下手而讓曰『覺澄不會佛法』，山曰『我正要不會佛法的』，遂以衣拂卷付之。辭山七載，天順五年住金陵高座寺，一坐此山竟不他之。示寂於成化初。胡濙序其《雨華集》曰：公性天清朗，心地圓融，續臨濟二十四世燈為楚山付法正傳，其集將與蒲菴、全室、逃虛媲美於後世。師嘗自道其文曰：『吾將藉此以明佛知見，入佛之門有二，由文字而顯曰教，離文字而悟曰禪。泥文字則失之滯，略文字則失之誕，去滯與誕，其必又教而禪乎。』其徒寂菴湛公亦能詩，刻其遺集。」

淨倫。《千頃堂書目》卷二十八載云：「淨倫《竹室集》。字大巍，昆明人，正統中出家，天順間參善學於浮山，晚住錫五臺，示寂京師顯通寺。」《御選明詩》云：「淨倫，字大巍，昆明康氏子。成化中於都門開建萬福禪寺，晚住

錫五臺。有《竹室集》。」《列朝詩集》閏集卷二云：「淨倫，昆明康氏子。正統庚申出家，禮太華無極泰和尚受禪學。天順癸未，得法於浮山古庭堅公；成化乙酉，卓錫都城東隅，開建萬福禪剎，謝事退居西軒之竹室。與天童懷讓同時，並闡宗風。」《明詩綜》卷九十一載與《千頃堂書目》同，引《靜志居詩話》云：「竹室不以詩名，往往饒中晚唐風韻，五言如『松皮山舍小，石子野溪彎』『雨苔迷石徑，山氣冷龕燈』，七言如『晴迷青山芳沼上，冷懸紅日畫樓西』『半竿落日孤城遠，千里分沙一水流』『到岸舟橫流水曲，尋溪路入落花藤』『樹頭落子銜松鼠，崖畔飛霜叫竹雞』『原上燒痕初過雨，堤邊新柳未拖泥』『黃茅恰好三間屋，赤米看收數畝田』，亦可入李和父《弘秀集》也。」

懷讓。《千頃堂書目》卷二十八載云：「懷讓《北遊集》一卷。四明天童寺僧。」《御選明詩》載云：「懷讓，字不虛，一云字本虛，住四明天童寺。」《明詩綜》卷九十一載同，《列朝詩集》閏集卷二載云：「懷讓，字本虛，越人。成化間住四明天童寺，與楊南峰有詩酬和。能詩，而未免入俗。」《浙江通志》卷二百五十一載：「《北越集》一卷，《百川書志》『越僧四明天童懷讓著』。」《北越集》應為《北遊集》之誤。

恩鐩。《千頃堂書目》卷二十八載云：「恩鐩《詩集》。字古田，號友雲，成化間嘉定護國寺僧。」《明詩綜》卷九十一載同，但末云「有集」，即《千頃堂書目》云之《詩集》，「詩集」應非為其詩文著述集之名。《御選明詩》載與《明詩綜》同。

宗圓。《列朝詩集》閏集卷二載云：「宗圓，字妙觀，吳興人。」

寶明。《列朝詩集》閏集卷二載云：「寶明，字月舟，蘇州人，治平寺僧。」《御選明詩》載云寶明「蘇州治平寺僧」。

定徵。《御選明詩》載云：「定徵，字起宗，吳僧。」《列朝詩集》閏集卷二載云：「吳僧定徵，字起宗。徐髥仙有《哀定徵詩》云：『起宗肉食相，齒不啖蔬甲。時時聳吟肩。為怕袈裟壓。諦思回文中，千百演讀法。頗取匏罍重，文字交最洽。奈何圓寂早，明鏡掩塵匣。』」

善誘。《列朝詩集》閏集卷二只存法號，無事蹟介紹，錄無題詩一首，云：「江南隱者人不識，沈東林勝杜樊川。雲深樹老空山裏，日暮舟橫野渡邊。繞屋苧長迷曲徑，當門花落就流泉。一藤來果敲詩約，坐斷爐頭榾柮煙。」本詩原題為《次沈陶菴題石田有竹莊韻》。

廣原。《列朝詩集》閏集卷二載云：「廣原字本清，號月菴，錢塘人。住長

干報恩寺。」《御選明詩》載同。

明秀。《明史藝文志》載「明秀《雪江集》三卷」，《浙江通志》卷二百五十一載：「《雪江集》三卷，《海鹽縣圖經》：『釋明秀著，姓王氏，後隱錢塘勝果山。』」《千頃堂書目》卷二十八載云：「明秀《雪江集》三卷。字雪江，自號石門子，海鹽人，弘正間天寧寺僧，晚居錢塘勝果山。」《御選明詩》載云：「明秀，字雪江，海鹽王氏子。出家天寧寺，居錢塘勝果山，歸老海門。有《雪江集》。」《列朝詩集》閏集卷二載基本相同，其中提到一句「琦楚石九世孫也」。《檇李詩繫》卷三十一「雪江和尚明秀」云：「明秀，字雪江，弘正間僧。巨目闊吻，面骨巉巖，肖枯木怪石。少時即好為詩，與孫太白、鄭少谷、方棠陵、沈石田諸人善，處士朱樸、陳鑑結社，所謂雪江和尚是也。族出海鹽王氏，祝髮天寧寺，晚習定於錢塘勝果山之石門郭公泉側，夜夢陳姓者揖曰『西有月巖，請觀前生所為詩』，旦乃求之榛莽中，果得月巖刻元人詩，題曰『雪江陳天瑞』，因悵然有悟。著有《雪江集》。其詩清雋新警，美不勝收，有《送王陽明謫官》云『蠻煙瘦馬經山驛，瘴雨寒雞夢早朝』，驚為傑句。他如《與許平野》云『漁舟弄春水，野屋臥秋雲』，《子重歸》云『矮床地遠坐開卷，老鶴天晴鳴近人』，《寶叔寺》云『林寒巢雀病，石峻著花危』，《南國》云『病起藥苗緣徑長，行看荷葉近衣香』，《逢童序班》云『江城踏雪春沽酒，山雨籠燈客在門』，《晚坐》云『山深長日淨，掃地木落清』，《秋高捲簾湖上》云『朱閣捲簾驚燕子，畫船呼燭照花枝』，《寄胡秋田》云『江冷水深龍臥月，山空樹老鶴巢煙』，皆為時所誦。」《明詩綜》卷九十一載明秀事蹟同，載有《雪江集》，但不記卷數。引釋冬溪的評論云：「石門秀禪師以詩名海上，遊心鷲精，力追唐雅，鄭少谷、孫太白諸名流多所稱許。」又引《靜志居詩話》的評論云：「王伯安謫龍場驛丞，雪江送以詩云『蠻煙瘦馬經山驛，瘴雨寒雞夢早朝』，一時傳誦之，斯未為警策，特以清越勝耳。觀其遺集三卷，流轉跌宕，不失清江靈一之遺音。臨終偈云『一夜小床前，燈花雨中結，我欲照浮生，一笑浮生滅』，亦彼法中所謂解脫者。」

懷海。《列朝詩集》閏集卷二云「懷海，通州人，見《聲文會選》」，並錄《贈北磵和尚》詩，然此詩乃宋代僧人元肇《上淨慈北磵簡和尚》，並非懷海所作，故錢謙益所載誤。《石倉歷代詩選》卷三百六十六錄「釋懷海」詩四首，分別是《遊東山》詩云：「雨餘徐步碧苔新，老樹雲封認不真。莫道東山大寥廓，年年不盡廣陵春。」《煉丹臺》詩云：「白石蒼苔路不分，頹霞紫霧晝氤氳。

爐中煙火渾無氣，都入蓬萊一片雲。」《磨劍石》詩云：「江頭片石星霜老，古昔曾經礪太阿。可惜英雄收不得，年年風雨倩人磨。」《仙女洞》詩云：「地骨鑿開雲屋冷，阿姑曾此絕風塵。自從月下鞭鸞去，瑤草空餘洞口春。」明代應有懷海者，大概是在明中期。

　　普泰。《明史藝文志》載「普泰《野菴詩集》三卷」，《千頃堂書目》卷二十八云：「普泰《野菴詩集》三卷。字魯山，陝西人，住京師興隆寺，楊循吉喜其『鳥棲匠氏難求木，僧住樵夫不到山』句，為定其集，王鏊為序。」《御選明詩》、《明詩綜》卷九十一載普泰生平事蹟相同，言其著述皆云「有《樓閒集》」。《明詩綜》引何仲默語云：「魯山曠懷磊落，善談世務，不獨能演其教，其詩亦皆自得。」引《靜志居詩話》云：「魯山初見賞於楊君謙，復見稱於李獻吉，詩名籍甚，然卑卑無甚高調。」《列朝詩集》閏集卷二載云：「普泰，字魯山，號野菴，秦人。深禪觀，嗜儒學，嘗嘗溯淮涉江，讀書鍾山寺，授易鄖縣，宿留襄陽雲夢間。還京師，住西長安之興隆寺，題詩壁間云『鳥棲匠氏難求木，僧住樵夫不到山』，楊君謙異而訪之，一見連日夜語不去。沈石田為畫《楊君謙僧普泰談玄圖》，山水為石田畫中第一。《魯山詩集》，君謙選定，王濟之為序。」文中「山水為石田畫中第一」語，出自明顧清《沈石田畫楊君謙僧普泰雪夜談玄圖》詩，云：「石田山水此第一，儀曹魯山跡亦氣。月明滿天雪在地，聽取兩翁無語時。」〔註41〕詩中描寫楊循吉與普泰二人雪夜談禪談詩之景狀，二人談玄談詩被作成畫，顯見二人在當時之影響。上述所載《野菴詩集》《樓閒集》《魯山詩集》三種普泰的著述，可能是三個不同的集子，也有可能是同一集子的三種不同刊本。

　　文湛。《千頃堂書目》卷二十八載云：「文湛《蘆葦亭稿》。字秋江，海鹽天寧寺僧。」《明詩綜》卷九十一載同，《列朝詩集》閏集卷二云：「文湛字秋江，海鹽天寧寺僧，族姓顧。有《江海群英集》行世。」《御選明詩》載同，《檇李詩繫》卷三十一「秋江禪師文湛」云：「文湛，字秋江，成弘間海鹽天寧寺僧。嘗與海內高衲倡和，有《蘆葦亭稿》《紀遊詩》《江海群英集》。」《江海群英集》應為輯錄之作，《蘆葦亭稿》《紀遊詩》應為其詩文集，《明詩綜》引《靜志居詩話》評論云：「秋江詩亦清徹，可云『筆非秋而垂露』，嘗輯《江海群英集》行世者也。」

　　永瑛。《千頃堂書目》卷二十八載云：「永瑛《石林集》一卷。字含章，海

〔註41〕顧清：《東江家藏集》卷九，《四庫全書》本。

鹽天寧寺僧。」《御選明詩》載同,《列朝詩集》閏集卷二載亦同,但云「有集一卷」而不雲集名。《檇李詩繫》卷三十一「石林子永瑛」云:「永瑛,字含章,號石林子,海鹽人。祝髮永祚寺,與十老結社,往來石林,係雪江派,澄懷物外,意致閒遠。禪寂之暇,抱杖林泉,下筆成詠,嘗曰『詩,理性情已矣,使鉤深徵僻以示工,如我性何』,故不尚雕飾,天真爛然,董兩湖謂其詩宗靈一、皎然,笑而不答。法孫戒襄刻其遺稿,僅存十之一二,曰《石林外集》。」永瑛喜與文人士大夫結社,即《檇李詩繫》云「與十老結社」,其部分詩作亦保存於《小瀛洲社詩》中,《小瀛洲社詩》六卷提要云:「明錢孺谷、鍾祖述同編。嘉靖中,襄陽府知府徐咸致仕,歸海鹽,築園城闉,名小瀛洲。招同邑布衣朱樸思、南府知府錢琦、福建布政使吳昂、布衣陳鑑、海寧指揮使劉銳、濟南府知府鍾梁、龍巖縣知縣陳瀛、僧永瑛,並咸兄光澤縣知縣泰,共十人為社會,飲酒賦詩,陳詢為繪圖,而咸自作記。崇禎已卯,琦孫孺谷、梁孫祖述輯十人之詩為此集,孺谷又各為小傳列於首卷。」〔註 42〕《明詩綜》卷九十一述其生平與上述諸書同,引冬溪方澤之語評其作品云:「石林禪餘,景與意會,朗吟自若,其詩意到詞發,類多率爾,而幽沖暇豫,自足陶寫。蓋適其適,而不適人之適者。」

　　戒襄。戒襄乃永瑛法孫,編刻永瑛《石林外集》。戒襄的著述,《千頃堂書目》卷二十八載云:「戒襄《禪餘集》。字子成,號平野,海鹽天寧寺僧。」《御選明詩》云:「戒襄,字子成,海鹽天寧寺僧。有《禪餘集》。」《列朝詩集》閏集卷二云「石林瑛公之法孫」,《檇李詩繫》卷三十二「戒襄上人」云:「戒襄,字子成,號平野。海鹽天寧寺僧,石林之法嗣,體魁碩如布袋和尚。幼事文衡山,又與張靖之、許雲邨、陳勾溪、朱西邨遊,吟道不在雪江冬溪下,能書兼善蘭竹,畫山水亦斐亹,不輕為人作。有《禪餘集》,沈嘉則序之。」《明詩綜》卷九十二載與《御選明詩》同,唯載其著述云「有《平野集》」,《浙江通志》卷二百五十一載:「《平野集》二卷,《海鹽縣圖經》『釋戒襄著,姓李氏,住天寧寺』。」。

　　宗林。《明史藝文志》載「宗林《香山夢寐集》一卷」,《千頃堂書目》卷二十八云:「宗林《香山夢寐集》。字大章,餘姚宗氏子。嘉靖間為戒壇宗師,世宗奉道宗林上書勸諭,帝不以為忤。」《御選明詩》云:「宗林,字太章,餘姚宋氏子。棲隱於杭州之安隱淨慈間,嘉靖初詔選演法萬壽成壇。有《香山夢

寢集》。」《列朝詩集》閏集卷二云：「宗林，字太章，餘姚宋氏子。年二十出家受具，棲隱於杭之靈隱、淨慈間。嘉靖初遊都下，屏跡香山，開萬壽戒壇。詔選宗師為十座，首說演毘尼，多所利益。世宗皇帝奉玄，上書規勸，請弘護大法，上不以為忤。臨終，有辭三寶、辭世詩，題曰《浮生夢幻篇》《香山夢寢集》，傳於世。武廟初，朝士有以郎官致仕者，朽菴取淵明《歸去來兮辭》為題，賦《樂歸田園十詠》送別。字畫瘦勁，前有圓似戴進筆法。」由此知宗林號朽菴。錢謙益最後還敘記得宗林集之因緣，云：「崇禎初，余被放南還燕中，故人遺此冊贈別，余有感而和之。今年，以詩冊贈道開扁公，藏幸於虎丘精舍。」《浙江通志》卷二百五十一載：「《香山夢寢集》，《錢塘縣志》『釋宗林著，字太章，隱安隱』，《列朝詩集》『餘姚宋氏子』。」

玄穆。《御選明詩》載云：「玄穆，淮陽僧。」

明顯。《御選明詩》載云：「明顯，俗名吳峰，祝髮歙縣定光院。有《破窗詩集》。」《列朝詩集》閏集卷二載云：「明顯俗名吳峰，祝髮歙縣定光院，自稱破窗和尚。海寧董山人來遊齊雲巖，投院見峰，一言深契，定方外交。山人歎曰『得見高僧，何必見名嶽也』，翻然而歸。後以養母辭院，所為詩往往不忘元境，王寅曰『破窗詩若已來親眼見，難去對人言，古來詩僧亦未有此』。」《元明事類鈔》引《破窗詩集》，「忘琴」條云：「明僧《破窗詩》：『對琴不見琴，忘琴聽琴響。坐久聽亦無，雲飛樹尖上。』」〔註43〕此處《破窗詩》極有可能就是明顯禪師的《破窗詩集》，從征引《琴詩》來看，明顯乃禪悟極深者，詩歌極具有思辨性。

果菴。僅存法號，無事蹟，《列朝詩集》閏集卷二、《御定歷代題畫詩類》卷六十一皆錄《題張果騎驢圖》詩云：「舉世多少人，無如這老漢。不是倒騎驢，凡事回頭看。」

古淵。《列朝詩集》閏集卷二載云：「古淵，字慧深，黃梅人。」《御選明詩》載同。明人王泝有《古淵房閒書和韻》詩云：「禪房碧樹深，坐久語幽禽。葉罅日穿透，林端雲過陰。筆新微蘸墨，書故少生蟫。僧有思鄉者，時時亦起吟。」〔註44〕寫出古淵愛吟詠之形象。

雪梅。《御選明詩》載云：「雪梅，吳人，住蘇州竹堂寺。」《列朝詩集》閏集卷二載：「雪梅，吳人。嘉靖中游金陵，蹤跡奇異，不拘戒律，日飲茗二

〔註43〕姚之駰輯：《元明事類鈔》卷二十七。
〔註44〕《御選明詩》卷五十二。

三十碗，間進酒肉。寓報恩寺與叢桂菴十餘年，每見法師談高座講經，便笑曰『亂說亂說』，間出一語辯駁，聞者汗下。工詩文，自序其詩，以寒山、拾得自況。專修淨土，講《四書》《周易》，皆有新理。論學好貶駁新建。後往蘇州竹塘寺住。僧臘八十餘，忽大言曰『某月某日某時，老僧示寂矣』。眾僧為釀銀治龕，將餘羨酒家，至期僧俗云集，雪梅詰之曰『你們布施不過三分五分銀子，要算功德便來逼迫老僧姓名，尚早尚早』，眾皆廢然散去。越數日，端坐龕中，令小行者呼曰『老雪梅老雪梅，今日不歸何日歸』，雪梅自應曰『今日歸矣』。少頃，鼻柱下垂而化。」

　　法聚。《千頃堂書目》卷二十八載云：「法聚《玉芝內外集》《龍南漫稿》。號玉芝，嘉興人，始居海鹽資聖寺，後隱武康天池山。嘗觀王守仁《傳習錄》，謂與禪理無殊，因以偈相叩答，陸樹聲序其詩。」《御選明詩》載云：「法聚，號玉芝，姓富氏，嘉興人。居海鹽資聖寺，後隱武康天池山。有《玉芝內外集》。」《明詩綜》卷九十二、《浙江通志》卷二百五十一載同，《檇李詩繫》卷三十二「玉芝和尚法聚」云：「法聚，號月泉，嘉興人。出家海鹽資聖寺，嘉靖間嘗結菴澂湖荊山芝產座下，人稱玉芝和尚。後居武康天池，示寂。聚初投偈於王陽明，陽明有《答人問良知》詩，即聚也。晚參夢居禪師得悟，與王畿、蔡汝楠、唐樞、董澐諸公共證儒釋大同之旨，焦弱侯稱其透脫為不可得。有《龍南漫稿》。」《列朝詩集》閏集卷二載云：「法聚，號玉芝，姓富氏，嘉興人。年十四出家海鹽資聖寺，好為韻語，忽自謂曰『出家兒當為生死，嗜此何益』，遂誓志參學，多所諮扣。觀陽明《傳習錄》，謂『與禪理不殊』，乃以偈趨扣，陽明以偈答之。一日，大眾中，明出袖中鎖匙，問曰『見麼』，曰『見』；還納袖中，復問『見麼』，曰『見』，明曰『恐汝未徹在』。西還，結廬於南海澂湖之悟空山中。聞金陵碧峰夢居之名，荷笠往參，問『董兩湖《頌碧峰寺》裏有如來，莫便是和尚否』，居云『上座還見麼』，曰『縱見得，也是金屑落眼』，居曰『這死漢死去多少時，汝來為他乞命』，轉身回方丈。一日，問「如何不落人圈繢」，居打一掌去，云『是落也，是不落也』，公即禮拜，覺從前所蘊泮然冰釋。居入滅，徙居武康天池，與王龍溪、心齋、徐天池諸公發明心地，會通儒釋之旨。嘉靖癸亥五月示寂，壽七十有二。有《玉芝內外集》，羅近溪、陸平泉為序，新安王寅選其詩二百首。」錢謙益所云「新安王寅選其詩二百首」，是指明人王寅編選《新都秀運集》，是錢謙益編選《列朝詩集》的重要來源。

　　方澤。《明史藝文志》載云「方澤《冬溪內外集》八卷」，《欽定續文獻通考》卷一百九十四云：「釋方澤《冬溪集》二卷。方澤字雲望，號冬溪，嘉善人，嘉靖中住秀水精嚴寺。」《千頃堂書目》卷二十八載云：「方澤《冬溪內外集》八卷。字雲卿，嘉善人，秀水精嚴寺僧。」《御選明詩》但云「有《冬溪內外集》」，《檇李詩繫》卷三十二「冬溪道人方澤」云：「方澤，字雲望，後稱冬溪，號無參，嘉善人。嘉靖間住秀水精嚴寺，嗣法濟法舟。生稟異質，日誦萬言，詩偈文章下筆無礙，一時如唐荊川、張王屋、方棠陵、徐子與王敬美、彭沖溪、陸五臺輩皆敬事之。有《華嚴要略內外集》。」《明詩綜》卷九十二載與《御選明詩》同，引彭子殷語評論云：「嘉靖開士以善詩鳴者三人，谷泉福、玉芝聚、西洲念，冬溪子與之倡和，古體上仿漢魏，而律一以初盛唐為準，晚乃旁溢，稍及於錢劉皇甫諸家。然力以繩墨自維，語涉織險輒擯去之，猶法吏之慎守三尺，嗜古者不以瓦缶雜鼎彝也。」又引《靜志居詩話》評論云：「冬溪詩格清純，不雜偈語，宜為唐應德，方思道，屠文升所稱。」《列朝詩集》閏集卷二云：「方澤字雲望，後稱冬溪，號無參，族姓任，嘉善人。入精嚴寺剃髮，嗣法於濟法舟，戒學俱高。性穎拔，日誦萬餘言，詩偈文字，下筆無礙，一時名士若唐荊川、張王屋、方棠陵、陸五臺皆敬之。有《華嚴要略》二卷、《內外集》八卷。」

　　祖福。《御選明詩》載云：「祖福，號谷泉，秀水龍淵寺僧，後居無錫九龍山。」《明詩綜》卷九十二載同，《檇李詩繫》卷三十一「九龍長老祖福」云：「祖福，號谷泉，正嘉間秀水三塔寺僧，後隱毘陵九龍山。」

　　正念。《御選明詩》載云：「正念，號西洲，秀水龍淵寺僧。」《明詩綜》卷九十二載同，《列朝詩集》閏集卷二云：「正念，字西洲，出家嘉禾龍洲寺，曾以詩中式，領袖天下禪林。有集不傳。」《檇李詩繫》卷三十二「左街講師正念」云：「正念，字西洲，秀水三塔寺僧，世宗朝以詩中式，拜僧錄左街講師。」

　　明曠。《千頃堂書目》卷二十八載云：「明曠《小品齋詩略》二卷，《紺園集》。字公朗，崇德人，崇福寺僧。」《御選明詩》云：「明曠，字公朗，崇德人，住西林寺。」《列朝詩集》閏集卷二云：「明曠字公朗，語溪人。入西林寺剃髮，風神秀雅，為沈嘉則所重，惜其早世。」《檇李詩繫》卷三十二「紺園詩老明曠」云：「明曠，字公朗，隆萬間崇德崇福寺僧。蚤見知於沈嘉則、黃貞父諸公，四方作者過御兒，必與遊善。病，築寶函樓，居其上，西南可望皋

亭諸山。同邑郭舜舉輩結社曳山，招之賦詩，著有《紺園集》。沈嘗有詩寄之，云：『憶汝從遊日，追予尚盛年。傳心招秀句，授法準佳篇。舊蔔齋香篆，御兒溪水船。追隨宋居士（初暘），吟詠謝丸仙（道化）。風日朋儕合，騷壇爾我偏。名園友芳勝，畫筆許舟傳（士載）。大運蒼茫裏，飛埃桑海前。一從鼃令去（呂文心），遂斷虎溪緣。夢接真關想，書來詎偶然。新詩三過讀，白雪五成弦。頓悟知禪理，明心見道筌。從茲超上乘，笑殺辟支禪。』」《浙江通志》卷二百五十一載：「《小品齋詩略》二卷，《萬曆崇德縣志》『釋明曠著，字公朗，崇福寺僧』。按，《檇李詩繫》（載）有《紺園集》。」

果斌。《千頃堂書目》卷二十八載云：「果斌《半峰集》。號半峰，嘉靖初住持天界寺。」《御選明詩》載同，云「有集」，《列朝詩集》閏集卷二云：「果斌字半峰，嘉靖初住南京天界寺，顧華玉《與陳魯南東》云『今春屏居墓田，前通古道，可步尋諸寺，有福全、古曇、果斌諸僧，談禪和詩，皆有能事。』」

明周。《御選明詩》載云：「明周，號懶雲，潞安人，主法住寺。」《明詩綜》卷九十二載同，《列朝詩集》閏集卷二又云「《除夕》詩為謝茂秦所稱」。

鎮澄。《御選明詩》載云：「鎮澄，字空印，順天西山人。」《列朝詩集》閏集卷二載云：「鎮澄，字空印，號月川，燕之西山人。」《千頃堂書目》卷十六著錄「釋鎮澄《楞嚴正觀疏》十卷」，不錄其詩文著述，《御選明詩》等皆收錄《不二樓》詩一首。

守節。《千頃堂書目》卷二十八載云：「守節《東林遺稿》。號虛堂，嘉善人，雪江之嗣孫。」《檇李詩繫》卷三十二載云：「守節號虛堂，雪江之嗣孫，與仇博士董漢陽唱和，有《東林遺稿》。」

圓理。《千頃堂書目》卷二十八載云：「圓理《雲東漫稿》二卷。號雲東，秀水天寧寺僧。」《檇李詩繫》卷三十二載云：「圓理，字雲東，秀水天寧寺僧。有《漫稿》二卷。」《御選明詩》與《明詩綜》卷九十二載同，云「圓理，號雲東，嘉興人，出家天寧寺。」《御選明詩》云「有集」，《明詩綜》云「有《雲東集》」，《雲東集》《雲東漫稿》可能為同一書。

宗倫。《千頃堂書目》卷二十八載云：「宗倫《覺隱遺風集》。字性彝，芝溪人。」《御選明詩》云：「宗倫，字性彝，芝溪人。有《覺隱遺風集》。」《明詩綜》卷九十二載同。

普仁。《千頃堂書目》卷二十八載云：「普仁《山居詩》。字德隱，蘭溪人。」《浙江通志》卷二百五十一載：「《山居詩》一百首，《淨慈寺志》：『釋普仁著，

字德隱，蘭溪人。』」

　　梅雪。《千頃堂書目》卷二十八載云：「梅雪《幻寄集》《山居倡和集》《缶音集》。錢塘僧。」《浙江通志》卷二百五十一著錄云「《幻寄集》，又《和永明詩》，萬曆錢塘縣志釋梅雪著」，卷二百五十一又云「《朝野廣歌》，又《山居倡和集》，又《缶音集》，上天竺志釋永顧著，字本源，鄞人」。《武林梵剎志》載《仙林寺》一文，敘梅雪生平事蹟，云：「大明師號雪庭，一號梅雪，鄞人，杭仁和籍。父姓桂，名徵，母徐氏，昆仲三人，師最少。以景泰丙子生，毀齒喪父，患痘風，因得目疾，數求出家。十五，尋師唯邪解，成化癸巳參休休翁於郡城仙林寺，一見契合，受無字公案。十七祝髮，日夜研究，滯沉寂之境，座元某勉使看教，因閱《楞嚴》，至『一毫端上現寶上剎』有疑，後在江陰乾明寺，忽睹萬佛閣金碧崢嶸，於眉宇間偶會得毫端現剎之句。弘治改元除夕，聞鐘聲，數年行履忽爾活脫，信口偈云：『圓響心非聞，大千同一照，抹過上頭關，更不存玄妙。』乙卯，又隨休休翁於淨慈寺，乃蒙印可。所著有《請益警進》《拈古》《頌古》《擬寒山和永明詩偈》等凡二十卷，號《幻寄集》行世。」〔註45〕梅雪之著述應該是《幻寄集》《和永明詩》，《山居倡和集》《缶音集》可能並非是梅雪著述，而是如《浙江通志》所載為釋永顧著。

　　德榮。《御選明詩》云「德榮，天台僧」，《明詩綜》卷九十二載同，收錄《題國清寺》詩一首。

　　德清。關於德清的文獻非常多，著述亦較多，關於其生平事蹟、著述梳辨及各方面的研究已經有非常多的成果，本處不作詳細說明，亦同樣摘取上述典籍的著錄予以簡要說明。《明史藝文志》載云「德清《憨山夢遊集》四十卷」，《千頃堂書目》卷二十八載云：「德清《憨山夢遊集》四十卷。字澄印，全椒人，出家南京報恩寺，尋入五臺樓牢山。慈聖太后建祈儲道場於五臺，命清主之；後居牢山，與黃冠相告，坐戌雷陽，神宗崩始放歸，卒於曹溪。」《御選明詩》載云：「德清，字澄印，全椒蔡氏子。出家應天報恩寺，尋入五臺樓牢山，坐事戌雷陽，終於曹溪。有《憨山夢遊》《東遊》諸集。」《明詩綜》卷九十二載同。《列朝詩集》閏集卷三對德清生平做了比較詳細的敘述，云：「德清字澄印，全椒人，俗姓蔡氏。年十二辭親入報恩寺，與雪浪恩並事無極法師，內江趙文肅公摩其頂，曰『他日人天師也』。師以江南習氣軟暖，宜入春冰夏雪苦寒不可耐之地，以痛自磨厲。飄然北邁，參遍融、笑巖二老，偕妙峰登公

〔註45〕吳之鯨：《武林梵剎志》卷十一。

棲北臺之龍門，老屋數椽，在萬山冰雪中，日尋緣溪橫矴，危坐其上。忽然忘身，眾籟閴寂，身心湛然，如大圓鏡。大事既徹，光明四照。慈聖後建祈儲道場於五臺，師與妙峰實主其事。光宗應期降誕，師乃棲東海之牢山，慈聖遣使再徵，不能致，布金造寺，賜額曰海印。居十三年，而黃冠之難作，飛章逮繫，拷掠備至。按，慈聖前後所賜帑金以數十萬計。師從容仰對，謂當體聖孝，存國體，且振饑三千金，有內府薄籍可考，乃坐私造私造寺院，戍雷陽。以丙申二月抵戍所。癘饑三年，白骨蔽野，如尸屍陀林中，遂成《楞伽筆記》。赭衣見大師執戟轅門，效大慧冠巾說法。乃構丈室於行間，時與諸來弟子作夢幻佛事，乃以金鼓為鍾磬，以旗幟為幡幢，以刁斗為缽盂，以長戈為錫杖，以三軍為法侶，以行伍為清規，以吶喊為潮音，以參謁為禮拜，以諸魔為眷屬，居然一大道場也。居五年，住錫曹溪，大鑒之道勃然中興。甲寅，慈聖賓天詔至，乃慟哭披剃返初服，於是東遊吳越，赴紫柏之葬於雙徑，弔蓮池於雲棲，結菴廬山五乳峰下，效遠公六時刻漏，專修淨業。居四年，復往曹溪，示微疾，沐浴焚香，集眾告別，危坐而逝，天啟三年之十月也。師化之次年，弟子居廬山者，奉全身歸五乳塔而藏焉；亡何，以地之不墨食，謀改葬弗果。粵人官南康者，復奉其龕歸曹溪，將茶毗啟視之，膚理柔軟，鬚髮鬱然，乃加髹漆於六祖真身之側，去五乳葬時又二十餘年矣。師長身魁碩，氣宇堂堂，所至及物利生，機用善巧，如日晅雨潤加被而人不知。稅礦之使，所至如毒龍乳虎，師以佛法攝受，莫不心折，首俯作禮而去，所全活兩粵生靈不可算數。詔獄之詞，引辯得體，上全兩宮慈孝，人始知師於牢戶瘴鄉，皆能現身說法，陰翊王度，非虛語也。師之東遊也，得余而喜曰『法門刹竿不憂倒卻矣』。燈炧月落，晤言覶覶，所以付囑者甚至。衰老無聞，偷生視息，錄師之詩而略記其行履，不自知清淚之沾漬也。師少與雪浪留心詞翰，晚而伸紙信筆，都無思議，一一從光明藏中流出。世諦文字固不足為，師有雪泥鴻爪，亦略識其應跡云爾。」〔註46〕

　　大香唵囈，又作唵囈。吳鼎芳出家後的法號，《千頃堂書目》卷二十六云：「吳鼎芳《披襟倡和集》。字凝父，吳縣人，後為僧，名大香，字唵囈。居烏程之霞幕山，與范汭交。」《披襟倡和集》即吳鼎芳與范汭二人唱和之集，《千頃堂書目》卷三十一云「范汭、吳鼎芳《披襟倡和集》」。《御選歷代詩餘》載云：「吳鼎芳字凝父，世居吳之西洞庭，與烏程范汭有《披襟倡和集》，後薙染

為僧，號唵囕。」〔註47〕《明詩綜》卷六十五載同，援引錢謙益語云：「凝父與葛震父稱詩於兩洞庭，皆能拔出俗調。震父晚自信不篤，頗折人於鍾譚，而凝父蕭閒簡遠，迴出塵埃之外。」又援引韓子蘧評語云：「東生苔產而僑寓吳門，凝父吳人而棲禪苔上，東生好浮大白，高談雄辯，凝父豐神蘊藉，恬淡寡言，其蹤跡雖殊，而論詩相若。」〔註48〕大香工於詩，《禪門遺書》收錄明崇禎間德清夏元彬刊、清順治己亥（1659）修補本《雲外錄》十八卷，前有德清弟子陳元塈撰《聖日唵囕香禪師傳》，云：「唵囕師者，吳人也，名大香，俗姓吳，家於洞庭。少時好讀書，博及群籍，善屬文，尤工於詩。」傳後引大香自作像贊，云：「論曰：金山僧古釋語余，師嘗自為像贊，云：『真而非真，假而非假。若不是驢，即還是馬。一生數奇，歷劫命寡。畢竟如何，之乎者也。』嗟乎，行履之若師甚稀有哉。師博通內外典，詩歌有皎然、貫休之風。然此特寄跡耳，若其振鐸啟瞶，破塵出經，教網高張，歸無所有，余固不得而測之矣。」〔註49〕大香著有《溈山警策注》，作該書自敘云：「夫人之墮地也，固若是芒乎，固亦有不芒者乎。無明以致生，貪欲以致老，瞋恚以致病，愚癡以致死，受其委形，無忘待盡，出而為僧，無違所以。由修照性，由性發修，在性則全修成性，在修則全性成修。然而上根利智，披沙得寶，中下之流，算沙相似。經云：『若比丘雖持禁戒，為利養故，與破戒者用為親附，同其世業，是名雜僧。或在阿蘭若處，懵懜暗鈍，不欲乞食，見非眷屬，不能教詔，名愚癡僧。』又云：『本性清淨，不為百千億數諸魔之所沮壞，能調如上二部，悉令安住無為勝域，是為護法無上導師。』歷覽往古，大溈大圓大師非其人歟。無論鏡智為宗，應緣為用，名振兩山，道傳千古，即《警策》一文，末尼五色，緇白共利，大小咸收。偏重律儀。篤修玄道。（不肖）屢為敷陳。重因箋釋。欲令大地有情。知世如夢。了法無生。共揚百丈家風。深得寒灰少火。古路斷碑。文生慧焰。山前水牯。信步騎歸。雖曰暫時岐路。是謂不芒者也。」〔註50〕從敘中對溈山的讚揚，亦能瞭解大香的禪學觀念。

　　洪恩。《明史藝文志》載云「弘恩《雪浪齋詩集》二卷」，《欽定續文獻通考》卷一百九十四載云：「釋洪恩《雪浪集》二卷。洪恩字三懷，上元人，萬曆中住長干寺，嘗說法雪浪山中。」《千頃堂書目》卷二十八著錄云「洪恩《雪

〔註47〕《御選歷代詩餘》卷一百十，《四庫全書》本。
〔註48〕朱彝尊：《明詩綜》卷六十五，第3265～3266頁。
〔註49〕大香：《雲外錄》卷首，載《禪門遺書》第八冊，第1～2頁。
〔註50〕大香：《溈山警策注》卷首，《續藏經》第65冊，第468頁。

浪齋集》二卷。字三懷，上元人，居長干寺。」《御選明詩》載云：「洪恩，字三懷，上元黃氏子。居長干寺，晚年開接待於吳之望亭。有《雪浪集》。」《明詩綜》卷九十二載同，《列朝詩集》閏集卷三云：「法師名洪恩，金陵黃氏子。年十二出家長干寺，剪髮於玄奘塔前。長於憨山大師一歲，比肩為沙彌，無著天親如也（本句疑衍），事無極法師，般若內薰，夙習頓現。讀內外典，利如奔馬，不勞問辨而堂奧歷然，以無師智得大辯才。憨大師北遊，遂以弘法為己任，日據華座，講演諸經，盡掃訓故，單提本文，拈示言外之旨，恒教學人以理為入法之門。說法三十年，如摩尼圓照，一雨普沾，賢首一宗為得法弟得繼席者以百計，秉法而轉教者以千計，南北法席之盛，近代所未有也。公高額廣顴，肌理如玉，具大人相，所至親施雲委，不推不戀。博通經史，攻習翰墨，登山臨水，聽歌度曲。隨順世緣，了無迎距，團焦內照，炯然自如。晚年開接待院於吳之望亭，日則隨眾作務，夜則篝燈說法。以勞苦示微疾，沐浴端坐，說偈而逝。歸葬於雪浪山，余為補撰塔銘。公年十八，佛法淹通，乃留心義學，聽極師演《華嚴》，大疏五地聖人於後，得智中起世俗念，學世間技藝，涉俗利生。嘗言『不讀萬卷書，不知佛法』，博綜外典，旁及唐詩晉字，帷燈畫被，日夜不置。丹黃紛披，几案盡黑。萬曆中，江南開士，多博通詩翰者，亦公與憨大師為導師也。江夏郭文毅公為南祭酒，僧徒譖公於郭公，偽為公批抹郭公詩集，衒袖以示之。郭公大怒逐公，僅而得免。先是，憨大師在長安，郭公以詩就正，大師信筆評定，多所是正，郭公心弗善也。已而，聞雪浪嗤點之語，頓足曰『何物二老禿，皆有意揶揄我』，其怒益不可解。憨公為余言如此。」

真可。《明史藝文志》載云「真可《紫柏老人集》十五卷」，《千頃堂書目》卷二十八云：「真可《紫柏老人集》十五卷。字達觀，吳江人。萬曆中住石徑山，慈聖太后賜以紫衣，後坐妖書事，死於獄。」《御選明詩》載云：「真可，字達觀，吳江人，族姓沈氏，世號紫柏大師。有《茹退集》。」《明詩綜》卷九十二載同，《攜李詩繫》卷三十二「紫柏大師真可」云：「真可，字達觀，號紫柏，俗出吳江沈氏。嘗居嘉善荒墩。五歲不語，有異僧過其門，摩頂謂曰『此兒出家當為人天師』，言訖不見，遂能言。兒時志氣雄放，不可羈勒，年十七仗劍遊塞上。至蘇州，遇雨宿虎丘，聞僧夜誦八十八佛名，心大悅，即薙髮。嘗過匡山，窮相宗奧義，遊五臺，至京師，參遍融、笑巖諸老，發明大事。還住嘉善景德寺，掩關三年。郡城楞嚴寺久為勢豪割其半，志欲復之。萬曆壬辰至京，於石經山得佛舍利玉函，聞於慈聖太后，賜紫伽黎，迎供，因奏請興復

楞嚴。又刻藏經於徑山，復戒壇於檀柘由峨眉，下瞿塘，過荊襄，登太和，憩匡廬，復歸宗古寺。後聞憨山師以弘法被難，遠戍雷陽，歎曰『法門無人矣』。南康太守吳寶秀以礦稅被逮，其妻投繯死，歎曰：『閹人橫行至此，世道不可為矣』，乃決笈入都，曰：『海印不歸，我為法一大負；礦稅不止，我救世一大負；傳燈錄不續，我慧命一大負。捨此一具貧骨，釋此三負，不復走王舍城矣。』及妖書獄起，逮入詔獄，執政意在鉤黨，欲牽連殺之。被笞血肉狼籍，索浴說偈，堅坐而逝。」《列朝詩集》閏集卷三載真可生平事蹟頗詳，篇幅較長，主要內容已在《檇李詩繫》的敘述之中，故不再抄錄於此。

笑巖。《樂邦詩選》載錄笑巖淨土詩多首，《釋氏稽古略續集》載云「笑巖禪師，金臺世族也，父吳門，母丁氏。弱冠出家，禮大寂能和尚為師，後遍參知識，修進開悟。後隱京師柳巷，罕接見人，雲棲大師詣京師，叩謁請法，深相契會，密傳心要雲。有《笑巖集》四卷行世。」《佛說阿彌陀經要解便蒙鈔》卷上載蓮池參笑巖事云：「雲棲者，杭州之山名，蓮池大師道場也。師名袾宏，字佛慧，杭之仁和人，俗姓沈。三十一歲出家，參拈花遍融、笑巖寶祖，有省。」〔註51〕

袾宏。《千頃堂書目》卷二十八云：「袾宏《竹窗隨筆》一卷《二筆》一卷《三筆》一卷，《山房雜錄》一卷，《雜錄補》一卷。字佛慧，別號蓮池，仁和人，住雲樓。」《浙江通志》卷二百五十一載：「《山堂漫稿》，《淨慈寺志》：『釋袾宏著，字佛慧，仁和沈氏子。』」《列朝詩集》閏集卷三云：「師諱袾宏，字佛慧，別號蓮池，俗姓沈氏。年十七為諸生，三十二歲辭家祝髮，遍參諸方，煉魔於伏牛，參遍融、笑巖於京師，皆有開發。過東昌有悟，作偈曰：『二十年前事可疑，三千里外遇何奇。焚香擲戟渾如夢，魔佛空爭是與非。』初發足參訪，從參究念佛得力，至是乃歸，並淨土一門，普攝三根，乞食梵村，見雲棲山水幽寂，遂有終焉之志。結茅三楹，絕糧七日，倚壁危坐而已。環山多虎患，師發悲懇，諷經施食，虎遂遠徙。歲大旱，擊木魚循田念佛，雨隨足跡而注。居民德之，遂成蘭若，道風大扇，四眾歡集，首倡毗尼以立基本。單提念佛，以攝禪淨，人稱雲棲。布薩精嚴，傑出諸方，念佛專勤，遠追蓮社，而不知其砥狂禪擴末法，深心密慮，人固未易測也。住山三十餘年，以乙卯七月別眾示寂。臨行張目云『老實念佛，勿捏怪勿壞我規矩』，詳細念佛而逝。全身塔於五雲山之麓，夏八十有一。憨山大師銘其塔曰『師以平等大悲攝化一時，

非佛言不言，非佛行不行，非佛事不作』。佛囑末世護持正法者，依四安樂行，師實以之。先儒稱寂音為僧中班馬，予謂師為法門之周孔也。師所著述多發揮戒淨法門，不事詞藻，止錄其詩一首。」可能是由於如錢謙益所說，祩宏的著述「多發揮戒淨法門，不事詞藻」，故《御選明詩》《明詩綜》等皆不收錄其作品。

通岸。《千頃堂書目》卷二十八載云：「通岸《棲雲菴集》。字覺道，南海人，居光孝寺。」《御選明詩》云：「通岸，字覺道，南海人，居光孝寺。有《棲雲菴集》。」《明詩綜》卷九十二載同。

法生。《御選明詩》云：「法生，字化儀，崇德人。少林寺僧，後居徑山。」《明詩綜》卷九十二載同，《檇李詩繫》卷三十一「法生」云：「字化儀，崇德人。嘉隆間薙染於雙徑，二十年不下山，嘗遊嵩山少林，研窮宗旨，與達大師契合。後達師歸葬徑山，以詩弔焉，有『昔年曾共業，今已各分行』之句。」

傳慧。《明史藝文志》載云「傳慧《浮幻齋詩》三卷《流雲集》二卷」，《千頃堂書目》卷二十八載云：「傳慧《浮幻齋詩草》三卷，《流雲集》二卷。字朗初，四明人。」《御選明詩》云：「傳慧，字朗初，寧波人，居五井山延慶寺。」

智觀。《千頃堂書目》卷二十八載云：「智觀《中峰草》。字止先，號蔚然，江都僧■〔雪〕浪弟子，居吳興雙髻峰。」同卷又載云：「智觀《中峰草》。字止先，一字蔚然，江都人。」顯然是重覆載錄，《明詩綜》卷九十二載同。《御選明詩》云：「智觀，字止先，江都僧，居吳興雙髻峰。有《中峰稿》。」詩文作品被編輯為《三僧詩》三卷，本書提要云：「三僧均不著其名，一曰《二楞詩稿》，一曰《高松詩稿》，一曰《中峰詩稿》。考《千頃堂書目》有智觀《中峰草》，注曰：『字止先，號蔚然，江都僧雪浪弟子，居吳興雙髻峰。』其二僧則未詳。然其《高松詩稿》中又附書啟數首，三僧均有酬倡之作，蓋同時人。中峰詩內有陳繼儒、湯賓尹、文震孟、姚希孟諸人，則皆當明季也。」〔註52〕《欽定續文獻通考》卷一百九十八著錄「《三僧詩》三卷」，與《四庫全書總目》載同。

大壑。《千頃堂書目》卷二十八載云：「大壑《吳詠》。字玄律，錢塘淨慈寺僧。」《御選明詩》云：「大壑，字玄津，杭州淨慈寺僧。有《吳詠》。」《明詩綜》卷九十二載同，《浙江通志》卷二百五十一云：「《吳詠》，《明詩綜》釋

〔註52〕《四庫全書總目》卷一百九十三。

大壑著，字符津，杭州淨慈寺僧，《澹生堂書目》又有《仙塔詩》一卷、《西湖三潭放生詩》一卷。」大壑撰有《淨慈寺志》十卷，《四庫全書總目》卷七十七提要云：「大壑字符津，杭州淨慈寺僧。案，淨慈寺在杭州城西南屏山，舊無志，大壑始創修之。其書分形勝、建置、法嗣、檀護、著述、僧制、靈異七門，自序稱『斷碣磨厓，冥搜必錄』，蓋二十載而始成，其用力亦勤矣。」〔註53〕

　　法杲。《明史藝文志》著錄云「法杲《雪山詩集》八卷」，《千頃堂書目》卷二十八著錄云：「法杲《雪山詩集》八卷。字雪山，吳人，居華藏寺，王穉登極稱其詩，集為僧一雨所輯。」《御選明詩》云：「法杲，字雪山，吳人，居華藏寺。有集。」清人胡文學編《甬上耆舊詩》中收錄商浩詩歌，詩前序中稱云：「適吾友明介禪師自吳中來，云曾於梵舍，值一僧出其橐中詩二冊，一為吳門釋法杲《雪山草》，一為甬上《噩夢堂集》，且曰『此法門二寶也，可識之』。」〔註54〕《列朝詩集》閏集卷三云：「法杲，字雪山，出家吳門之雲隱菴。以舞象之年修瑜珈法，及長悲悔，遂棄去，修出世法，與一雨潤公、巢松浸公同參雪浪大師於無錫之華藏寺。浪師法道烜赫，學人慕膻因熱，輒思炷香，為榮名利養之計，師與巢雨矢心執侍。金陵之華山、京口之焦山，江山高秀，雲水孤清，往來棲息歷十餘夏，相依如形影。憨老聞而歎曰『好學人吾兄一網打盡矣』。師深究大乘，高操獨行，見世衰法微深，自保護雪浪遷化。師亦繼之，而巢雨之法席始盛。讀師贈巢雨二章，知其為法門義虎，橫絕眾流者也。詩集八卷，為潤公所輯，王百穀極稱之。以詩言之，亦當為近代詩僧領袖，巢雨輩遠不逮也。」傳中部分內容，來自《一雨法師塔銘》。

　　慧浸。《御選明詩》云：「慧浸，字巢雲，蘇州雲隱菴僧，後住華山。」《古今圖書集成》神異典僧部引《蘇州府志》云：「慧浸，用里人。幼出家雲隱菴，二十詣雲棲受具戒，究心大乘，日背誦《華嚴》一帙。博通經論，嗣法雪浪，嘗演賢首教觀，人稱為巢元談。萬曆間，住華山，構講堂佛殿，緇素咸趨。後示寂貝葉齋。」《列朝詩集》閏集卷三云：「慧浸，字巢松。得度於吳門之雲隱菴。善講解，多著述，雪浪化後，於吳中次補說法，後示寂於華山。」慧浸主要住在山中，如《山居雜詠》詩云：「行到深深一翠微，人多畏虎閉山扉。我今最愛茲山住，虎跡多時人跡稀。」〔註55〕《古今禪藻集》卷二十三收錄兩首，

〔註53〕《四庫全書總目》卷七十七。
〔註54〕胡文學編：《甬上耆舊詩》卷一，《四庫全書》本。
〔註55〕《御定佩文齋詠物詩選》卷四百一，《四庫全書》本。

－131－

皆為山居詩，如其中《山中秋暮》云：「涼飆吹不歇，巖壑候深秋。道者心能足，孤雲跡自幽。水煙橫谷口，霜葉滿溪頭。只合蓮峰外，相期鹿豕遊。」

斯學。《千頃堂書目》卷二十八載：「斯學《幻華集》二卷。字悅友，號庾山，海鹽慈會寺僧，姚士粦為序。又有《曇華集》，錢懋谷為序刻。」《欽定續文獻通考》卷一百九十六載「釋斯學《幻華集》二卷。斯學，字悅支，號庾山，萬曆間海鹽慈會寺僧。」《御選明詩》云：「斯學，字悅友，海鹽慈會寺僧，後隱靈佑道林菴。有《幻華集》。」《檇李詩繫》卷三十二「幻華和尚斯學」云：「斯學，字悅支，號庾山，海鹽慈會寺僧。好行腳，南陟臺雁，北至岱嶽，與嘉則、少君、緯真、百穀諸公遊，築菴於靈佑。有《幻華集》，姚叔祥稱其『肆力三唐，句高前哲』，嘉則贈詩曰：『古寺雲林深復深，秦山秦水足高吟。行人問是何僧住，彷彿當年支道林。』」《明詩綜》卷九十二載與《御選明詩》同，不過稱「字悅支」，其字是「悅支」還是「悅友」似乎難以確定，不過稱「悅支」之處為多。《明詩綜》引《靜志居詩話》評論其創作云：「庾山詩格清圓，句如『薄衾寒入夢，細雨遠沉鐘』『白雲非舊主，黃葉自前朝』『客來黃葉雨，鬼嘯白楊風』『太原山繞中條近，小有天通上界寬』，均有幽致。《禪藻集》載某居士稱之曰『清冰勵操，栗玉明襟，韻似道林，不屑養馬，才憂無可，不愛除官』，可云賞譽之至。」《四庫全書總目》有《幻華集》二卷提要，云：「是集為萬曆丁酉，斯學歿後，屠隆裒其遺稿，與姚士粦同編。斯學天分絕高，故吐詞多自然秀拔，五言古體多用排偶，欲摹三謝而力所不逮，遂落中唐，《燕山述懷》其最也；七言古體，如《贈錢參軍詩》落落有氣，《敬亭山歌》即散漫頹唐。樂府如《任俠行》一篇，幾成笑具，更非所長。五言律詩篇什頗多，中間如『空林人打栗，深樹鳥驚蟬』『客來黃葉雨，鬼嘯白楊風』『山光詩句得，湖色酒杯開』之類，則多近四靈。如『薄衾寒入夢，深雨遠沉鐘』『一別春山淥，幾經秋葉黃』『海門生片月，江寺入殘陽』『一片孤峰影，青浮水面來』『風雨山中榻，兵戈海外村』『簷花飛片雨，庭草帶微霜』『碧雲深夕院，黃葉隱寒燈』『入門寒月出，掃石暝雲開』『掃榻分寒雨，然燈破暝煙』之類，則頗近九僧。其七言律詩及絕句，皆不能及，蓋所長在此體，然首首格意略同，又多沾染公安、竟陵習氣，故時有可採之句，而終不能自成一家也。」

智舷。《明史藝文志》載「智舷《黃山老人詩》六卷」，《千頃堂書目》卷二十八載云：「智舷《黃葉菴詩集》二卷、《黃山老人詩》六卷。字葦如，號秋潭，嘉靖人。居秀水金明寺，同郡譚梁生、休寧葉休時輩各梓其集。」《御選

明詩》云：「智舷，字葦如，秀水金明寺僧，嘉興梅溪人。有《黃葉菴詩集》。」《檇李詩繫》卷三十二「黃葉老僧智舷」云：「智艇，字葦如，號秋潭，嘉興梅溪人。居秀水金明寺，晚構黃葉菴於西郊，自稱黃葉老人。修竹百竿，手自拂拭，客至拾落葉煮茶，移時無寒暄語。工詩，擅行草，吳越士大夫慕謁者接踵。與沈純甫、吳少君、陳眉公、殷方叔交善，陳贈詩云：『人與寒雲淡，身如秋葉輕。非關住禪寂，兼欲遣詩名。』群稱為『僧中黃叔度』，行腳三十餘年，道價隆重，諸方禮為耆宿，而不說法領眾，不立侍者書記，詩名滿東南而無專集。日煨品字柴，支折腳鐺，咿唔黃葉堆中，發為詞章，實足邁今軼古。同郡譚梁生、休寧葉熙時輩各梓其稿，名《黃葉菴集》。」《列朝詩集》閏集卷三載智舷生平與《檇李詩繫》大略相同，《明詩綜》卷九十二引《靜志居詩話》論其寫作與著述云：「上人瓶錫舊地，在金明寺湖天海月樓東，有老梅橫窗，日吟詠其下。後移郊西之黃葉菴，村深水曲，物外蕭然，而以善行草書。造請滿戶限，上人亦不憚煩，有求者必應也。詩不存稿，好事者就長箋橫幅傳抄，輯為上下卷，刊行之。」智舷應該同時有《黃葉菴詩集》二卷、《黃山老人詩》六卷行世，《禪門遺書續編》收錄明刊本智舷《黃葉菴詩稿》二卷，原書殘缺而僅存一卷，前有陳繼儒《黃葉菴詩稿序》，云：「第師名自微而顯，客造請無虛日。然僅見師者膚耳，若其容與出沒如鷗戲春海，飛動險快如龍躍天門，即唐宋以來詩人之能言者，未之或先也。師究心生死，一切語言文字直作鸚鵡嬌秦吉，了無復置輕重胸懷間。而讀其詩，則居恒枯木寒灰之意隱隱見於筆端。昔人謂詩不在廊廟，不在山林，而在方外，信非虛語。」〔註56〕智舷並著有《茗箋》，敘茶及飲茶之法，《居常飲饌錄》一卷提要云：「國朝曹寅撰……是編以前代所傳飲膳之法彙成一編，一曰宋王灼《糖霜譜》，二、三曰宋東溪遯叟《粥品》及《粉面品》，四曰元倪瓚《泉史》，五曰元海濱逸叟《制脯鮓法》，六曰明王叔承《釀錄》，七曰明釋智舷《茗箋》，八九曰明灌畦老叟《蔬香譜》及《制蔬品法》。」〔註57〕

　　釋同六。《御定佩文齋書畫譜》卷四十四載云：「釋同六，黃葉老人親弟，禪戒精苦，臨《黃庭經》，足躋躋山陰堂奧。」《檇李詩繫》卷三十二云：「大居，字同六，秋潭之弟，以兄為師，住普善菴。喜模晉唐書法，亦工詩。」收錄《月》詩一首，云：「無心孤月似相知，一度開窗一度思。常是梅花枝上白，

〔註56〕智舷：《黃葉菴詩稿》卷首，載《禪門遺書續集》第三冊，第1～2頁。
〔註57〕《四庫全書總目》卷一百十六。

黃昏直到五更時。」知其亦為詩僧。

　　以貞。《御選明詩》云：「以貞，字純白，海鹽資聖寺僧。」《檇李詩繫》卷三十二載同。

　　法衡。《千頃堂書目》卷二十八載云：「法衡《竹西齋稿》。字秋巖，海鹽人，居天寧寺。」《御選明詩》姓名爵里八、《檇李詩繫》卷三十三、《浙江通志》卷二百五十一載同。

　　欽義。《御選明詩》載云：「欽義，字湛懷，金壇王氏子，應天報恩寺僧。」欽義與洪恩等交往較為密切，洪恩曾在詩題中記載云：「湛懷義公與腠鶴悅公遠尋卜地，緝席牛山，於今四載餘矣。義公以萬曆丙申夏日，不遠千里至自牛峰，相遇於長干舊寺，因期與結制雪浪山中。自秋及冬，晤言一室，上下十載，有遂生平，相得歡甚。偶言及長干社事，徵昔驗今，念死生異路，或南北分蹤，遇物興懷，不勝感慨。義公因作詩四章以紀其事，予從而和之以續貂。」〔註58〕《列朝詩集》閏集卷三云：「欽義，字湛懷，金壇王氏子。十歲出家金陵大報恩寺，二十遠遊名山，參訪耆宿，建黃曲社於堯山。久之，議與同社腠鶴復歸長干，不食，常住糧。新安汪仲嘉募金建一閣與居，遂不復出。禪寂之餘，遊戲筆墨，做《倪迂小景梅花》，得逃禪老人筆意。又善鑒別古器物，賢士大夫多喜從遊，因以率勸令入佛智。晚年為波旬所嬈敵，應視桁楊交臂、軍持漉囊如也。天啟末年元日，命僧徒具湯沐浴，跏趺端坐，日中時辭而逝。金陵周暉吉甫選其詩三十二首，附憨山、雪浪二老之後，曰《長干三僧詩》。」《江南通志》卷一百九十四云「《焚餘草》，金陵欽義湛懷」，此處記載可能是與圓映禪師《西林焚餘草》混淆。

　　通潤。《千頃堂書目》卷二十八載云：「通潤《秋水菴集》。字一雨，吳人，居常熟。」《御選明詩》云：「通潤，字一雨，吳僧。居常熟秋水菴，後居鐵山，移住華山，又移中峰。有《秋水菴集》。」《江蘇通志》卷四十四載「中峰禪院」云：「在支硎山寒泉上，本支公古剎也，不知廢於何年，地屬王氏。天啟中，鑒元孫永思施為講僧一雨通潤靜室。」《明詩綜》卷九十二載與《御選明詩》同，《列朝詩集》閏集卷三有傳，錢謙益又撰有《一雨法師塔銘》，詳述一雨之生平，云：「師名通潤，字一雨，姓鄭氏，蘇之西洞庭山人。兒時晝夜啼哭，抱入寺見佛，或出門見僧，即止。嬉戲大樹下，累磚成塔，指爪禮拜。稍長，辭家入長壽寺，去氏削髮，究心大乘經論，旁通義學。宵禮大士，額墳起不休。

〔註58〕《古今禪藻集》卷二十二。

寺長老源公，從雪浪大師講《楞嚴》於無錫，以書招師。師曰：『此經奧義，十師盡之。買菜求益，復何為乎？』源怒，移書譙責，乃往。與雪山呆公、巢松浸公同參於華藏寺。南北講肆，《楞嚴》則會，《法華》則要，如老塾師墨守《兔園冊》，口耳之間，傳遞而已。浪師掃除注腳，敷演妙義，嚬呻咳唾，光明燉然，聞之如櫪馬奔馳，風濤回駭，破除宿物，得未曾有。合掌涕洟，向源首座懺悔：向者得少為足，以大海納牛跡中也。浪師法道煊赫，學人慕羶因熱，輒思焫香分席，為榮名利養之計。師與雪巢矢心執侍。金陵之花山，京口之焦山，江山高秀，雲水孤清。侍浪師往來棲息，歷十餘夏，相依如形影。憨老聞而歎曰『好學人吾兄一網打盡矣』。大師遷化，雪公亦沒。師友淪亡，灰心埋焰，以傳燈續命為計。置缽於虞山北秋水菴，將終老焉。已而應天界之請，休夏於斷臂厓。睡覺聞遠寺鐘聲，如殷勤啟請，賦詩曰『豈謂帝城虛講席，卻將脣舌累知音』。自此遂慨然出世，與浸公分路揚鑣，大弘雪浪之道，諸方皆曰『巢師講，雨師注』，又曰『巢、雨二法師，雪浪之分身也』。師每慨法相一宗，玄奘傳之西域。自賢首、清涼唱《華嚴》，人皆畏數逃玄，習者益少。本師唱演《華嚴》，實發因於《唯識》，龍藏具在，教海方新，時節因緣，其在斯乎？先有此論標義，藏之篋衍。王翰林宇泰求之，靳而弗與。翰林購得副本，箋為旁注，如西明圓測，隱形盜聽，以敵窺基，其為法良苦矣。師乃復殫精搜緝，作為集解，積十年而削稿。首披《宗鏡》，斬關抽鑰，遍探《楞伽》《深密》等經，《瑜伽》《顯揚》《廣百》《雜集》《俱舍》《因明》等論，及大經《疏鈔》與此論相應者，靡不疏通證明。昔者纂鈔盛行，輩流首伏，以謂基師正照太陽，忠也旁銜龍燭。求之今日，慈恩中興，庶幾當之矣。師嗣雪浪，出世說法利生者十有六年。講《法華》《楞嚴》《楞伽》《華嚴玄談》《唯識》者十二座。初從浪師於金山，衣不掩骭，履不納足。臨江喚渡，囊無一錢。自視泊如也。卜居鐵山，為瑷禪師故菴，面太湖，負西跡，眠雲臥月，絕影人間者五載。除夕自斧枯樹，罩火煨芋。高足弟子夾坐賦詩。雪消門啟，人徑宛然，則發春已十餘日矣。日過經二十紙，上首白請少減，師呵之曰：『汝看我甕中米多少？』其精嚴孤詣，皆此類也。師狀貌古樸，風規閒雅，方內名士如程孟陽、李長蘅、邵茂齊、鍾伯敬、文文起、趙凡夫、朱白民，撫塵希風，樂與遊處。嘗自誓生生世世居學地，與士大夫相見。人言師有三有一無，三能耐一不能耐。有德、有言、有情理，然無因緣；耐學、耐窮、耐交遊，然不耐俗。此可以知師矣。師自稱二楞主人，改鐵山為二楞菴，於此疏《嚴》《伽》二經故。移住花山，

又移中峰，浹辰出一紙示眾，皆囑累語，遂以是日示寂，天啟四年九月十八日也。世壽六十，僧臘四十六。崇禎元年，葬全身於中峰者，法子明河、讀徹也。注經二十餘種，約法性則有《法華大窾》《楞嚴楞伽合轍》《圓覺近釋》《維摩直疏》《思益梵天直疏》《金剛經心經解》《梵網經初釋》《起信續疏》《琉璃品駁》《杜妄說辯謬》若干卷；約法相則有《唯識集解》十卷、《所緣緣論論釋發硎》《因明集釋》《三支比量釋》《六離合釋釋》若干卷。師沒後，河、徹二公繼師之席，弘法吳中，而繼師主中峰者徹公也，實來請銘。銘曰：『師之說法，弘演三車。金山粥鼓，金陵雨花。秋水鐵山。師之幻住。古木千章，梅花萬樹。花山別院，中峰古墳。經傳雪浪，論續慈恩。如吳含桃，舍利二七。毫端冡中，湧現則一。』」〔註59〕《明史》卷九十八載通潤闡述佛經著述云「《楞嚴合轍》十卷，《楞伽合轍》四卷，《法華大窾》七卷」，著錄與《一雨法師塔銘》同。

明河。《御選明詩》載云「明河，字汰如，南通州人」，《江南通志》卷一百九十四云「《月明鐘集》，通州明河」，《古今圖書集成》援引《蘇州府志》云：「明河耽詞翰，窮內外典，凡南北禪講之宗，古今名德之跡，靡不究心。後遇二楞，依之，住鐵山，住中峰，還皋亭，返華山。性好經論，《莊》《騷》《左》《史》手不停披、口不輟講者二十餘年。最後應講長干寺，嘗於講期群鶴翔空而下。已，還中峰，示寂。所著有《楞伽解》《華嚴十門眼》《法華斯要》。」《列朝詩集》閏集卷三有小傳，錢謙益《一雨法師塔銘》云其為一雨之法嗣，並撰《汰如法師塔銘》云：

> 賢首之宗，弘於雪浪，其後為巢、雨，為蒼、汰，皆於吳中次補說法，瓶錫所至，在花山、中峰，兩山雲嵐交接，梵唄相聞。四公法門家嫡，如兩鼻孔同出一氣，但有左右耳。巢、雨邊謝，蒼、汰與余法乳之契益深，而汰復以崇禎十三年十二月四日順世而去。於是蒼雪徹公作為行略，而請余銘其塔曰：汰如法師明河，號高松道者，揚之通州人。姓陳氏。母夢道人手《法華經》一卷來乞食而生師。年十餘歲，善病，父母送州之東寺，依一天長老剃度。寺習《瑜伽》，師究心大乘方等諸經，兼工詞翰。年十九，腰包行腳，遍參諸方。見一雨潤公，如子得母，不復捨離。隨師住鐵山，繼師住

〔註59〕錢謙益：《牧齋初學集》卷六十九，上海古籍出版社2009年版，第1574～1577頁。

中峰。既而說法於杭之臬亭，吳之花山，白門之長干寺。藏海演迤，
詞峰迴秀，遮照圓融，道俗交攝。識者以為真雪浪之玄孫也。從上
諸師，未講《大鈔》，蒼、汰二師有互宣之約。師首唱一期，群鶴繞
空，飛鳴圍繞。訂來春為三期，與蒼踐更。未幾示疾，怡然化去。
惟自念言：心不知法，法不知心，誰為作者？亦誰受者？直知譚倦
欲眠，聲息旋微耳。世壽五十三，僧臘三十餘夏。遺言建塔於中峰。
所著有《華嚴十門眼》《法華楞伽圓覺解》《續高僧傳》若干卷。徹
公之論曰：「舉世求一悟人不可得，其惟解人乎？悟解之在人，如水
之於味，響之於聲解豈有乎？悟豈無乎？捨甲認乙，遂有多名。回
面一呼，應聲立至。解有先乎？悟有後乎？師嘗云：『念佛人一意西
向，參禪人只顧南詢，置東北兩方於無用之地。』又自言：『不通禪，
不習教，無位於法門，亦不知無位真人為何義，解乎悟乎？吾安識
其庭宇之所際哉？』」又曰：「師事業福緣，未能如古人，亦未可與
今之不教不禪欺世盜名者比。」

錢謙益十分肯定蒼雪對明河的評價，因云「知汰者莫如蒼，信法門之益友矣」。
最後為明河作銘云：「雪浪如龍，蟠挐教宗。支分蜿蜒。化為高松。孤塔亭亭，
坐斷中峰。剎海涉入，帝網重重。」〔註60〕錢謙益在《塔銘》中指出明河為一
雨之法嗣、「雪浪之玄孫」。

　　道濟。《千頃堂書目》卷二十八云：「道濟《剩語》一卷。字法舟，秀水人，
芝溪東禪寺僧。」《檇李詩繫》卷三十一載「道濟」云：「字法舟，秀水人，祝
髮芝溪東禪寺，晚居天寧。有《剩語》一卷。」

　　真蘊。《千頃堂書目》卷二十八云：「真蘊《谷聲集》。萬隆間秀水真如寺
僧，冬溪門人。」《檇李詩繫》卷三十二「定湖老人真蘊」云：「真蘊，自號定
湖老人，隆萬間秀水真如寺僧，冬溪之門人也。有學行，參方歸後，構室三楹
於長水法師墓側，繞屋四五畝細竹，翠煙碧霧，籠密深通蛇徑，風過之蕭然。
非禪流韻士，即藏躲不出，王百穀至，每信宿不去。棲靜三十年。有《谷聲集》，
詩語淡雋，與項少岳同調，項子京為作《定湖圖》。」《浙江通志》卷二百五十
一載同。

　　道耕。《千頃堂書目》卷二十八云：「道耕《遊燕稿》。字牧隱，萬曆間秀
水真如寺僧。」《檇李詩繫》卷三十二云：「道耕，字牧隱，萬天間秀水真如寺

僧，定湖之孫。有《遊燕稿》。」

海觀。生平不詳，大概為萬曆時僧徒，終生大概以山居為主，《禪門遺書續集》收錄有明刊本《林樾集》上下卷，前有海觀自敘云：「初修行人，靜處返鬧，無所寄心，即無所把持。余居山參別業，多書寫大乘經，又喜讀《法華》蓮典，不以歲月計工，亦不它有所務二十五白矣。」吟詠聲律以充實山居生活，自敘繼續云：「無業禪師云：『古人得意之後，茅茨石室，向折腳鐺中煮飯吃過。三二十年，大忘人世，隱跡巖叢，少有希求，如短販人相似也。』山野深愧其言，住山私念，甘淡泊以酬夙志，處林樾以終天年。但快快於栽田博飯之舉，乃視古德色力智慧瞠乎不可及矣。山野胸中略諳書史，僅嫻聲律宮商之辯，不敢居騷雅之壇。禪誦經行，隨步悉情況也。第橫口所佔，橫手所書，非山居詩也，乃山居頌也。若以唐人五言律詩繩之，則失之矣。」〔註61〕其寫作亦直抒胸臆、信筆直書之類。

一元。《明史藝文志》載「一元《山居百詠》一卷」，《千頃堂書目》卷二十八云：「一元《山居百詠》一卷。隆慶中寧波僧。」

寬悅。《明史藝文志》著錄云「寬悅《堯山藏草》五卷」，《千頃堂書目》卷二十八云：「寬悅《堯山藏草》。字朧鶴，南京人，居普德寺。」《御選明詩》云：「寬悅，字朧鶴，應天人，普德寺僧。有《堯山藏草》。」《明詩綜》卷九十二載同。

普明。《檇李詩繫》卷三十一「闃禪師普明」云：「普明，字寂照，稱闃禪師，嘉興人。出家嘉善妙常菴，後居杭西山。每靜坐，蛇鼠鳥雀嬉遊於前，客至輒納諸懷，以衣覆之。一日歸妙常，語弟子曰『待桂枝香，我西遊也』。屆期，弟子來送，明方掃地，曰『汝不來，吾幾忘矣』，遂鳴鐘集眾，作偈而化。」《武林梵剎志》載「報先菴」云：「在孔家山，萬曆己亥僧普明建，仁和令劉洪謨倡緣，樊良樞有碑記，並卓錫青松額。」樊良樞《鳳凰山報先菴記》並載，云：「鳳凰山，都會神皋也。山之陰萬松書院，本報恩招提舊址。弘治中，參知周公毀寺建院，祀先師孔子，配以四賢，令孔氏子孫世守之，號曰孔家山雲。山夾道多巨松，翁蒼盤鬱，自萬松坊迤邐入，有半剎焉，曰報先。萬曆己亥，普明上人來自匡廬，卓錫茲山，吾鄉劉公洪謨為邑宰於斯也，邑人直指金公階、州牧孔公承士請復為菴。菴環堵皆山也，左薄湖濱，右挹江濤，拱城闉而負八蟠，可盡茲山幽絕之勝。山後有古松三株，婆娑偃仰，有干霄凌風勢，

〔註61〕海觀：《林樾集》卷首，載《禪門遺書續集》第三冊，第1頁。

則郡邑之陽所隱映也。」〔註62〕由《檇李詩繫》中「後居杭西山」之語來看，《武林梵剎志》及樊良樞《鳳凰山報先菴記》中的「普明」很有可能就是《檇李詩繫》記載之「普明」。

德亨。《檇李詩繫》卷三十一「元菴上人德亨」云：「德亨，號元菴，景泰間住持秀水天寧寺。」《檇李詩繫》與《古今禪藻集》卷二十一皆錄《挽朱漁隱》詩一首，云：「穆溪溪上天連水，颶風忽自青蘋起。曉來煙雨失漁舟，不見滄浪浩歌子。往來泛此冷鷗盟，水底魚龍猶愴情。葦杭昨夜弔陳跡，一聲老鶴秋冥冥。」

如元。《檇李詩繫》卷三十一「雲岫僧如元」云：「如元，蕭山史氏子。少有室，棄之，入海鹽雲岫，投堅公披剃，參宏法師，受具足戒，力修淨土二十餘年。」

士墨。《檇李詩繫》卷三十一云：「士墨，號梅谷，海鹽資聖寺僧。」本書與《古今禪藻集》共收錄其詩歌4首。

如愚。《明史藝文志》載「如愚《空華集》二卷《飲河集》二卷《四悉稿》四卷」，《千頃堂書目》卷二十八載：「如愚《空華集》二卷，《飲河集》二卷，《四悉稿》四卷，《石頭菴集》。字蘊璞，江夏人。少為諸生，負俗為僧，居衡山，尋居金陵碧峰寺。」《御選明詩》、《明詩綜》卷九十二載與《千頃堂書目》同，末言「復入燕，居七指菴」。《欽定續文獻通考》卷一百九十四載：「釋如愚《空華集》二卷《飲河集》二卷《止啼集》一卷《石頭菴集》五卷。如愚字蘊璞，江夏人，萬曆中住金陵碧峰寺。」《列朝詩集》閏集卷三云：「如愚，字蘊璞，江夏人。少為書生，負俗削髮為僧，居衡山之石頭菴。自楚來金陵，居石頭城南碧峰寺，遂號石頭和尚。自負才藻，剃染後使性重氣，時時作舉子業，思冠巾入俗，與時人角逐，已而復罷。為雪浪受法弟子，思篡其講席，譖於郭祭酒，使之噪而逐之。雪浪門人相與鳴鼓而攻之，不使仍其師門，諸方咸惡之，以為法門之師（獅）子蟲也。後入燕京，居七指菴，構惡疾，舌根眼根及手足皆爛，號呼狼狽而死。愚為人才辨縱橫，筆舌掉㘑，以詩遊宰官族姓，搖筆數千言，觀者爭吐舌相告。曹能始敘其詩，謂其五言律奇險多慷慨悲憤之句，不作禪語，所以為佳。僧詩不作禪語可也，如《石頭菴》七言詩《弔太白東坡》諸篇，不徒野狐外道，直是牛頭阿旁波波叱叱口吻亦可，以其不作禪語而取之乎？『松子誘鼠剝，花神惱蝶過』，鄙俚穢雜，無所不有，道人本地風光應作

如是觀否？吾師父文恪公，學佛作家也，敘《石頭菴集》，拈出此中末後一句，云『去去，石頭路滑，畢竟死此句下』。餘存石頭詩，仍附雪浪門徒之後，為渠末後發露懺悔，庶不負定襄一片老婆心爾。」《四庫全書總目》卷一百八十為如愚著述作提要云：「《空華集》二卷《飲河集》二卷《止啼集》一卷《石頭菴集》五卷，明釋如愚撰。如愚字蘊璞，江夏人。祝髮後行腳四方，尋居金陵碧峰寺，從詩僧洪恩學。周汝登、曹學佺、袁宗道兄弟，皆與之遊。是集凡四種，初曰《空華集》，詩二卷；次曰《飲河集》，詩二卷；次曰《止啼集》，文一卷；次曰《石頭菴集》，詩三卷、文二卷。《明詩綜》但稱有《飲河》《石頭》二集，蓋未睹其全也。據《自序》，最後有《寶善堂集》，今亦未見。《序》言『文無定質，詩不必有唐，文不必六經、秦、漢』，自許甚高，然材地粗疏，徒好為大言耳。」

覺源。《千頃堂書目》卷二十八云：「明心覺源《宜晚堂詩稿》。」

道巖。《千頃堂書目》卷二十八云：「道巖《玉峰集》。字魯訥。」

釋訥。《千頃堂書目》卷二十八云：「釋訥《如幻集》。字無言。」

如清。《千頃堂書目》卷二十八云：「如清《枯木吟》。字石浪，固城人，祝髮紫柏山，尋居匡廬金輪峰下。」《御選明詩》、《明詩綜》卷九十二載同，二書但言如清為「城固人」，稍有不同。

圓岌。《千頃堂書目》卷二十八云：「圓岌《清蓮居集》。字心柏，秀水天寧寺僧。」《御選明詩》、《明詩綜》卷九十二、《攜李詩繫》卷三十二、《浙江通志》卷二百五十一載同，或云《青蓮居集》。

德勝。《千頃堂書目》卷二十八云：「德勝《藕花社集》。字梵華，嘉善人，居嘉興福源菴。」《攜李詩繫》卷三十二「德勝」云：「德勝，字梵華，號律山，嘉善人，世姓蔣。居嘉興福源菴，又名祁堂菴。有《藕花社集》。」《浙江通志》卷二百五十一載同，《明詩綜》卷九十六云「嘉興白蓮寺僧，有《藕花社詩集》，不知其名」，《御選明詩》載「藕花社僧，住嘉興白蓮寺，有《藕花社詩集》」，藕花社僧即為德勝。《古今禪藻集》卷二十五收錄廣化《挽藕花社主》詩，云其有《藕花社集》：「彈指相逢二十年，白雲無恙主人賢。寒鐺煮水經千帙，破壁分燈屋半椽。去住盡期禪社後，死生真愧劫春前。感時還覓開山事，集有蓮花缽有田。」詩下有注云「有《藕花集》行世」。《古今禪藻集》卷二十三收錄德彥兩首寫給德勝的詩歌，一為《寄藕花社師》云：「落落乾坤意，生涯只舊林。不須浮世重，自有白雲深。亂竹春風色，孤燈夜雨心。社中諸弟子，誰可

與浮沉。」二為《過藕花師白蓮社中》詩云：「追隨長恐後，不惜雨中行。鳥影雲邊濕，花香鉢裏生。屐留苔徑跡，門應竹林聲。玉貌儼然在，難忘問難情。」德彥應該是德勝的弟子，詩中看出德勝在當時應該很有聲望，有不少追隨者。藕花社是修淨土之社，德勝自比之東林之白蓮社，《古今禪藻集》卷二十八收錄其《謝友人繪藕花社圖》詩云：「道人精舍藕花深，細水涼風淡拂襟。彷彿攢眉來作怪，悔教形勝似東林。」

斯德。《千頃堂書目》卷二十八云：「斯德《金粟齋稿》。號晚巖，海鹽天寧寺僧。」《檇李詩繫》卷三十二「晚巖上人斯德」云：「斯德，號晚巖，海鹽天寧寺僧。有《金粟齋稿》。」《浙江通志》卷二百五十一載同。

法濟。《千頃堂書目》卷二十八云：「法濟《竹間語》。字慈航，嘉興石佛寺僧。」《檇李詩繫》卷三十二、《浙江通志》卷二百五十一載同。

戒言。《千頃堂書目》卷二十八云：「戒言《五畝山居》《少林遺稿》。號少林，海鹽天寧寺僧。」《檇李詩繫》卷三十二「戒言」云：「戒言，號少林，海鹽天寧寺雪江之玄孫，有《五畝山居》《少林遺稿》。」《浙江通志》卷二百五十一載同。

方潤。《檇李詩繫》卷三十二「方潤」云：「方潤，字梅溪，秀水精嚴寺僧。」

本中。《檇李詩繫》卷三十二「本中」云：「本中，字養性，嘉興石佛寺僧，（有）《禪林詩輯》。又有海鹽釋本中，另見。」《浙江通志》卷二百五十四云：「《檇李禪林詩輯》，《列朝詩集》：『釋文貞匯輯，字蓮生，秀水精嚴寺僧。』」

本中。《千頃堂書目》卷二十八云：「本中《天香草》。字淨覺，海鹽天寧寺僧，雪江裔孫。」《檇李詩繫》卷三十二「本中」云：「本中，字淨覺，海鹽天寧寺僧，雪江裔孫。有《天香草》。」《浙江通志》卷二百五十一載同。

行悊。《千頃堂書目》卷二十八云：「行悊《且止菴詩集》。字■擇，號復元，湖州人。」《御選明詩》云：「行悊，號復元，湖州僧。有《且止菴詩集》。」《明詩綜》卷九十二載：「行悊，字■擇，號復元，湖州人。有《且止菴詩集》。」《浙江通志》卷二百五十一載同。《明詩綜》援引馮夢禎評論云：「悊公詩清真孤迴，如倪元鎮畫遠水疏林、孤雲片石，絕無酸餡氣。」又援引《靜志居詩話》云：「悊公少出紫栢之門，而不相下，居於南潯，與馮開之、朱文寧、董遐周、尤仲弢輩結方外社。遐周稱其口不談貴介，筆不流凡近，文寧至謂『字字作金光明色』，譽之未免過實。」

　　如觀。《千頃堂書目》卷二十八云：「如觀《夢華》《幻住》《禪餘》等集。字蘊虛，海鹽人，居雲岫寺。」《御選明詩》云：「如觀，字蘊虛，海鹽人，居雲岫寺。有《夢華》《幻住》《禪餘》諸集。」《明詩綜》卷九十二、《浙江通志》卷二百五十一載同。《橇李詩繫》卷三十二「如觀講師」云：「如觀，字蘊虛，海鹽雲岫菴講僧。有《夢花》《幻住》二集。」

　　本成。《千頃堂書目》卷二十八云：「本成《懶雲詩稿》。字在久，蘇州慧慶寺僧。」《御選明詩》、《明詩綜》卷九十二載同。

　　智明。《千頃堂書目》卷二十八云：「智明《空響集》。字芳味，廬山開元寺僧。」《明詩綜》卷九十二云：「智明，字若昧，廬山開先寺僧，有《空響集》」。《江南通志》卷一百九十四云「《空響集》，通州智明」，《橇李詩繫》卷三十二「匡山僧智明」：「智明，字若昧，匡山僧，南通州人。早事參遊，將入雲棲，寓嘉興王江涇壽生院五年，晚居黃巖。有《空響集》，蔣之翹稱其詩有『風塵雙眼盡，水石片心孤』『萬山當夕照，一室掩空江』『日正鳥聲寂，風遲花意閒』『古松一壁石為屋，飛棧半空人在天』『江上青山三島雪，門前綠樹五湖煙』，亦可稱警句。」《浙江通志》卷二百五十一載與《橇李詩繫》同，《御選明詩》云：「明一，字若昧，廬山開先寺僧。有《空響集》。」智明與明一顯然為同一僧人。

　　明賢。《千頃堂書目》卷二十八云：「明賢《上方集》。字履中，常州人，住鶴林寺。」《御選明詩》、《明詩綜》卷九十二載同。

　　慧秀。《明史藝文志》載「慧秀《秀道人集》十三卷」，《千頃堂書目》卷二十八云：「慧秀《道人集》十三卷。字孤松，常熟人。」《御選明詩》云：「慧秀，字孤松，常熟蔣氏子，住仙巖休糧菴。有《秀道人集》。」《列朝詩集》閏集卷三云：「慧秀字孤松，常熟蔣氏子，出家遊峨眉、天台、雁蕩，棲仙居之休糧菴，歸老虞山陽羨之間。受具足戒，刺舌指血寫《華嚴》《妙華》等經，凡一百六十餘卷。有《秀道人集》十二卷。上人富於詞藻，採擷六朝，多所規擬小賦駢語，時足獻酬，而意象凡近，殊非衲子本色。昔人言僧詩忌蔬筍氣，如秀道人者，正惜其少蔬筍氣耳。」《列朝詩集》載《修道人集》為十二卷，與《明史》《千頃堂書目》載十三卷有差異，《浙江通志》卷二百五十一載與《列朝詩集》同。

　　圓復。《明史藝文志》載「圓復《三支集》二卷《一葦集》二卷」，《千頃堂書目》卷二十八云：「圓復《三支集》〔缺〕卷《一葦集》一卷。字林遠，四

明僧，屠隆敘其詩，比之魏之三支。」《御選明詩》云：「圓復，字休遠，鄞縣興同寺僧。」《浙江通志》卷二百五十一云：「《三支集》，《鄞縣志》：『釋圓復著，字休遠，延慶寺僧。』」《明詩綜》卷九十二云：「圓復，字休遠，鄞人。李呆堂云：『《三支詩》以休遠為第一，此外又有萬詵、希聲、福亮、覺真、道東、起白、宏演、敬中皆延慶寺僧，俱一時之秀。』」

弘灝。《御選明詩》云：「弘灝，字空波，鄞縣延慶寺僧。祠部屠隆輯灝及佛引、圓復三僧詩為《三支集》。」《明詩綜》卷九十二云：「弘灝，字空波，鄞人，傅慧弟子。屠田叔云『空波詩爾雅而調適』。」援引《靜志居詩話》云：「上人朗初學詩於楊伯翼，侍几杖於五井山，伯翼遺草得傳，皆其力也。朗初以詩法轉授空波及西來、休遠，時人以比支遁、支亮、支纖，謂之一朗三支云。」

佛引。《御選明詩》云：「佛引，字西來，鄞縣興同寺僧。」《明詩綜》卷九十二云：「佛引，字西來，鄞人。屠田叔云『西來詩溫簡而開暢』。」

元賢。《明史藝文志》載「元賢《禪餘集》四卷」，《千頃堂書目》卷二十八云：「元賢《禪餘集》四卷。字永覺，建陽人。」《續藏經》收錄《永覺元賢禪師廣錄》三十卷，林之蕃題《永覺和尚廣錄序》言其著述云：「鼓山大和尚永覺賢公遷化之三年，其嗣法子、今住山為霖霈公，結集師生平說法語錄及諸撰述，所謂《禪餘內外集》《晚錄》《最後語》《洞上古轍》《寱言》等，編釐為三十卷，而題之曰《廣錄》……吾師乘願再來為法檀越，具大福慧，施大辨才，以無明為師，無異為友，父子兄弟，後先繼美，鼓揚斯道，振曹洞墜地之綱，藥末法必死之疾。金章玉句，苦口婆心，無不與從上佛祖心血骨髓一脈貫通。具鵝王擇乳之眼者，一見自識，安容蕪贊一辭耶。他日必有佛心天子，為納大藏中，與永明宗鏡、明教鐔津及諸尊宿語錄並行天壤間，洗光佛日，剔耀祖燈。蓋以大法為公，非敢阿私所好也。且師行道海內，垂三十載，特立獨行，不為世風所搖，譬雪中荑眉，拔地凌空，巍然迴出，世人孰不景仰。況有是錄，以發其蒙，而啟之寢，則師之道不於此而益大光明哉。師手著更有《楞嚴》《金剛》二疏、《心經指掌》《四分約義》《律學發軔》《弘釋錄》《繼燈》《補燈》二錄、《淨慈要語》《鼓山志》《開元寺志》等書。」〔註63〕《禪餘內集》是「侍者太衝上人錄其三會之語，類而合之，為禪餘內集」，曹谷《禪餘內集序》中提到元賢的個性及文的寫作，云：「大師學貫天人，識達今古，大而理亂興亡

〔註63〕元賢：《永覺元賢禪師廣錄》卷首，第384頁。

之故，小而賢否進退之幾，幽而河洛星曆之微，顯而禮樂刑政之蹟，罔不精究其致。或出一言，便可千秋，此則予之知大師者，知其學之精也。靈光磅礡，任筆所之，理無不精，意無不達，議論變化，莫知端倪。然皆清真雅澹，春容和豳，無藻繪浮靡之習，無激揚揮霍之氣。此則予之知大師，知其文之粹也。年近耳順，方鳴斯鐸，開堂兩載，即思捲舌，所居一任外緣，如不事事，絕無喜巧之念，貪營之思。此則予之知大師，知其養之恬也。鐵骨擎空，孤風絕侶，操行剛方，動必師古，雖歷主四剎，而足不入俗，雖日接顯貴，而語無阿順。此則予之知大師，知其節之峻也。室中單提祖印，牢把鐵關，雖英衲鱗集，率皆望厓而退，絕未見其濫有許可、付拂傳衣，以圖門庭熱鬧。此則予之知大師，知其守之嚴也。」《禪餘外集》是指詩文稿，陳管《禪餘外集序》論本書之由來云：「古今以文鳴者三，有德性之文，有問學之文，有才情之文。世所盛傳者，問學才情而已。至於德性之文，則自六經以降不少，概見作者固希，而知者蓋亦寡矣。永覺大師早專魯誥，善朱程之學，壯歲棄去，遂入壽昌法社。久之，歸閩住福之鼓山，門人錄其藏稿以行，師自命名曰《禪餘外集》。丁丑春，浙中諸縉紳請居杭之真寂，門人益增，其所未刻為卷者八，為目者十有二，余乃為較而梓之。」序中對其文學寫作進行了評論，云：「余何能知大師哉。第讀其文，見其不馳騁於才情，而實非富於才情者不能至；不組織於問學，而實非深於問學者不能道。直如春工化普無跡可尋，亦如白雪調高有耳難聽，且余每見其下筆疾書，千言立就，靡不痛快醇至。至於微顯闡幽，開今古不敢開之口，而皆出之以平易和雅，無艱險綺麗之習，所謂德性之文，非耶？蓋師佩壽昌法印，慧光渾圓，叢林推為第一，而實心實行，無不可方軌前賢，垂範後學，尤稱為末流砥柱固宜。其見之文者如此，是豈可以才情問學相比況哉。」〔註64〕

圓信。《千頃堂書目》卷二十八云：「圓信《語風稿》。字雪亭，更字雪嶠，寧波人，初住武康雙髻峰，後居徑山。」《御選明詩》《明詩綜》卷九十二與《浙江通志》卷二百五十一載同，但云「字雪庭」。《江西通志》卷一百五引《廬山志》云：「雪嶠圓信，臨濟三十世，嗣龍門，傳崇禎壬午司李黃端伯請住開先，有古鐘啞折，信至復鳴。」《浙江通志》卷二百云：「圓信，《山陰縣志》：『字雪嶠，鄞人。常遊若耶秦望山間，瞥見古雲門三字，豁然開悟。嗣法龍池，後駐錫雲門，大闡宗風。』《寧波府志》：『號語風，鄞朱姓子，與圓悟同師。二

〔註64〕元賢：《永覺元賢禪師廣錄》卷首，第385頁。

十九始祝髮，常凍餒，至赤體草宿，乞食聚落，而悟無入處。後至秦望普濟寺，始大悟。結菴於武康之雙髻峰，壁立萬山中，遇虎不為害。凡四坐道場，南嶽、開仙、徑山、雲門皆其卓錫處。順治四年結跏而逝，瘞於寺之右隴。十七年，詔賜帑金五百兩，修藏塔。』」

日用。《千頃堂書目》卷二十八云：「日用《蝶菴集》。靈隱寺僧。」《檇李詩繫》卷三十三「蝶菴上人弘覺」云：「弘覺，字夢破，仁和人。俗姓江，名浩，字道闇。少負才名，豪宕自喜，與孫元襄、胡彥遠輩為忘形交，皆當時名士。嘗獨遊郡西，樂其幽勝，遂挾琴書挈妻子居橫山之麓，題曰蝶菴。每當風月閒夜，薄酒命醉，登望江山，彷徨起詠不輟。晚年，遂棄蝶菴，從援公薙染為僧，隨至平湖，後復從雲門禮公受具，名濟斐，號日用，往來江淮。戊子冬，坐脫於佛日寺，同社諸子建塔靈隱五寺橋之西，裒其遺稿曰《蝶菴集》。」《浙江通志》卷二百五十一云：「《蝶菴集》，《靈隱寺志》：『釋月（日）用著。』」

傳相。《千頃堂書目》卷二十八云：「傳相《薰蕕漫稿》《慕果軒鏡園集》。字無為，桐鄉鳳鳴寺僧。」《檇李詩繫》卷三十二云：「傳相，字無為，號鹿林，桐鄉鳳鳴寺僧。有《薰蕕漫稿》《慕果軒鏡園集》。」

道敷。《千頃堂書目》卷二十八云：「道敷《中洲草》。字覺明，嘉興興善寺僧，姚叔祥、范東生共定。」《御選明詩》云：「道敷，字覺明，嘉興興善寺僧。有《中州草》。」《檇李詩繫》卷三十二「中洲上人道敷」云：「道敷，字覺明，嘉興興善寺僧。遊黃葉菴之門，詩律婉勁有骨，宋獻儒云『敷公詩劇濯性情，含吐韋孟』。後得心疾，蓄髮，逾年而卒。有《中洲草》。」《列朝詩集》閏集卷三、《浙江通志》卷二百五十一載同。

大遂。《千頃堂書目》卷二十八云：「大遂《出林草》。字梵印，平湖乍浦會濟菴僧。」《御選明詩》載為「天遂」，云：「字梵印，平湖乍浦會濟菴僧。有《出林草》。」《檇李詩繫》卷三十三「筠隱禪師大遂」云：「大遂，字梵印，號筠隱。萬天間，平湖乍浦會濟菴僧，覺承講主之法子。有《出林草》，小萍菴曰：『遂公潛蹤林樾，景企前修，或時託寄長吟，不覺詞意俱遠，可與齊已並駕也。』」《列朝詩集》閏集卷三、《浙江通志》卷二百五十一載與《檇李詩繫》同。

廣化。《千頃堂書目》卷二十八云：「廣化《唾餘集》。字無期，嘉興人，住海鹽天寧寺。」《明詩綜》卷九十二載同。《檇李詩繫》卷三十二「廣化禪師」云：「廣化，字無期，嘉興梅溪人。住海鹽天寧寺。有《唾餘集》，與王百穀、

趙凡夫、姚叔祥、項子瞻唱和。重建古東林社，雲棲大師曰『化公叢林高表，不染時風』。」

斯雲。《千頃堂書目》卷二十八云：「斯雲《天香社草》。字抱石，萬曆間海鹽天寧寺僧。」《攜李詩繫》卷三十二云：「斯雲，字抱石，萬曆間海鹽天寧寺僧，後住平湖西林，終老徑山。有《天香社草》。」《浙江通志》卷二百五十一載與《攜李詩繫》同。

志淳。《千頃堂書目》卷二十八云：「志淳《雜華林草》。字恒嶽，嘉興東塔寺僧。」《御選明詩》載同，《攜李詩繫》卷三十三云：「志淳，字恒嶽，嘉興東塔寺僧，徵可之孫。小萍菴云『英機敏發，詩多警語』。有《雜華林草》。」《列朝詩集》閏集卷三載大致相同，但論其詩文則云「英敏機發，詩多孤瘦，時出尖豔」。《浙江通志》卷二百五十一云：「《雜華林草》，《攜李禪林詩輯》：『釋志淳著，字恒嶽，嘉興東塔寺僧。』」

海旭。《千頃堂書目》卷二十八云：「海旭《蕪林草》。字竹浪，平湖東林院僧。」《御選明詩》載同，《攜李詩繫》卷三十三云：「海旭，字竹浪，平湖東林寺僧。有《蕪林草》，小萍菴曰：『旭公清真孤上，簡默沖夷，怡神淡漠之鄉，創句物情之表，遇其得意，不知司空表聖於武陵諸公何處著腳也。』」《列朝詩集》閏集卷三、《浙江通志》卷二百五十一載同。

聖行。《千頃堂書目》卷二十八云：「聖行《山宗緒言》《塵餘集》。號智河，桐鄉菩提菴僧。」《攜李詩繫》卷三十二云：「聖行，號智河，桐鄉菩提菴僧。初不知文，苦參十餘年，通詞翰，有《山宗緒言》《塵餘集》。」《浙江通志》卷二百五十一載同。

正治。《千頃堂書目》卷二十八云：「正治《客塵集》。字慎初，桐鄉人，秀水精嚴寺僧。」《攜李詩繫》卷三十二、《浙江通志》卷二百五十一載同。

大泓。《千頃堂書目》卷二十八云：「大泓《挈瓶草》。字野白，嘉興小杖林僧。」《攜李詩繫》卷三十二、《浙江通志》卷二百五十一載同。

寂觀。《千頃堂書目》卷二十八云：「寂觀《跛鼎稿》《雲廠集》。字內惺，嘉興大雲菴僧。」《攜李詩繫》卷三十二云：「寂觀，字內惺，嘉興大雲菴僧。精古籀，工詩。有《跛鼎齋稿》《雲廠集》。」《浙江通志》卷二百五十一載同。

正勉。《千頃堂書目》卷二十八云：「正開《蕉上編》《香牙團草》。字道可，嘉興人，祝髮於長水廣福寺，後結茅郡之白苧村水芝菴，譚掃菴取《黃葉》《水芝》兩稿梓之，題曰《長水兩僧詩》。」《攜李詩繫》卷三十二「水芝開士正勉」

云：「正勉，字道可，嘉興人。祝髮於長水廣福寺，後結茅郡之白苧村水芝菴。讀書談道，儒典梵筴靡不淹貫，獨苦心於詩理，出句簡冷，不襲浮綺。卒於天啟辛酉。有《蕉上編》《香牙團草》《古今禪藻集》。譚掃菴取《黃葉》《水芝》兩稿梓之，題曰《長水兩僧詩》。」《浙江通志》卷二百五十一載與《檇李詩繫》同。按，《千頃堂書目》言為「正開」，誤，應為正勉。《欽定續文獻通考》卷一百九十八「總集類」載「《古今禪藻集》」云：「釋正勉、普文、性通《古今禪藻集》二十八卷。正勉，字道可；普文，字理菴，嘉興人；性通，字蘊輝，應天人。」《古今禪藻集》「所錄皆釋子之作而不必其有關於佛理」，本書詳細內容見上文。

　　大述。《千頃堂書目》卷二十八云：「大述《如是齋集》。字碧印，海鹽資聖寺僧。」《檇李詩繫》卷三十二「碧印上人大述」云：「字碧印，海鹽資聖寺僧，玉芝孫。有《如是齋集》，小萍菴曰：『述公克意創新，吐華茹質，如遊孤村絕頂，曠不逢人，四顧徘徊，頗多幽趣。』」《浙江通志》卷二百五十一載同。

　　大持。《千頃堂書目》卷二十八云：「大持《佛華院錄》《負缽草》《問答語》《無礙菴稿》。初名持衡，字圓印，吳江人，雲棲剃染。」《御選明詩》云：「大持，字圓印，吳江沈氏子，出家杭州雲棲，後住雪塘無礙菴。」《檇李詩繫》卷三十三「無礙老人大持」云：「初名持衡，字圓印，號薔蔔，吳江人。雲棲薙染受具，初住桐鄉華嚴菴，次依竹僚，住密印寺，後居郡之無礙菴。為詩文儁宕超遠，如幽巖邃徑，賞音者爭愛之。有《佛華院錄》《負缽草》《問答語》《無礙菴稿》。」《浙江通志》卷二百五十一載與《檇李詩繫》同。

　　廣衍。《千頃堂書目》卷二十八云：「廣衍《病癡稿》。字雪音，秀水普菴僧。」《檇李詩繫》卷三十三「病癡道人廣衍」云：「廣衍，字雪音，秀水普菴僧。聰慧爽拔，詩格清瘦，早攖癘症而夭。徐明樗梓其《病癡稿》，黃葉老人為立傳。」《浙江通志》卷二百五十一載同。

　　廣育。《檇李詩繫》卷三十三云：「廣育，字扈芷，四川人，住嘉善大勝寺。有《東塔詩》。」收錄《次答茅止生元戎見贈韻》詩云：「十年重屈指，只此泠然心。看劍雌雄合，論文今古深。鳥歸黃葉影，蟲吐碧絲吟。不少知音者，還揮霹靂琴。」詩中看出廣育是很喜歡寫作詩文的。

　　如山。《千頃堂書目》卷二十八云：「如山《碧蓮院稿》。字鷲峰，秀水天寧寺僧。」《檇李詩繫》卷三十三云：「如山，字鷲峰，秀水天寧寺僧。陳眉公

曰：『山公匠心刻意，語多警拔，真秋潭的骨弟子也。』有《碧蓮院稿》。」《浙江通志》卷二百五十一載同。

　　大定。《千頃堂書目》卷二十八云：「大定《浪錫草》。字一印，海鹽福寧寺僧。」《檇李詩繫》卷三十三云：「大定，字一印，海鹽福業寺僧。有《浪錫草》。」《浙江通志》卷二百五十一載同。

　　大生。《檇李詩繫》卷三十三云：「大生，字等印，海鹽資聖寺僧，見《十印社草》。」

　　大受。《檇李詩繫》卷三十三云：「大受，字朗印，海鹽天寧寺僧，見《十印社草》。小萍菴曰『受公矯庸激腐，探景副情，洗削鉛華，別生孤調，然亦不自知其出入《弘秀集》中也』。」

　　照源。《千頃堂書目》卷二十八云：「照源《雪林草》。字道生，海鹽人，住秀水古井菴。」《御選明詩》載同，《檇李詩繫》卷三十三云：「照源，字道生，號冰如，海鹽人，住秀水古井菴。小萍菴曰：『源公乍耽律韻，遂富篇章，茹藻含毫，時發清響。』有《雪林草》。」《浙江通志》卷二百五十一載同。

　　照楞。《千頃堂書目》卷二十八云：「照楞《松月軒稿》。字鏡元，秀水寧慶菴僧，遊黃葉之門。」《檇李詩繫》卷三十三云：「照楞，字鏡玄，秀水寧慶菴僧，遊黃葉之門。有《松月軒稿》。」《浙江通志》卷二百五十一載同。

　　景定。《千頃堂書目》卷二十八云：「景定《香露菴草》。字寂生，秀水報恩寺僧。」《檇李詩繫》卷三十三、《浙江通志》卷二百五十一載同。

　　圓映。《千頃堂書目》卷二十八云：「圓映《西林焚餘草》。字符徹，嘉善西林菴僧。」《檇李詩繫》卷三十三「雪溪上人圓映」云：「圓映，字符徹，號雪溪，嘉善西林菴僧。銳志教理，作詩清新。崇禎間，居平湖乍浦，與李潛夫唱和，有《西林焚餘草》，小萍菴曰：『映公云移梗，轉鴻跡，風蹤凝神，茂樹底覓句，清流邊設遇，靈一處默，猶當雁行並邁也。』」《浙江通志》卷二百五十一載同。

　　弘已。《檇李詩繫》卷三十三云：「弘已，字孤雪，秀水普善菴僧。舷公每誦其《除夕詩》云『百年猶一年，定有今夕時』，輒愀然改容。」

　　寂然。《千頃堂書目》卷二十八云：「寂然《影菴集》《選燔剩集》《散語》。號出菴，秀水人。」《浙江通志》卷二百五十一載：「《影菴集》，又《選燔剩集》，又《散語》，《秀水縣志》：『由菴禪師著，名寂然。』」二者對寂然之號記載有差異。

照德。《千頃堂書目》卷二十八云：「照德《水邊居集》。字不孤，秀水人。」《浙江通志》卷二百五十一載：「《水邊居集》，《秀水縣志》：『釋照德著，字不孤。』」

智旋。《千頃堂書目》卷二十八云：「智旋《寄林草》。字瑩密，嘉興圓通菴僧。」《攜李詩繫》卷三十三云：「智旋，字瑩密，號松濤，嘉興圓通菴僧。有《寄林草》。」本卷又載：「照旋，疑即智旋，見《禪林詩輯》，小萍菴曰：『旋公沮貧履巇，時發讜語，深情酸楚，豈堪再讀。』」《浙江通志》卷二百五十一載同。

一漚。《千頃堂書目》卷二十八云：「一漚《鏡月稿》。字冬江，秀水精嚴寺僧。」《攜李詩繫》卷三十三云：「一漚，字冬江，秀水精嚴寺僧，萍菴法子。黃葉翁云『漚為人魯鈍，有確志，作詩峭秀，雪嶺孤松，寒泉瘦石』。年二十而夭，有《鏡月稿》。」《浙江通志》卷二百五十一載同。

成受。《攜李詩繫》卷三十三云：「成受，字戒滿，嘉善人，嘉興螺潭院僧。」

清梵。《千頃堂書目》卷二十八云：「清梵《半秋稿》。字竺音，秀水東禪寺僧。」《攜李詩繫》卷三十三載同。

德蘊。《攜李詩繫》卷三十三云：「德蘊，字五雪，嘉興興善寺僧，從萍菴遊問，為詩律新藻有致。」

濟深。《攜李詩繫》卷三十三云：「濟深，字慈筏，秀水金明寺僧。早夭，黃葉翁稱其慧性好學。」

智道。《千頃堂書目》卷二十八云：「智道《紫芝社集》。字生一，嘉定僧，掛錫秀水三塔，禪棲崇德西林。」《浙江通志》卷二百五十一引《攜李禪林詩輯》，與《千頃堂書目》載同。《攜李詩繫》卷三十三云：「智道，字生一，號環中。嘉定僧，掛錫秀水三塔，禪棲崇德西林。小萍菴曰：『豎義談經，世服其辨，發藻吐詞，屏祛凡近。』有《紫芝社集》。」

寂瀾沙彌。《攜李詩繫》卷三十三云：「寂瀾，字法孺，秀水天寧寺沙彌，呂文懿公之裔，作詩秀雅，善行草丹青。」《欽定佩文齋書畫譜》卷五十八云「釋寂瀾為汪珂玉畫摩詰句圖」。

斯承。《攜李詩繫》卷三十三云：「斯承，字景山，海鹽慈會寺僧。」

普福。《攜李詩繫》卷三十三云：「普福，字可中，桐鄉密印寺僧，烏程人。」

正賢。《檇李詩繫》卷三十三云：「正賢，字三石，海鹽天寧寺僧。」

明來。《檇李詩繫》卷三十三云：「明來，字互南，秀水通濟菴僧。」

文貞。《千頃堂書目》卷二十八云：「文貞《萍菴草》《藻影雜稿》。字蓮生，桐鄉人，秀水精嚴寺，東溪之裔孫。」《御選明詩》云：「文貞，字蓮生，桐鄉人，秀水精嚴寺僧，後住小萍菴。有《萍菴詩》。」《檇李詩繫》卷三十三「小萍菴文貞」云：「文貞，字蓮生，晚號夢堂，桐鄉人。秀水精嚴寺冬溪之裔孫，從秋潭老人遊，得其詩法，善為景句，亦工書。著有《萍菴草》《藻影雜稿》。嘗取吾郡詩僧，裒其遺稿，勒為成書，曰《檇李禪林詩輯》，附以已作，大持序之，以為禪源學海各詣精深，一時同社楊若木、陸叔度、沈明德、丘叔遂輩，為之點定行世。」《浙江通志》卷二百五十一載同。

心寂。《檇李詩繫》卷三十三云：「心寂，字含虛，嘉興興善寺僧。」

圖映。《御選明詩》云：「圖映，字符徹，嘉善西林寺僧。有《西林草》。」

大澍。《千頃堂書目》卷二十八云：「大澍《瘦煙草》。字時乃，應天人，嘉善大聖寺僧。」《檇李詩繫》卷三十三云：「大澍，字時乃，號懶先，南直應天人。嘉善大勝寺僧扈芭弟子，性好遊，擅丹青。有《瘦煙草》。」《浙江通志》卷二百五十一載同。

林璧。《檇李詩繫》卷三十三云：「林璧，字竹憨，吳江羅漢寺僧，久住嘉興王江涇，歷寓具足、清遠、興福諸精舍。能詩善書，畫山水竹石俱得梅道人筆意，而寫竹尤工，性嗜酒，乞其筆墨者必攜一樽餌之。」

海指。《千頃堂書目》卷二十八云：「海指《松窗漫草》。字影林，秀水古雪菴僧。」《檇李詩繫》卷三十三、《浙江通志》卷二百五十一載同。

懷朗。《千頃堂書目》卷二十八云：「懷朗《鈴語軒詩草》。字天衣，海鹽資聖寺僧。」《檇李詩繫》卷三十三云：「懷朗，字天衣，海鹽資聖寺僧。有《鈴語軒詩草》，姚叔祥、吳石袍為序。」《浙江通志》卷二百五十一載同。

如谷。《檇李詩繫》卷三十三「如谷東禪師」云：「如谷，字日海，初號慧空，嘉善人。為人端謹，初依棲霞，後遊荊山月庭講席，名震叢林。歸，閉閣於景蓮精舍；三年，詣台山，不數月安坐而逝。」

明方。《千頃堂書目》卷二十八云：「明方《雪蕉集》。字石雨，世居平湖泖上，又云嘉善人，居佛日寺。」《檇李詩繫》卷三十三「斷拂子明方」云：「明方，字石雨，俗姓陳氏，世居平湖泖上。又云嘉善人。少負不羈，後悔悟，為僧，參雲門付斷拂子一枝，自號斷拂子，嗣為洞宗三十三代，繼謁黃檗有禪

師，歸主顯聖，又主寶壽龍門東塔，後居佛日寺。有《雪蕉集》。」《浙江通志》卷二百五十一載同。

如筏。《千頃堂書目》卷二十八云：「如筏《翠雲稿》。字性海，姓余，慈谿人。」《浙江通志》卷二百五十一載：「《翠雲稿》，《兩浙名賢外錄》：『釋如筏著，字性海，姓余，慈谿人。』」

法藏。《千頃堂書目》卷二十八云：「法藏《山居集》。字於密，無錫人。」《明詩綜》卷九十二載：「法藏，字於密，無錫人，居常熟烏目峰。有《山居集》。」《御選明詩》載與《明詩綜》同。

通法。《千頃堂書目》卷二十八云：「通法《山居草》。字師遠，內江人。」《明詩綜》卷九十二載同，《御選明詩》云「通發」。

大濱。《千頃堂書目》卷二十八云：「大濱《石公詩選》。字石公，雲棲寺僧。」《御選明詩》《明詩綜》卷九十二、《浙江通志》卷二百五十一載同，但云「大璸」，《御選明詩》言其著述為「《石公詩稿》」。

性琮。《千頃堂書目》卷二十八云：「性琮《剩草》。字白法，嘉興楞嚴寺僧。」《御選明詩》《明詩綜》卷九十二、《檇李詩繫》卷三十三載同。

通凡。《御選明詩》云：「通凡，字凡可，嘉善僧，姓丘氏。有《樹下》《汲泉》等草。」又云：「丘遂，字叔遂，嘉善人。初為僧，字凡可，尋反儒服，補諸生。」《檇李詩繫》卷十八「丘山人遂」將二人視為同一人，云：「遂，字叔遂，嘉善人。初為嘉興憩雲菴僧，名通凡，字凡可。工詩，與諸名士交善。性狂放，好詼諧，馮開之贈之詩云『凡公氣不凡，只合住巉巖』，又云『才多應八斗，舌在可三緘』。後見罪於岳石帆，即蓄髮業儒，補弟子員，世稱丘秀才。及避地松陵，不期月又棄去，稱山人。有《樹下》《汲泉》等稿，為僧時所著，又有《丘叔遂詩刻》，則晚作也。」《千頃堂書目》卷二十八云：「丘遂《丘叔遂詩草》。字叔遂，嘉善人。初為僧，字凡可，以口舌忤鄉里貴人，返儒服，補縣學生。」《明詩綜》卷七十四載同。

知證，又作智證。《御選明詩》云：「知證，字生明，寧波人，出家雪竇寺。」《列朝詩集》閏集卷三載同。《檇李詩繫》卷三十二云：「智證，字生明，四明人。出家雪竇，後同谷響、覺明、蓮生同依秋潭，住普善五年，寂於三塔之東堂。有《寓黃葉菴草》。」

廣印。《御選明詩》云：「廣印，字聞谷，嘉善人，居杭州開元寺，主湖之箐山瓶匋〔窯〕。」《明詩綜》卷九十二云「居杭州開元寺」。《檇李詩繫》卷三

十二「白雲散人廣印」云：「廣印，字聞谷，嘉善練塘人。出家杭州開元寺，藏修徑山，結茅白雲峰頂，不出山者十載。後主瓶窯真寂觀，以老器宇沖和神觀閒，止窮老參究，終不以悟自居堅辭，僧眾不許。開堂數年，退院七載南遊，腰包杖錫，飄然於荒山野水之間，孤行獨往，撐拄大法於衰殘充塞之餘。紫柏、雲棲、海印入滅，真修退藏，密傳三老之一燈者，一人而已。」《武林梵剎志》卷四云：「真寂寺，在八都下九圖，宋寶慶間建。萬曆甲寅，僧廣印移建瓶窯接眾，印字聞谷，參悟堅猛，真禪那也。」

祖印。《檇李詩繫》卷三十二云：「祖印，平湖人，東林院僧，後住焦山。」

廣潤。《御選明詩》云：「廣潤，字等慈，吳興人，俗姓錢氏，名行道，字叔達。後出家居雲棲寺，終老常熟拂水菴。」《明詩綜》卷九十二載同，言「終老虞山之拂冰菴」。

道衡。《御選明詩》云：「道衡，字平方，常熟人，居杭州淨慈後梯巖。」《列朝詩集》閏集卷三云：「道衡，字方平，號西吾，虞山李氏子。少無賴，目不知書，年二十賃傭於僧舍。僧雛讀書，從旁竊聽，遂能闇記。稍稍知大意，薙染於武林，與其名士交好，遂遊於浙西，賢士大夫機鋒捷給，咸以為師子兒也。嘗築室淨慈之後，梯巖架屋，結構精奇，貴公子求借居，嬲之不止，縱火自焚而去。久之，乃為編蓬土室，門臨絕澗，略彴獨木，度則撤去，人多望崖而返。然性不耐岑寂，少日無客至，則又步屧出遊矣。好遊族姓，多譚世法，雅負大志，以石門紫柏為師，人誚其非衲衣事，弗顧也。夏五十有二，病卒，葬於南屏。杭有能人，假護法以罔利，畏其舌鋒疾之如仇，聞其死也，以為快，毀其室而遷之，杭人以此乃益知西吾也。西吾少時有詩數十首，不嫻格律，時時有道人語；中年率意應酬，殊失本色，餘所錄者皆其少作也。」

宗乘。《御選明詩》云：「宗乘，字載之，常熟東塔寺僧。」《列朝詩集》閏集卷三將宗乘等八人合在一起，言宗乘云：「宗乘，字載之，常熟東塔寺僧。秀羸好靜，不諧於俗。時為小詩，亦不求人解。從汰法師於華山，卒於嘉定。石林源公刻其遺詩。」

海岱。《御選明詩》云：「海岱，字聞光，吳人，出家馬鞍山。」《列朝詩集》閏集卷三載：「吳郡海岱，字聞光。弱冠棄妻子，剃髮於馬鞍山仰天塢，參憨山大師於匡廬，歸禮二楞幽溪。通唯識，玄談大義，諸方皆稱之。同時有實印字慧持、妙嚴字端友、際瞻字師星、源際字曠兼皆吳江少年，苾蒭為詩社，以清新之句相尚，而皆早歿。」

　　實印。《御選明詩》云：「實印，字慧持，吳江人。」《列朝詩集》閏集卷三載見海岱。

　　妙嚴。《御選明詩》云：「妙嚴，字端友，吳江人。」《列朝詩集》閏集卷三載見海岱。

　　際瞻。《御選明詩》云：「際瞻，字師星，吳江人。」《列朝詩集》閏集卷三載見海岱。

　　源際。《御選明詩》云：「源際，字曠兼，吳江人。」《列朝詩集》閏集卷三載見海岱。

　　通洽。《御選明詩》云：「通洽，字履正，華亭超果寺僧。」《列朝詩集》閏集卷三云：「通洽，字履正，華亭超果寺僧。參雨汰諸講席，有詩名。」

　　如曉。《千頃堂書目》卷二十八云：「如曉《萍蹤道人巖航草》。字萍蹤，蕭山人，棲隱天台石樑下，晚居湖上，往來嘉禾。」《御選明詩》云：「如曉，字萍蹤，蕭山人。棲天台石樑下，晚居湖南，往來嘉禾。有《萍蹤道人巖艇草》。」《明詩綜》卷九十二云「晚居湖上」，《浙江通志》卷二百五十一載同，《攜李詩繫》卷三十二載亦同，又言「善畫竹」。《列朝詩集》閏集卷三云：「如曉，字萍蹤，蕭山人。善畫竹。喜天目山高秀孤，棲三十年，自稱天目寓僧。入天台，泛剡溪，掛瓢湖南。有《萍草詩》。亦皆早歿。」下有對八人詩句的評論云：「印有『秋葉近銷為客性，寒花當有向禪心』『耳際波濤成避世，腹中冰雪自為天』，嚴《詠梅》有『雪深客未至，月白夢初殘』，瞻有『溪綠冰初斷，村寒花偶遲』，際有『鶯聲初在柳，花氣薄迎衣』，洽有『秋盡寒猶淺，晚來山漸深』，曉有『夕陽移古岸，漁笛弄秋聲』，皆佳句也。」

　　實訒。《御選明詩》云：「實訒，字可南，吳人。」

　　海明。《御選明詩》云：「海明，號破山，四川人，住嘉興東塔寺，後歸蜀。有《破山語錄》。」《明詩綜》卷九十二、《浙江通志》卷二百四十六載同，《秘殿珠林》卷二十三著錄《破山語錄》一部。《明詩綜》引《靜志居詩話》載海明勸張獻忠止殺事云：「張獻忠殺人之多，較黃巢百倍。自甲申正月犯蜀，陷重慶，悉斷民右手。既破成都，僭號大西，改元大順，授其義兒孫可望為偽平東將軍，監十九營；李定國為偽安西將軍，監十六營；劉文秀為偽撫南將軍，監十五營；艾能奇為偽定北將軍，監二十營。次年五月，可望報一路殺男子五千九百八十八萬、女子九千五百萬，定國報一路殺男子七千九百餘萬、女子八千八百餘萬，文秀報一路殺男子九千九百六十餘萬、女子八千八百餘萬，能奇

報一路殺男子七千六百餘萬、女子九千四百餘萬。此外，各營分剿川南川北，所殺之數及獻忠偽御營殺人數目，自有簿記之不與焉。於是，四川之民靡有孑遺。迨屯營於西充鳳皇山，至自殺，其卒日一二萬人。初殺蜀卒，蜀盡則楚，楚盡乃殺共起之秦人，後令量之，以度過不及者皆死。駐西充時，尚存兵一百三十萬，逾兩月剮剚宰割者過半矣。相傳破山和尚嘗勸賊帥李止殺，賊帥以羊豕進，曰『和尚食此，吾當封刃』，破山遂食之。此破山之徒杖雪通醉載之語錄者，《綏寇紀略》謂勸獻忠，誤也，予友高念祖對予述之。」

讀徹。《千頃堂書目》卷二十八云：「讀徹《南來堂稿》。字蒼雪，〔缺〕貢人，居蘇州楞伽之中峰。」《御選明詩》、《明詩綜》卷九十二皆「呈貢人」，錢謙益《一語法師塔銘》云為通潤法師法嗣，《雲南通志》卷二十五云：「讀徹，號蒼雪，呈貢人，俗姓趙。戒行堅苦，有才名。崇禎間遊江南，住華山，與董其昌、陳繼儒、吳偉業、唐宇昭輩友善，有《金陵懷古》詩云：『石頭城下水涼涼，西望江關合抱龍。六代蕭條黃葉寺，五更風雨北門鐘。鳳凰已去臺邊樹，燕子仍飛磯上峰。抷土當年誰敢盜，一朝伐盡孝陵松。』示寂後，江浙名士以詩唱者甚眾，吳偉業一章曰『說法中峰語句真，滄桑閱盡剩閒身。宗風實處都成教，慧業通來不礙塵。白社老應空世相，青山我自笑詩人。縱教落得江南夢，萬樹梅花孰比鄰。』其愛惜如此，吳中至今誦之。」清人王士禎多次論到讀徹詩句，《香祖筆記》卷二中贊及讀徹七言律，云：「七言律聯句，神韻天然，古人亦不多見，如高季廸『白下有山皆繞郭，清明無客不思家』，楊用修『江山平遠難為畫，雲物高寒易得秋』，曹能始『春光白下無多日，夜月黃河第幾灣』，近人『節過白露猶餘熱，秋到黃州始解涼』『瓜步江空微有樹，秣陵天遠不宜秋』，釋讀徹『一夜花開湖上路，半春家在雪中山』，皆神到不可湊泊。」《漁洋詩話》卷上云：「近日釋子詩以滇南讀徹蒼雪為第一，如『一夜花開湖上路，半春家在雪中山』，如『亂流落葉聲兼下，聽徹寒扉不上關』，皆警句，其弟子某亦有句云『鳥啼殘雪樹，人語夕陽山』。」

通蘊。《千頃堂書目》卷二十八云：「通蘊《巢枸集》。字靈章，皋亭山僧。」《明詩綜》卷九十二載同，《浙江通志》卷二百五十一載：「《巢枸集》，《錢塘縣志》：『釋通蘊著，字靈章，皋亭山僧。』」

道源。《千頃堂書目》卷二十八云：「道源《寄巢詩集》。號石林，太倉人，居吳北禪寺。」《明詩綜》卷九十二載同，引《靜志居詩話》云：「石林好讀儒書，嘗類纂子史百家為《小碎集》，又以餘力注李義山詩三卷，其言曰：『詩人

論少陵忠君愛國，一飯不忘，而目義山為浪子，以具綺靡華豔極玉臺金樓之體而已。第少陵之志直其詞危，義山當南北水火，中外箝結，不得不紆曲其指、誕謾其辭，此風人小雅之遺。推原其志義，可以鼓吹少陵。』惜其書未刊行。會吳江未長孺箋義山詩，多取具說，間駁其非，於是一時詩家謂『長孺陰掠其美且痛抑之』，長孺固長者，未必有心效齊丘子也。」

明懷。《千頃堂書目》卷二十八云：「明懷《㝉言》。字墨浪，山陰人，雲門寺僧。」《明詩綜》卷九十二、《浙江通志》卷二百五十一載同。明懷認同王陽明心學，《明詩綜》錄其《雲門和王陽明先生壁間韻》詩云：「偶入空巖遠，扶筇趁鹿遊。為憐千嶂寂，擬結一茅休。漱玉飛泉潤，生雲抱石幽。行吟溪上月，清影逗林丘。」

智闇。《千頃堂書目》卷二十八云：「智闇《炊香堂文集》。字六雪，江西瀛山寺僧。」《明詩綜》卷九十二載同。

無文。《千頃堂書目》卷二十八云：「無文《鵠林草》。字貞白，崑山鵠林僧。」《明詩綜》卷九十二載同，引呼德下評論其詩云：「貞白死時年三十三，遺詩僅六十餘首，語新體潔，雅近中唐，摘其佳句，即皎然、齊已何多遜焉。」

照影。《千頃堂書目》卷二十八云：「照影《鏡齋詩草》。字指月，吳江江楓菴僧。」《明詩綜》卷九十二載同。

《御選明詩》云：「契靈，字仲光，蕭山人，居杭州理安寺，有《山居詩》。」《明詩綜》卷九十二、《浙江通志》卷二百五十一載同。《武林梵剎志》卷三記載契靈重建理安禪寺事，云：「理安禪寺，亦名湧泉院，在九溪十八澗，南通徐村，北達龍井，七峰環繞，雙澗合流，境地幽勝，視兩峰三竺又一奇矣。弘治四年六月念四日，寺廢於洪水，頹崖深谷無過問者；萬曆戊戌，僧契靈字仲光，掛瓢巖壁，僅可容膝，掘土丈許，石礎柱礎，舊址儼然。洞室覆泉，細如噴珠，復下注為二池，石甃六方，施生臺石塔半座，刻涅槃經偈，右石壁間有大佛字，縱橫丈許，俱舊物。因築土填谷，藩以竹樹，有萬歲石碑、湧泉龍王石碑，皆掘地得之者。於鑱頭邊二十餘年，發明向上事，飯依漸眾。」

明澗。《御選明詩》云：「明澗，字道間，成都人。」《明詩綜》卷九十二載同。

函可。《御選明詩》云：「函可，字祖心，博羅人，尚書韓日纘子。少為諸生，後棄家入羅浮。有《剩人詩》。」

景昂。《檇李詩繫》卷三十二云：「景昂，字雪巖，秀水東禪寺僧。」《古

今禪藻集》收錄其詩三首。

如空。《攜李詩繫》卷三十二「無趣老人如空」云：「如空，自號無趣老人，秀水人。俗姓施，未為僧，究心內典，適野翁曉禪師寓東塔，老人往謁，盡闢夙解，益自刻志，夜半聞雞鳴大悟，曉師遂付衣鉢。薙染，居敬畏菴。萬曆己卯，付法於弟子性沖，曰『明歲仲秋五六之期，吾欲遠行，子宜來』，及期沖至，老人示微疾，說偈而逝。」

如本。《攜李詩繫》卷三十二云：「如本，字南詢，嘉興白蓮寺僧，善書。」

戒逸。《攜李詩繫》卷三十二云：「戒逸，海鹽天寧寺僧。」

明導。《攜李詩繫》卷三十二云：「明導，字心空，桐鄉密印寺僧。」

海白。《攜李詩繫》卷三十二云：「海白，字法朗，號慈潤，崇德西林寺僧，明曠法孫。」

德舜。《攜李詩繫》卷三十二云：「德舜，嘉興人。」

傳如。《攜李詩繫》卷三十二云：「傳如，字戒山，又作介山，海鹽人。幼出家昭慶，通內外典，參空見性，與虞德園、馮具區諸公善。萬曆間，徒步入京請藏，為謗議所中，身陷法曹，後得釋。陳百史曰：『介山一切定力，為教導主，脫略世法，不拘隅曲，後十餘年學者思之，至有奉其教而泣下者。予聞其苕溪說法，時有巨蟒蜿蜒、群鵲聚聽，與曇超何異！非定力能如是乎。』」

妙用。《攜李詩繫》卷三十二云：「妙用，嘉興人。」

德彥。《攜李詩繫》卷三十二云：「德彥，字徽可，郡之東塔寺僧，律山門人，晚居雙徑。」又見「德勝」條。

方擇。《攜李詩繫》卷三十二「竹僚和尚方擇」云：「方擇，字覺之，號振林，烏程人。幼入桐鄉密印寺薙染，博通禪講，淹貫百家，為焦漪園、李臨川、曹能始諸老所重，倡和者吳允兆、茅孝若、顧嘿孫、唐祈遠也。學者稱竹僚和尚『其詩清真和雅，無一點塵俗』，程尚甫梓以行世。」

海湛。《攜李詩繫》卷三十二「天耳和尚海湛」云：「海湛，號雪谷，蘇州寒山僧。擅書畫，見知於王百穀，繼與趙凡夫、陳眉公善。有耳疾，對客會意點頭微笑而已，如晏坐清談，則能了了。萬天間，來寓嘉興王江涇李氏墓所十餘年，終於靜峰菴。有《寒巖集》《谷中餘草》《雪龕草》，蔣之翹作《天耳和尚歌》贈之。」

法印。《攜李詩繫》卷三十二云：「法印，字楚章，海鹽天寧寺僧。有《五畝山稿》。」

照梵。《檇李詩繫》卷三十二云：「照梵，字全初，烏程人，桐鄉密印寺僧。」

如恒。《檇李詩繫》卷三十二云：「如恒，字見源，號雪竹，嘉興初地菴僧。有《小刻》。」

大居。《檇李詩繫》卷三十二云：「大居，字同六，秋潭之弟，以兄為師，住普善菴，喜模晉唐書法，亦工詩。」

性廉。《檇李詩繫》卷三十二云：「性廉，字無染，嘉興大雲菴僧。」

沙明。《檇李詩繫》卷三十二云：「沙明，字照淵，海鹽人，善畫，住秀水三塔寺。」

通章。《檇李詩繫》卷三十二云：「通章，字闇然，號慧越，桐鄉密印寺竹僚之門人。」

道援。《檇李詩繫》卷三十三「寶雲禪師道援」云：「道援，字汝航，福建陳氏子。年十五喪母，遂棄家野服，叩法博山大師。已，至天台高明寺，閱臺宗三大部，博通教典，卓錫於杭之橫山。崇禎庚辰，馬訥菴、陸遜齋延至平湖，乙酉返橫山，後復以馮兼山之招，偕其法嗣夢破憩息耘廬寶雲林二十餘年，竟示寂於此。有詩文語錄行世。」

福教寺僧。《御選明詩》云「福教寺僧」，著錄《過福教寺題》，云：「殘山剩水一荒基，古寺煙籠白塔低。燕子不知身是客，秋風還戀舊巢泥。」此僧應為不知名者，因本詩名而稱之為「福教寺僧」。《明詩綜》載同，著錄該詩題為「嘉靖初魏國公侵武進縣福教寺田僧乃棄去後過寺題詩云云」，詩題詳述事之本末，棄去之僧應該就是「福教寺僧」。

宗賢。《欽定續文獻通考》卷一百九十六云：「釋宗賢《傲僚集》一卷。宗賢字月堂，杭州人。」《明別集叢刊》收錄釋宗賢《傲僚集》二卷，現並存有清東武李氏研錄山房鈔本《傲僚集》二卷。

大善。《千頃堂書目》卷八載「釋大善《西溪百詠》二卷」，《欽定續通志》卷一百六十二載「《西溪百詠》二卷，明釋大善撰」，《四庫全書總目》卷一百八十有《西溪百詠》二卷提要，云：「明釋大善撰。大善，號虛聞道人。其始末未詳，以其詩考之，蓋崇禎初人也。西溪在武林西北，欽賢鄉，宋高宗欲都其地，後卜遷鳳凰山。在南渡時，梵剎甚盛，宋人舊有《西溪百詠》，此復追詠古蹟，每題七律一首，凡百首，拾遺五首。又附《福勝菴八詠曲》《水菴八詠》《梅花十絕》於末。」現存有清光緒六年丁氏八千卷樓刻本。《浙江通志》卷二百五十四云「《西溪百詠》上下卷，崇禎間釋大善撰」，《浙江通志》《西湖

志纂》等頻繁注引《西溪百詠》的內容，如《浙江通志》卷三十三「金橋」條引到《西溪百詠》，云：「在西溪市。北宋建炎間，金四將軍為先鋒，從張伯英陣亡，其妻西溪人，歸守祖居，捐金建橋為夫作冥福，故鄉人稱曰金四媽橋。橋下垂楊獨盛。」下注引釋大善《金橋柳詩》云：「為布虹梁弔武臣，沿堤弱柳過橋春。掛梢斜月偏留客，唾影遊魚不畏人。枝上杜鵑啼戰血，葉間花絮憶閨貞。金橋姓氏依然在，忠烈千秋似隔晨。」

道恂。《欽定續通志》卷一百六十三載「《師子林紀勝》二卷，明釋道恂編」，《欽定續文獻通考》卷一百九十八載：「釋道恂《獅子林紀勝》二卷。臣等謹按，元至正間，天如禪師居寺中，倪瓚為之疊石成山，勝流來往，題詠至多，道恂裒輯以成是集。」《四庫全書總目》卷一百九十三《師子林紀勝》二卷提要云：「明釋道恂撰。師子林在蘇州府城內，元至正中天如禪師居寺中，倪瓚為之疊石成山，地址逼仄，而起伏曲折，有若穹谷深巖，遂為勝地。頂一石，狀若狻貌，故名曰師子林。勝流來往，題詠至多，道恂裒而編之以成是集。自翠華南幸，繪圖題句，奎藻輝煌，一邱一壑，藉以千古，回視斯編，又不啻爝火之光矣。」現存有清咸豐七年活字印本，釋道恂編、清徐立方續編《師子林紀勝集》二卷《補遺》一卷《圖》一卷《校勘記》一卷《續集》三卷首一卷。

祖浩。《欽定續文獻通考》卷一百九十八「總集類」著錄兩種僧人詩歌的總集，一種即為釋道恂《獅子林紀勝》，另一種為釋祖浩《齊山詩集》七卷，云：「祖浩與其徒道璘同編。二人皆弘治中齊山寺僧，臣等謹案齊山在池州貴池縣，自唐杜牧齊山登高有詩後，之遊者題詠遂多，祖浩匯輯成編。」

道泰。《欽定續通志》卷一百五十七載「《集鍾鼎古文韻選》五卷，明釋道泰撰」，《欽定續文獻通考》卷一百六十云「釋道泰集《鍾鼎古文韻選》五卷」，《千頃堂書目》卷三云：「釋道泰集《鍾鼎古文韻選》五卷。號來峰，泰州僧。」《四庫全書總目》卷四十三《集鍾鼎古文韻選》五卷提要云：「明釋道泰撰。黃虞稷《千頃堂書目》載此名，注曰『字來峰，泰州人』。其書分韻集鍾鼎古文，然所收頗雜，秦權漢鑒與三代之文並載之，殊乖條貫。他如《滕公石槨銘》，本屬偽跡，收之已失別裁，又鉤摹全非其本狀，則傳寫失真者多矣。」現存有明鈔本《鍾鼎古文韻選》五卷。

真空。《欽定續通志》卷一百五十七載「《篇韻貫珠集》一卷，明釋真空撰」，《欽定續文獻通考》卷一百六十載：「釋真空《篇韻貫珠集》一卷。真空，號清泉，萬曆中京師慈仁寺僧。」《四庫全書總目》卷四十二《經史正音切韻

指南》一卷提要云：「元劉鑒撰……末附明釋真空《直指玉鑰匙》一卷，驗之即真空《篇韻貫珠集》中之第一門第二門，不知何人割裂其文綴於此書之後。又附若愚《直指門法》一卷，詞旨拙澀，與《貫珠集》相等，亦無可採，今並刪不錄焉。」《四庫全書總目》卷四十四《篇韻貫珠集》一卷提要云：「明釋真空撰。真空，號清泉，萬曆中京師慈仁寺僧也。是書分為八門，編成歌訣，一曰五音篇首歌訣，二曰五音借部免疑海底金，三曰檢五音篇海捷法總目，四曰貼五音類聚四聲篇海捷法，五曰訂四聲集韻卷數並韻頭總例，六曰貼五音四聲集韻捷法總目，七曰創安玉鑰匙快捷方式門法歌訣，八曰類聚雜法歌訣。大旨以五音集韻篇海為本，二書卷帙稍繁，門目亦碎，故立捷法檢尋之。無所發明考證，又俗僧不知文義，而強作韻語，讀之十九不可曉。注中語助之詞亦多誤用，其難通更甚於篇韻也。」現存有明弘治十一年刻本《新編篇韻貫珠集》一卷。

宗淨。《欽定續通志》卷一百五十九載「《徑山集》三卷，明釋宗淨撰」，《欽定續文獻通考》卷一百七十一載「釋宗淨《徑山集》三卷，宗淨始末未詳」，《浙江通志》卷二百五十三云：「《徑山集》三卷，黃汝亨《徑山志序》：『萬曆初年，僧宗淨刻，載諸祖事，十之二三僅存其名與示寂日月，詩文亦寥寥。』」《四庫全書總目》卷七十七《徑山集》三卷提要云：「明釋宗淨撰。宗淨始末未詳。徑山在臨安縣天目山東北，唐代宗時僧法欽始造寺。是書上卷記寺之建置，中卷記禪宗，下卷載藝文，原刻校讎不精，僧方一序，謂其『魯魚亥豕迭出，為白璧蠅玷』云。」《四庫全書總目》卷七十七《徑山志》十四卷提要云：「明宋奎光撰……是編蓋增補宗淨舊志而成，分開山諸祖，及制勅、詩文、名勝、古蹟、土產、諸門，殊多猥瑣，蓋一山一寺，地本偏隅，宗淨志已具梗概，奎光必從而恢張之，其冗沓宜矣。」其中所言舊志，可能是宗淨曾撰有《徑山志》，也可能就是《徑山集》。《千頃堂書目》卷八云「釋宗淨《徑山集》三卷，萬曆初刻」，此本現存。

本以。《欽定續通志》卷一百六十載「《蘭葉筆存》，無卷數，明釋本以撰」，《欽定續文獻通考》卷一百七十七載：「釋本以《蘭葉筆存》，無卷數。本以，字以軒，蘇州人。」《四庫全書總目》卷一百二十八《蘭葉筆存》提要云：「明釋本以撰。本以，字以軒，別號亦已，又號師岳叟，蘇州人。書中載天啟四年董其昌所記玉璽事，則猶在其後也。又稱先師每書竟，必令潛寫填語，蓋潛其本名矣。是編首頁題為《蘭葉筆存》，次頁又題為《慎辭錄》，所論淳熙秘閣續

帖於黃庭內景經點畫形模，辨析絲毫，蓋即姜夔蘭亭偏旁之意。其餘多談書畫，亦偶及雜事，所稱引者焦竑、董其昌語為多。中後雜載詩二十餘首，即其自作，大抵隨筆紀錄之冊，後人抄合為帙也。其中《石頭城謠》一條，論樂府音節，穿鑿附會，殊不足據。餘皆明末山人語耳。」《浙江通志》卷二百四十七載「《蘭葉筆存》一卷，吳興董說若雨著」，應誤。現存清鈔本。

大同。《浙江通志》卷二百五十一載：「《天柱稿》，《淨慈寺志》：『釋大同著，字一云，上虞人。』按，《尤氏藝文志》有《竺菴集》二卷。」《竺菴集》的著者為大同，《江南通志》卷一百九十四載：「《天柱稿》，金陵大同一云。」《浙江通志》誤，將大同與大同混為一人。

雍布衲。《浙江通志》卷二百五十一云：「《和永明山居詩》，《萬曆錢塘縣志》：『雍布衲著。』」

智幻。《浙江通志》卷二百五十一載：「《疏菴詩鈔》一卷，石門釋智幻、在真著，秀水陳葵潛夫選。」

在真。與智幻合著《疏菴詩鈔》一卷，見「智幻」。

南潛。《浙江通志》卷二百五十一載：「《豐草菴詩集》十一卷《文集》三卷《前集》三卷《別集》六卷，《寶雲詩集》七卷《甲編》二卷《乙存》三卷，《散隨續稿》一卷，《樵堂題跋》一卷，《西荒別存》一卷《西荒別編》一卷，《小品》一卷，《癸亥雜文》一卷，《秋雪堂稿》一卷，《藥籬雜文》一卷《乙丑雜文》一卷，《寶雲雜著》一卷，《石楠堂十表》一卷，靈巖釋南潛、月函著，本烏程董說。」

圓詮。《浙江通志》卷二百五十一載：「《月航集》，《成化四明郡志》：『釋圓詮著，姓楊氏，居永明寺。』《兩浙名賢外錄》：『字象外，慈谿人。』」

慶文。《江南通志》卷一百九十四載：「《香林集》，金陵慶文。」

慈露。《江南通志》卷一百九十四載：「《雲隱集》，金陵慈露心田。」

唯識。《江南通志》卷一百九十四載：「《唯菴集》，金陵唯識。」

靜可。《江南通志》卷一百九十四載：「《笑菴集》，吳僧靜可。」

元肇。《江南通志》卷一百九十四載：「《淮海集》，通州僧元肇。」

通際。《江南通志》卷一百九十四載：「《綠羅菴集》，通州通際。」

守訥。《江南通志》卷一百九十四載：「《擬寒山詩》，涇縣守訥。」

夢真。《江南通志》卷一百九十四載：「《籟鳴集》，寧國夢真覺菴，汪姓。」

顥愚。《宗統編年》卷三十二載：「衡號傘居，遍參雲棲、紫栢、雪浪諸尊

宿，結茅華頂，一夕踏月經行，忽然徹悟。入粵參曹溪清大師，機緣甚愜，清
書偈囑之。殿元劉孝則、給諫熊青嶼請住雲居，明月堂成，委印首座領眾說
法。命舟南下金陵，開法紫竹林，日與元白尊宿提唱綱宗，鉗錘來學。」藕益
大師撰有《紫竹林顓愚大師爪髮衣缽塔誌銘》記其生平事蹟，其中提到其著述
云：「師諱觀衡，顓愚其字也……著有《楞嚴金剛四依解》，及《紫竹林全集》
行世。」〔註65〕《蓮邦詩選》收錄其多首淨土詩。

　　曇英。生平不詳，作品中多寫到明末事，應為明末時僧徒。《禪門遺書》
收錄明末闇峰居刻本《曇英集》四卷，卷前有法幢居士張民表撰《曇英上人詩
序》，言其寫作云：「予頃在都門逢曇英上人也，因見其詩。茲訪於中牟，偕至
夷門，稱詩不去口。予曰：『此固戛金嬉禪之說也。執之為法，則法不法；悟
之為非法，則不法法矣。』上人默然。」〔註66〕集中有《自述》詩云：「練得
微軀骨欲稜，迎風趨走若飛騰。逍遊雲漢雙啼鶴，放曠乾坤一韻僧。行腳幾年
隨彩筆，話頭終日在蒼藤。春來準擬多詩況，嫩柳濃花寫不勝。」〔註67〕詩中
大概說明自己的經歷，並毫不諱避自己的「韻僧」身份，又《自笑》詩云：「自
笑耽風雅，江潮歷藏深。客愁貧易結，詩病老難針。不吐煙霞氣，唯含冰月心。
行歌憐野鳥，側耳似知音。」〔註68〕從詩中可知曇英一生清冷，且不輟吟詠於
詩作，《自題》詩表述得更為明確，云：「四十餘年學固窮，草衣蔬食石林中。
骨曾負駿堪成俠，心不幹人只自雄。句老孤窗疑落雪，茶清兩腋覺生風。啼鶯
忽報春光暮，忍看飛花泛水紅。」〔註69〕

　　高泉。黃檗慧門如沛禪師弟子，慧門之師隱元禪師東渡日本，隱元弟子即
非及高泉後亦皆赴日本。高泉（1633～1695年），亦稱高泉性潡，福建福州府
福清人，俗姓林，字高泉，號雲外，又稱曇華道人。高泉乃明末人，清初東渡
日本，因此亦稱其為清初僧徒。高泉與即非禪師密從，《即非禪師全錄》中保
存不少高泉文獻片段，如二人問答云：「師問高泉法姪『汝和尚萬福否』，泉云
『今日親到聖壽』，師曰『不謬為黃檗肖子』，泉禮拜云『謝和尚證明』，師休
去。」〔註70〕高泉作有《喜即非和尚至自雪峰》詩，云：「攜得千年雪，蓮花

〔註65〕《靈峰蕅益大師宗論》卷第八之三，《嘉興藏》第 36 冊，第 396 頁。
〔註66〕《曇英集》卷首，載《禪門遺書》第八冊，第 4 頁。
〔註67〕《曇英集》卷一，載《禪門遺書》第八冊，第 26 頁。
〔註68〕《曇英集》卷二，載《禪門遺書》第八冊，第 54 頁。
〔註69〕《曇英集》卷三，載《禪門遺書》第八冊，第 90 頁。
〔註70〕《即非禪師全錄》卷第七，《嘉興藏》第 38 冊，第 656 頁。

頂上分。將何為法供，巖石與松雲。」〔註71〕《禪門遺書續集》收錄日本貞亨丁卯年（1687）刊本《新刊一滴草》，前有即非禪師《一滴草敘》，云：「鴆毒一滴，斷人命根，醍醐一滴，活人性命。倘遇非器而不善用，縱上味亦能誤人，可不慎歟！高泉禪師乃黃檗慧和尚之嗣，童真入道，負清淨器，貯曹溪一滴於妙齡之年，他日霈之，為霖為雨，蓋未可量也。禪暇喜作詩偈，不覺盈帙，自鳴其集曰《一滴》，意謂文字之於吾道猶一滴投於巨海，視彼河伯自多於水，不復知有百谷王者為何如哉。辛丑夏，不憚涉萬里鯨濤，省覲師翁，道由崎島，首謁余於聖壽山中。闊別十載，相見如隔生，意外雲合，道聚月餘，將別去，出是集請益丐一言為證。余因是而讀之，其言澹而旨遠，如澄川透迤而無怒奔之狀，非涵養之功，烏能至是。雖未盡其餘，然嘗潮一滴，味具百川，舌頭具眼者必有取焉。」〔註72〕此敘乃作於日本。

　　上述僧徒都有作品保留下來，或其著述被刊刻，或其作品被收錄。他們的法號與作品因而被後人所知，與這些僧徒相比，更有不少僧徒沒有留下他們的法號、事蹟，如明末江盈科《雪濤閣四小書之四》中曾載兩則軼事，其一云：「太祖皇帝戰江南時，偶投一寺歇宿。住持不知上也，輒相問姓名，上乃題詩寺壁曰：『戰退江南百萬兵，腰間寶劍血猶腥。山僧並不知分曉，只管叨叨問姓名。』及登極後，寺僧惶恐，用水洗去其詩。上遣人索原詩在否。一僧亦題詩獻曰：『御筆題詩不敢留，留時恐惹鬼神愁。僧將法水輕輕洗，尚有龍光射斗牛。』上覽詩頗喜，寺僧皆得免究。」〔註73〕其二云：「一尼僧題一詩云：『到處尋春不見春，芒鞋踏破曉山雲；歸來笑撚梅花嗅，春在枝頭已十分。』絕似悟後人語。」〔註74〕清初趙吉士亦曾記明初僧人應聲賦詩事云：「明初一僧敲缽賣詩，聲絕詩就，有以雞卵命之賦，僧應聲曰：『一塊無瑕玉，中含混沌形，忽然成五德，叫落滿天星。』」〔註75〕這三條軼事記錄的僧徒沒有留下法號，成為無名的僧人。第一條和第三條寫的明初事，表明的是如前文所述之明初僧詩創作的活躍；僧徒能夠「應聲」賦詩，表明僧徒對詩文創作極為擅長。第二條是寫明代僧尼創作的活躍，本詩顯然是化自唐代無盡藏比丘尼《嗅梅》詩：「終日尋春不見春，芒鞋踏破嶺頭雲。歸來偶把梅花嗅，春在枝頭已十分。」

〔註71〕《一滴草》卷第一，載《禪門遺書續集》第三冊，第 11 頁。
〔註72〕《一滴草》卷首，載《禪門遺書續集》第三冊，第 1 頁。
〔註73〕《江盈科集》，第 726～727 頁。
〔註74〕《江盈科集》，第 720 頁。
〔註75〕《寄園寄所寄》卷四。

儘管是演化前人之作，但詩中仍能表現出作者抒發內心對自然的賞愛及「踏破曉山雲」時的頓暢之感。這三位僧徒儘管沒有留下法號，作品被人記錄下來仍然是非常幸運的，由此三條軼事而可以肯定的是，明代亦有眾多僧人曾創作眾多的詩文之作，卻沒有保留下來，是相當遺憾的。

　　不管是否將法名留存下來，佛教僧徒創作的作品作為明代佛教文學的主體，是明代文學的重要組成部分；由於僧徒作品的存在，明代文學更為豐富與多樣。

　　由上述對明代僧徒的敘述來看，明代佛教文學的創作確實呈現出明初與明後期活躍、明中期相對沉寂的狀況，這個特徵相當明顯。

第三章 佛禪義理詩與淨土詩

　　明代僧徒的文學創作，主要包含有詩歌、詩偈、詞、文（包括遊記）、賦等體裁，目前尚沒有發現僧徒有小說和戲曲作品。明代僧徒作品的主體是詩歌與詩偈，本書以下三章以「詩」為題，並不意味著僅是敘述詩之內容，文等體裁與內容同樣涵蓋在內，只是為了標題的簡練而以詩稱之。本書對明代僧徒的文學作品尤其是詩歌與詩偈從內容上進行大體的分類，並對各類予以敘述。《古今禪藻集》《明詩綜》《御選明詩》《列朝詩集》等著中所編選的佛教僧徒作品，儘管編選的角度和目的不同，但基本上選擇的都是各僧徒之佳作，以下三章所使用的文獻，除各僧徒的專門著述之外，主要以上述四種文獻為主。本章敘述明代僧徒作品中的佛禪義理詩與淨土詩。

一

　　詩僧的詩歌中描寫佛教義理尤其是禪理禪意，並以之弘傳佛教，是題中應有之義，如前文引通門禪師《跋天童雲門永覺佛日四尊宿墨蹟》中提到天童禪師「獨不喜作韻語，所有筆墨皆法言，後之學者苟不忘其法，雖不見猶見也」之語，即是說明僧徒創作之本心，往往更多是出自弘傳佛教的角度，或者抒發自身對禪理的啟悟。

　　許多詩歌尤其是詩偈，往往直白地表述佛教之理，如明初愚菴智及（1311～1378）的作品基本上都屬於禪偈，直接闡述著佛教之理，如《示淨心禪人》云：「心淨則佛土淨，刹刹塵塵大圓鏡。心空則諸法空，昨夜南山，虎咬大蟲。參禪只要明心地，立雪神光曾斷臂。覓心不得即安心，達磨大師無本據。我無

一切心，何用一切法。心空及第好還家，萬里北風吹鬢發。」〔註1〕類似這樣的詩歌詩偈，純粹是闡述或者敘說佛禪義理。少數作品亦能在演繹意境中闡述禪理，如《答東皋伯遠法師》之一云：「東皋尊者隱郊墟，小小屠蘇睹史居。切栢代香朝演法，捲簾進月夜紬書。村園界熟秋霜後，花徑苔生宿雨餘。心境兩忘諸幻滅，更於何處覓真如。」之二云：「楓宸召對足光榮，峻辯宏機悅眾情。一妙九旬談不盡，千差萬別證無生。中吳大士推三傑，上國高僧第一名。道重金輪聖天子，毗盧頂上等閒行。」〔註2〕第一首寫心境兩忘，第二首寫「峻辯宏機」，並以「一妙九旬談不盡」修飾與盡情凸顯「峻辯宏機」，其言之「宏機」就是證得「無生」之玄理。智及受到朱元璋的徵召，並展現他的「峻辯宏機」，足見其受到朱元璋之看重，體現了朱元璋以之「陰翊王度」之意。正由於詩偈能深入演繹佛教之理，宋濂予以評價云：「其解人膠纏如鷹脫條旋，摩雲而奮飛也；其方便為人如慈母愛子，一步而三顧也；其宏機密用如大將臨陣，旗鼓動而矢石集也。誠一代之宗師，而有德有言者歟。雖不二門中一法不存，何況於言。覽者當求禪師言外之意，使意見兩忘，而忘忘亦忘，方近道矣。嗚呼，佛法超乎天地之外，出乎日月之上，豈細故哉。人患不求之爾，今極其讚頌而書於此，錄之端實，欲起人之敬信也。」〔註3〕使讀詩者「意見兩忘」，就是佛教文字與文學所要達到的效果。

智及有很多闡述佛教經典的詩偈，而且在詩偈中佔了不小的比例，如《讀〈華嚴〉》詩云：「華嚴法界浩無邊，玉轉珠回滿目前。究竟直須超性海，精通猶是涴心田。不離當處該三德，曲說多方顯十玄。慚愧捨那尊特父，誑兒偏解奮空拳。」《讀〈法華〉》詩云：「六萬餘言最上乘，寒窗相對篆煙騰。無邊譬喻刀頭蜜，大事因緣火裏冰。彈指不妨開寶塔，焚身誰解繼真燈。循行數墨三千部，一句全超憶慧能。」〔註4〕兩首詩分別是對《華嚴經》《法華經》兩部經典的理解與闡發，以「十玄」體現《華嚴經》，以「無邊譬喻」體現《法華經》。第一首中的「究竟直須超性海」與第二首中的「一句全超憶慧能」顯示智及以禪學詮釋佛教經典的觀念。如智及一般闡述佛經及佛教人物的詩歌詩偈比比皆是，如雪山法杲《巢松浸兄講〈維摩經〉因贈》長篇詩，敘述《維摩詰經》

〔註1〕智及：《愚菴和尚語錄》卷第八，《續藏經》第 71 冊，第 690 頁。
〔註2〕智及：《愚菴和尚語錄》卷第九，第 694 頁。
〔註3〕宋濂：《宋文憲公護法錄》卷第七《徑山愚菴禪師四會語序》，《嘉興藏》第 21 冊，第 666 頁。
〔註4〕智及：《愚菴智及禪師語錄》卷第九，第 692 頁。

之意，云：

> 毗耶老人誰匹儔，懸河倒峽融為喉。獨榻橫陳據一室，殆將伏枕為生由。一切如來贊不起，十大弟子凝其眸。不知胸中倚何理，翻青攪白說不休。一蓋云出一切蓋，一漚云攝一切漚。或從虛空鼓溟渤，或從平陸生高丘。或從魔天亂螢日，或從佛界興鴻溝。或從曼殊借前箸，或從舍利開窮搜。或從空鉤設奇餌，或從奇餌張空鉤。鶴短鳧長盡描畫，指鹿為馬無可不。聽者若聾視若瞽，行者不駐坐者流。小根驚其拂空慧，凡夫眩乃無真修。不知老人最平坦，無堂無構無危樓。正如家翁語家事，一件一項非楚咻。喚醬作鹽了無故，話甜為辣寧憨浮。當家之人恬不訝，挨簷靠壁徒驚愁。我兄高唱天人際，卻從此方旁注記。錘碎鶴樓非等閒，踢翻鸚洲此何意？非言之中痛著言，非譬之中強生譬。立遣條風喚葑芽，旋擊轟雷破沉蟄。與杖奪杖那無因，有佛沒佛不許住。不過裂其鄙肺腸，不過矯其陳習氣。不過誘其能曲通，不過曉其善迴避。不過用楔而出楔，不過以味而奪味。不過閃其鈍眉目，不過掉其膠手臂。百千法事傀儡棚，無量言音蚊蚋器。逗遛唾霧者神通，勘破靈源者兒戲。何門名為不二門，何地名為解脫地？莫將綺語謗毗耶，吾亦從今進吾技。〔註5〕

詩中對維摩詰的形象、神通與經義進行了詳盡細緻地描述，對維摩的欽佩崇敬之心亦溢於詩外。

僧徒們有大量的詩歌詩偈直接描寫禪宗事，如空室無慍《示秀禪人》詩云：「南能北秀同一師，朝參暮請同一時。胡為分宗作南北，匹似骨肉成乖離？只緣見性有差別，究竟也知無二說。明鏡非臺火裏漚，菩提有樹空中橛。丈夫豈肯師於心，便從陸地甘平沉。直是循流了源委，三乘教外求知音。空室老矣無機智，吃飯有時忘卻箸。因子凌晨覓贈言，掇筆不覺書長句。」〔註6〕詩中直接寫到禪宗神秀與慧能的分派、二人在見性上的差別，對禪學的分派與差別有明顯的批駁之意。詩中是從「了義」上去求解，「了義」是「吃飯有時忘卻箸」，是任運隨緣的禪學觀念，以此批評禪者的差別之見。再如《病中贈醫僧悅可庭》詩云：「我懷佛祖病，不獨病厥躬。三界病有盡，我病無終窮。可庭解醫病，聊與言病功。虛空病之體，病體離虛空。呻吟儂笑病，歡樂病笑儂。推病病不

〔註5〕錢謙益：《列朝詩集》閏集卷三，第328頁。
〔註6〕錢謙益：《列朝詩集》閏集卷二，第303頁。

去，覓病病無蹤。年來識病處，不將病掛胸。千病及萬病，只與一病同。有身則有病，無身病何從。」〔註7〕詩中從醫僧能解病入手，闡發佛教觀念；「推病病不去，覓病病無蹤」闡發的無疑是禪學觀念，以心不可覓比擬病不可覓。空室直尋了義的禪學觀念，在《參禪行贈荷藏主》詩中表現得相當典型，云：「參禪乎，參禪乎，參禪須是大丈夫。當信參禪最省事，單單提個趙州無。行亦提，坐亦提，行住坐臥常提撕。驀然打破黑漆桶，便與諸聖肩相齊。所以懶瓚不受黃麻詔，芙蓉不受紫衲衣。既是參禪了生死，誰肯逐物成自欺。近代參禪全不是，盡去相師學言語。縱然學得言語成，恰似雕籠養鸚鵡。鸚鵡隨人巧調舌，白日千般萬般說。問渠所說事若何，隨問隨言怎分別。勸後生，宜猛烈，著手心頭便須瞥。三乘教典米中沙，百千諸佛眼中屑。參禪乎，參禪乎，絲毫繫念非良圖。堪歎神仙張果老，灼然不愛藥葫蘆。」〔註8〕詩中「盡去相師學言語」「鸚鵡隨人巧調舌」之語是批評學禪者不能見到自性，只隨他人口舌浪悲歡；隨他人言語口舌去解禪，不過是「三乘教典米中沙，百千諸佛眼中屑」。空室更因此強調「參禪須是大丈夫」，即超越言語話頭，直尋了義源委才是真正的參禪大丈夫。再如《來禪人求長句》詩中闡明要尋求「自家底」，云：「近來禪子好長句，才寫短句便不喜。句有短長理則一，何故於中分彼此。長者不知長幾何，短者不知短幾許。若能直下究根源，長短皆由妄心起。阿呵呵，囉囉哩。須彌為筆虛空紙，寫出贈行一句子。此去從君較短長，莫教打失自家底。」〔註9〕參禪必須要「直下究根源」才能究明「自家底」；「直下究根源」與《示秀禪人》詩中「直是循流了源委」同義，都是要擺脫言語、經典及祖師的束縛，解悟「自家底」；「近來禪子好長句，才寫短句便不喜」表明了禪僧詩歌寫作的追求、風氣與趨向，「好長句」應該是禪僧們喜好逞現與炫耀自己的創作才能與技巧，在一定程度上確實是與禪學不以文字明禪理之旨相背離，「句有短長理則一」體現了詩者對禪僧詩歌創作的批評。

在佛教僧徒眼中，幾乎無物不能用來闡發禪理，無物不寓含著禪理，如空室《聞蟬》詩云：「侵曉堆椏坐，蟬聲出樹林。分明宣祖意，何處有凡心。歷歷消清夢，悠悠助獨吟。時人皆共聽，誰謂少知音。」〔註10〕空室的眼中，蟬聲分明是在宣揚佛祖西來之意；借蟬聲表達自己對佛教義理的理解，並非是蟬

〔註7〕錢謙益：《列朝詩集》閏集卷二，第303頁。

〔註8〕錢謙益：《列朝詩集》閏集卷二，第303頁。

〔註9〕錢謙益：《列朝詩集》閏集卷二，第303頁。

〔註10〕錢謙益：《列朝詩集》閏集卷二，第303頁。

聲在宣揚「祖意」，而是自己在借著蟬聲宣揚「祖意」。處處皆是西來意，卻又不執著於西來意，《贈東林球侍者》詩云「鐵牛耕破舌頭皮，有口莫吸西江水」〔註11〕，即是空室的禪學觀念，同樣亦是明代大多數禪徒的禪學觀念。

　　詩歌中書寫禪理、表達禪理，自然不只是愚菴智及、空室無慍的創作方式，明代所有詩僧都在詩作中不同程度書寫著禪理，表達著禪學觀念。憨山《六詠詩》就是直接描寫佛教之理，如第一首《心》云：「金翅鳥命終，骨肉盡消散。唯有心不化，圓明光燦爛。龍王取為珠，照破諸黑暗。轉輪得如意，能救一切難。如何在人中，日用而不見。」第二首《無常》云：「法性本無常，亦不墮諸數。譬彼空中雲，當體即常住。聖凡皆過客，去來無二路。是生不是生，非新亦非故。智眼明見人，此外何所慕。」第三首《苦》云：「夢入大火聚，怕怖多憧惶。正當苦惱時，滴水便清涼。水盡火復然，念慕何慨慷。及至醒眼觀，向者誰悲傷。」第四首《空》云：「須彌橫太虛，大地浮香海。六塵蔽性天，四大遍法界。劫火洞然時，此個壞不壞。何必待燒盡，然後無障礙。」第五首《無我》云：「一水作眾味，酸鹹苦辣具。以本淡然故，而能成眾事。若實不隨者，安肯隨他去。唯有不隨者，誰能識此趣。」第六首《生死》云：「生死不流轉，流轉非生死。若實不流轉，生死無窮已。諦觀流轉性，流轉當下止。不見流轉心，是真出生死。」〔註12〕《六詠詩》詠的即是佛教的概念、名相，尤其是生死、空、苦等，都是佛教的基本概念；詩中並非是在解釋這些概念的含義，而是以詩偈的形式詠這些概念。第一首《心》自然是詠「心」，強調以「心」破黑暗及「救一切難」。歷來詠「心」的詩偈很多，禪宗興起之後就更多，古庭善學有《道人山居》詩：「構屋山居物外禪，繞窗白石與清泉。年來識破安心法，衲被蒙頭自在眠。」〔註13〕孤松慧秀有《五十自紀》詩兩首，之一云：「泡焰俄驚五十春，卉衣霍食已三旬。枯藤鼠齧悲斜日，敝篋蛇攻苦病身。」之二云：「牛馬任人呼輒應，荃茅在我辨非真。閉門且覓安心法，檻外松風解拂塵。」〔註14〕《五十自紀》第一首詠的是「苦病」，詩中的「苦病」一語雙關，一是人在五十之齡，身體會有各種各種的不適和病痛；二是佛教八苦中的「苦病」的意義，抒發著佛教的基本義理。《道人山居》與《五十自紀》

〔註11〕錢謙益：《列朝詩集》閏集卷二，第303頁。
〔註12〕錢謙益：《列朝詩集》閏集卷二，第317頁。
〔註13〕錢謙益：《列朝詩集》閏集卷二，第305頁。
〔註14〕錢謙益：《列朝詩集》閏集卷三，第341頁。

第二首詠的是達摩的安心法門,既有清淨環境、閉門無事的心閒的安心,又有達摩傳法的安心,同樣是一語雙關。

如上兩詩通過環境描寫表達安心或者心閒的詩作,是禪詩創作最為常用的手段之一。如妙聲《賞靜軒》詩云:「雲竹澹相於,深宜靜者居。香飄晨梵合,花落莫禪餘。坐有高閒客,床留止觀書。一身仍擾擾,何處問吾廬。」〔註15〕詩中雖然沒有出現佛教概念、禪宗公案等,表達著同樣是安心法門,「高閒」之心觀「止觀書」,自然是一種徹悟般的安心了。正念(號西洲)《燕京春暮寄山中人》詩更是書寫心安的典型作品,云:「鳥鳴不鳴山靜,花落未落春遲。美人如雲天際,芍藥空留一枝。」〔註16〕本詩顯然是綜合了王籍《入若耶溪》「蟬噪林逾靜,鳥鳴山更幽」、王安石《鍾山即事》「茅簷相對坐終日,一鳥不鳴山更幽」中的詩句與詩意,指出鳥鳴與不鳴,山都是幽靜。「花落未落春遲」寫出對自然的隨順,與「芍藥空留一枝」一起似乎表達著對春天的一絲輕悵;儘管如此,詩者似乎並不是在表達情緒上的波動,仍是以簡單的詩句體現出內心中極深的禪意和深度的心靜。內心中的閒靜和禪意應該來自於兩個層面,一個層面是對自然四序變化隨順的適意,一個層面是堪破事物本質而具有的安心與寂靜。僧尼行剛(號祇園)的詩作有同樣的境意,如《孟夏關中詠》詩云:「百結鶉衣倒掛肩,饑來吃飯倦時眠。蒲團穩坐渾忘世,一任塵中歲月遷。」本詩與上引幾首詩歌在寫作方式與詩意表達上完全一致,詩中既含有唐宋以來禪學大意,又含有內心達到「渾忘世」而任歲月變遷之境意的寂靜與安順。朱彝尊言其生平云:「嘉興人,處士胡日華女,嫁諸生常公振,未朞而寡,中歲出家,為僧通乘弟子,住嘉興梅會裏伏獅院,有《語錄》。」〔註17〕中歲成寡的經歷及入禪院的精修,使行剛能夠達到忘卻塵世而任歲月變遷的寂靜。這一類詩作,若是用妙聲《心覺原宜晚軒》詩來總結與概括則十分恰切,云:「青山多故情,慰我齒髮莫。愛此泉上軒,深諧靜中趣。孤雲赴遠壑,落日在高樹。牛羊下來盡,鳥雀歸飛屢。境勝欣有得,形忘澹無慮。消搖步前楹,曠望一延佇。懷哉未歸客,微徑草多露。」〔註18〕臨境而「欣有得」,「澹無慮」而能「諧靜中趣」,是禪意詩的極高境界了。通岸(字覺道)《曹溪雜詩》寫出了這種臨境而「欣有得」之感發,云:「為愛溪山好,無人祇自看。萬峰青不斷,三月

〔註15〕妙聲《東皋錄》卷上。
〔註16〕朱彝尊:《明詩綜》卷九十二,第 4336 頁。
〔註17〕朱彝尊:《明詩綜》卷九十三,第 4394 頁。
〔註18〕妙聲:《東皋錄》卷上。

雪猶寒。乳鹿藏深樹，飛梟過遠灘。興來誰與晤，長嘯碧雲端。」〔註19〕作者亦有分享感發之喜悅之意。

　　與上面所言「諧靜中趣」之禪意不同，僧徒之禪詩中有另外一種風格，如廷俊《石頭城次王待御韻》詩云：「滾滾長江去不休，巖巖磐石踞城頭。千峰日落淮南暝，萬樹風高白下秋。流水尚遺諸葛恨，東風不與阿瞞留。中原一發青山外，萬古終為王謝羞。」〔註20〕整首詩頗有氣勢，尤其是開頭引入的「滾滾長江去不休」更有奔騰萬里之勢，中心卻是「流水尚遺諸葛恨，東風不與阿瞞留」「萬古終為王謝羞」對無常之意的表達，奔騰的氣勢將無恒的無常之意襯托的更為充足，悲壯與無常相互映襯，流露出令人更為慨歎的詩意。宗泐詩中有對英雄逝去的歎惜，無方《登多景樓》寫同樣的主題、表達同樣的含義，詩云：「大山千丈青岑嶢，長江萬古鋪瓊瑤。銀河倒影落天塹，海門日日來春潮。偉哉孫劉輩，壯志摩雲霄。只今英雄遺草木，秋霜肅殺寒不凋。朱闌仄上橫斗杓，煙巒直下明金焦。黃鶴山空杜鵑老，鴛鴦渚冷芙蓉嬌。人間笑傲輸漁樵，猶將舉廢論前朝。萬歲嶺，千秋橋，月明尚有人吹簫，月明尚有人吹簫。」〔註21〕曾經「壯志摩雲霄」的英雄人物，至今只有「遺草木」，帶給後人的是深深的歎惜。

　　無常是佛教的基本概念之一，以詩歌表達無常比之單純說理、甚至以譬喻說理往往更入人心，文人與僧徒以詩歌抒寫無常成為詩歌創作中的重要內容與類型。妙聲《花殤》詩云：「去年高秋洞庭客，贈我兩株木芍藥。手植東皋未浹旬，紺芽怒長紃英垿。今年春深花滿枝，噓霞美日相因依。紅簇火城丞相至，錦翻晴晝買臣歸。當階矜持顏色好，使我行吟被渠惱。看去還期到子孫，歸來聊以娛吾老。那知零落委泥沙，雨壓雲愁共歡嗟。柳色鶯聲雖復在，遊蜂戲蝶落誰家。飄香墜粉無人拾，遊夢妖魂歸不得。種樹空思郭橐馳，寂莫因悲洛陽陌。草堂獨坐見秋風，彌信吾家談色空。安得人間名畫手，倩渠移入畫圖中。」〔註22〕詩以花的開落寓解無常，頗令人感慨。詩中寫到兩次無常，開篇四句寫去年花開花落的無常之變，從「今年春深花滿枝」開始的八句寫花在今年的重新煥發，之後八句再次寫到今年的花落之無常。兩次三轉的對無常的描寫，寓意世間萬物一直在無常中遷變流轉，確實是非常「苦」，這樣的真相與

〔註19〕朱彝尊：《明詩綜》卷九十二，第 4346 頁。
〔註20〕錢謙益：《列朝詩集》閏集卷一，第 276 頁。
〔註21〕錢謙益：《列朝詩集》閏集卷二，第 310 頁。
〔註22〕妙聲：《東皋錄》卷上。

實質更令人從內心中對無常有無以復加的慨歎。詩中對無常兩重的描寫，在詩歌中極為罕見，由此引出的就是「彌信吾家談色空」。

上述《石頭城次王待御韻》《登多景樓》《花殤》描寫的是對無常的兩種表達類型，《石頭城次王待御韻》《登多景樓》代表的是人世與歷史的無常，《花殤》代表的是自然的無常。自然的無常，再如圓理《林居雜言寄同志》詩云：「芙蓉謝春華，鴛鴦念匹儔。崇蘭委深谷，杕杜生道周。萬物各有時，百川無倒流。感之傷我懷，端已義所仇。顧瞻遠行客，誰肯結綢繆。請為林壑交，得與爾同遊。終歲混樵牧，聊以忘世憂。」〔註23〕正是萬物的「各有時」與百川的「無倒流」，才使自然產生無常之遷變。斯學《雜詩》之一云：「落日迫西崦，吐月銜東島。逝景故悠悠，人世漫浩浩。所思耿中情，憂愁惄如稠。宴會苦不常，容顏徒自老。子有鼓與鐘，勿伐亦勿考。一委溝壑中，身名同腐草。」〔註24〕《秋夜與羅吉甫同賦》詩云：「夕露鳴蟪蛄，秋風動楊柳。嘉候苦不常，芳華詎能久。真境總會心，萬理弗掛口。寫此石上琴，醉以山中酒。」〔註25〕斯學的兩首詩寫的主要是自然的無常，詩中並非完全只寫自然的無常，而是由自然的無常聯結到人生與社會的無常。由這兩首詩可見純粹寫自然的無常的詩作並不多，絕大數寫自然無常的詩作往往最終都關聯在人世、人生與歷史的無常，如《雜詩》「逝景故悠悠，人世漫浩浩」是由景之逝去關聯到人世，「宴會苦不常」中的宴會更多指的不是真正的宴會，實際上是指人世的繁華，本句與《秋夜與羅吉甫同賦》中的「嘉候苦不常」含義是相同的。

明初的宗泐對兩種無常都有詩歌予以描寫，如《墓上華》抒寫自然的無常，詩云：「墓上華，開滿枝。行人看花行為遲，行人有恨花不知。不生名園使人愛，卻生墓上令人哀。誰家此墓臨古道，寒食無人來祭掃。莫是東君惜無主，遣此閒花伴幽兆。聊持一杯酒，酹爾泉下客。今日此花開正好，但恐明日花狼籍。人生似花能幾時，古人今人皆可悲。」〔註26〕今日開正好之花將在明日狼藉的無常的哀歎，是詩人哀歎的來源。更特別的是，詩人的哀歎還有另外一種來源，即花之命運。長在名園中的花令人愛，長在墓地的花令人哀，花的本身並無差別，命運之不同卻令人嗟歎。詩人由花聯想到「人生似花能幾時」，從長歷史的角度來說，「古人今人皆可悲」。本詩不僅是對自然的無常的描寫，

〔註23〕朱彝尊：《明詩綜》卷九十二，第 4338 頁。
〔註24〕朱彝尊：《明詩綜》卷九十二，第 4350 頁。
〔註25〕朱彝尊：《明詩綜》卷九十二，第 4350 頁。
〔註26〕宗泐：《全室外集》卷二。

同時有對人生的嗟歎。宗泐對人生與歷史慨歎的詩作頗多，如《姑蘇臺歌》云：
「姑蘇臺上麋鹿遊，吳江水映西山秋。館娃宮樹迥不見，落日荷華今古愁。何
來豪客增樓櫓，醉擁吳姬夜歌舞。齊雲易逐浮雲空，鬼火三更照寒雨。」〔註
27〕姑蘇臺上的繁盛即如「齊雲易逐浮雲空」，繁華易去、盛衰之比較，心思敏
感者自然容易生出「今古愁」；「鬼火三更照寒雨」一句描寫詩歌對當下之景的
感受，詩者面對的當下之景古今並無變化，詩中內心中充滿著的卻是無盡的惆
悵。與《姑蘇臺歌》表達意義相同的，如克新《登姑蘇城》詩云：「城上旌旗
煙霧重，樹頭初日出雲紅。一溪鷗散桃花雨，兩岸鶯啼楊柳風。邊塞鼓鞞終日
振，鄉關道路幾時通。江南春色渾依舊，桑柘青青門巷空。」〔註28〕本詩同樣
是寫姑蘇，詩中並無明顯的抒發無常之感；但是由於姑蘇、金陵等，在文人與
僧徒的創作者已經具有了盛衰之對比的符號與象徵，本詩之意實際上也是在
表達著無常之感。「春色渾依舊」對襯的是「門巷空」，寫世事的衰變之意不言
而喻，正是由於「春色渾依舊」襯托得「門巷空」之慨歎更為濃鬱。「邊塞鼓
鞞終日振」一句表明本詩應該是寫於元末戰亂時期，詩者的慨歎應該就是來源
於此。

　　吳越曾經爭霸的一段歷史，使得吳越事亦經常成為詩作中表達無常時使
用的題材。玉芝法聚《越王臺》詩云：「越王臺上客登臨，范蠡湖頭草正新。
敵國荒涼吳鹿豕，故宮行在宋君臣。杖藜遠塞風煙暮，花木深城雨露春。往事
不須悲落日，高歌獨立恐傷神。」〔註29〕對吳越歷史的敘寫，使詩中充滿著悲
涼之意，以「往事不須悲落日」之句言不須悲，卻使悲涼之意更濃重。《吳山
秋望呈張侍御》詩再次寫到越事，云：「子胥廟前江日晡，越王城頭雲有無。
故宮臺樹幾黃葉，南渡寢園今綠蕪。長笛關山瞻北固，清樽魚鳥傍西湖。蕭蕭
落木蒼郊外，幾處寒煙破屋孤。」〔註30〕詩中再次寫到曾經的繁盛與功績已不
復存在，「故宮臺樹幾黃葉，南渡寢園今綠蕪」兩句加重了曾經的繁盛與功績
的無意義之感。萬金《次韻李希顏同知登吳山有感》詩云：「鳳舞龍飛運已更，
江流難挽幾傷情。荒陵鳥雀聲如怨，故國風雲氣不平。冠蓋偶然尋勝地，旌旗
且莫指邊城。登高別醉黃花酒，更擬重陽一日晴。」〔註31〕詩中寫的無常，亦

〔註27〕宗泐：《全室外集》卷四。
〔註28〕《古今禪藻集》卷十六。
〔註29〕錢謙益：《列朝詩集》閏集卷二，第309頁。
〔註30〕錢謙益：《列朝詩集》閏集卷二，第309頁。
〔註31〕錢謙益：《列朝詩集》閏集卷二，第299頁。

以「運」的更迭來解釋無常；儘管如此，「荒陵鳥雀聲如怨」引起得對無常的慨歎並不會減少。

相比與自然的無常，人世、人生與歷史的無常帶來的慨歎更深。要超越無常就要從塵世中超脫出來，大璸（字石公）《別馥菴》詩云：「偶裂塵網出，因為汗漫遊。愛茲山水縣，與子成淹留。朝看白雲起，暮聽江水流。有時還策杖，臨壑復登丘。茅屋多真意，動息無所求。心期既歷落，顧此忘百憂。好風西南來，羽翰生素秋。臨岐一揮手，意氣凌滄洲。君還坐巖壑，幸無生怨尤。」〔註32〕詩中滿含禪理，有所不同的是，本詩所表述之禪理寓含對塵世的透悟，如第一句「偶裂塵網出」飽含著對塵世無以復加的體悟，是只有經歷過塵網者方能作出來的詩歌。對塵世的真正超越，是由對無常、苦、空等的真正體悟，並由此向寂靜之境的再次回歸。守仁《偶地居為瑾師賦》詩云：「有生如浮雲，閒蹤本無著。出門隨所之，去住安可託。茫茫三界內，百年同旅泊。瑾師了空相，偶地得餘樂。去歲辭東州，今晨往南郭。山褐秋風涼，林鍾暮煙薄。何處覓禪棲，孤筇遍前壑。」〔註33〕詩中的「有生如浮雲」「百年同旅泊」「了空相」是對無常、空等義理的真正體悟，守仁因此欲脫離塵世而「孤筇遍前壑」尋找禪棲之地。雪浪弟子智觀（字止先）《山居漫言》詩云：「板屋黃茅爛，棲禪已十春。更無孤鶴伴，且免眾狙嗔。天地寧私我，溪山不假人。四分僧律在，吾自率吾真。」〔註34〕詩中寫詩者「率吾真」的禪居生活，「率吾真」便是對塵世的超越。《明詩綜》卷九十二中有兩智觀，一為「智觀字止先，號蔚然，江都僧雪浪弟子，居吳興雙髻峰，有《中峰草》」，所錄其詩即為《山居漫言》。一為「智觀字止先，一字蔚然，江都人，有《中峰草》」，錄其《山居》詩，之一云：「於世了無味，戀茲湖上山。萋萋芳草合，寂寂小庭閒。竹筧分泉遠，松林待鶴還。閉門何不可，誰耐日躋攀。」之二云：「新開百弓地，已得曬袈裟。朝暮狙公芋，冬春鹿女花。薄寒風落木，過雨海蒸霞。堅臥從頭白，何勞問歲華。」〔註35〕此兩智觀顯然是同一人，《明詩綜》將其分在兩處應該是一個失誤。《山居》詩表達出與《山居漫言》詩同樣的禪意，二者有可能是屬於同一組詩而被分錄在兩處。妙聲多首詩寫到向寂靜之境的回歸，《靜寄軒》詩

〔註32〕朱彝尊：《明詩綜》卷九十二，第4373頁。
〔註33〕曹學佺編：《石倉歷代詩選》卷三百六十六，《四庫全書》本。
〔註34〕朱彝尊：《明詩綜》卷九十二，第4348頁。
〔註35〕朱彝尊：《明詩綜》卷九十二，第4383頁。

云：「深居一室靜，獨坐群動息。涉世諒無營，照空欣有得。風吹松上雨，花落澗底石。當期永日閒，共此喧中寂。」〔註36〕由對「空」的體悟（「欣有得」）而達到「喧中寂」之境。《送方禪者》詩云：「巖巖秦餘杭，天作何大壯。孤峰有蘭若，夐絕厓石上。去天才一握，陟險仍萬狀。雲霞或相依，猨鳥不敢傍。天花落幽戶，松吹飄梵放。上人禪家流，勇往志所尚。伽趺縛禪寂，抖擻謝塵坱。境靜道易親，理得形自喪。翻經悟空假，繕性了真妄。拂衣入煙蘿，飛屬度層嶂。徒令世上人，矯首一長望。」〔註37〕領悟「空假」「真妄」而「入煙蘿」「度層嶂」。《漉酒圖》詩云：「棄官賦歸來，田家酒初熟。脫我頭上巾，漉此杯中綠。獨漉復獨漉，漉多酒還濁。酒濁猶自可，世濁多返覆。桑枯柳亦衰，但有松與菊。田父晚相過，相與話壚曲。共醉茅簷下，此生亦以足。」〔註38〕詩者慣看了「世濁多返覆」，實際上就是對塵世的領悟，從而追求「共醉茅簷下，此生亦以足」的生活，即是由塵世向寂靜之境的回歸。

二

如前章所說，明代出現「家家觀世音，戶戶阿彌陀」的狀況，表明西方淨土信仰在明代民間中極為興盛；亦有大量僧徒如雪梅和尚一樣，「專修淨土」〔註39〕。詩文詩偈中對淨土的描述與頌揚比比皆是，如月潭廣德有《棄講歸雲棲修淨業》詩二首，之一云：「客途終日憶歸山，今得重來豈等閒。萬別千差俱屏卻，一輪落照夢魂間。」之二云：「百城煙水少司南，四十無聞又過三。卻憶蓮花池上客，松聲月色好同參。」〔註40〕推測「棄講」可能有兩意，一是停止在外講學而回歸雲棲安心修淨土，一是棄修教而歸淨土，無論是哪一層意思，都表明月潭廣德對淨土的重視與回歸。聖嚴《明末佛教研究》、孫昌武《中國佛教文化》《中國佛教文化史》、陳楊炯《中國淨土宗通史》、任宜敏《中國佛教史·明代卷》及論文《明代佛門教行傑望——淨土宗》（《社會科學戰線》2006年第4期）等論著，對明代淨土宗的發展狀況有所論述。

唐宋之後，禪學與淨土被視為佛教修行的兩條路徑，明末無異元來在《示有文禪人》文中說：「夫為學者，知諸佛立教有無量法門，惟參禪及修淨土是

〔註36〕妙聲：《東皋錄》卷上。

〔註37〕妙聲：《東皋錄》卷上。

〔註38〕妙聲：《東皋錄》卷上。

〔註39〕錢謙益：《列朝詩集》閏集卷二，第309頁。

〔註40〕錢謙益：《列朝詩集》閏集卷三，第332頁。

兩條徑路。亦不可兼之，良以行人力量微薄，若兼之則心意雜亂。當求一門深入，譬如射的，不施餘藝也。若修淨土，先當發菩提心，然菩提心以大悲為種子，故云我今發心，不為自求，惟依最上乘，願與法界眾生，同得阿耨多羅三藐三菩提。」〔註41〕明代禪宗十分興盛，已如前言，但明代禪宗弊病滋甚亦如前言，如無異元來批評說：「慨末法我相自高，邊見分執，貶淨土為小乘，指念佛為權行。甚者向人涎唾下覓尖新語句，蘊在八識田中，以為究竟極則，及乎到頭，一毫無用。是之謂棄楚璧而寶燕石，反鑒而索照也。」〔註42〕無異元來是站在淨土的立場批評禪學的，自然有所偏見，但這樣的批評正是明代禪宗的實際，永覺元賢批評明末禪學是惡套而非佛法說：「如今有等人，只弄虛頭，向古人公案上穿鑿，學頌、學拈、學答話，向人前或喝、或棒、擎拳、豎指。從東過西，從西過東，拂袖便行，推倒禪床，轉身作女人拜，打個筋斗出門去。此等雖是古人已用三昧，今日種種相襲，便成惡套了也，如何是佛法。所以山僧總不理他，蓋為無許多閒氣力也。」〔註43〕禪學存在弊病，明代淨土宗同樣存在的弊病，如雲棲袾宏說：「念佛有默持，有高聲持，有金剛持。然高聲覺太費力，默念又易昏沉，只是綿綿密密，聲在於唇齒之間；乃謂金剛持，又不可執定。或覺費力，則不妨默持；或覺昏沉，則不妨高聲。如今念佛者，只是手打魚子，隨口叫喊，所以不得利益。」〔註44〕與禪宗一樣，修淨土與念佛者水平低下，是明代淨土發展的桎梏。

明代的淨土修行儘管存在著一些弊病，修淨土者仍認為淨土比之禪宗來說，是入道最穩的路徑，元賢說：「昔佛為一大事因緣出現於世，說種種法，普逗群機，不過去其習染之穢、以還我本來之淨而已。但機既不一，教亦千殊，求其修持最易、入道最穩、收功最速者，則莫如淨土一門也。」〔註45〕明末修淨土的實踐者雲棲袾宏，以念佛為最重要之法門，說：

> 念佛法門，不論男女僧俗，不論貴賤賢愚，但一心不亂，隨其功行大小，九品往生。故知世間，無有一人不堪念佛。若人富貴，受用現成，正好念佛。若人貧窮，家小累少，正好念佛。若人有子，宗祀得記，正好念佛。若人無子，孤身自由，正好念佛。若人子孝，

〔註41〕元來：《無異元來禪師廣錄》卷第二十七，《續藏經》第 72 冊，第 345 頁。
〔註42〕元來：《無異元來禪師廣錄》卷第三十二，第 365 頁。
〔註43〕元賢：《永覺元賢禪師廣錄》卷十，第 405 頁。
〔註44〕袾宏：《雲棲淨土匯語》，《續藏經》第 62 冊，第 5 頁。
〔註45〕元賢：《淨慈要語》卷之上，《續藏經》第 61 冊，第 820 頁。

安受供養，正好念佛。若人子逆，免生恩愛，正好念佛。若人無病，
趁身康健，正好念佛。若人有病，切近無常，正好念佛。若人年老，
光景無多，正好念佛。若人年少，精神清利，正好念佛。若人處閒，
心無事擾，正好念佛。若人處忙，忙裏偷閒，正好念佛。若人出家，
逍遙物外，正好念佛。若人在家，知是火宅，正好念佛。若人聰明，
通曉淨土，正好念佛。若人愚魯，別無所能，正好念佛。若人持律，
律是佛制，正好念佛。若人看經，經是佛說，正好念佛。若人參禪，
禪是佛心，正好念佛。若人悟道，悟須佛證，正好念佛。

按照袾宏所言，無論何種情形都只念佛即可。念佛如此之重要，故袾宏「普勸
諸人，火急念佛」〔註46〕。以致於元來言袾宏之念佛為「換骨靈丹」，云：「此
娑婆世界，人心濁惡，身口意業，念念發生，如單持一句阿彌陀佛，萬德洪名，
似明珠投於濁水，濁水不得不清，念佛投於亂心，亂心不得不佛，所以雲棲師
翁謂換骨靈丹者。」〔註47〕清代修淨土的無相在《重刻淨土切要序》中亦說淨
土是換骨靈丹，云：「今夫苦樂縱橫，一靈萬變，升沉往返，疲苦遷流。世人
但知一時是人身，未曾放眼而觀也，故於日用上繁興執著。境強心弱，勝氣有
時而衰，六道茫茫，未卜其託於何所矣。然海月天星，心光淡住，六凡四聖，
位業空靈，能以佛之心為心，則心強而境弱，以心吞境，念念融之。一佛當
心，諸魔皆退，生前無障，命盡往生。惟此勤念彌陀，可稱換骨靈丹耳。」無
相因此論「道術儒宗、禪教戒律」等修行之途，「捨念佛一法，當從何處出頭
耶」〔註48〕。

　　明代淨土不僅受到僧徒的重視，同樣受到文人們的重視，如明末思潮中的
重要人物袁宏道就編纂了《西方合論》，並自敘云：「余十年學道，墮此狂病，
後因觸機，薄有省發，遂簡塵勞，歸心淨土。禮誦之暇，取龍樹、天台長者、
永明等論，細心披讀，忽爾疑豁。既深信淨土，復悟諸大菩薩差別之行，如貧
兒得伏藏中金，喜不自釋。會愚菴和尚與平倩居士，謀余襃集西方諸論，余乃
述古德要語，附以己見，勒成一書，命曰《西方合論》。」〔註49〕袁宏道對淨
土的評論，亦是看到了禪學中存在的弊病，從而以淨土救之。在禪學興盛的狀

〔註46〕袾宏：《雲棲淨土匯語》，《續藏經》第62冊，第2頁。
〔註47〕元來：《無異元來禪師廣錄》卷第二十七，第345頁。
〔註48〕真益願纂述：《勸修淨土切要》，《續藏經》第62冊，第412頁。
〔註49〕袁宏道：《西方合論》，《大正藏》第47冊，第388頁。

態之下，即使諸位高僧與文人們大力呼吁，僧徒們不可能全部棄禪學而修淨土，而往往是採取禪淨合流的方式，如上袾宏論述念佛法門之重要時，最後說「始知自心，本來是佛」，即具有禪學色彩了，實質上即是禪學合流的方式之一。有人問「淨土之說蓋表法耳，智人宜直悟禪宗，而今只管贊說淨土，將無執著事相，不明理性」，袾宏回答道：「歸元性無二，方便有多門，曉得此意，禪宗淨土殊途同歸。子之所疑，當下冰釋。昔人於此遞互闡揚，不一而足，如中峰大師道：『禪者，淨土之禪；淨土者，禪之淨土。而修之者必貴一門深入。』此數語，尤萬世不易之定論也。」〔註50〕禪淨合流，使得禪學與淨土兩條路徑都能兼顧到，亦更易為修行者所接受。

袾宏有《畫像自贊》云：「瘦若枯柴，衰如落葉。鎧比盲龜，拙同跛鱉。無道可尊，無法可說。問渠趺坐何為，但念阿彌陀佛。」〔註51〕又有《義不可背》云：「兩情始相歡，結義重金石。一朝變故生，背棄已如擲。嗟哉禽獸心，鬼神瞰其側。不見漢曾孫，故劍殷勤覓。母以新情牽，頓令舊情失。新舊總歸空，大夢何時極。願言盡此身，同生極樂國。」〔註52〕是以詩偈、詩歌的形式表達對淨土的重視與嚮往。描寫、頌揚淨土的詩作，在明代僧徒的作品中數量頗多，而且創作從明初一直延續到明末。由於淨土的流行，淨土詩歌數量之多，明代編輯了一些如《蓮邦詩選》等專集收錄淨土詩作；《蓮修必讀》《淨土十要》等著述中亦收錄有淨土作品。

明初主張淨土最著者是梵琦，其關於淨土的論述見梵琦專章。梵琦寫作淨土詩較多，《蓮邦詩選》《蓮修必讀》等書中皆有收錄，明末高僧藕益將梵琦淨土詩搜集起來，編為三卷，錄在《淨土十要》第八卷中。如其中一首云：「要觀無量壽慈容，只在如今心想中。坐斷死生來去路，包含地水火風空。頂分肉髻光千道，座壓蓮華錦一叢。處處登臨寶樓閣，真珠璀璨玉玲瓏。」詩中說心中要念想無量壽之容，能夠斷掉生死之路。藕益對梵琦的淨土詩極為讚歎，作《西齋淨土詩讚》云：「稽首楚石大導師，即是阿彌陀正覺。以茲微妙勝伽陀，令我讀誦當參學。一讀二讀塵念消，三讀四讀染情薄。讀至十百千萬遍，此身已向蓮花托。亦願後來讀誦者，同予畢竟生極樂。還攝無邊念佛人，永破事理分張惡。同居淨故四俱淨，圓融直捷超方略。」藕益指出「永破事理分張惡」

〔註50〕袾宏：《淨土疑辨》，《大正藏》第47冊，第420頁。
〔註51〕袾宏：《雲棲大師山房雜錄》卷二，載《蓮池大師全集》第三冊，第1630頁。
〔註52〕袾宏：《雲棲大師山房雜錄》卷二，載《蓮池大師全集》第三冊，第1633頁。

乃梵琦「賦懷淨土宗旨」，同樣也是他「選詩本旨」。

由上詩中「只在如今心想中」，可知梵琦的淨土觀以唯心淨土為主，其在述及淨土詩歌時，明言自心念佛及唯心淨土云：

> 儒者之《詩》云「伐柯伐柯，其則不遠」，說者曰「執柯以伐柯，睨而視之，猶以為遠」，信斯言也。吾宗念佛，惟我自心，心欲見佛，佛從心現。阿彌陀佛三十二相八十種好，性本具足，不假外求，神通光明極未來際，名無量壽。至於華池寶座瓊樓玉宇，一一淨境，皆自我心發之。妙喜有云「若見自性之彌陀，即了惟心之淨土」，如楞嚴會上，佛勅阿難：「一切浮塵諸幻化相，當處出生，隨處滅盡，因緣和合，虛妄有生，因緣別離，虛妄名滅。」殊不知生滅去來，本如來藏常住妙明性真常中，求於去來，迷悟生死，了無所得。既無所得，但是一心。若淨土緣生，穢土緣滅，則娑婆印壞，壞亦幻也。若穢土行絕，淨土行興，則極樂文成，成亦幻也。然此生滅淨穢不離自心，心不見心，無相可得。雖終日取捨，未嘗取捨，終日想念，未嘗想念。在彼不妨幻證，在此不妨幻修，一發心時，已成正覺。何礙幻除結習，幻坐道場，幻化有情，幻臻極果，豈不了世出世間之幻法、調御丈夫之事乎。〔註53〕

梵琦強調「生滅淨穢不離自心」，使淨土觀帶有濃厚的禪學色彩，藕益對此並不十分贊成，《淨土十要》卷第七，民國時期印光大師在助印《淨土十要》時，作述云：

> 靈峰老人有懷於淨土要典，隨緣會取次流通，癸巳後尚名九要。成時白老人云「西齋詩千古絕倡，請以十要行，庶可稱觀止矣」，老人撫掌稱善。甲午，成時從金陵入山，老人曰「西齋湯頭而今亦有忌味，為作甲乙默矣」。成時竊訝，老人笑而示曰：「者話最忌涉理，淨土塵塵不思議，說淨土須遮他本不思議，倘涉理稍未圓，一輩愚人遂謂別有。」成時聞之，瞠乎大駭，因思中峰《懷淨土詩》非不入妙，然可置之禪宗，不可置諸淨土。淺人愛其提掇，恐有欲立反破之弊，西齋一味闡揚不思議身土，而奇才妙悟，字字與不思議之白毫赤珠相當，如蘭亭字、少陵詩，人不能學，然後知別提掇者皆

〔註53〕智旭撰、於海波點校：《淨土十要》卷第七，中華書局 2015 年版，第 230～231 頁。按：標點符號有修改。

偏也。愛偏鋒者皆淺也。〔註54〕

按照蕅益之說，梵琦淨土詩確實過於涉及禪理，以致於部分淨土詩可以作為禪詩。如詩云：「吾身念佛又修禪，自喜方袍頂相圓。曾向多生修福果，始依九品結香緣。名書某甲深花裏，夢在長庚落月邊。濁惡凡夫清淨佛，雙珠黑白共絲穿。」又念佛又參禪，以致於成時在詩後說「且道此是佛耶？禪耶？」〔註55〕淨土詩中摻入過多禪理，容易造成事理之障，成時說：「事理分張，惡者謂捨西方功德莊嚴之阿彌陀佛而別計自性彌陀，捨西方功德莊嚴之極樂世界而別取唯心淨土，此則事理乖張，成大邪見，自他俱賊，斃正法輪，的是惡見惡業，當來必受十方阿鼻大惡報也……橫豎俱超，橫豎俱即，最為不可思義，信則當下便是，擬議則乖，乖則賢智不可以為道。」這段話實際上就是對梵琦淨土詩涉及過多禪理的批評，強調淨土「信則當下便是」。

除多首淨土詩之外，梵琦更有長篇的《懷淨土百韻詩》。儘管淨土詩被認為禪學色彩過多，創作水平仍然得到了認可，如成時評論梵琦《懷淨土詩七十七首》云：「其詩家名句文身妙處，概不污一絲墨痕……讀誦之士須具擇法眼以觀之。」〔註56〕

西方淨土的純淨、華麗與美好，令明代的統治者十分嚮往，尤其是後宮之中供養、誦念阿彌陀佛及淨土的案例非常多。蓮池有《答慈聖皇太后問法》，即是言萬曆帝時慈聖太后對淨土的信奉，詩云：「尊榮豪貴者，由宿植善因。因勝果必隆，今成大福聚。深達罪福相，果中更植因。喻如錦上花，重重美無盡。如是修福已，復應慎觀察。修福不修慧，終非解脫因。福慧二俱修，世出世第一。眾生真慧性，皆以雜念昏。修慧之要門，但一心念佛。念極心清淨，心淨土亦淨。蓮臺最上品，於中而受生。見佛悟無生，究竟成佛道。三界無倫匹，是名大尊貴。」〔註57〕僧徒們喜愛創作淨土詩，在於詩歌能夠更好地將淨土之狀與功能書寫出來，明初妙聲沒有寫過淨土類詩歌，《懷淨土偈序》中則仍對淨土詩的寫作進行了說明：

> 昔廬山遠法師與入社群賢，著《念佛三昧詩》行於世。近世植
> 菴嚴教主作《懷淨土詩》，為七言四韻，雖非為詩而作，而情辭悽婉，
> 往往有佳句可誦爾。後作者非一，篇什益多，蓋有不可勝錄者矣。

〔註54〕智旭撰、於海波點校：《淨土十要》卷第七，第 227 頁。
〔註55〕智旭撰、於海波點校：《淨土十要》卷第七，第 245 頁。
〔註56〕智旭撰、於海波點校：《淨土十要》卷第七，第 247 頁。
〔註57〕廣貴輯：《蓮邦詩選》，《續藏經》第 62 冊，第 804 頁。

然騖高者弗切，徇俗者近俚，鮮克當乎人心，識者病焉。吳之東，
宏其教者曰無隱法師，自罷講淨信，即冥神西域，行業純白，人從
而化。制《懷淨土》偈四十篇，述其志以勸。觀其出入經論，比物
連類，直而信，質而盡，蓋植菴之流亞也。且夫淨土之教，本乎心，
心與佛如境借智，合則生佛土成佛道也。自天台發明其旨，而四明
繼之，造修之法，粲然大備，凡欲從事於斯者，捨此其無術矣。無
隱，天台氏之學者也，故其精詣浩博如此。嗟夫，吾徒之為文，所
以宣寄大化而善世云爾，無事乎華靡之辭也。世遠道衰，學者倍其
師說，託焉以自放，假之以為高；緝章續句，若專以其業者，無當
於道，無得於己，無益於物，則亦何樂而為之也哉。嗚呼，無惑乎
吾道之弗振也。無隱蓋有見於此者矣，於是獨探原本，具訓以警，
其有功於名教者乎。〔註58〕

從序文來看，妙聲強調淨土詩作不應講求詞句的華靡，應更強調「當於道」
「得於己」「益於物」。佛道之不振，作者過度追求詞句的華靡是其中的原因之
一，如無隱法師之作「直而信，質而盡」方是真正明道之作。妙聲卻也並不是
否定詞句，如上所言「情辭淒婉，往往有佳句可誦」亦是對創作的肯定。由此
來看，妙聲對作品，首重直與質，能夠直接明道，在此基礎上講求詞句之美與
情之真，並無不可。

《蓮邦詩選》共收錄楚石（梵琦）、笑巖（德寶）、古溪（覺澄）、蓮池（袾
宏）、達觀（真可）、度門（無際）、雪嶠（圓信）、博山（元來）、顓愚（觀衡）、
頂目（弘徹）、萍蹤（如曉）、晦夫（大緣）、丁蓮侶（明登）、沈朗倩（大潔）、
妙意（廣貴）、蕅益（智旭）、永覺（元賢）十七位高僧的淨土詩作，古愚居士
題《蓮邦詩選序》中答「蓋淨土文錄充棟汗牛，此輯又何為也」之問，指出詩
歌在宣揚淨土信仰中的作用，云：「凡詩歌之協於聲律也，能沁人肺腑，鼓人
性靈，不覺手之舞之足之蹈之者，惟詩為然。」《蓮邦詩選》編選淨土詩歌之
旨，是「欲以聲律化人，願同彌陀」〔註59〕。《蓮邦詩選》分為如來弘願、苦
勸回韁、翻然嚮往、一意西馳、執持名號、聖境現前、發明心地、華開見佛、
廣度眾生等九類收錄。

如來弘願第一，《如來弘願序》解云：「三乘授道之外，有度未盡者，度在

〔註58〕妙聲：《東臯錄》卷下。
〔註59〕廣貴輯：《蓮邦詩選》卷首，《續藏經》第 62 冊，第 791 頁。

彌陀，故出此淨土一門。一推一挽，共成道化。以故釋迦佛四十九年，設大乘經中，恒歸宿此一門，而會上單拈淨土一門者，尤諄諄不已。即如世間朝夕所誦一卷《彌陀經》，文句簡約……味其語氣，恨不將此數語充滿一切眾生之耳，恨不將此數語鑽入眾生之肺腸。愛何其切，慮何其深，悲何其至，即父母於至愛之子，晨夕付囑，亦未必如此之惓切也……阿彌陀佛四字名號，救苦眾生，世上君臣兄弟，能以淨土相成，設化眾生，皆是從彌陀釋迦弘願中流出。」本類所收詩作，皆圍繞描寫如來的弘願。苦勸回輥第二序中，強調修行者要認識到「可憐平日不念佛之人，在地獄苦難之中亦不能念佛」的不信心之障，修行者要去除不信心之障，認識到「吾輩業海中眾生，除卻一句阿彌陀佛，更從何處生活」。此類詩作中，收錄了明代多位僧徒的淨土詩作與詩偈，如雪嶠《勸修淨土》詩云：「行船分付把稍婆，須識長河逆順波。只怕順風吹過火，轉來不得逆風多。」妙意《稱佛名故於念念中除八十億劫生死之罪》詩二首，之一云：「鐵狗銅蛇正奮瞋，風刀火鋸肉成塵。一聲佛號翻身去，回首何曾見舊人。」之二云：「雞聲茅店月華明，客夢沉迷尚未醒。開得眼來天大曉，蓬頭垢面奔前程。」《即此心識造地獄即此心識見佛成佛》詩云：「因地而倒因地起，離地求起無是理。不離濁水與污泥，出頭仍是蓮華地。」這些詩歌確實是勸解信眾要信仰並修行淨土，去除不信心之障，做到及時懸崖勒馬。收錄藕益《淨土偈》四首，之一云：「西方即是惟心土，緣具方能了正因。忍慧互資成戒品，明珠獲惜不宜輕。」之二云：「西方即是惟心土，未到西方深可危。夙障已如波浪湧，那堪新業又相隨。」之三云：「西方即是惟心土，悲智相應始克生。莫謂大悲應憫濁，化他須是自功成。」之四云：「西方即是惟心土，三昧中王道最微。瞥爾生疑千古隔，咬釘嚼鐵莫依違。」西方淨土是「明珠」而不宜輕，對西方淨業不要「依違」，可以看作是藕益對於信眾的殷殷勸解。

翻然嚮往第三言惟修淨土方「決不退轉」而終不「再住閻浮」，修淨土者因此應發願往生阿彌陀佛國土而消除六道輪迴之苦。本類下收雪嶠《淨土詩》二首，之一云：「林下長開佛面花，子規叫血數珠斜。耳邊多少閒題目，賺煞春風不到家。」之二云：「溪上行歌杖紫藤，落花沒膝叫黃鶯。春池無月空撈漉，早叩蓮邦題姓名。」第一首並無書寫淨土之意，應該是為第二首做鋪敘，第二首寫世相之空而勸解「早叩蓮邦題姓名」，體現的確實是「翻然嚮往」之意。顓愚有《淨土詩》三首，之一云：「南北東西求所知，怖頭認形總成迷。直饒悟得聲前事，也要彌陀作導師。」之二云：「十方諸佛贊西方，不是無端

出廣長。只恐癡禪狃寂滅，錯將斷滅作真常。」之三云：「寂光未異莊嚴土，向上不為斷滅禪。細細蟲音宣法界，佛聲豈背未生前。」第一首是寫對淨土的嚮往，第二首與第三首是將禪寂與淨土相比較，修禪易成「癡禪」「斷滅禪」，淨土則為莊嚴法界。收錄藕益《淨土偈》二首，之一云：「西方即是惟心土，淨戒堅持莫使疏。人世總皆跼蹐境，不須旅邸覓安居。」之二云：「西方即是惟心土，功行應教日日鮮。一息不存誰努力，豈將精進遜先賢。」這兩首與苦勸回韁中所收四首都是同一組詩，被收在不同類別之中。從詩意來看，二首詩言要堅持淨土法門、日日修行，說的更多的其實是要每日堅持修行，似乎並不完全符合翻然嚮往之意，更符合苦勸回韁之意。永覺《淨土偈》云：「才生一念便生纏，攝念無如念佛先。直把娑婆全放下，毓神端在紫金蓮。」偈中是說念佛的功用，可以把娑婆全放下，與翻然嚮往似乎也並不是特別貼近。

　　翻然嚮往接下來是一意西馳，編排具有很密的邏輯性。序中解釋「世間念佛者多，見佛者少，知有淨土者多，生淨土者少」之因在於「意不一」，要見佛及往生淨土，就要「一意西馳」，云：「惟一意西馳者，純是一心為主，故能感果於西方，君王即是如來作。以心為君者，以佛為君，此孟子所謂『先立其大，小不能奪』……今念佛人，初以耳識，聞彼佛名；次以意識，專注憶念。以專念故，總攝六根，眼鼻舌身之識皆悉不行。念之不已，念極而忘，所謂恒審思量者，其思寂焉。忘之不已，忘極而化，所謂真妄和合者，其妄消焉。」能有「一意西馳」之決心，就能感應到西方，笑巖《淨土詩》其中一首云：「竭誠一念力全提，似夢全身墮水泥。拽開念頭忙眨眼，桃花笑入武陵溪。」詩中「竭誠一念力全提」一句，體現的確實是「一意西馳」之意。古溪《懷淨土》中「自南自北走風塵，回首西方入夢頻」「不學溈山行異類，寧棲淨土且為民」、《淨土詩》詩中「面目昨來遭毒手，一腔熱血葬青蓮」等語，亦是「一意西馳」之意。此處收錄藕益《淨土偈》五首，只有一首中「篤信西方即信心」「念念若開圓頓解，不須離教自玄深」兩句，含有「一意西馳」之意。永覺《示莊居士》倒是頗合「一意西馳」之意，詩云：「西方有佛久相招，肯信須知路不遙。還觀此念從何起，歷劫娑婆當下超。」

　　「一意西馳」的表達更多是和執持名號關聯在一起的。一意西馳之後是執持名號第五，執持名號是到達西方的途徑，若沒有正確的途徑，即使一意西馳也不能到達西方。到達西方最快捷的途徑就是執持阿彌陀佛的名號，即上文所

說專心念佛或者一心不亂念佛。《執持名號序》云：「執持名號，本一心不亂中出，非是易事……生西是心上事，福德因緣猶有在事上做者，故相去懸絕。所以《觀經》云『至心念阿彌陀佛，一聲滅八十億劫生死重罪』，古德謂『一心既朗，積妄頓空，喻如千年暗室一燈頓照』，此理執持之效也。然人不可自謂『理性未明，事持無益』，雖是事持，而持者亦心也。」序中並舉例說明執持阿彌陀佛名號的功用，云：「昔佛世，一老人求出家，舍利弗等諸大弟子俱不肯度，謂彼多劫無善根。佛言此人無量劫前為採薪人，猛虎逼極，大怖上樹，稱南無佛，以是善根，遇我得度，獲羅漢果。」以此為例說明「散心念佛一句，尚永劫不磨」，「專志持名」更能往生西方。蓮池《除夕上堂有出多娑婆三韻》是真正表達「一意西馳」之意，詩云：「六字真經攝義多，總持一似唱也娑。自從驀直西方去，閒殺台山指路婆。」詩中的「驀直西方去」是「一意西馳」，正是專心念佛或者一心不亂念佛，使得「一意西馳」之意更加凸顯。蓮池《示大掉》詩云「萬緣俱放下，但一心念佛」，上引《答慈聖皇太后問法》詩中云「修慧之要門，但一心念佛」，學嶠《淨土詩》「一二三四五六七，一心不亂往生西」，表達的都是專心或一心念佛，執持阿彌陀佛名號。永覺《念佛偈》中「彌陀一句無他念，萬念俱空見本然」，《示林泡菴》詩之一云：「佛號綿綿不斷聲，恰如猛火煉真金。礦盡金全成大用，鑒地輝天別樣明。」之二云：「佛號直如倚天劍，截斷千枝與萬枝。眼前便是蓮華國，那管彌陀願力慈。」這些詩作抒寫的是執持名號的效果。《示吳善友》云「念佛一門最為直截，不須多知解，不用巧言說，祇要一句佛，崛然如寸鐵，管甚恩與愛，管甚怨與結，諸念俱不生，娑婆影自滅」，說出執持名號的簡易直接。

　　所謂「眼前便是蓮華國」，是執持阿彌陀佛名號時，西方世界呈現於念佛者之前，即聖境現前第六所要描述的。《聖境現前序》云：「諸佛如來入一切眾生心想中，如白日昇天，影現百川。然假使川中水濁，日雖在天，亦無由見。故必以觀門念佛，方能澄清濁水，心眼開發，廣見依報無常。」如古溪《淨土詩》之一云：「彼無惡道絕聞名，群籟都為念佛聲。細溜通渠調錦瑟，微風吹樹奏瑤笙。鶴從翡翠簾前下，人在琉璃地上行。行者悠然心不亂，琅琅天樂自來迎。」之二云：「修途十萬一毫端，何謂西方路渺漫。佛境不從心外見，真容多在定中觀。寶華叢裏巢鸚鵡，玉樹枝頭宿鳳鸞。清泰故家迎海眾，風雲際會一聲歡。」詩中對聖境進行了描寫，而且強調聖境「不從心外見」，即只有執持阿彌陀佛名號方能使聖境現前。聖境現前強調心的重要，博山《淨土詩》

三首寫心信使聖境現前，之一云：「淨心即是西方土，錦繡乾坤淨業成。一句彌陀才吐出，昂藏皮袋廓然清。」之二云：「淨心即是西方土，一句彌陀一佛成。大地都來銀世界，更於何處睹明星。」之三云：「淨心即是西方土，口說無憑步最親。爛壞木魚輕擊著，幾多花雨亂繽紛。」永覺《淨土偈》云聖境只在心中，而非在具體的方位，偈云：「琉璃寶池黃金相，不在西方不在東。妄想盡消歸一佛，自然身坐藕花中。」

　　發明心地第七序云「或聞大教，赴機異說，知顯一理，不生疑謗，此即宗門所謂『參無意味語，發明心地者也』」，如來在世間顯大乘法，就是悟明心地，又，「往生安樂國，此又與上品三生，皆以大心，回嚮往生之左券，若合符節者也」。根據序所言，發明心地似乎是言對西方淨土的深信與發心，由聖境現前引發內心的深信，有內在的邏輯。如達觀《示某念佛偈》云：「五十八歲前，汝果年多少。於此痛觀之，多少年便了。了得好念佛，未了念佛早。生死從身有，離身何處討。」《生日偈》云：「自知今日出娘胎，今日如何娘不來。來去覓娘無所得，蓮華國裏一枝開。」收錄的兩首詩偈都是闡明對淨土的深信。顓愚《淨土詩》六首，之二中「夜來月照長廊下，一句彌陀劫外音」、之六中「有時獨上孤峰頂，遙望西方是我家」等句，有發明心地之意。主要作為禪師，《淨土詩》帶有明顯的禪學色彩，如之四云「分禪分土豈殊途」之禪淨不殊途，言禪淨相同與合流，即如「方識彌陀原是我」之語。淨土詩帶有禪學色彩，收錄的博山《淨土詩》11 首同樣如此。這 11 首出自博山《淨土偈》108 首，偈前有序云：「曩雲棲師翁將一句彌陀簧鼓天下，人競謂古彌陀再世。余弱冠心切歸依，及行腳，被惡風吹入閩中，蹈宗乘閫域，念佛法門束之高閣矣。己亥，鵝湖圓戒歸，與緇素談，及祖師巴鼻，因無可與語，復憶吾師翁慈惠恩大難訓，嗣後亦時將彌陀六字結西方十萬緣。」序中可知念佛法門亦曾被束之高閣，「將彌陀六字結西方十萬緣」在頌揚雲棲對念佛法門弘揚的同時，有發明心地之意。序中言「緣引毫書一百八偈，以醒緇素，若喚作禪，喚作淨土，一任諸人，瓊森節目，自不干老僧事」，表明博山的 108 偈實際上被很多人視之為禪詩，至少被視之為具有禪學色彩。108 首起句皆為「淨心即是西方土」，自然是指禪學所說心淨則佛土淨之一，如第一首中云「行遍西方步不移」，可以謂之對西方的深信，符合發明心地之意，「無影樹頭非色相，瞥然起念便支離」〔註60〕便又是禪學觀念，因此 108 首《淨土偈》被「若喚作禪」，

〔註60〕元來：《無異元來禪師廣錄》卷二十，《續藏經》第 72 冊，第 313 頁。

是毫不意外的。藕益創作「西方即是惟心土」為起句的《淨土偈》的起因，是對博山的 108 首《淨土偈》的「補偏救弊」，藕益《淨土偈》序云：「博山禪師拈淨土偈，每云『淨心即是西方土』，蓋欲以因攝果也，而讀者不達，遂至以理奪事。予觸耳感懷，更拈西方即是惟心土，俾以事扶理，而理不墮偏空，非敢駕軼先達。」如之一云：「西方即是惟心土，離土談心實倒顛。念念總皆歸佛海，何須重覓祖師禪。」所謂「離土談心實倒顛」是糾正博山淨土詩偏重於禪理，所談之心為禪學之心，而非唯心淨土之心；「念念總皆歸佛海，何須重覓祖師禪」是對淨土詩禪學化的糾正，歸向淨土要以念佛的方式，而非歸向禪學的方式。經過後三句的強調，首句的「西方即是惟心土」的禪學化色彩就大大減淡，成為書寫西方淨土的詩句。藕益與博山《淨土偈》雖然起句都是相同的「西方即是惟心土」，詩意的指向卻大不相同。永覺《念佛偈》最能體現發明心地之意，之一云：「念佛人要純一，出息還須顧入息。淨心相繼障雲開，摩著生前自家鼻。」之二云：「念佛人要心勤，懈怠從來長妄情。憤然一念常如此，寶蓮日日放光明。」之三云：「念佛人要志堅，滴水須知石也穿。念頭迸出燎天燧，管甚西方五色蓮。」之四云：「念佛人要端正，端正方能成正信。菩提種子自培成，便是彌陀親法胤。」〔註61〕

　　華開見佛第八，是云「是心是佛」，即「觀佛時心中現者，即是諸佛法身之體」，此處所說之佛自然是阿彌陀佛。由於「佛與眾生體不別」，故「華開見佛，亦是尋常慣事矣」。華開見佛是能見到佛相之莊嚴，序云：「佛相八萬四千，相中之好亦八萬四千，好中之光亦八萬四千，皆云八萬四千者。蓋佛居凡地，具於八萬四千塵勞，於此塵勞，皆見實相，理智既合，故能示見相好光明皆八萬四千也。行人若知心即是佛，能於塵勞皆見實相。」有人疑「此間人念佛，如何西方七寶池中便生蓮華一朵」，序答云如同「大明鏡中物來自現」，阿彌陀佛國中清淨明潔故能如明鏡一般「照見十方世界」。此處收錄博山《淨土偈》108 首中的 3 首，如上所說，以「淨心即是西方土」起篇的 108 首詩偈，禪學化色彩濃厚，此處的 3 首詩其實並不能表達「華開見佛」之意。第二首稍微描寫道佛之莊嚴相，云：「淨心即是西方土，肉髻明珠不用親。萬人程途彈指到，莫教孤負好時辰。」「肉髻明珠」描寫佛莊嚴之相，即使如此，整詩所表述的仍並非是「華開見佛」之意。妙意《頌是心作佛》之四「犁牛耕出古黃金，照地光天山嶽寒」稍有「華開見佛」之意，只是所見非佛之莊

〔註61〕元賢：《永覺元賢禪師廣錄》卷二十二，《續藏經》第 72 冊，第 511 頁。

嚴相，而是淨土之相。《頌上品上生》詩偈序云：「具諸戒行，讀誦大乘，修行六念，回嚮往生，阿彌陀佛放大光明，與諸菩薩授手迎接，彈指往生，即悟無生。」敘寫讀誦名號乃見「阿彌陀佛放大光明」，是「華開見佛」之意。永覺《示鄭用弼》詩云：「心淨土自淨，此理萬難移。淨心無別法，一佛破群疑。藕絲如未斷，能牽大象馳。直教片念息，方名見佛時。」〔註62〕其中「直教片念息，方名見佛時」是說誦念名號的效果，即息卻念頭時便是真正見佛；亦有息卻雜念方是真正見佛之意，這種「華開見佛」見到的不是佛的莊嚴相，而是悟透的佛境。

　　廣度眾生第九，是寫阿彌陀佛以大願託生一切眾生，《廣度眾生序》云：「阿彌陀佛為比丘時，發四十八願已，乃託生一切眾生中，同其形體，通其語言，以設教化。故上自天帝，下至微細蟲蟻，皆託生其中，設化無量劫，是阿彌陀佛成佛之因，一度生而已。釋迦佛為善慧仙人時，以五百銀錢雇瞿夷五莖華供然（燃）燈佛，瞿夷問『以華供佛，欲何所為』，答言『為欲成就一切種智，度脫眾生』，是釋迦佛發願之始，一度生而已……求成佛與求生淨土，總是為度眾生故。故未生淨土者，雖度生之舟楫未具，不能隨諸眾生出入生死，而以彌陀之舟楫為舟楫，亦可行度人之事。彌陀願云『十方眾生稱我名號，必生我國，地獄餓鬼亦生我剎』。雲棲云：『念佛一門，普逗六道眾生之機，佛以無緣慈攝眾生者，入眾生性為內薰，成現身說法為外薰，則勸人念佛，即見如來外薰之義。』」念阿彌陀佛名號則生西方淨土，是廣度眾生，楚石《懷淨土》詩云：「贊佛言詞貴直陳，攢花簇錦枉尖新。自然潤澤盈身器，無數光明湧舌輪。稱性莊嚴依報土，隨機勸發信心人。願求功德池中水，盡滌娑婆界上塵。」詩中頌揚了廣度眾生之大願，《勸琴者》詩別開生面，將阿彌陀佛稱為琴者之知音，詩云：「由來學道似彈琴，清濁高低自在心。聲太促時弦又斷，指才停處韻還沈。一塵不到山當戶，萬籟俱消月滿林。拋卻絲桐勤念佛，子期未必是知音。」《勸樵夫》敘說阿彌陀佛是處於險境者的救護者，詩云：「驀然撒手向懸崖，樹倒藤枯是爛柴。盡轉山河歸自己，都將風月付平懷。擔頭自有千鈞重，腳下曾無一線乖。樵者如斯真念佛，蓮臺不必預安排。」最後一句的「不必預安排」，又具有觀音聞聲而救的功能。楚石的淨土觀念與詩歌，在其專章有論述，故本節所述中，沒有過多徵引楚石的詩作。永覺《示達理上人》詩言廣度眾生云：「向道西方甚易生，祇恐凡心不肯休。歇盡凡心歸正覺，此心便是渡

〔註62〕元賢：《永覺元賢禪師廣錄》卷二十三，第516頁。

人舟。」〔註63〕本詩是對廣度眾生之意的切當敘說。

《蓮邦詩選》以九類收錄淨土作品，收錄的明代詩僧的淨土作品並不是很多，更多的僧徒創作者與作品並沒有收入其中。如香嚴覺澄《淨土詩》云：「彼無惡道絕聞名，群籍都為念佛聲。細溜通渠調錦瑟，微風吹樹奏瑤笙。鶴從翡翠簾前下，人在琉璃地上行。往往悠然心不亂，琅琅天樂自來迎。」〔註64〕詩中對淨土世界進行了描寫，頌揚了誦念名號即可往生西方；「群籍都為念佛聲」一方面似乎是說往生淨土的簡易，一方面似乎是說淨土信仰被接受的普遍性。再如憨山德清對淨土有頗多頗深入之論述，《蓮邦詩選》亦未提及。

憨山與德王之間有關於淨土的問答。德王曾向憨山問「修行直捷法門」，憨山云：「修行者，有禪與教兩門，人人共由。禪則傳燈諸祖，直貴了悟自心，其下手工夫，則心單提話頭參求，直至明見自心而後已。此獨被上上根人，一超直入，又須善知識時時調護提撕，方得正路。在昔王臣，亦有能者，蓋不多見，是乃出家人易為行耳。今大王尊居深密，不易接見善知識，故不敢以此勸進。其有依教修行，昔有天台智者，大小止觀，乃成佛要門。其大止觀文繁，難於理會，其小止觀雖簡易，其實要說解明白，而下手安心亦不易入。即能知能行，亦難得親切，日用現前，境界逆順處多用不上，況末後大事乎。此法亦非大王所易行者，亦不敢進。今獨有佛說西方淨土一門，專以念佛一事為要，以觀想淨境為正行，以誦大乘經為引發，以發願為趣向，以布施為福田莊嚴，此實古今共由。不論貴賤智愚，俱能真實下工夫，故萬人修行，萬人效驗。此願大王留意焉，謹將日用修行規則，條列如左。」憨山明確指出對德王來說，禪與教皆不適合修行，淨土法門為「古今共由」而建議德王修持，並言其「敢以實對」。與眾不同的是，憨山認為西方淨土是實存之地，云：「我佛為救度娑婆世界，諸苦眾生，專說西方極樂淨土法門，但專以念阿彌陀佛，發願往生。彼國有《彌陀經》一卷，便是證明。其經中所說都是彼國及國土境界實事，最是明白。」淨土法門的修行之方，以念佛為主而「不必拘套」，修行節次有早功課、晚功課等，云：「每日早起禮佛，即誦《彌陀經》一卷，或《金剛經》一卷，即持數珠念阿彌陀佛名號，或三五千聲，或一萬聲，完即對佛迴向，發願往生彼國。語在功課經中。此是早功課，晚亦如之，如此日日以為定課，定

〔註63〕本節徵引文獻與詩歌，除有具體注引，其他皆出自《蓮邦詩選》，《續藏經》第62冊，第791~816頁。
〔註64〕錢謙益：《列朝詩集》閏集卷二，第308頁。

不可缺。」說到「末後一著大事」，憨山繼續說：

> 至若為末後一著大事，其做工夫更要親切。每日除二時功課之
> 外，於二六時中單將一聲「阿彌陀佛」橫在胸中，念念不忘，心心
> 不昧，把一切世事都不思想，但只將一句佛作自己命根，咬定牙關，
> 決不放捨，乃至飯食起居，行住坐臥。此一聲佛時時現前，若遇逆
> 順喜怒煩惱境界，心不安時，就將者一聲佛提起一拶，即見煩惱當
> 下消滅。以念念煩惱，是生死苦根，今以念佛消滅煩惱，便是佛度
> 生死苦處。若念佛消得煩惱，便可了得生死，更無別法。若念佛念
> 到煩惱上作得主，即於睡夢中作得主；若於睡夢中作得主，則於病
> 苦中作得主；若於病苦中作得主，則於臨命終時，分明了了便知去
> 處矣。此事不難行，只是要一念為生死心切，單單靠定一聲佛，再
> 不別向尋思，久久純熟，自然得大安樂自在，得大歡喜受用，殊非
> 世間五欲之樂可比也。惟大王留意此法，便是真實修行，捨此更無
> 過此直捷省事者也，切不可聽邪見邪說而惑焉。又大王若要末後知
> 去向，更有一妙法，請為言之。其法就在念佛心中，時時默下觀想，
> 想目前生一大蓮華，不拘青黃赤白，狀如車輪之大，觀想華狀分明，
> 仍想自身坐在華中、須臺之上端然不動，想佛放光明來照其身。作
> 此想時，不拘行住坐臥，亦不計歲月日時，只要觀境分明，開眼合
> 眼，了了不昧，乃至夢中，亦見阿彌陀佛，與觀音、勢至同在華中，
> 如白日明見。若此華想成就，便是了生死之時節也，直至臨命終時
> 此華現前，自見己身坐蓮華中，即有彌陀、觀音、勢至同來接引，
> 一念之頃即得往生西方極樂世界，居不退地，永不復來受生死之苦。
> 此實修行一生了辦之實效也。

憨山勸德王對此「著實諦信，切莫懷疑」。憨山對淨土自然是深信不疑，描述
淨土云：「今現住世界名為娑婆，乃極苦之處，謂生苦、老苦、病苦、死苦，
乃至求不得苦，冤家聚會，種種諸苦，說不能盡。雖是王侯將相，富貴受用，
種種樂事，都是苦因。以此極苦，難得出離，故說西方淨土，名為極樂世界。
以此國中但受諸樂，故名極樂；以彼佛國絕無穢污，故名淨土。」

　　憨山上述所言，幾乎將《蓮邦詩選》中所說的九類都體現出來了，尤其是
對華開見佛的體現，驗明了淨土世界的真實存在，只要能夠「華狀分明」，華
麗莊嚴之境就會現於面前。參禪往往更重接引上根者，淨土一門「不論上中下

根，及貧富貴賤」，只要「肯依而修之」，便「一生可以成就」，故為「最省要直捷修行法門」，是「佛別設接引方便也」。因此一再勸解德王「惟有念佛最好」，所謂「最省要直捷修行法門」即「不拘閒忙動靜，一切處都念得，只是一心不忘，更無別巧法」〔註65〕。

　　憨山《懷淨土詩》四首，之一敘說對解脫眾苦而奔往淨土的嚮往，詩云：「嗟哉堪忍土，多慮而為人。憂來百念結，綢繆役其形。眾苦集微軀，臭腐搏青蠅。憒憒不自知，營營竟朝昏。明潔日以虧，汨沒疲精神。安能滌情垢，一旦返而真。長揖大火宅，從此謝囂塵。逍遙清淨土，其樂方無垠。」之二是對淨土華麗莊嚴之境的描寫，詩云：「我聞至西極，有國名極樂。妙嚴飾宮殿，寶網珠絲絡。天人普集會，光明相映奪。園林敷雜華，空中散天樂。蓮開八德池，香浮七寶閣。微風吹簷端，雲間響金鐸。眾鳥相和鳴，法音恣宣說。凡情一經耳，眾若當下脫。」之三言一念淨則淨土之聖境現前，詩云：「極樂本非遙，駕言十萬億。但能一念淨，觸目現前是。蓮華生欲泥，清涼發焰熾。瓦礫等瓊瑤，寶林出荊刺。念結阻山河，想銷破幽滯。險道登坦途，情根證初地。誰知微密中，淨穢苦樂具。試觀空中華，起滅了無際。」之四言苦樂由因緣而生，淨土之得在於內心的解悟，詩云：「苦因憎愛生，樂從清淨得。譬若夢中人，貴賤匪外覓。情想本無端，苦樂非預設。瞻彼晴空雲，倏忽多變滅。愚者執為真，逐境勞欣戚。達人貴朗照，了罔淨陳習。一悟永不迷，靈淵常湛寂。願乘白毫光，端居極樂國。」〔註66〕四首詩實際上頗能體現《蓮邦詩選》的九類，《蓮邦詩選》卻不將之收錄其中。

　　德清之後逃禪的文人吳鼎芳（即大香）亦作有數量不少的淨土詩，代表作為《淨土十六詠》，之一云：「樂土心知有宿緣，六時行坐憶金仙。形山寶藏誰無分，一道光明每現前。」之二云：「西方有美實堪誇，佛國雖賒路豈賒。要識摩尼真樣子，一心不亂更無他。」之三云：「珠投濁水水俱清，選佛場標第一名。無相無為無縛脫，無因無果即無生。」之四云：「諸般對待事非輕，決信方能決定生。六字真言無委屈，一條真路甚分明。」之五云：「觀佛真身即牧牛，圓明法海更何求。時時把定無星稱，那得一些閒念頭。」之六云：「機前只貴絕絲棼，念佛參禪兩不分。會得西方無量壽，了知東土釋迦文。」之七云：「夜來滿月在中天，寶地金繩即目前。一枕無非安樂行，觀音勢至並頭眠。」

〔註65〕德清：《憨山老人夢遊集》卷十，莆田廣化寺影印本，第129～130頁。
〔註66〕德清：《憨山老人夢遊集》卷四十七，第641頁。

之八云：「佛號冷冷十萬聲，一生管取淨絲成。金銀梭閣琉璃道，更有蓮花捧足行。」之九云：「面門力破見慈親，大地方知絕點塵。珍島換回流浪客，金臺接取到家人。」之十云：「河沙佛剎現周遭，供養曾無來去勞。諸上善人同一會，自他不隔一纖毫。」之十一云：「樂國朝朝是一家，眾生心佛本無差。上中下品隨根現，性水妝成四種花。」之十二云：「彌陀有願接高流，不用將心向外求。著得毗盧珍御服。塵塵剎剎一齊周。」之十三云：「彌陀有願接凡愚，相好光嚴總不殊。罪業從教山海積，玉毫管取出昏衢。」之十四云：「八德蓮胎易奏功，導師誓力本無窮。屠刀放下何難事，只在臨岐十念中。」之十五云：「眾苦交攻一幻軀，眼看斜日迫桑榆。生生死死何由了，晝夜休離百八珠。」之十六云：「塵勞混跡幾多春，驀直慈航認得真。萬事不如歸去好，只今且作勸緣人。」〔註67〕十六首從整體上來看，包含有《蓮邦詩選》所列九類內容，雖然是淨土詩，其中夾雜的禪學色彩亦十分濃厚。《憶西方四闋》是對西方淨土的進一步抒寫，之一云：「彌陀一句不尋常，颺下多多少少忙，鼻觀惟聞菡萏香。憶西方，平步高登聖覺場。」之二云：「生緣盡處有津梁，寶樹仙禽列坐行，花雨繽紛散妙香。憶西方，句句彌陀字字光。」之三云：「少年光景要提防，塵夢何曾論短長，一靄斜風便散場。憶西方，念念歸誠大願王。」之四云：「暮年光景似殘陽，凡事從前罷酌量，忙把身心辦去裝。憶西方，好個長生不老鄉。」〔註68〕四闋中充分描寫了大香對西方淨土的嚮往。

　　從大量的淨土類作品來看，明代僧徒對淨土作品的創作極為重視，反映出明代淨土信仰無論是在僧徒當中，還是在民眾當中都極為興盛的狀況。

〔註67〕大香：《雲外錄》卷之九，載《禪門遺書》第八冊，第47頁。
〔註68〕大香：《雲外錄》卷之十一，載《禪門遺書》第八冊，第62頁。

第四章　景致詩、別離詩與思念詩

　　上述闡述義理和描寫淨土的詩歌詩偈及文中，都存在著大量的景色描寫，景色描寫是佛教僧徒詩歌詩偈寫作存在的普遍現象。描寫景色景致的詩歌詩偈，可以稱之為寫景詩，或者景致詩，幾乎每一位僧徒都作有景致詩（寫景詩）。僧徒們一生行腳，別離是常有的，作品中描寫別離之狀與別離之情頻頻出現，這些詩歌詩偈可稱之為別離詩。有別離就有思念，儘管僧徒以「空」為視角透悟世界、透悟人與人之間的情感，但作為人的常情仍然是存在的；描寫彼此之間思念之情的詩歌詩偈，可稱之為思念詩。本章敘述僧徒作品中的景致詩、別離詩與思念詩，這些作品雖然以詩歌為主，當然也包含有文等在內的其他體裁作品，為了敘述簡要方便，稱之為景致詩、別離詩與思念詩。

一

　　由於主要居住在山林環境、一生雲遊行腳等原因，歷來的僧徒們都作有大量描寫景色或者關於景色描寫的作品，作品中描寫景色與闡發佛教義理一樣普遍。首先，大多數僧徒主要居住在寺廟、山林或者到處雲遊，將身邊的景致或者雲遊時所見到的景致寫入詩文之中，形成寫景類的詩歌詩偈，或者遊記等。其次，通過描寫景物以表達對佛教的悟解，僧徒們往往借景悟理悟道，對理或道的解悟，又往往通過景色描寫表達出來；尤其是禪宗，主張不立文字，往往通過景物描寫表達僧徒對禪學悟解的程度；淨土類詩作，往往通過景物描寫展示淨土的華麗莊嚴，以及對西方淨土世界的美好想像。第三，僧徒也往往通過景致描寫寄託內心的情懷。

　　寫景作品尤其是詩歌詩偈的創作貫穿於整個明代。如上所言，寫景詩首先

是對僧徒生活的反映，大多數僧徒居住在寺廟、山林之中，描寫寺廟、山居生活的作品比比皆是。如大香寫寺廟、山居生活的詩文寫作就非常突出，《雲外錄》中收錄有如《方廣寺》《天目雜詠十四首》《山居五十六首》《山居雜詠四十首》等大量描寫寺廟、山居生活的詩歌詩偈，以及《蘭竹園賦》《太湖觀日賦》《天遊峰記》等賦景寫物的文、賦、遊記等。

《方廣寺》一類的詩歌，主要描寫僧徒在寺廟中的生活。《方廣寺》詩云：「野步得烏藤，閒身著翠屏。璁璁數點雨，遠遠一峰青。花暗迷苔徑，松清露草亭。寺門千丈水，飛下碧雲坰。」詩中描述的是僧徒在寺院中閒適自得的生活，詩中的景物描寫完全是為了展示與襯托僧徒的生活狀態。詩歌以詩者閒步遊覽的視角進行敘寫，詩者自身卻並沒有在詩中出現，完全是將詩者融入到景色景物之中，二者無縫地融合在一起。「璁璁數點雨，遠遠一峰青」一句及詩者與景色的融合，頗有秦觀「曲終人不見，江上數峰青」之意。《雪夜》詩云：「暗壁通花氣，虛楹覆竹蔭。亂雲雙樹宗，一雪萬山深。永夜枯僧定，寒空古佛心。斷猿風外嘯，隱隱落層岑。」〔註1〕本詩亦是描寫寺廟中苦修僧徒的生活，以「竹蔭」「雪」「萬山深」「寒空」等，襯托枯僧之「定」。《西方菴》通過環境描寫，敘寫對西方的嚮往，詩云：「獅林正東騖，異石列空際。巢居縛松罅，四顧無餘地。一泉何許來，眾壑若趨會。雷洞時有聲，龍門屹相對。佳晨獻奇觀，清晹生雨霽。平鋪千頃雲，玉盤點螺翠。宿齡在遐討，素志乃終遂。片語託長風，謝彼人間世。」〔註2〕上引大香描寫西方淨土的詩歌，本詩通過以周身景物描寫成淨土之境而敘寫對西方的嚮往便很容易理解。

《山居》五十六首一類的詩歌主要描寫居住的山林生活環境，如第八首云：「春氣融融漸覺增，不知朝日在巖扃。重霾斂去千鋒碧，一雨飛來萬木青。樵徑險邊憑短策，僧樓高處見長亭。鶯聲蝶拍頻相和，可是笙歌列畫屏。」本詩純粹是描寫自己山居的環境，節氣時序的變化帶來萬物復蘇、生長的氣息，景致的美麗如同畫屏上的圖畫。詩作可以是純粹的景物描寫，對僧徒來說，往往通過對生活環境的描寫表達佛教禪學之理，如第三首云：「赤力條條物外人，空寥寥地便安身。初生健犢休離母，已大慈鳥反哺親。竿木逢場聊作戲，兒童弄影了非真。死心直到如如境，活計從教日日新。」詩中講非真即「空」之意，悟透「空」之意便能至於「日日新」之地。「空寥寥地便安身」有唐宋

〔註1〕大香：《雲外錄》卷之四，第25頁。
〔註2〕大香：《雲外錄》卷之二，第13頁。

禪學任運隨緣的意味，以生活描寫而抒發任運隨緣之意，是禪詩寫作中經常表達的，如第一首云：「從來無事可安排，一個腰包與自偕。才得丘中依古廟，便於林下捨枯柴。懷人忽接前春信，遇客休論過午齋。今夕不應貪早睡，好看白月上層厓。」整篇詩述說的就是饑來吃飯困來眠的任運隨緣的禪學觀念與禪修生活，尤其「從來無事可安排」將任運隨緣這種悟透禪機的生活狀態表達得十分傳神。再如第三十五首云：「頻年流水向蹉跎，弱草輕塵等際過。三月安居尊聖製，二時行腳學頭陀。已知佛法無多子，但問人生有幾何。卷盡暮雲天一碧，前鋒了了現青螺。」〔註3〕在人生與時間的流逝中，每個時刻都遵從著生活的節奏與安排，「三月安居尊聖製，二時行腳學頭陀」顯示出對生活安排的服從的不迫與安穩沉靜的心理狀態，「已知佛法無多子」表示在生活的流水中已經悟透佛法之真諦。《山居》五十六首是如此，《天目雜詠十四首》《山居雜詠四十首》《林中吟十二首》等同類詩作同樣是如此。

　　由上引寫山居等詩作來看，大香禪師有貫休之詩風，陳元崇云「師博通內外典，詩歌有皎然、貫休之風」。大香出家之後，似乎沉浸於出世的生活之中，不僅作有山居詩，更將山居描寫貫穿於詩歌、賦和遊記的敘寫之中。如《渡太湖》詩云：「蒼蒼辭葦岸，渺渺問花源。放去煙中棹，浮來水上村。林兼香不辨，山遠翠無痕。偶傍珠宮艤，時從田父言。蓮垂秋漸實，蟬響夕猶繁。雲際聞仙梵，峰前卷釣綸。可知三萬頃，消得幾朝昏。」〔註4〕詩中描寫橫渡太湖所見之景色，《太湖觀日賦》對太湖的景色進行更盡情的鋪陳，開篇使用連串的疊字「粵自混混沌沌滉滉瀁瀁昧昧昏昏杳杳爌爌」拉出太湖在時間上久遠，久遠到使人感到發聵的程度；「雲在水中，山在天上，若靈若宰，若景若響，漸假舒融」描寫太湖質感又飄渺的景色，接下來又承開篇描寫到：「載沉載浮，似合似散，百詭千如，萬奇億狀，滉瀁兮潛盰，混沌兮薦爽，杳爌兮咸和，昧昏兮具朗。」將太湖的多姿多態描寫得瑰麗奇妙、姿態完全而有遠古的歷史感。賦中描寫日出日升，云：「初出大如車軸，其次漸如盤盂，始則蒼涼之意，遂而探湯所如。」這是如實進行的描寫，為了襯托出歷史感，賦中使用了大量的神話典故，如「經於細柳，及於桑榆，徒揮虞公之劍，堪曝郝子之書，已墮九烏之翼，其如一隙之駒；建木之下無影，覆盆之下匿私。」最後「賴一人兮有慶，令四海兮永康」落腳於對皇帝的頌揚。《太湖觀日賦》的寫作手法完全

〔註3〕大香：《雲外錄》卷之五，第30～33頁。
〔註4〕大香：《雲外錄》卷之六，第39頁。

是文人式，與《渡太湖》詩相比，絲毫體現不出佛教之意味，或許是因為作者完全沉浸於景色之中，或許是作者出家前所作。

　　大香又將天目山、武夷山等景致一同寫入詩歌詩偈與遊記之中。大香寫到天目山的詩歌頗多，如有《天目雜詠》十四首，詠天目山之景，《千丈崖》云：「一鍵設重雲，懸崖不易上。行來半日餘，猶有五百丈。」〔註5〕十四首詠天目之景的詩作，表現了大香對天目山的出自內心的喜愛。書寫天目山之景單獨成篇的詩作亦不少，如《天目溪子賓》詩云：「寓跡隨所安，擁書成自適。筆花燦霞彩，心境湛淵碧。雲山無間然，夜被欣承夕。」〔註6〕詩中的第一句「寓跡隨所安，擁書成自適」再次體現了任運隨緣的禪悟與心態，由此可見大香對禪學確實有真實地體悟。《過東天目》詩云：「飛淙如鵠下高虛，望裏閒雲自卷舒。兩日正逢秋色好，千山紅樹一肩輿。」〔註7〕《天目雪》詩云：「亂雲封逕絕來僧，面壁寒威晚倍增。破屋一間清澈骨，千巖萬壑玉壺冰。」〔註8〕詩中描寫天目山上的雪景，詩作雖是寫景，讀者並能從景中體味出詩者的喜悅之情，《登天目山》詩直接描述出喜悅與興致，云：「下界聞塵梵，中峰到午餐。林香隨鳥散，石氣逼人寒。水自廚頭出，山從杖底看。潛虯惟古洞，化鶴但空壇。厓（崖）險青千丈，雲開白一團。焙茶供別寺，擔筍下層巒。草屋時煩葺，苔階不易乾。竹深風習習，松偃露溥溥。絕頂留餘興，懸知翠幾盤。」〔註9〕大香將天目之景寫入遊記之中，《天目西方菴記》中云：「入夏居，谷花方盛，一本數百頭，幽香豔色，政如高人隱士肥遁深山僻壤，姓名不落塵埃，老死罔知城市。」將天目的景色描寫豔爽幽麗，以致於假若孔子遇到，亦「當與倚蘭並操矣」。《記》中接下來繼續寫到菴中高僧事，云：「所惜山無全而地乏餘材，道者不能多儲，法席不能屢倡，乃為青烏氏缺限耳。此中少可解言者，惟古坪菴、千丈崖二老僧，間或問慰。古坪年七十有九，形若寒松，動如野鳥。自言行腳遍區宇，名山大澤之所最欣豔者凡五，一雁蕩二華山三匡廬四黃山，乃及此耳。意語所歷過半，黃山脫可乘興，華山當作臥遊而已。竊怪夫不致三峩九曲而吞舟之漏一若是耶。千丈年迫古稀，目眊齒豁，易於即人，所言達觀師住山事甚悉。彼方新戒，令誦毗婆

〔註5〕大香：《雲外錄》卷之七，第41頁。
〔註6〕大香：《雲外錄》卷之二，第11頁。
〔註7〕大香：《雲外錄》卷之九，第56頁。
〔註8〕大香：《雲外錄》卷之九，第57頁。
〔註9〕大香：《雲外錄》卷之六，第38頁。

尸佛偈，今已忘之矣。」〔註10〕大香亦作有《西方菴》詩，見上。《記》中穿插高僧事，景與事相交融成一體，景與高僧相互襯托，景乃高僧之景，僧乃景中之僧。寫到天目的記還有《光孝寺記》，《記》中云：「西越山源自天目，飛舞以至都會中，於禹航之大滌，一支橫分，九曲通脈，雄紒為金岫，遊蟠為大小龍象，跲而為唐嶺，尊而為荊山嶺，即本院右臂，東至郡城西通邑治，上有唐風亭，以息勞者。峰凡七十有二，《錢塘志》云『荊山有七十二賢人峰，圜秀如削』。」大香有《光孝六詠》詩，詠寫光孝寺周圍的六處景致，其中有《七十二峰樓》云：「朱樓縹緲接瑤空，七十諸峰近遠同。夜靜松濤生枕上，恍然身在太湖中。」〔註11〕《記》繼續描寫道：「前對五朝，後列四嶺，右有閒林古社，左則眾壑名溪。春風樓下，三十里梅花；秋水城旁，五千頃皓月。六月賣松風，人間無價；三冬饒嶺雪，世外奇觀。」將整個景致描寫成了世外靜謐之地，與前引對淨土之境的描寫相似。如此景致，自然引得詩者萬般喜愛，《光孝山行》詩云：「好山何宛衍，晚景自徜徉。步步踏空翠，時時聞妙音。鳥啼雲鎖處，花發水生旁。前度團欒樹，陰陰覆石堂。」〔註12〕詩中「步步踏空翠，時時聞妙音」寫盡了詩者內心的喜悅之情。《甲戌除夕光孝寺》詩云：「雲蒸香積夜無煙，供水燃燈了世緣。百破巖房千點漏，坐聽寒雨入新年。」〔註13〕雖然除夕之夜坐聽寒雨，屋破而到處漏雨，看著寺內雲蒸香積、供水燃燈之熱鬧景象，詩者亦應當有「了世緣」的徹悟之感。

　　詩歌詩偈與記同時描寫到的還有武夷山和聖日峰。《武夷山中作》詩云：「震澤水中山，武夷山中水。寰中二奇絕，終古不易此。余本震澤生，愛向武夷止。二奇萃一身，畢志無他擬。肯效桃花源，重來無覓所。」〔註14〕大香明顯經常到武夷山中遊玩，《武夷失路》詩云：「暮靄百重生，窮猿第幾聲。亂山無路出，終歲少人行。林靜知風動，厓（崖）昏待月明。冢間聊一宿，博得社多名。」〔註15〕詩作似乎是講在武夷山遊玩時迷失路向，詩中「亂山無路出，終歲少人行」「冢間聊一宿」表明進山遊玩的人頗少，且晚上只能宿在墳冢之間，大香在這種情況下仍然「愛向武夷止」，表明了詩者對武夷山中景致無與

〔註10〕大香：《雲外錄》卷之十八，第144頁。
〔註11〕大香：《雲外錄》卷之九，第51頁。
〔註12〕大香：《雲外錄》卷之四，第29頁。
〔註13〕大香：《雲外錄》卷之九，第57頁。
〔註14〕大香：《雲外錄》卷之二，第15頁。
〔註15〕大香：《雲外錄》卷之四，第28頁。

倫比的喜愛。由於對武夷山景致的喜愛，遂作《武夷四詠》詠唱武夷四景，如
《玉女峰》云：「一具煙霞骨，千秋童女身。盈盈溪水上，不受世中塵。」〔註
16〕其他三首分別詠鼓子巖、禪笠石、水樂石，《武夷虎嘯巖記》以方位順序寫
了對虎嘯巖的遊覽，文開篇云：「自裴村渡水，進二曲橋，逾一俱盧舍，延促
凝矚虎嘯巖，紺瑠磔磔，獨萃煙際，周環純骨，不帶纖土。巖腹枵窊，圜構精
廬，若顯者腰帶然。循歷南澗，橫石為橋，徑曲而幽，清樾忘暑。」大香將景
致描寫得清淨無塵如淨土之境，如《記》又云「時癸酉歲七月四日，新月一痕
已隱巖背，曛莫猶冥寂，如處無色界天，形影俱不可得矣」〔註17〕，應該是大
香對景色描寫所想要達到的境地。描寫景色的純淨，關於聖日峰的詩作與記中
同樣表現出來，《聖日峰嘉霽》詩云：「奇峰初上日，薄靄淨遙空。原草攤秋
碧，林花眼曉紅。路穿流水外，石立亂雲中。自顧平居樂，青山伴老翁。」〔註
18〕生活居住於碧、紅之淨境，大香有著老翁「自顧平居樂」的心態。大香對
聖日峰景色十分沉迷，口占聖日峰景色十首，描寫聖日峰景色的純淨，如第二
首云：「雲弄別通天地，風泉隔斷凡塵。林鳥寂喧旦晚，巖花開落冬春。」詩
中寫到的還是隔斷凡塵的純淨，第一首云：「開得繩長蒿逕，構成斗大茅菴。
凡事由天判斷，從他笑我癡憨。」撇開他人的識見，堅持自己的選擇，大香以
此表明了自己的悟解。「凡事由天判斷」之意實際上是堅持自己的悟解，不以
他人的見解為準則。由此可見，大香對居住環境、景色的描寫，最終是出於自
己對禪學的悟解。《聖日峰記》首云「潔溪之水，淳澄澔漫」，開篇便強調純淨
之意。《記》中書寫了「遊」，云：「於時同遊六七人，緇素略等，短後〔厚〕
之衣，過頭之杖。度南豐嶺，一拘盧舍，石曰闖牛曰聚星曰遊獅曰渴驥，峰曰
金雞，亦三百六十之一數。循澗陟安嶺，隨喜醉樵石，經樂土林，又一拘盧舍，
即聖日也。」聖日峰之境，大香盡力凸顯其純粹爽淨，云：「熱天坐此，自忘
三伏。外則獨門關，頗獲解脫，異彼一泥丸之封。」所謂坐此忘三伏天之熱，
雖然符合山中溫度相對較低爽，作者所言或許更多是指內心在此境地中獲得
的清涼與解脫。即下文解迴心洞云：「中通屈曲，去住自由，顧謂二三子云：
『迴心者，無心也，無心即無生，所以無心道人之難遘也。』」由清涼之地引
申到無心與無生，作者的無心與無生又由景致所引發，故詩者的無心、無生之

〔註16〕大香：《雲外錄》卷之七，第42頁。
〔註17〕大香：《雲外錄》卷之十八，第144～145頁。
〔註18〕大香：《雲外錄》卷之四，第29頁。

念與所居住清淨之景致相輔相成、相互啟引。

由景致引發出佛教禪學之觀念，是明代僧徒寫景詩中共有的特性。明初宗泐《入孤澗有作》詩云：「谷裏何人住，山腰有徑通。老猿時掛樹，好鳥自吟風。古澗寒泉碧，連山夕燒紅。隱居慚未遂，明日片帆東。」〔註19〕詩中寫「孤澗」中之景，細緻描寫了山澗的景色，有山、泉、風、雲、夕陽、小徑、樹木等，有猿猴、鳥等動物之活躍，景與動物之活動的相輔構成了孤澗的幽深。詩中的「山腰有徑通」與下文的「隱居」之語相對應，即使所隱居之人並非出家者，亦能從詩中的環境描寫感覺出禪意。本詩之意應該就是通過景致描寫表達禪意，由景顯禪悟理，是寫景詩歌詩偈寫作的主體。清濬《遊洞庭》詩云：「我有山水癖，周遊訪遺跡。春宵宮畔住多時，對面翠峰參天直。偶乘飛雲到上頭，上頭佛屋依雲阪。庭前老樹作僧立，井中神物為人遊。湖吞八極天倒開，赤烏半濕東飛來。櫓聲驚裂馮夷窟，沙漚點破銀濤堆。扶桑枝枝手可掇，龍伯鉤頭黿欲脫。影壓錢塘天目低，雲盡崑崙月支闊。身棲在仙鄉，仙鄉時節長。仙人共語紫霞裏，霜橘顆顆黃金香。青鞋布襪真快意，玉馬金鞍又何貴。回首人間一窨塵，明朝弄月羅浮去。」〔註20〕詩中將洞庭之景描寫得極為充分極致，確實是「有山水癖」者才能描寫得出來；詩作將洞庭之景寫成了仙鄉，仙鄉是形容景色之美，「回首人間一窨塵，明朝弄月羅浮去」言堪破人間的出塵之意，是對美好之景的追求與嚮往，並稍稍帶有一絲道教仙化之意味。

道衍《晚步》寫夜晚散步時看到的景色，詩云：「晚步出門去，林端見新月。牛羊下嶺來，疏鐘何處歇。行行且復佇，遙對西山雪。」〔註21〕詩中寫晚步時看到的景色，詩中之句非常明顯地顯示出詩者愉悅的心情。《春暮與行書記過師子林》寫景色帶來的內心的舒悅，詩云：「偶同看竹過林廬，素抱欣從此日舒。淺碧雲虛泉落後，孤紅霞澹澗芳餘。放禪時至鐘鳴室，施食人回鳥下除。勝地每嫌山水隔，不因乘興到應疏。」〔註22〕「從此日舒」是由景引發，背後隱藏的卻同是由同行的「人」所帶來的，「人」有朋友亦有陌生的尋幽者，《晚過獅子林》詩云：「無地堪逃俗，乘昏復到林。半山雲遏磬，深竹雨留禽。觀水通禪意，聞香去染心。叩門驚有客，想亦為幽尋。」〔註23〕詩中是以景寫

〔註19〕宗泐：《全室外集》卷五。

〔註20〕錢謙益：《列朝詩集》閏集卷一，第275頁。

〔註21〕《御選明詩》卷三十五。

〔註22〕錢謙益：《列朝詩集》閏集卷一，第272頁。

〔註23〕錢謙益：《列朝詩集》閏集卷一，第271頁。

禪心，此地此景可為「逃俗」之地，說明景致之幽，陌生之客為尋幽而來叩門，繼續深化景致之幽。「觀水通禪意，聞香去染心」是由景與境引發禪悟，上承景之幽，下啟客尋幽而至。本詩由堪逃俗、悟禪意、陌生客尋幽而至三層遞進，描寫了此地之幽，手法可謂極為高明。《題平坡寺》詩中，道衍再次抒寫景與境引起「辭世網」而專注修行之意，詩云：「平坡杳杳挹西湖，徑斷樵行敗葉鋪。泉落石河深愈急，雲歸沙樹遠疑無。夜堂風靜紆帷幔，曉井霜寒響轆轤。那得餘生辭世網，卷衣來此日跏趺。」〔註24〕道衍輔佐朱棣起兵而受寵信與重用，詩中卻又表達詩者內心響往塵外之境而欲「辭世網」之意；道衍的「辭世網」之意應該與朱棣無關，或許確實是厭倦了塵世而欲一心清淨修行。

守仁通過景致描寫表達「忘機」的狀態，《趣上人蘿壁山房》詩云：「我懷雲林居，復在蘿壁下。幽花落窗扉，秋藤覆檻瓦。重巒紫翠深，中有忘機者。壁觀坐來久，風骨更清灑。聲沉萬境寂，妄遣百慮舍。何事支道林，區區猶愛馬。」在對身周景物描寫中抒寫禪理，壁觀之人在景中忘機，達到「妄遣百慮舍」的禪悟境地。《虛亭秋月為實上人作》詩云：「幽庭坐虛寂，月出青松林。流光入禪戶，涼思滿衣襟。六根淨無垢，萬境亦消沉。蕩茲著有想，快我遺世心。浩歌秋水篇，聊續寒山吟。」〔註25〕詩中寫景、境與蕩遣執著，詩者在景中如遺世之高蹈者，道原《中山堂為許隱君作》詩描寫遺世、隱逸者，云：「俗子居山不見山，靜者居廛山在眼。請看東郭許隱君，中山之堂最蕭散。堂前種竹堂後萱，春深筍長萱花繁。大兒稱觴壽花下，小兒讀書當竹根。城中無山亦可樂，城中有虎仍戴角。歸來不愁虎食人，閉門日醉中山春。」〔註26〕無論是遠處之山還是近處堂院，對遺世隱逸者來說，「春深筍長萱花繁」之景物都在心中，《吳江晚泊》詩云：「無數舟航共晚晴，大星光見月初生。背人白鳥雙飛去，隔水幽花一樹明。」〔註27〕對心中有山有春有樂者而言，總是將景物描寫得相當清明。「閉門日醉中山春」，正是法杲《山居》詩中所言「深山別是一乾坤」，云：「深山別是一乾坤，春谷煙濃樹樹昏。正好看花立溪口，雨來催我進松門。」〔註28〕

明代僧徒作品中純粹描寫景致之作的數量頗為不少，已如上見，最能動人

〔註24〕錢謙益：《列朝詩集》閏集卷一，第 272 頁。
〔註25〕曹學佺：《石倉歷代詩選》卷三百六十六。
〔註26〕錢謙益：《列朝詩集》閏集卷二，第 297 頁。
〔註27〕錢謙益：《列朝詩集》閏集卷二，第 298 頁。
〔註28〕朱彝尊：《明詩綜》卷九十二，第 4357 頁。

的則是景中有人之作。明後期僧人如愚《春日龍潭菴對雨》詩云:「苔蘚空門外,煙蘿夾徑陰。春流一澗急,寒雨數峰深。鳥倦還山翼,雲遲過客心。望中燈火起,人語出遙岑。」〔註29〕前四句寫龍潭菴之景,詩者盡力表現淨爽之境,其中卻夾雜著一絲落寞的涼意,龍潭菴應該只是如愚旅途中經過暫住之處,而非其常駐之所,故詩歌中流露出落寞的涼意。下句以「鳥倦還山翼」襯托起興「雲遲過客心」,寫明了其不過是一個過客,故淨爽之境引起了詩者的落寞與愁緒。「燈火起」「人語出遙岑」頗有「空山不見人,但聞人語響」之意,整首詩展現的是景中有人,景中之人不僅有他人「人語」,更有自身之「過客心」。弘瀰《秋江晚歸》詩云:「瀏覽山川幽意多,渾忘落日掛藤蘿。潮催客子還家棹,風送漁舟入浦歌。深樹煙披連翠幕,遠峰雲在失青螺。臨行笑指芙蓉發,明日還期倚杖過。」〔註30〕詩中以景寫還家的客子,「渾忘落日掛藤蘿」寫人在景中流連忘返,甚至忘卻了還家。宗泐《風入松》詩中寫出人與景之間的互動,云:「高堂初宵山月明,長松颯颯奏清聲。清聲希微坐獨聽,援琴細意寫得成。調弦轉軫聲方起,忽覺松風生繞指。更深鬼哭巖前雲,夜半龍吟潭中水。一彈一奏聲緩促,有似松風時斷續。含商流徵清復哀,能使幽人聽不足。聽不足,琴忽罷。此時寂寂松無風,明月滿天涼露下。」〔註31〕詩中將景色寫出了鏗鏘之勢,自然發抒而出的「一彈一奏」之音,將詩者深深帶入其中而引出共鳴(「能使幽人聽不足」),人高度融入自然之中才能引發出如此之互動。

對同一景致的描寫,僧徒的作品往往更能表現出感懷之意,可以以對妙高臺的描寫為例。淨倫《次喬武庫縉金山勝覽韻》詩寫妙高臺之景,云:「妙高臺上昔年遊,想遍山中景物幽。出洞白雲含海曙,映窗晴雪湛江流。好音常聽樹頭鳥,相對不飛沙際鷗。西望金陵千古意,蔥蔥佳氣帝王州。」〔註32〕明代寫到妙高臺的詩者與詩作頗不少,正德時詩人李濂《雪竇寺妙高臺》詩寫妙高臺云:「吾聞妙高臺,海湧金芙蓉。上有萬古苔,虎豹留其蹤。日月掛天柱,煙霞韜石峰。所嗟異僧去,寂寞青山鐘。」〔註33〕妙高臺在丹徒縣北金山上,宋僧了元建,《江南通志》載云:「金山江天寺在金山,晉時建,名澤心。宋時

〔註29〕朱彝尊:《明詩綜》卷九十二,第 4359 頁。
〔註30〕朱彝尊:《明詩綜》卷九十二,第 4359 頁。
〔註31〕錢謙益:《列朝詩集》閏集卷一,第 258 頁。
〔註32〕朱彝尊:《明詩綜》卷九十一,第 4322 頁。
〔註33〕朱彝尊:《明詩綜》卷三十五,第 1714 頁。

屢易名,自元以來通謂金山寺。山後有塔,絕頂為妙高臺,臺下為楞伽室,宋蘇軾嘗書《楞嚴經》於此,凡樓閣亭軒及菴堂之屬四十有四。」〔註34〕故李濂之詩於寫景之外,表述了不遇高僧的歉惜,正德時詩人陸釴寫到妙高臺,《妙高臺》詩云:「石徑入迂迴,高臺出林杪。遠岫迎歸雲,層巒礙飛鳥。厓崩樹交撐,壇靜花不掃。凌風一振衣,清曠絕塵抱。仰接煙霞重,俯視樓觀小。安得鞭蒼虯,儵然下蓬島。」〔註35〕陸釴詩中引發的是對蓬萊之境的期望,淨倫表述的是對「金陵千古意」「帝王州」的感懷。由描寫高處而帶來對歷史的感懷,再如斯學《邊城晚眺》詩云:「獨上層樓望欲迷,滿城砧杵更悲淒。河流曲抱內黃北,山勢遙連太白西。落葉亂隨秋雨下,斷鴻斜引夕陽低。自來幽朔寒偏早,繞樹啼烏未肯棲。」〔註36〕詩中的「滿城砧杵更悲淒」「自來幽朔寒偏早」等,毫無疑問是作者站在高樓晚眺而引發對此地歷史的感懷。

　　如淨倫、斯學一般,由景致引發感懷,同樣是明代僧徒作品中的一種普遍現象。宗泐《落葉》詩云:「一片復一片,西風與北風。但看階下滿,不覺樹頭空。綴服猶堪用,題詩自不工。山童朝更掃,閒委古牆東。」〔註37〕本詩寫作的對象為落葉等日常之秋景,「綴服猶堪用,題詩自不工」援引前代典故,雖言「猶堪用」,但與「題詩自不工」相聯,之意還是在於不堪用,下文「山童朝更掃,閒委古牆東」兩句是進一步說明,童子將落葉掃在一起而閒堆在牆角之下。「閒委古牆東」似乎是詩者自指,結合宗泐入明後的經歷,本詩可能是宗泐遭到構陷之後所作,「一片復一片,西風與北風」似乎暗示的就是左右其人生方向的力量,詩中表達了強烈的無力之感,個人如同落葉一樣被西風與北風無情吹向不同的方向而不能自主。「但看階下滿,不覺樹頭空」是內心中極為深沉的感懷,感懷是由落葉引起,卻又不專注於落葉,而是一種泛泛的內心的情緒;即詩者所感的或許不是某件具體的事或景致,而是在某種景物或事件引起後上升為一種普遍性的感懷。《秋興》詩中寓含的感懷之意如同上詩,云:「六載江淮厭用兵,遺民處處困徭征。蕃商舊日多歸漢,海漕於今不入京。萬壘鼓鼙生夜月,幾家砧杵落秋城。西風無限思歸客,王粲登樓最有情。」〔註38〕由元末明初的動盪給民眾帶來的苦難,想起唐詩中連年邊境戰爭給民眾帶

〔註34〕《江南通志》卷四十五,《四庫全書》本。
〔註35〕朱彝尊:《明詩綜》卷三十七,第1798頁。
〔註36〕朱彝尊:《明詩綜》卷九十二,第4351頁。
〔註37〕宗泐:《全室外集》卷五。
〔註38〕宗泐:《全室外集》續編。

來的苦難，本句顯然是從李白《子夜吳歌》「長安一片月，萬戶擣衣聲」、范燈《憶長安‧九月》「更想千門萬戶，月明砧杵參差」等詩句中化出。

　　感懷人生與感懷社會同樣深刻，溥洽《次韻寄答一初因懷南竺具菴老人》詩云：「自笑還鄉野性慵，有懷多為白頭翁。山樓半照崦嵫日，海郭孤吟舶趠風。賀監祇應歸鏡曲，征西也復念譙東。淒涼莫話平生事，空易魂消蒼莽中。」〔註39〕詩中通過景色寫感懷，「有懷」寓意詩者為易感懷之人，詩者所感懷的是「平生事」，由於感懷多而致「白頭翁」。溥洽「白頭翁」之語感懷的是人生，德祥《白髮吟》詩同樣是對人生的深刻哀歡：「白髮不早來，早來人莫哀。黃金不早散，早散人莫歡。黃金不散散者多，白髮不來愁奈何。莫將黃金待白髮，白髮不生泉下客。」〔註40〕德祥不僅感懷人生，更感懷聖賢之不遇，《秋懷》詩之一：「露彩發遙林，月華散虛席。花牖一何清，秋衣不知濕。驚鵲起南枝，寒蛩響東壁。寂寞曠幽懷，迢迢楚天碧。」詩中寫到由景而帶來的「寂寞曠幽懷」，由景寫到的幽懷，用意是引出下詩之意，詩之二云：「青天西北傾，豈天為不平。白日難夜照，豈日為不明。天日尚如此，聖賢非命輕。夷齊終身臥，孔孟諸國行。所以沮溺輩，一生事耦耕。」〔註41〕第二首詩感歡聖賢之不用於世，這種感歡就來自於第一首的「曠幽懷」。妙聲《落花歡》詩也是感懷人生，云：「朝見紅白花，莫見青蔥樹。不愁花落總如泥，但惜人生不如故。滋蘭公子江南客，再拜東皇留不得。九州島塵土浩茫茫，付與楊花作春色。東溪野花自忘機，坐對落花吟夕暉。猶聞葉上黃鸝語，不信東家蝴蝶飛。」〔註42〕以花的盛開到敗落寫人生的逝去，主題卻是以「黃鸝語」「蝴蝶飛」表達「自忘機」的禪悟。

　　上文提到寫禪理詩中對無常的慨歡，對無常的抒寫本身就是對盛衰的深沉感懷，如廷俊《翠微亭》詩寫由景引起的歷史之無常的感懷，詩云：「誰構遺亭莽蒼中，蕭蕭深谷起悲風。五更璧月初沉海，萬里銀河欲瀉空。江闊淮南連畫舴，雲開塞北見飛鴻。黍離不獨周人恨，滿目寒煙六代宮。」〔註43〕歷史的無常確實令人感懷與慨歡，方澤《泖月樓夕眺遲蔣白灘不至》感懷千秋如旦暮，云：「悠悠遠天雲，泛泛清川波。去者曾莫留，來者奄忽過。千秋旦暮事，

〔註39〕錢謙益：《列朝詩集》閏集卷一，第 274 頁。
〔註40〕錢謙益：《列朝詩集》閏集卷二，第 289 頁。
〔註41〕錢謙益：《列朝詩集》閏集卷二，第 288。
〔註42〕妙聲：《東臬錄》卷上。
〔註43〕錢謙益：《列朝詩集》閏集卷一，第 276 頁。

百歲寧足多。」〔註44〕由景物引起歷史無常的感懷,最終又歸於景物的書寫之中以化解無常,法聚《吳山秋望呈張侍御》詩云:「子胥廟前江日晡,越王城頭雲有無。故宮臺樹幾黃葉,南渡寢園今綠蕪。長笛關山瞻北固,清尊魚鳥傍西湖。蕭蕭落木蒼郊外,幾處寒煙破屋孤。」〔註45〕達觀《吳氏廢園》詩云:「汾陽門第晉風流,縹緲吳山感勝遊。今日松蘿誰是主,斷雲殘月鎖江樓。」〔註46〕前詩歸於「長笛關山瞻北固,清尊魚鳥傍西湖」「蕭蕭落木蒼郊外,幾處寒煙破屋孤」、後詩歸之於「斷雲殘月鎖江樓」等語,將無常的慨歎消解掉。

由無常帶來的感懷是相當深鬱的,出於對禪理的透悟,僧徒有時對感懷的抒發相當輕淡,輕淡到不為人所察覺,如德祥《新秋有懷》詩云:「得秋才一日,秋意已紛紛。涼覺水邊早,聲先樹裏聞。高僧在西嶺,短策不離雲。我欲尋行跡,恐驚鸞鶴群。」〔註47〕詩中的「紛紛」「涼」「尋行跡」,表明詩者的感懷。妙聲《雨》詩云:「密雲起崇朝,飛雨灑高閣。蕭瑟傍松篁,逶迤帶煙郭。坐來池水深,吟罷林花落。已知禾黍秋,不奈衣裳薄。」〔註48〕本詩與《新秋有懷》相比,感懷之意更為輕淡,詩末「不奈衣裳薄」寫出詩者內心中由景而感發的情緒。

二

明代僧徒四處行腳,甚至如如愚等,一生都在行腳的旅途之中。如上所言,行腳所經歷的高山平地、小溪大江、風雲雨霧等,僧徒們無不在詩文中寫作出來。在景物描寫中,僧徒們有時候對某些景致有著集中的描寫,如僧徒們從宏觀上往往對江南與漠北有著大量的描寫,具體處如西湖和錢塘受到如箭垛般集中描寫。無論是江南與漠北,還是西湖與錢塘,都是歷代文人們筆下經常出現的吟詠,僧徒們的創作興趣在這方面與文人們並無二致。下面以僧徒關於西湖與錢塘、江南與漠北的詩文為例,說明僧徒通過景致描寫抒發他們的情懷。

西湖與錢塘是杭州最著名的景致,歷代文人喜流連於此,並留下了大量的作品。一提起西湖,總會不由自主想起蘇軾的《飲湖上初晴後雨》中「欲把西

〔註44〕朱彝尊:《明詩綜》卷九十二,第4334頁。
〔註45〕朱彝尊:《明詩綜》卷九十二,第4337頁。
〔註46〕朱彝尊:《明詩綜》卷九十二,第4345頁。
〔註47〕朱彝尊:《明詩綜》卷九十一,第4299頁。
〔註48〕妙聲:《東皋錄》卷上。

湖比西子，淡妝濃抹總相宜」之詩句。明代同樣有數不清的詠西湖詩，許多詩作有很高的藝術水準，如姚公綬《西湖春曉歌》詩云：「湖水湖煙濃淡裏，曙光遙逐春風起。不知山有幾千峰，樹色相連又幾重。橋通四百八十寺，一一相間青芙蓉。樓船猶未載簫鼓，日高處處添歌舞。」本詩之水平雖然不能達到蘇軾《飲湖上初晴後雨》的高度，「湖水湖煙濃淡裏，曙光遙逐春風起」一句卻也將西湖描寫得搖曳多姿，同時能看出詩句有對蘇軾「淡妝濃抹總相宜」模仿的痕跡。陸孟昭《初夏遊西湖諸山次韻》詩云：「山寺迢迢湖水東，樓臺高出翠微中。自慚投社非陶令，卻羨能詩有遠公。花氣暖浮千嶂雨，松聲涼灑一欄風。穿林怪底多麋鹿，十里平坡碧草豐。」〔註49〕詩中「花氣暖浮千嶂雨，松聲涼灑一欄風」亦能寫出西湖之景致。眾多的西湖詩，表明創作者對西湖書寫的熱情仍然絲毫不減。

　　《西湖春曉歌》《初夏遊西湖諸山次韻》兩首詩中都將西湖與佛教相聯繫，圍繞西湖的佛教寺院，使得西湖籠罩了濃濃的佛教氣息。西湖周圍有不少大大小小的寺院，文人們將西湖與佛教聯繫起來絲毫不奇怪，明代僧徒詠唱西湖的詩歌同樣不少。田汝成《西湖遊覽志餘》錄來復所撰與西湖相關之詩作，云：

　　　　來復見心者，豐城人，從笑隱於中竺，洪武初以高僧徵，仕至左覺義，有詩名，所著有《蒲菴集》。《嘗陪黃晉卿學士遊天竺》詩：「湧金門外小瀛洲，暇日同陪使節遊。五竺山高雲樹曉，三江風急雪濤秋。說經曾記僧名辯，題句還聞寺姓劉。秪合泛湖依釣艇，六橋煙水看閒鷗。桂子巖前秋氣新，老禪留客道情真。漫論圓澤三生舊，自信曹溪一派親。明月盡隨金地影，白雲閒伴玉堂身。丹青若寫東林社，添我松巢作近鄰。」《鷲峰對雪》詩：「玉龍顫曉朔雲屯，縢六吹花積厚坤。凍合洪河天不夜，光吞大地月無痕。消冰成水應能辯，會色歸空孰與論。老我難禁寒徹骨，一巖松火喜春溫。去年旅寓北山陰，踏雪草堂三尺深。紫禁有詩曾應制，少林無法可安心。梅花月霽僧初定，芋火煙寒客獨吟。今日南歸重回首，天光如對闉風岑。」又《西湖絕句》六首，之一云：「芙蓉灣口綠陰斜，吹笛何人隔彩霞。驚起沙頭雙翠羽，衘魚飛上刺桐花。」之二云：「流觴亭子鳳山阿，都護行春小隊過。笑擲金錢花底醉，玉箏彈出《白翎歌》。」之三云：「寶網金幢變劫灰，瞿曇寺裏盡蒿萊。鳥巢無樹山猨泣，不

見談禪太傅來。」之四云:「雨後湖堤樹色寒,杏花風揚酒旗竿。紅船載月無絲竹,野水疏籬正好看。」之五云:「蜃霧初消海日升,隔江山色是西陵。潮生潮落無今古,似與人間說廢興。」之六云:「西泠橋下水生煙,屬玉飛來近釣船。荒盡梅花三百樹,孤山何處訪逋仙。」《一夢老人》詩:「高臥蓬萊最上峰,希夷獨許往來同。三生風月形骸外,百歲乾坤窟宅中。槐樹雨涼秋衽薄,梨花風暖夜床空。黑甜自足平生願,不管東窗曙色紅。」《詩巢》詩:「雅頌千篇插架齊,高情渾似浣花溪。鳳銜錦字朝還集,鶴怪文光夜不棲。辟采香芸除舊蠹,補添紅葉認新題。自從刪後醇風變,厭聽喧啾百鳥啼。」《臥雪齋》詩:「雪滿空山歲月遷,冷齋獨臥廣文氈。自依太素無塵地,夢入通明不夜天。碧盌茶香清瀹乳,紅爐木火暖生煙。諸兒幸免號寒訴,枉駕何須郡守憐。先生臥雪懶謀身,不肯干時只任貧。簾卷空明孤榻曉,窗寒虛白一窩春。梅花帳外寒聲急,竹葉樽前歲事新。曾憶朝回鵷鷺近,水晶光動玉龍鱗。」《偶興絕句》詩:「黃金堆屋只嫌貧,飽食何曾厭八珍。欲把長繩繫白日,乾坤誰是百年人。崑崙懸水立黃河,吼地流來萬丈波。若比人心應更險,笑中無奈暗操戈。」

由田汝成收錄來復的詠唱西湖詩來看,來復寫作了數量不少吟詠西湖之作,表明來復對西湖的極度賞愛。由於來復撰寫西湖詩作多,田汝成繼續載錄來復的軼事,及明初文人與之交往、評價與唱和,云:

復見心,洪武間徵入京師,其師訢笑隱止之,曰:「上苑亦無頻婆,果且留殘命吃酸梨。」復不聽,後竟坐法論死,臨刑而悔且道師語,上命並逮訢,將殺之,訢曰「此故偈,臣偶舉之,非有他也」,上問出何經,訢曰出大藏某錄某函某卷第幾頁,命檢視之,果然,乃釋之。見心在當時與諸縉紳友善,張仲舉贈之詩云:「蓮花峰下大香樹,吹老西風幾度秋。僧寶師真洪覺範,詩窮我亦孟參謀。文章宇宙千年事,身世江湖萬里舟。甚欲相期石橋路,更須同訪羽人丘。」又云:「自入赤墀青瑣間,舊遊禪侶亦闌珊。青山只憶招提境,白首初辭供奉班。馬為空群猶矯矯,鳥能求友自關關。終期一舸相尋去,知在桃溪第幾灣。」又云:「見說錢唐別築城,淒涼風景若為情。湖堤柳盡曾遊路,石壁苔荒舊刻名。老我無能如燭武,何人可飲勝公

榮。沃洲勝會還容續，即擬山中隱計成。」高季迪《和見心兼簡泐禪師》詩云：「高堂鍾鼓毒龍驚，曾布袈裟海上城。盧岳禪師傳法印，道園學士許詩名。幾趨北闕瞻天近，獨坐南屏對月明。書到喜聞雙徑老，雨華新散滿瑤京。」〔註50〕

此處援引張仲舉、高啟給來復的贈詩、和詩，是說明來復在明初的影響及受到文人們的贊許，因此其創作的西湖詩，亦應在當時受到不小的關注。

來複寫作西湖的詩作不少，明代其他僧徒們寫作的關於西湖的詩文數量同樣不少。如梵琦《曉渡西湖》詩云：「船上見月如可呼，愛之且復留斯須。青山倒影水連郭，白藕作花香滿湖。仙林寺遠鐘已動，靈隱塔高燈欲無。西風吹人不得寐，坐聽魚蟹翻菰蒲。」〔註51〕詩中既寫出西湖的景致，又寫出了西湖上籠蓋的佛教意蘊。詩題「曉渡西湖」，顯然是梵琦行腳於此而作。同樣的有蘭江清澈的《西湖曉行》，詩云：「海角曈曨日欲生，山南山北淡煙橫。春風吹斷沙禽夢，人在綠楊堤上行。」〔註52〕詩中寫在西湖漫步時看到的景致。

漫步西湖的僧徒們，在詩文中表達著對西湖的喜愛，如欽義湛懷《西湖》詩云：「三竺欣私託，西湖自往還。肆情方水澹，尋石愛雲間。春氣調疏柳，晴光抹遠山。老來形漸懶，未肯廢躋攀。」〔註53〕湛懷以飽滿的興致流連於西湖的景色之中，「欣私託」「愛雲間」「春氣」「晴光」都反映出詩者內心愉悅的「肆情」。唵嚞大香《西湖》詩云：「嫋嫋東風蝶試衣，綿綿芳草燕爭飛。堤邊楊柳青絲騎，水上桃花白板扉。三竺片雲雙樹隔，六陵殘雨一僧歸。年年最好春陽月，無那鐘聲送夕暉。」〔註54〕詩中描述的也是詩者漫步西湖時對西湖的賞愛。玉芝法聚《遊西湖和錢學士韻》云：「大堤回接鳳山遙，金勒東風嘶馬驕。芳草不知埋帝舄，柳枝猶似學宮腰。天空水月三千頃，春老鶯花十二橋。聞說樓船醉年少，平章獨免紫宸朝。」下注引田汝成《西湖志餘》曰「錢學士書此韻，和者數十首，未有玉芝之穩而切者」〔註55〕。可見田汝成、錢謙益對法聚本詩的評價極高。

許多詩作寫到西湖周圍的景勝與遺跡，如溥洽《雷峰一初送竹嶼春谷和尚

〔註50〕田汝成編：《西湖遊覽志餘》卷十四。
〔註51〕錢謙益：《列朝詩集》閏集卷一，第257頁。
〔註52〕錢謙益：《列朝詩集》閏集卷一，第275頁。
〔註53〕錢謙益：《列朝詩集》閏集卷三，第326頁。
〔註54〕錢謙益：《列朝詩集》閏集卷三，第335頁。
〔註55〕錢謙益：《列朝詩集》閏集卷二，第309頁。

詩有莫念平生下澤車》中寫到雷峰塔，云：「莫念平生下澤車，新詩傳得自西湖。飛搶不羨培風翼，秣飾徒憐病顙駒。野殿劫灰前古寺，離宮春草舊行都。相望惟有南峰月，照見黃妃塔影孤。」〔註56〕克新有兩首詩寫到岳飛墓，《岳飛墓次劉治中韻》詩云：「西湖水色映陽阿，偃月堂連瑪瑙坡。方擁貔貅驅敵眾，豈期鷹隼被虞羅。兩宮天遠嗟何及，中土溝分恨轉多。異代英雄同感慨，酒酣彈劍一悲歌。」《岳飛墓次吳府判韻》詩云：「湖上孤墳青草生，一門忠孝擅嘉名。力扶社稷還歸正，誓取山河不用盟。先帝終天讎未復，大臣欺國志中傾。丈夫自昔皆如此，感激英雄萬古情。」〔註57〕詩者在詠唱這些景勝與遺跡時，幾乎都帶有濃烈的感歎，克新的兩首詩有對岳飛的感慨，同時又體現出忠孝且欲匡扶社稷的丈夫氣概。

克新寫岳飛的詩歌充滿了感慨，寫西湖景致的詩歌亦含有慨歎，如《西湖景》詩中寫到蘇堤等西湖景物，云：「蘇子堤邊楊柳春，湖中簫鼓畫船新。誰知歌舞繁華地，回首東風戰後塵。」〔註58〕詩中前兩句寫到西湖的景致，後兩句「誰知歌舞繁華地，回首東風戰後塵」寫西湖之地繁華盛衰，具有懷古之意味了。明代文人確實有以西湖為題的懷古，仁和張子興《西湖詩》詩云：「誰為鴻蒙鑿此陂，湧金門外即瑤池。平沙水月三千頃，畫舫笙歌十二時。今古有詩難絕唱，乾坤無地可爭奇。溶溶漾漾年年綠，銷盡黃金總不知。」如果說本詩是極贊西湖的繁盛，王崇慶則詠歎西湖的遷變，王崇慶為南京戶部尚書「慕西湖而未至」，作四絕句云：「杭州原說西湖景，今望杭州卻在吳。臣妾萬方稱久化，太平天子握真符。」「青山碧水來盤古，霽月光風屬賞音。千古繁華何足道，且思雲鳥一論心。」「畫船簫鼓未須聞，先問忠貞武穆墳。草木有枝仍向主，錯教美貌說昭君。」「江山好景幾巡遊，尚慮逃亡百姓愁。但願萬年明主壽，會當四海永歌謳。」〔註59〕詩中由於興亡給百姓帶來的災難而期望明主能長壽不衰，從而給天下帶來太平。文湛《西湖雜詠》直接是寫對南宋以來西湖寓含的興亡遷變，詩云：「宋家宮闕已蕭蕭，滿目殘陽照野蒿。獨有兩峰青不了，至今南北插雲高。」〔註60〕詩歌中的懷古意味濃厚，道原宗衍《次韻春日西湖懷古》詩便以懷古為題，之一云：「當時翠輦此經過，天馬玲瓏撼玉珂。

〔註56〕錢謙益：《列朝詩集》閏集卷一，第 274 頁。
〔註57〕《古今禪藻集》卷十六。
〔註58〕朱彝尊：《明詩綜》卷九十，第 4292 頁。
〔註59〕田汝成：《西湖遊覽志餘》卷十三。
〔註60〕錢謙益：《列朝詩集》閏集卷二，第 313 頁。

宴罷湖山芳草合，歸來風雨落花多。子規夜半啼宮樹，翁仲春深帶女蘿。自古
興亡多有此，不須惆悵問如何。」之二云：「錢塘父老眼看天，國破尤能話昔
年。江草忽嘶關北馬，風帆不返海南船。空林落木無人掃，廢苑餘花只自妍。
此日西湖回白首，功名若個在凌煙。」〔註61〕詩中寫出了自古「功名若個在凌
煙」之興亡，縱覽西湖的古今興亡與盛衰，仔細品味「功名若個在凌煙」之語，
確實能令讀者充斥著滿懷的惆悵。

　　杭州自古便是繁華興盛之地，王朝的興亡更迭更替多番上演，回首古今興
亡的變化，確實令人唏噓不止。以西湖懷古而抒發興亡更迭的感歎，是在情理
之中的。就杭州而言，以西湖為主題的懷古或者對興亡的感歎，則遠不及對錢
塘的詠唱。

　　錢塘之名，一般認為始自錢塘縣，《西湖遊覽志》云：「錢塘縣，漢魏時在
靈隱山麓，平帝時更名泉亭，尋復名錢唐，徙錢湖門外。唐武德四年，避國號
改唐為塘，徙錢塘門裏。宋南渡後，建景寧宮，復徙紀家橋華嚴寺故址。皇明
洪武四年，知府劉文徙於府右。」〔註62〕這是錢塘自漢魏至明初流變的簡要記
述，文人筆下屢屢出現的「錢塘」所指似乎主要不是錢塘縣，而是防江潮之橫
塘，《西湖遊覽志》載「錢塘門」條云：「宋時所築。按《錢塘記》云：『防海
大塘在縣南一里，郡議曹華信議立此塘以防海水。始開時，募有能致一斛土
者，與錢一千，來者雲集，因不復取，皆棄去，而塘成，故改名錢塘。』張君
房云：『杭州武林山在錢唐縣西南，靈隱寺在其上，寺東有水曰龍源，橫過寺
前，即龍溪也，冷泉亭在其上。西有水曰錢源，過橫坑橋，入錢湖。錢湖一名
金牛湖，一名明聖湖，湖有金牛，遇聖明即見萬松嶺下。西城第一門曰錢湖
門，次北，第三門曰湧金門，即金牛出見之所也。第四門曰錢塘門，舊縣廨在
焉。蓋自前古居人築塘以備錢湖之水，故曰錢塘。』據此則錢塘之名一起於
江，一起於湖，二說兩義，按《史記》『秦始皇過丹陽至錢唐』，則秦時已有之，
非始於華信明矣。自漢已來，江潮為患，築塘捍之，今雲築塘以備錢湖之水，
事無稽。證考之《釋文》，云：『唐，途也，錢古籛姓，豈秦漢間有姓籛者居江
干，或築塘以捍海，遂以起名，如富陽孫洲之類是也。』至於錢塘門名，第因
錢唐舊縣治近此門因得名耳，非取義於錢湖也。」〔註63〕如此所言，錢塘之名

〔註61〕錢謙益：《列朝詩集》閏集卷二，第298頁。
〔註62〕田汝成：《西湖遊覽志》卷十五。
〔註63〕田汝成：《西湖遊覽志》卷二十。

實際始自秦始皇時代，《大明一統志》「錢塘縣」條云：「秦置錢塘縣，屬會稽郡，漢為會稽西部都尉治所，東漢縣省，晉復置，屬吳郡，陳於此置錢唐郡，隋為杭州治，唐改『唐』為『塘』，宋元仍舊，本朝因之。」又在敘杭州府的建置沿革時說：「春秋時屬吳越，戰國時屬楚，秦為會稽郡地，東漢屬吳郡；三國吳分置東安郡，治富春，尋罷；晉屬吳興及吳郡，陳置錢塘郡；隋廢郡置杭州，治餘杭，未幾移治錢塘，大業初改州為餘杭郡；唐初復為杭州，天寶初又為餘杭郡，乾元初復為杭州，景福初號武勝軍，光化初移鎮海節度治，於杭置大都督府；五代時為吳越國，宋為杭州，高宗南渡遷都於杭，升為臨安府；元立兩浙都督府，尋改杭州路；本朝改為杭州府，領縣九。」〔註64〕據此所述，文人筆下經常出現的「錢塘懷古」一類的作品，實際上是其站在錢塘江邊時，對杭州地區歷史興衰變遷的感歎，此時的「錢塘」既有地理概念，同時又有時間概念。

「錢塘」的特性，本身就帶有興亡遷變的痕跡，文人以此為題抒發興亡盛衰的感歎，成為情理之中的事情。梵琦《贈錢唐張克正》詩寫到錢塘的繁華，云：「酒酣合奏琵琶箏，無限春光付後生。織翠裙新驕野服，函牛鼎大饜珍烹。澗松錯落千尋幹，山草扶疏四寸莖。頗憶江南風物否，綠楊影裏畫船橫。」〔註65〕有繁華便有興盛，明代僧徒們同樣以錢塘作為懷古與詠唱盛衰遷變的對象，宗衍《錢塘懷古》詩云：「鐵馬悲鳴汴水黃，翠華南渡駐錢塘。至今父老稱行在，往昔君臣認故鄉。銀海雁飛虛夜月，銅盤仙去只秋霜。乾坤離合寧非數，詩罷長吟意渺茫。」〔註66〕宗衍是對歷史的慨歎，如愚《錢塘江上樓晚眺有感》具體寫到蒙古曾經的駐紮，云：「錢塘江上總樓臺，無數帆檣望裏開。蒙古當年分駐處，杭人空想夜潮來。」〔註67〕詩者想像當時杭州人在蒙古的統治之下，錢塘江潮來時都不能前去觀看，杭人只能「空想夜潮來」，而今則能夠自由遠眺錢塘江景；此時懷想起蒙古佔領時只能「空想夜潮來」，內心之中應該充滿著激蕩之情。二者之對比，或許詩者是在抒發而今能自由觀看錢塘江潮之景的愉悅，或許也是在感歎蒙古曾經對人禁錮的消逝與遠去。如愚本詩所表達的立意，在眾多「錢塘懷古」為題的作品中是獨樹一幟的，表達的是今勝

〔註64〕《明一統志》卷三十八。
〔註65〕田汝成：《西湖遊覽志餘》卷十三。
〔註66〕錢謙益：《列朝詩集》閏集卷二，第 298 頁。
〔註67〕錢謙益：《列朝詩集》閏集卷三，第 332 頁。

古的感歎，而非古今遷變的慨歎。

　　來復創作了數量眾多的西湖詩，宗泐則創作了數量眾多的錢塘詩。《題小景》詩云：「數個幽篁著雨低，兩株高樹倚雲齊。錢塘惟有空山在，莫是閒情寫會稽。」〔註68〕宗泐是以欣愛的心情描寫錢塘之景物，可見其對錢塘的喜愛之情。有友人之錢塘時，宗泐都是以喜悅的心情寫到錢塘，《送懷以仁法師歸錢塘》詩云：「西湖茭筍夏如玉，龍井楊梅舊有名。白髮故人千里去，青山獨客此時情。呼猿洞口蘿龕老，石蟹泉頭茗椀清。回首天涯來往跡，海門潮落又潮生。」《送崔生之錢塘》詩云：「黃鶴仙人過遼海，一見賢甥似舅多。家世未應憐寂寞，丹青曾不廢吟哦。天邊白月思鄉夢，江上涼風發棹歌。為報錢塘舊相識，空慚桂樹小山阿。」〔註69〕兩首詩都寫到錢塘的勝景，以及對錢塘的嚮往。

　　儘管如此，宗泐對錢塘的抒發仍是以慨歎為主。宗泐《次韻錢塘懷古》詩之一云：「愛梅處士住孤岑，吟對花前雪正深。不是蘇卿識佳句，文章辜負一生心。」之二云：「山川形勝說錢塘，海接江流入混茫。百五十年成底事，一丘衰草委秋陽。」〔註70〕詩末的「一丘衰草委秋陽」表現出感歎之深，又《錢塘懷古》詩之一云：「欲識錢塘王氣徂，紫宸宮殿入青蕪。朔方鐵騎飛天塹，師相樓船宿裏湖。白雁不知南國破，青山還傍海門孤。百年又見城池改，多少英雄屈壯圖。」之二云：「天地無情日月徂，鳳凰山下久榛蕪。獨憐內殿成荒寺，空見前山映後湖。塞北有誰留一老，海南無處問諸孤。蓬萊閣上秋風起，先向燕京入畫圖。」〔註71〕曾經的王氣、紫宸宮殿，現在的青蕪荒寺，詩意極其落寞與淒涼。《秋日錢塘雜興》詩之一云：「宋朝宮殿元朝寺，廢址秋風見黍離。百歲老人知故事，殷勤為說世皇時。」之二云：「處士梅花千樹盡，蘇公楊柳一株無。向來畫舫今何處，落日西風野水湖。」之三云：「風篁嶺上防龍井，百尺寒泉徹底清。二老風流今不見，一聲山鳥夕陽明。」〔註72〕面對宋時宮殿廢址，百歲老人述說之前的故事與繁華，內心中剩下的確實只有「向來畫舫今何處」「二老風流今不見」的孤涼。

　　距離西湖、錢塘相近的武林，也是明代僧徒們經常寫作的對象。武林即武林山，《方輿勝覽》云：「武林山在錢塘舊治之北半裏，今為錢塘門裏太一宮道

〔註68〕宗泐：《全室外集》卷六。
〔註69〕宗泐：《全室外集》卷五。
〔註70〕錢謙益：《列朝詩集》閏集卷一，第262頁。
〔註71〕宗泐：《全室外集》卷五。
〔註72〕宗泐：《全室外集》卷六。

院土阜是也，元名虎林，避唐朝諱改『虎』為『武』。」〔註73〕《明一統志》云：「武林山在府城西南一十五里，漢地理志注『武林山，武林水所出，亦曰靈隱，曰靈苑，曰仙居』，或謂本名虎林，唐因避諱改虎為武。」〔註74〕明代僧徒作有不少關於武林的詩作，就內容來看多數是送友人之武林，道衍《送護西堂還武林》詩云：「昨朝武林來，今朝武林去。流水與行雲，何曾知去住。雁送秋風帆，蟬鳴夕陽樹。悵望天東南，青山渺何處。」〔註75〕《送友人之武林》詩云：「我住城西寺，君歸湖上山。馬聲知驛路，樹色認鄉關。遠戍霜鴻慘，荒汀雪鷺閒。自憐堤畔柳，愁緒不禁攀。」〔註76〕兩首詩具有別離詩的特點，有與友人別離的惆悵與傷緒。萬金《送演南宗歸四明兼簡見心》詩云：「故人昔載遊吳中，珊瑚文采驚諸公。故人今住雙峰寺，四海象龍方競至。演也昂昂才出群，入室有語曾親聞。驊騮驕裏日千里，孰比凡馬徒紛紜。去年渡江秋已暮，武林山空不肯住。南湖十月霜雪繁，掛錫還依雪深處。芝蘭玉樹三弟昆，黃卷青燈幾寒暑。二難中間有季方，五常白眉應最良。蒹葭無由得並倚，棠棣自可相輝光。春風浩蕩古澤國，花發城南映城北。聽鶯誰遣杜鵑啼，折柳更憐芳草色。客衣飄飄何所之，故山薇蕨令人思。跋涉長途善自保，升堂為道同禊期。」〔註77〕本詩是為友人送別，同時也抄送給來復，詩中一邊讚揚演南禪師的文采與禪學水平，一邊提到武林曾是演南和尚行腳地之一；由對演南禪師行腳的描寫，可見明代僧徒行腳範圍之廣。克新《送除上人之武林》詩云：「雪花飛送浙江船，歌斷驪駒一悵然。荊棘銅駝淒暮雨，樓臺鐵鳳墮秋煙。遼東鶴返塵生海，石上人歸月在川。回首六橋楊柳外，水光山色共晴天。」〔註78〕懷渭《送一初上人遊武林》詩云：「舞鳳飛龍若個邊，天涯送遠獨淒然。江山南渡降王宅，風雨西陵過客船。蹋雪馬塍春買樹，鬥茶龍井夜分泉。落花寂寞東歸日，煙嶼冥冥叫杜鵑。」〔註79〕如愚《江禎生歸武林便寄虞長孺》詩云：「時勢寡偕偶，行藏詎遂心。才因龍井別，記得虎林深。子有遠遊志，余多避世襟。溪寒石淺淺，葉落雨陰陰。高枕忘窮達，漫交信陸沉。才名誠翠羽，談塵盡梟音。麝在臍應噬，頭存鏡莫臨。幾曾知善惡，何必辨輸金。明歲西湖柳，虞翻

〔註73〕祝穆編：《方輿勝覽》卷一，《四庫全書》本。
〔註74〕《明一統志》卷三十八。
〔註75〕《古今禪藻集》卷十八。
〔註76〕《古今禪藻集》卷二十二。
〔註77〕《古今禪藻集》卷二十。
〔註78〕《古今禪藻集》卷十六。
〔註79〕朱彝尊：《明詩綜》卷九十，第4290頁。

差欲尋。」〔註80〕三首詩亦是寫送別，詩中既有別離之情，又有對武林的想像。僧徒們只有在送別詩中提到武林，是因為友人們要去的地方確實是武林，故對武林加以想像；當僧徒們真正來到杭州之後，關注點或許就轉移到西湖與錢塘上了，因此關於武林詩的寫作便並不多了。武林實屬於西湖與錢塘範圍之內，因此附載於西湖與錢塘之後。

西湖與錢塘是同一地方的景物，僧徒們對其描寫無論是語詞還是立意方面或多或少有所相似，對差異巨大的兩處地域的描寫，僧徒們同樣比較擅長。僧徒們行腳範圍廣泛，有些僧徒甚至行遍全國，對全國各地不同的氣候風物都有著深入的瞭解，這些都在他們的筆下顯現出來。不同地域在氣候風物等方面的巨大的差異，尤其是以描寫江南與漠北的巨大對照，顯示僧徒們極高的描寫水準，如照影《聞角》詩云：「哀角聲何切，寥寥此夜長。可憐南浦月，更下北庭霜。漸起棲鴉翼，應回斷雁行。愁人難及曉，一望海雲荒。」〔註81〕詩中主要寫北方的邊地角聲，「南浦月」「北庭霜」實際上寫出了南北的對比。

梵琦和宗泐都有不少描寫江南和北地的作品，對二者氣候風物等地域特徵的精準把握，體現了二人的高超寫作水平。梵琦《贈江南故人》詩云：「煮茗羹羊酪，看山駐馬楇。地椒真小草，芭欖有奇花。塞月宵沉海，邊風晝起沙。登高望吳越，極目是雲霞。」〔註82〕詩為題贈南方故人，描寫得卻是北方邊地景物，另一首《贈江南故人》詩則主要寫南方景物，云：「今騎沙苑馬，昔踏洞庭魚。結纜荷邊宿，移家竹里居。好風橫笛晚，新月上簾初。每憶江南樂，功名有不如。」〔註83〕詩中言南方景物美到讓人忘卻功名，《余嘗夢至一山聞杜鵑且約雪窗南還》詩云：「出郭尋春未見春，東華踏遍軟紅塵。不知蝴蝶化為我，何處杜鵑來喚人。筍蕨過時惟恐老，櫻梅如豆正嘗新。及今無事早歸去，莫待秋風江上蓴。」〔註84〕南方之景物可用「軟紅塵」來形容，《金山》詩寫金山寺之景，云：「半江湧出金山寺，一簇樓臺兩岸船。月轉中宵為白晝，水吞平地作青天。塔鈴自觸微風語，灘石長磨細浪圓。龍化老人來聽法，手持珠獻不論錢。」〔註85〕這些描寫南方景物之作，確實寫出了南方的風土。

〔註80〕《古今禪藻集》卷二十五。
〔註81〕朱彝尊：《明詩綜》卷九十二，第 4388 頁。
〔註82〕朱彝尊：《明詩綜》卷九十，第 4258 頁。
〔註83〕《御選明詩》卷六十六。
〔註84〕《御選明詩》卷九十。
〔註85〕《御選明詩》卷九十。

　　相比較而言，梵琦更擅長寫北方，梵琦長期居住於金陵，將北方風土寫得如此深入到位，確實聽人驚奇。《上都》組詩之一云：「突厥逢唐盛，完顏與宋鄰。君王饒戰略，公主再和親。異域車書會，中天雨露均。皇朝真一統，御歷正三辰。」之二云：「塞外疑無地，人間別有天。宮牆倚樹直，御榻愛花偏。正想爐薰滿，遙知漏點傳。輪臺方奉詔，版築更求賢。」之三云：「夜斗低垂地，秋河近著城。有灰開月暈，無扇減風聲。角奏梅花早，杯傳竹葉清。尚衣綿欲折，高殿雪初晴。」之四云：「萬國初無外，諸羌更在西。合門朝見雪，亭障晚開鞭。天子黃龍府，將軍白馬氏。錦袍涼似水，銀甕醉如泥。」〔註86〕詩中寫出了邊地景物，又通過歷史頌揚了當下皇帝的統治。《開平書事》組詩之一云：「射虎南山下，看羊北海邊。築城侵地斷，居室與天連。墨黑沾衣雨，沙黃種黍田。自從為帝裏，無復少人煙。」之二云：「地勢斜臨北，河流穩向東。龍庭行萬里，虎路繞三峘。羌女裁皮服，奚兒挽角弓。長吟對落景，獨坐感飛蓬。」之三云：「舊俗便弓馬，新霜稱綺羅。平原芳草歇，古戍暮雲多。翠袖調鸚鵡，金鞭制駱駝。上樓看月得，無酒奈君何。」之四云：「北海何人到，西天此路通。尋經舍衛國，避暑醴泉宮。盛夏不揮扇，平時常起風。遙瞻仙仗簇，復有彩雲籠。」之五云：「夜雪沙陀部，春風勅勒川。生涯惟釀黍，樂事在彈弦。不用臨城將，何須負郭田。雙雕來海外，一箭落天邊。」之六云：「孤城橫落日，一望暗銷魂。天大纖雲捲，風多積草翻。有田稀種粟，無樹強名村。土屋難安寢，飛沙夜擊門。」〔註87〕詩中寫了北邊環境氣候，也寫出了生活習慣、風俗人情，《漠北懷古》組詩十首，之一云：「世祖起沙漠，臨軒銷甲兵。羌中一片地，秦後幾長城。象膽隨時轉，駝蹄入夜明。何須待秋獵，不必問春耕。」之二云：「曠野多遺骨，前朝數用兵。烽連都護府，柵繞可敦城。健鶻雲間落，妖狐塞下鳴。卻因班定遠，牽動故鄉情。」之三云：「北向無城郭，遙遙接大荒。舊來聞漢土，前去是河隍。野蒜根含水，沙蔥葉負霜。何人鳴觱篥，使我涕沾裳。」之四云：「無樹可黃落，有臺如白登。三冬掘野鼠，萬騎上河冰。土厚不為井，民淳猶結繩。令人思太古，極目眇平陵。」之五云：「吾聞窮髮北，此地即天涯。夏有九河凍，春無三月花。清涼非枕簟，富貴是雲沙。愛爾捐居室，長年到處家。」之六云：「曠望重關外，蕭條萬里餘。未嘗營粒食，終不好樓居。謬甚英雄事，茫然草昧初。大人饒畜牧，隨分有穹廬。」

〔註86〕朱彝尊：《明詩綜》卷九十，第 4259 頁。
〔註87〕朱彝尊：《明詩綜》卷九十，第 4259～4260 頁。

之七云：「漢使騎高馬，唐兵出近關。前臨蒲類海，卻上濬稽山。帝號垂千古，軍聲蓋百蠻。初無功可紀，只有劍須股。」之八云：「每厭冰霜苦，長尋水草居。控弦隨地獵，剡木近河漁。馬酒茶相似，駝裘錦不如。健兒雙眼碧，慣讀左行書。」之九云：「北入窮荒野，人如曠古時。天山新有作，耶律晚能詩。地坼河流大，峰高月上遲。自言羊可種，不信繭成絲。」之十云：「遠客停驂處，平沙落日時。塞蓬穿土早，河柳得春遲。欲乳羊求母，頻嘶馬顧兒。朔方多雨雪，南望是京師。」〔註88〕與《上都》《開平書事》兩組是描寫北地環境氣候不同，本組詩在寫到邊地風物的同時，主要抒發對歷史的感歎。但與一般懷古題材的感歎興亡盛衰不同，本詩雖然也寫到「曠野多遺骨，前朝數用兵」，卻主要是頌揚元帝平定漠北的功績。上述三首組詩都是作於元代，詩歌顯示梵琦對北地相當熟悉，《浙江通志》載：「梵琦……元英宗詔書大藏經，選入燕都，一夕聞西城樓鼓，汗如雨下，拊几笑曰『徑山鼻孔，今日入吾手矣』。」〔註89〕可能就是在編纂大藏經期間，梵琦遊覽了北方邊地，對之有著相當深入的瞭解；長期生活於江南的梵琦，北地的景象想必令其十分新奇，從而寫作出這些詩作。

　　宗泐同時作有書寫江南與北方邊地的詩作，相比較而言，描寫南方的作品相對更多一些。《從軍行》組詩之一云：「明月照孤營，蕭條數聲角。開門天宇高，仰見妖星落。撫髀一慨慷，龍泉立鳴躍。」之二云：「少壯方矜武，凶渠遠避威。力全金鏑迅，氣勇鐵槍飛。疋馬搜山去，生擒探卒歸。」之三云：「拾骨當炊薪，淘屍作泉窟。平野不見人，寒雲雁飛沒。悄悄橫吹悲，梅花為誰發。」之四云：「草枯馬不肥，風烈衣盡破。建牙帳外立，枕鞍雪中臥。倉皇火伴驚，校尉點兵過。」之五云：「微霜下高城，哀箭破新弄。孰使耳邊來，驚我還鄉夢。家貧子尚孩，寒衣復誰送。」〔註90〕宗泐也是南方人，長期生活在南方，其對北方邊地的接觸，應該是在被朱元璋以使節身份出使西域（詳情參見「宗泐在明初集權與高壓下的創作」章）時所見，詩中所描寫雖然是典型北方邊地風貌，但顯然只是表面上所見，並沒有真正深入到北方的生活與習俗習慣。《戰城南》詩是對北方戰事的感慨，云：「進兵龍城南，轉戰天山道。烽煙漲平漠，殺氣霾荒徼。將軍重爵位，天子尚征討。不辭鬥死

〔註88〕朱彝尊：《明詩綜》卷九十，第 4260～4261 頁。
〔註89〕《浙江通志》卷一百九十九，《四庫全書》本。
〔註90〕宗泐：《全室外集》卷二。

多，但恨生男少。」〔註91〕本詩可與唐楊炯《戰城南》相比較，楊詩云：「塞
北途遼遠，城南戰苦辛。幡旗如鳥翼，甲胄似魚鱗。凍水寒傷馬，悲風愁殺人。
寸心明白日，千里暗黃塵。」〔註92〕「戰城南」之題來自漢樂府的《戰城南》，
云：「戰城南，死郭北，野死不葬烏可食。為我謂烏：且為客豪！野死諒不葬，
腐肉安能去子逃？水聲激激，蒲葦冥冥；梟騎戰鬥死，駑馬徘徊鳴。梁築室，
何以南？何以北？禾黍不獲君何食？願為忠臣安可得？思子良臣，良臣誠可
思：朝行出攻，暮不夜歸。」〔註93〕《戰城南》詩題以描寫邊地戰事及由戰事
造成的苦難為主，宗泐的《戰城南》無論在詩題還是內容上，都具有濃濃的漢
樂府氣息。其他如《隴頭水》詩寫到北方邊地及征夫，云：「隴樹蒼蒼隴阪長，
征人隴上回望鄉。停車立馬不能去，況復隴水驚斷腸。誰言此水源無極，盡是
征人流淚積。拔劍斫斷令不流，莫教惹動征人愁。水聲不斷愁還起，淚下還滴
東流水。封書和淚付東流，為我殷勤達鄉里。」〔註94〕詩中寫到征夫，入情真
且深，「誰言此水源無極，盡是征人流淚積」寫出戰爭帶來的苦難，「封書和淚
付東流，為我殷勤達鄉里」寫出對家人和家鄉的思念及懷歸之心；本詩的詩意
與詩風極具唐人風格。

宗泐描寫南方風物之詩要更為生動一些。《送瑄上人》詩云：「揚舲下大
江，江寒欲飛雪。高帆天際遙，獨雁雲邊沒。煙波渺何之，倏忽成楚越。遂令
白首人，年華感消歇。」〔註95〕送別詩中寫到南方的煙波浩渺，當具體寫到江
南景致時，將其描摹得秀麗明淨，《江南曲》云：「泛舟出晴溪，溪回抱山轉。
欲採芙蓉花，亭亭秋水遠。心非檣上帆，隨風豈舒卷。但得紅芳遲，何辭歲年
晚。」〔註96〕《春江曲》云：「春江沉沉春水滿，柳條拂水蒲芽短。鴛鴦睡美
不畏人，日色遲遲素沙暖。」〔註97〕《楊柳枝詞》之一云：「赤闌橋外有東風，
舞態委蛇學不工。公子等閒來繫馬，梢頭斜插酒旗紅。」之二云：「萬樹千株
汴水隈，春風青眼為誰開。錦帆曾拂中間過，只到揚州竟不回。」之三云：「百
花洲畔覆青坡，第六橋頭蘸碧波。鳳管龍笙春寂寂，綠陰終日伴漁歌。」〔註98〕

〔註91〕錢謙益：《列朝詩集》閏集卷一，第 258 頁。
〔註92〕楊炯：《盈川集》卷二，《四庫全書》本。
〔註93〕《古樂府》卷二，《四庫全書》本。
〔註94〕錢謙益：《列朝詩集》閏集卷一，第 258 頁。
〔註95〕朱彝尊：《明詩綜》卷九十，第 4268 頁。
〔註96〕錢謙益：《列朝詩集》閏集卷一，第 258 頁。
〔註97〕錢謙益：《列朝詩集》閏集卷一，第 258 頁。
〔註98〕宗泐：《全室外集》卷二。

與對北方邊地的描寫僅在於表層相比，宗泐寫江南的作品則要深入細膩得多，這是由於長期生活於江南所致。

三

　　別離主題是中國文學創作中的一個大門類，表達送行者與被送者在別離時的情感。抒寫別離主題的詩文一般稱作送別詩或者送別文，由於別離主題的作品有送行者所作，也有被送行者所作，也有並無送行人而詩者自作別離詩文，因此將此類詩文稱作別離詩或者別離文應該更恰切一些。

　　描寫送別的詩歌很早就出現了，《詩經・燕燕》云：「燕燕于飛，差池其羽。之子于歸，遠送于野。瞻望弗及，泣涕如雨。燕燕于飛，頡之頏之。之子于歸，遠于將之。瞻望弗及，佇立以泣。」詩中的「泣涕如雨」「佇立以泣」顯然是描寫分別時詩者的情感狀態，此時的情感狀態一般是真摯而沉厚的，《詩經・渭陽》云「我送舅氏，悠悠我思」，「我思」表達出來的情感顯然是相當沉厚的。六朝之後，別離詩大量出現，如沈約《別范安成詩》云：「生平少年日，分手易前期。及爾同衰暮，非復別離時。勿言一樽酒，明日難重持。夢中不識路，何以慰相思。」〔註99〕詩中明確寫出別離時之相思。唐宋時別離文學的創作更是興盛，如唐王勃《送杜少府之任蜀州》詩云：「城闕輔三秦，風煙望五津。與君離別意，同是宦遊人。海內存知己，天涯若比鄰。無為在歧路，兒女共沾巾。」〔註100〕由「兒女共沾巾」可見分別時送行者與被送者的深厚情感與戀戀不捨。宋詞中柳永《雨霖鈴》詞中「執手相看淚眼，竟無語凝噎」「多情自古傷離別」等句，蘇軾《八聲甘州》中的「西州路，不應回首，為我沾衣」等句，秦觀《滿庭芳》中的「襟袖上空惹啼痕」等句，將別離時的情感描寫得淋漓盡致。

　　明代別離主題仍然是明代文學創作的重要門類之一，與前代相比，在寫作上既有沿承，又有不同。由元入明的王褘，朱彝尊《靜志居詩話》云「子充文脫去元人冗沓之病，體制明潔，當在景濂之右，惟詩亦然」〔註101〕，有《送許時用歸越》詩云：「舊擢庚寅第，新題甲子篇。老來諸事廢，歸去此身全。煙樹藏溪館，霜禾被石田。鑒湖求一曲，吾計尚茫然。」〔註102〕詩中寫到送

〔註99〕《文選》第二十卷，上海古籍出版社1986年版，第983頁。
〔註100〕王勃：《王子安集》卷三，《四庫全書》本。
〔註101〕朱彝尊：《明詩綜》卷三，第126頁。
〔註102〕王褘：《王文忠集》卷二，《四庫全書》本。

別時「吾計尚茫然」，「茫然」便是詩者的情感流露。許時用與王禕、宋濂等人都有交往，宋濂有《送許時用還越中序》，云二人之間事：

婺與越為鄰壤，越屬縣曰嵊，有許氏居之，世以詩禮相傳為名門，而時用則又其最秀者也。濂家婺之金華，距嵊為不遠，在弱齡時即與時用相聞。方以文墨自漸摩，無雨風無晝夜，危坐一室，不暇見。暨同試藝浙闈，旅進旅退，於千百人中無有為之先容者，又不能見。自時厥後，時用以《禮經》擢上第，為諸暨州判官，金華抵諸暨比嵊為尤邇，將騎驢走鈴下而謁焉，時用又入行御史臺治百司，其地清嚴，雖時用亦不宜與人接，又不敢見。曾未幾何，金華陷於兵，士大夫螻蟻走，唯流子裏為樂土，亟挈妻孥避焉。流子裏隸諸暨，地在嵊之東南，僅數舍即至，濂時苦心多畏，而土著民往往凌虐流寓者，白日未盡墜，輒翳行林坳，鈔其囊橐物，甚者或至殺人，又不可見。及至兵戈稍息，予還金華，日採藥以自娛，間念及時用，即欲約二三子往候之，以解夙昔之思。去年冬，聞時用有弓旌之招，使者趣迫上道，急於星火，又不及見。

相距頗近之二人，相見竟然如此不易。正因為此，二人真正相見時才更加令人感歎，云：「婺與越其壤相接邇，其見甚易也，乃積四十年而莫之遂，厥後始見於千里之外。」短暫相見又要別離，「未及兩月而即去」，宋濂想像云：「既去矣，或買一小艇相隨，五六百里間，採江花之幽靚，殷勤道別，亦云可也。」宋濂要忙於修撰《元史》，不能隨之去五六百里，這樣的想法卻表達了二人間情感之厚相交之近，宋濂因在送別的序中歎息道：「修史事殷，足不敢踰都門，愴然而別。既別矣，一二年間或再得聚首如今日焉猶可也，然向者已如此，自今而後其可以必期而必取之耶？人事之參差不齊，何可複道？尚奚言為時用之別耶？」話語雖簡，情誼卻深。

送別詩文中表達別離之情，是明代別離文學與前代相同的地方。宋濂《送許時用還越中序》中同時可以看到不同之處，序末云：「時用之歸也，其有係於名節甚大。時用采蕺山之蕺，食鑒湖之水，日與學子談經以為樂者，果誰之賜歟。誠由遭逢有道之朝，故得以上沾滂沛之恩，而適夫出處之宜也。」〔註103〕宋濂在序末讚揚了許時用的名節，並順路頌揚了朱元璋的功德。在詩末頌

〔註103〕宋濂：《鑾坡前集》卷之七，載羅月霞主編《宋濂全集》第一冊，第484～485頁。

揚被送行人的名節功業，是明代別離文學的一個特點，如劉基《送普顏子壽赴廣西憲幕》詩云：「離維荊衡南，迤邐走蠻徼。民風雖徭蜑，地勢帶蒙詔。迢迢商周前，風水絕纖竅。後王務廣土，懷柔倚攻剽。羈縻非本情，疲癃復誰療。大明侔日月，幽裔靡不照。化育之所加，欣榮及蓬藋。憲府繩百司，選擇自廊廟。偏方異習俗，賦性實同調。培養自殊途，激揚貴知要。淒涼溪上瀧，鯢魚因罾釣。高風吹霜鵠，縹緲集海嶠。願言崇令業，以繼南國召。」〔註104〕詩末「願言崇令業」之語，絲毫不帶有別離之愁傷，反而對要遠行之人有一種無限的期許。汪廣洋《別知己》詩云：「北風吹征帆，飄飄西南馳。山川聿修阻，霜露忽淒其。今我遠行邁，豈不念歲時。歲時豈不念，簡書良在茲。翩彼晨飛鴻，翱翔亦何之。感我同袍友，戚戚懷仳離。仳離雖可懷，觴酒當載持。各言崇令德，金石以為期。」〔註105〕詩中既有「戚戚懷仳離」的別離之傷情，但與可懷的別離之情相比，「崇令德」才是詩者更為注重的。

　　與明代文人所作別離文學的新變相比，明代僧徒的別離文學作品仍然保留了之前別離作品的傳統，如宗泐《淮之水一首送別》詩云：「淮之水，向東流，水流只載行人舟。舟行如飛水如射，一日可到吳江頭。何不載此離情去，擲向天涯不知處。濠梁有客今白頭，望斷孤雲海天暮。」〔註106〕詩中寫出別離時的離情，以淮之水東流、舟行如箭、一日到吳江頭等寫分別之易；舟行雖快，分別雖易，離情卻濃，表現有二，一為舟所載不是人而是離情，二為舟上之客頭已白，形容離情之重。以舟載離愁，似乎是從宋人詩詞之句中化出。鄭文寶《柳枝詞》云：「亭亭畫舸繫寒潭，直到行人酒半酣。不管煙波與風雨，載將離恨過江南。」〔註107〕蘇東坡《虞美人》詞云「無情汴水自東流，只載一船離恨向西州」，李清照《武陵春》詞云「只恐雙溪舴艋舟，載不動許多愁」，離情、離恨、愁緒都可以舟運載，表明情感之重之深。又如文湛（字秋江）《送王景仙》詩云：「碧梧秋晚葉皆稀，何事行人又遠違。落日天涯千里別，西風江上片帆歸。山城月出聞猿嘯，候館霜清見雁飛。此後定知難會面，想思惟有淚沾衣。」最後一句「想思惟有淚沾衣」對情感的表達，宛如上引唐宋文人別離詩詞一般，無論從詞語還是情感上都沒有太大的區別。文湛著有《蘆葦亭稿》，朱彝尊《靜志居詩話》論云「秋江詩亦清徹，可云『筆非秋而垂露』，嘗

〔註104〕劉基：《誠意伯文集》卷三，《四庫全書》本。
〔註105〕汪廣洋：《鳳池吟稿》卷一，《四庫全書》本。
〔註106〕宗泐：《全室外集》卷四。
〔註107〕厲鶚編：《宋詩紀事》卷四，《四庫全書》本。

輯《江海群英集》〔不見載於目錄〕行世者也」，言其詩清澈，如《江上》詩云：「江頭落日明，江上西風起。歲歲芙蓉花，開落秋江水。」〔註108〕詩歌確實具有清澈之感，並於清澈之外透露內心之感懷，因此別離詩中寫出「淚沾衣」之情並不感覺意外。

汪廣洋《別知己》詩中寫到的送別，是自己遠行而被送別，再如《明發》亦是寫自己即刻要遠行的別離，詩云：「膏車待明發，逶迤上河梁。親朋羅祖餞，冠蓋燦成章。遲予良繾綣，都門猶在望。條風被原隰，春日當載陽。鳴鳥餘好音，雜葩紛眾芳。魴魚始登薦，旨酒屢充觴。既醉復賡言，欲去故彷徨。維周仲山甫，王命慎所將。夙夜無有懈，庶幾終允臧。斯言啟深省，勖哉何日忘。」〔註109〕詩末「斯言啟深省，勖哉何日忘」強調的是送行之親朋對自己的啟省，及與「冠蓋燦成章」等句一起，消解了詩作中的別離的傷情。「祖餞」即離別時或餞行時會舉行的祭祀道神的祖道儀式，《文選》注引崔寔《四民月令》云：「祖，道神也。黃帝之子，好遠遊，死道路，故祀以為道神，以求道路之福。」《文選》有「祖餞」類，上引沈約《別范安成詩》就被收錄到祖餞中，再如謝朓《新亭渚別范零陵詩》亦在祖餞類中，詩云：「洞庭張樂地，瀟湘帝子游。雲去蒼梧野，水還江漢流。停驂我悵望，輟棹子夷猶。心事俱已矣，江上徒離憂。」〔註110〕詩中的離情不是表現在分別時刻，而是隨著行程的遠去而愈濃。本詩與汪廣洋《別知己》《明發》相同，都是詩者是作為被送行者，明代相類的詩者寫自己遠行與別離詩的歌頗為不少，僧徒中類似的詩作同樣不少，如梵琦禪師《西津》詩云：「月滿潮來盛，天空野望低。樹侵吳甸北，帆入楚江西。俊鶻秋方下，慈烏曉更啼。即看霜露及，風景已淒淒。」〔註111〕詩中寫詩者自己隨船帆遠行而去，並著重描寫了詩者寓於旅途之中的感發，以末一句「風景已淒淒」描寫船帆行的越遠內心的別離之情愈淒然。明代的西津詩似乎都是描寫別離之情、旅途之景致與羈縻於旅途之感，如周致堯《西津夜泊》詩云：「孤帆夜落石橋西，橋外青山入會稽。臥聽海潮吹地轉，起看江月向人低。一春衰謝憐皮骨，萬國艱虞厭鼓鼙。何處商船歌水調，令人歸思益淒迷。」〔註112〕鄔佐卿《西津別妓》詩云：「立馬江

〔註108〕朱彝尊：《明詩綜》卷九十一，第 4330～4331 頁。

〔註109〕汪廣洋：《鳳池吟稿》卷一。

〔註110〕《文選》卷二十詩，第 981 頁。

〔註111〕朱彝尊：《明詩綜》卷九十，第 4258 頁。

〔註112〕朱彝尊：《明詩綜》卷十四，第 614 頁。

皋問暮潮，片帆西上路迢迢。人歸碧草離亭遠，賦罷青山夢雨消。雲影飄零桃葉渡，月華淒斷鳳凰簫。壚頭濁酒春堪醉，還訪秦淮舊板橋。」〔註113〕本詩寫別離，這次別離仍然是寓含於旅途之中的別離；詩者在旅途中與妓女發生糾葛，然而卻不得不繼續自己的行程，以「片帆西上路迢迢」寫出別離，以「雲影飄零桃葉渡，月華淒斷鳳凰簫」之景致描寫表達別離之情，以「還訪秦淮舊板橋」表達再相聚的期望。

　　明代僧徒創作了大量的別離詩文，原因有兩個方面：一是交往多，包括與文人的交往、僧徒之間的交往等；一是不斷行腳雲遊，甚至有些僧徒一生都在雲遊之中，從而導致別離多。交遊多與行腳多，並以大量的詩文作品書寫身在路途之漂泊，是大量別離詩存在的緣由與前提。雪山法杲《送達公入菴》詩寫出僧徒在旅途的情狀，云：「出門了無意，適見飛雲在。天際歸來亦偶然，院荒何處無苔錢。鼠子無煩避人去，閒花疏竹聊眼前。壁間蒼山未全落，屋上青天宛如昨。人生漂若不繫舟，今夕姑從此菴泊。朝來倘晴還杖藜，浪跡惟有浮雲知。客子休誇主人在，主人不減客桑時。」〔註114〕人生猶如「不繫舟」，如浮雲一般「浪跡」於旅程之中。圓復《留別念空》詩云：「問水尋山各自忙，草鞋無底踏秋霜。江南遊遍將江北，何日還來共竹房。」〔註115〕詩寫別離，更多的是寫各自流轉於旅途之中，「問水尋山」「江南遊遍將江北」生動寫出了僧徒們流轉旅途的情狀。

　　描寫旅途之羈縻，唐宋詩詞中就已經大量出現，明代僧徒的不停行腳，甚至像如愚一般一生都在行腳的途中，自然會創作出大量的描寫旅程的詩文作品。由於許多僧徒們一生流轉於旅途之中，對旅途的感受自然異常深刻。《易·旅卦》云「旅即次，懷其資，得僮僕，貞」，明彭大翼云「事理發揮，在途曰旅」〔註116〕，明代僧徒們的旅途之作，不僅寫旅途中的事、理，更寫旅途中的情。廷俊《有渡》詩云：「有渡方舟小，無家道路長。大荒天渺渺，滄海日茫茫。水母浮還沒，風鳶出復藏。不須寒雁叫，客意已淒涼。」詩中「無家道路長」一語寫盡羈縻於旅程者之心境，《未歸》詩云：「甌越山無盡，江湖客未歸。北風吹雪冷，南雁貼雲飛。斷路迷行跡，驚湍濺衲衣。本來無住著，何事

〔註113〕朱彝尊：《明詩綜》卷六十七二，第 3105 頁。
〔註114〕錢謙益：《列朝詩集》閏集卷三，第 328 頁。
〔註115〕錢謙益：《列朝詩集》閏集卷三，第 342 頁。
〔註116〕彭大翼：《山堂肆考》卷一百三十七，《四庫全書》本。

卻依依。」〔註117〕詩中「斷路迷行跡」亦寫盡行於旅程者之迷茫。兩首詩都
是以對旅途中之景象的描寫，奔波於旅途是事，描寫旅途中之景致是景，「本
來無住著」是旅途中體悟之理，詩中表達出的淒涼心緒是情，即此二詩來說，
事、景、情、理皆具，可謂感觸之深。具體分析來看，「無家道路長」寫出了
一個看不到歸點在何處的漂泊者的彷徨與失落，「北風吹雪冷，南雁貼雲飛」
寫出在旅程中越走越遠的辛酸，「斷路迷行跡」既是對旅程的迷茫，又是對自
己人生前程的迷茫。儘管詩末以「本來無住著」的佛教之理消解旅途中的無
依，內心的迷茫卻還是清晰流露而無法消解。

　　類似廷俊這兩首詩歌所表達的，明代僧徒們眾多描寫旅途之作皆有相同
的深刻觸悟。如蘭《曉發》詩云：「東風卷雨曉雲收，兩岸雞聲送客舟。柔櫓
不驚沙上雁，殘燈猶照驛邊樓。天連野水浮空闊，斗轉銀河拂地流。遙望吳城
何處是，青山數點落長洲。」〔註118〕詩寫出發前的景象，完全純粹是對當時
所見景象的描寫，「遙望吳城何處是」應該是距離出發點吳城越來越遠，是故
隨著旅程的開展，內心的惆悵愈增愈厚。德祥《九月八日旅中夜懷》詩云：「秋
徑花爭發，寒燈客自傷。別家將一歲，明日又重陽。鄉俗誰同與，詩情老未
忘。涼風舊池沼，蕭瑟芰荷香。」〔註119〕詩中「寒燈客自傷」寫的是羈縻於
旅途的行者的共同或普遍性的情感感受。《旅寓》詩云：「九月猶絺衣，故鄉胡
不歸。塞鴻聲一到，江樹葉都飛。路晚逢僧少，門寒過客稀。自慚蘧伯玉，又
是一年非。」〔註120〕本詩中「又是一年非」與上詩中「別家將一歲，明日又
重陽」應該是感歎在旅途中的歲月蹉跎，從而「自傷」之情更重。詩中寫到「塞
鴻聲一到」，意在表明對家鄉或歸途的思念；羈縻於旅途之中的詩者頻頻寫到
雁，或寫雁南飛，或寫雁北歸，德祥《聞雁》詩云：「八月涼風起，高飛亂入
雲。度關成一序，遵渚動千群。菰米沉寒雨，蘆花散夕曛。一聲江上過，獨客
最先聞。」〔註121〕詩中寫的是雁南飛，雁南飛是大雁離開家鄉遷徙至他處，
與漂泊於旅途中的客子的情形是一樣的，故言「獨客最先聞」。羈縻於旅途的
德祥，自然有眾多的別離詩，《留別吳江老友》詩云：「江湖分得兩平平，九里
長塘一片城。紅葉樹邊停舫子，白鷗群裏聽鐘聲。晨星故舊嘗時數，春草詩情

〔註117〕錢謙益：《列朝詩集》閏集卷一，第 276 頁。
〔註118〕錢謙益：《列朝詩集》閏集卷二，第 287 頁。
〔註119〕錢謙益：《列朝詩集》閏集卷二，第 289 頁。
〔註120〕錢謙益：《列朝詩集》閏集卷二，第 289 頁。
〔註121〕錢謙益：《列朝詩集》閏集卷二，第 290 頁。

觸處生。歲事欲闌言別事，直燒燈燭到天明。」〔註122〕詩中從景物寫起，以
最後「直燒燈燭到天明」一句寫分別前的不捨；最後一句與雪浪《雪中西泠與
明宗話別》詩中「今然不夜燈」同意，寫與友朋別離之難。德祥不僅寫送別，
還寫重逢之情，《與蘭古春在京重見》詩云：「勝剎住吳淞，名緇亦景從。怪來
成罷講，偶地得相逢。白髮多時鏡，青山幾處鐘。如今不用別，老去托芙蓉。」
〔註123〕重逢詩表現出來的情緒與別離詩完全不同，在京城重見友人，一下子
就迸發出「如今不用別」的激動之情。

　　長期行走於旅途之中，生活中似乎便只有無盡延長而沒有終點的旅程，宗
泐《吳淞江逢清明》詩寫旅途中不知節日，云：「吳淞江上看春雨，客路扁舟
三月行。兩岸人家插楊柳，不知今日是清明。」〔註124〕旅程中能感受到的恐
怕只有漂泊和無盡的行程了，至於是否節日已經不再是最為關注的事情。獨自
行走於旅途中更易傷情，有友朋相伴，情形就完全不一樣了，《與徐伯廉再往
南陵》詩云：「又向南陵去，復攜良友同。人煙千嶂裏，客路百花中。雉雊初
晴日，鶯啼滿樹風。漸知精舍近，清磬出林東。」〔註125〕宗泐與徐伯廉一起
行走於旅途之中，與獨自行走的「寒燈客自傷」相比，本詩「雉雊初晴日，鶯
啼滿樹風」流露的是內心的暢快之情，旅途不再是遙遠且無歸期，而是「近」，
「近」字表達出完全不同的內心感受；本詩與前引宗泐的《南澗》詩表達之意
相同。可以比較道衍《蠡口夜歸》，詩云：「日沒渡口昏，水風著人熱。漁燈帶
螢火，微光互明滅。舟人報水程，路遠行欲歇。故山不分明，目盡心力絕。遙
想山中人，待人仍待月。」〔註126〕詩雖寫歸程，由於一人獨自歸，感受卻是
「路遠」，以「昏」「熱」「遠」「歇」「不分明」「心力絕」等字凸顯出獨自歸程
的煩悶心情。《白蜆江阻風夜宿江口兼懷徐賁》寫因遇險而思密友，詩云：「顛
風江渡難，停橈依菱莄。濤煙翳暝光，灘月侵寒夢。漁歸候火明，鳧眠忌蘆動。
遇險更思君，陡覺離愁重。」〔註127〕本詩顯然是寫剛剛與友人徐賁分別，途
中遇到大風，分別的離愁陡然增重，「顛風」等艱難的自然環境，是羈縻於旅
途者所經常遇到的。道衍又有《澺溪》詩云：「青山兩岸分，夕渡舟橫口。夏

〔註122〕錢謙益：《列朝詩集》閏集卷二，第 292 頁。
〔註123〕錢謙益：《列朝詩集》閏集卷二，第 291 頁。
〔註124〕錢謙益：《列朝詩集》閏集卷一，此 263 頁。
〔註125〕錢謙益：《列朝詩集》閏集卷一，第 261 頁。
〔註126〕《御選明詩》卷三十五。
〔註127〕錢謙益：《列朝詩集》閏集卷一，第 270 頁。

雨欲生蓮，秋風先到柳。聲殘煙寺鐘，香餘茆店酒。相見無別人，唯逢耕釣叟。」〔註128〕青山與渡口寫旅途之中，夏雨與秋風寫羈縻於旅途時間之長，「無別人」與「唯逢」寫旅途中之孤寂，這些情形都是羈縻於旅途者之真實的寫照。

　　一生行腳的如愚，描寫旅程之狀的作品尤其多，《冬日潯陽道中》詩云：「殘冬人在路，朔氣重愁顏。落日下寒郭，亂雲生晚山。短松懸獵網，高岸護漁關。試問同行客，匡廬何處還。」〔註129〕《舟行雜詩》詩云：「望去金山小，行來定練新。應聲潭上樹，照影水中人。雙逝鳧歸岸，孤鳴鶴下濱。窮年依旅食，何日是通津。」〔註130〕兩首詩都是寫行腳旅途中所見，事景情皆具，只是沒有抒理。廣潤等慈《晚泊南岸有懷吳允兆茅孝若客燕中》詩云：「孤棹倚江濆，魚梁浦樹分。北書曾未達，南雁最初聞。碧海寒生月，空山夜出雲。不堪三徑遠，何以慰離群。」《蕪湖道中》詩云：「江明分採石，柳暗夾橫塘。驟雨菱茨亂，輕風禾黍香。秋聲催雁鶩，暝色下牛羊。遠道人煙少，偏令游子傷。」〔註131〕傅慧（字朗初）《夜渡揚子》詩云：「空江信淼茫，月出水生光。入浦潮如雨，沾衣露欲霜。天清沙氣白，夜靜澥雲黃。漸覺鐘聲動，應知到上方。」〔註132〕三首詩同樣寫行腳旅途中之所見，主要在於寫景。前兩首流露出游子之傷緒，第三首對景色的描寫相當清朗，應該是詩者聽到寺院鐘聲，知道了寺院就在前方，內心中有興奮之情流露而出。恒嶽志淳《舟夜》詩寫到旅途中的感悟，云：「浦凍水聲死，煙交暮色黃。一舟風獵獵，兩岸日荒荒。小夢偶然就，孤懷終不忘。已知行學事，惟有歇心狂。」〔註133〕錢謙益論云「詩多孤瘦，時出尖豔」〔註134〕。詩中寫出詩者在旅途中領悟到「歇心狂」才能真知真悟，旅途中的「風獵獵」「日荒荒」尤能使詩者思索奔波於旅途之意義，得出悟理在於「歇心狂」似乎是相當自然的事情；在旅程之中悟得此理，可謂是理從景得。詩中寫河因「凍」而水聲「死」，寫法確實出人意料，如錢謙益所言有「孤瘦」之特點。志淳詩之尖豔，可再以《春日過月公蘭若》詩為說明，

〔註128〕錢謙益：《列朝詩集》閏集卷一，第 270 頁。

〔註129〕錢謙益：《列朝詩集》閏集卷三，第 332 頁。

〔註130〕錢謙益：《列朝詩集》閏集卷三，第 332 頁。

〔註131〕錢謙益：《列朝詩集》閏集卷三，第 332、333 頁。

〔註132〕朱彝尊：《明詩綜》卷九十二，第 4347 頁。

〔註133〕錢謙益：《列朝詩集》閏集卷三，第 339 頁。

〔註134〕錢謙益：《列朝詩集》閏集卷三，第 338 頁。

詩云：「孤村相叩嗜禪翁，一逕春風到寺中。人語悄聞楊柳綠，鳥啼幽出杏花紅。經殘瘦坐焚香起，茗熟傳題得句工。足跡不留簾外土，小庭深寂雨空濛。」〔註135〕以「楊柳綠」「杏花紅」點出「春風到寺中」，體現出「尖豔」；以「深寂」襯托「嗜禪翁」，寫出禪靜。禪靜與「楊柳綠」「杏花紅」顯示出來的春意相互襯托，使「尖豔」之意更加濃鬱。

　　上述諸詩表明僧徒寫行腳旅途之作之多，旅途詩觸人之處最主要不在於景色與精緻的描述，而是在於寫出旅途中詩者內心最深處的思緒。僧徒旅程之中內心深處的表達，上述諸詩已有說明，妙聲《吳江夜泊》詩云：「月照門前蘆荻花，繫舟不省是誰家。一雙白鷺忽飛去，水上有人彈琵琶。」《吳山曉行》詩云：「草露泠泠著屨行，野橋村巷不知名。長庚如李天將曙，始聽荒雞第一聲。」〔註136〕兩首詩應為連續所作，一首寫夜泊所見與所感，一首寫第二天初曉時出發。「不省」「不知」寫所到之處的陌生，寓含詩者的旅途路程之長與時間之久；一雙白鷺「忽飛去」與「荒雞第一聲」似乎是寫詩者在旅程中的寂寞難眠，深夜中聽到白鷺飛去，初曉時聽到荒雞的第一聲啼叫，詩者在舟中的輾轉反側之景霎時出現在讀者的腦海中。「水上有人彈琵琶」表明同在旅途者之多，詩者似乎有了同命相憐之感，但彈琵琶者只是「有人」，而非「友人」，故只能聽其彈琵琶而不能與之交談；「水上有人彈琵琶」之「人」，雖然能夠使詩者感受有同是漂泊旅途的相伴者，卻因彼此只是陌生的行路者而加深了詩者的孤獨與寂寞之感。兩首詩確實是表達出詩者最內心深處的思緒，與上引諸詩相比，兩首詩中並沒有言理，卻將內心的思緒推向極高處。妙聲因此感歎行路難，《行路難》詩云：「天地無有邊，日月茫無涯。人於其間號最靈，胡乃不學坐自乖。饑食費稷黍，衣被絲與麻。古今一事皆不省，何異木石插齒牙。生者還復然，死者其奈何。萬萬千千盡如此，令我起坐久歎嗟。」〔註137〕詩歌充斥著不僅是旅程之艱難，更要抒發的是在「天地無有邊，日月茫無涯」這樣永恆之下的短暫人生之旅的無常與艱難。「天地無有邊」是指空間沒有邊際，「日月茫無涯」是指時間沒有終止，處於其中的萬物卻反覆盛衰興亡，人生則反覆生死循環，詩中在盡力思索天地與人生、時間與人生、恒常與短暫等問題，卻不能夠尋找到答案；面對觀察到各種現象的「萬萬千千盡如此」，而只能「起

〔註135〕錢謙益：《列朝詩集》閏集卷三，第339頁。
〔註136〕妙聲：《東臯錄》卷上。
〔註137〕妙聲：《東臯錄》卷上。

坐久歎嗟」。妙聲在詩中將旅程、行路，上升到人生觀、宇宙觀的哲理層面，
這是孤獨者在旅程中極為敏銳的深思。再可以比較古庭善學《舟泊》與存翁
惟則《榆城聽角》，《舟泊》詩云：「江靜雨初收，湖光滑似油。岸如隨棹轉，
山欲趁波流。牽興多浮荇，忘機足野鷗。夜聞漁父笛，吹破一天秋。」〔註138〕
存翁惟則《榆城聽角》詩云：「十年游子在天涯，一夜秋風又憶家。恨殺葉榆
城上角，曉來吹入《小梅花》。」〔註139〕《舟泊》寫江景，《榆城聽角》寫聽
到城上熟悉的故鄉的角聲，長年在外的游子最怕聽到故鄉的聲音，故詩中「恨
殺」一語入心之深。

　　上述僧徒的行腳及於旅程中的漂泊與流轉，儘管有各種各樣的理由與因
緣，尚屬於具有充分自由的主動性，部分僧徒羈縻於旅程卻屬於被迫，如憨山
德清。憨山有不少描述旅途景色的詩作，如《過三峽》詩云：「萬壑奔流下，
千山紫翠連。帆飛三峽雨，人入九秋天。客路浮雲外，歸心落日前。吾生猶未
已，江漢是餘年。」〔註140〕詩中描述三峽萬壑的奔流與千山的紫翠，將景色
與身心的感受充分描寫了出來。這樣純粹寫景的詩作，在憨山的作品中並不是
很多，長期在旅途中的漂泊，憨山作品更多是的體現出強烈的「處世常如寄」
之感，《舟行》詩云：「湘水通巴漢，孤帆入楚天。片雲低遠樹，晴日照斜川。
處世常如寄，浮生莫問年。縱遵歸去路，亦似渡頭船。」〔註141〕在嶗山捲入
與道士的太清宮之爭後，憨山獲罪被貶嶺南，發配至雷陽充軍。憨山「處世常
如寄」的感慨應該較常人尤為多，在旅途中的漂泊之感受應該也較他人尤為深
刻。在赴嶺南的路途中，憨山應該既有精神上的折磨，又有著旅途艱辛的心
酸，雖然其作《無常》《生死》《空》等詩歌抒發自己對事理本質的認識，但內
心的鬱結並不容易消散而去。憨山有《從軍詩》組詩，寫其「觸目興懷」，實
際上就是抒發內心中的鬱結，詩引云：「余以弘法罹難，蒙恩發遣雷陽。丙申
春二月入五羊，三月十日抵戍所，時值其地饑且癘已三歲矣，經年不雨，道殣
相望，兵戈滿眼，疫氣橫發，死傷蔽野，悲慘之狀，甚不可言。余經行途中，
觸目興懷，偶成五言律詩若干首，久耽枯寂，不親筆硯，其辭鄙俚，殊不成章，
而情境逼真，諒非綺語。」詩共有八首，如下云：

〔註138〕錢謙益：《列朝詩集》閏集卷二，第304頁。
〔註139〕錢謙益：《列朝詩集》閏集卷二，第304頁。
〔註140〕德清：《憨山老人夢遊集》卷四十七。
〔註141〕錢謙益：《列朝詩集》閏集卷三，第318頁。

　　第一首：楚澤非炎徼。行吟愧獨醒。瘴煙千嶂黑。宿草四時青。
颶觸秋濤怒。人靳屬鬼靈。從來皆浪跡。今日更飄萍。火宅誰堪避。
清涼自可求。天低偏近日。樹老不知秋。海月心何寂。空雲思欲浮。
卻憐無住客。今復寄炎洲。舊說雷陽道。今過電白西。萬山嵐氣合。
一錫瘴煙迷。末路隨蓬累。殘生信馬蹄。那堪深樹裏。處處鷓鴣啼。
遠道經行地。孤雲獨可憑。有家俱是客。無累即為僧。毒霧薰心醉。
炎風透骨蒸。翻思舊遊處。儼若履層冰。

　　第二首：行腳原吾事。擔簦固所能。心懸萬里月。肩荷一枝藤。
吃食愁蠻語。安禪喜俗僧。降魔空說劍。今日始先登。

　　第三首：出世還行役。誰悲道路難。長戈聊當錫。短髮不勝冠。
沆瀣餘三島。炎蒸屬百蠻。天南回首處。落日是長安。

　　第四首：皇天無不覆。豈獨外遐荒。曲折吾生短。驅馳世路長。
但知心似雪。忽覺鬢如霜。隨地堪埋骨。君恩詎可忘。昔住清涼界。
今登熱惱天。燠寒風氣別。南北地形偏。萬里同明月。千山隔暝煙。
塞鴻書縱寄。不過雁峰前。

　　第五首：髫年從白業。垂老脫緇衣。豈是君恩薄。多應世道違。
煙霞行李少。冰雪眼中稀。莫問前途事。家山到處歸。曉起占天候。
星河曙色分。潮吞丹鳳日。山吐毒龍雲。飄泊還鷗侶。棲遲憶鹿群。
誰知逃世客。臨老學從軍。此日天涯道。艱虞祇自憐。海風腥釀雨。
山氣毒含煙。畏路從人後。沖泥向馬前。始知行役苦。多在戍兒邊。
旅宿悲寒食。兵戈老歲年。身經九死後。心是未生前。北伐思山甫。
南征憶馬淵。梅花何處笛。聽徹不成眠。

　　第六首：竄逐辭金地。窮荒到海涯。雲容飛赤鳥。星尾曳丹蛇。
棄杖林成久。揮戈日未斜。天南並塞北。是處有胡笳。

　　第七首：一缽從師旅。孤征任轉蓬。形骸乘野馬。心事託冥鴻。
雲出蒼梧白。霞蒸海日紅。吾生久已棄。不待此時空。

　　第八首：浮世甘為客。勞生恨此身。舌存終是苦。道在豈稱貧。
渴鹿爭趨焰。饑烏習近人。滄桑雖未變。何地不飛塵。一息餘生贅。
千山去路長。問途逢牧馬。挾策耦亡羊。衰熱三秋日。心寒六月霜。
所經如踏鑊。安敢任疏狂。幻跡元無住。逢山即當歸。因看前路窄。
轉見此生微。時抱桑間餓。常懷漂母饑。所欣無臘月。不望寄寒衣。

　　組詩中寫出了憨山在旅途中的所見所感。組詩句數不一,篇幅有長有短,表明憨山完全是由心而發,並未去注重句數的整齊與韻律的合拍,應該完全是隨著內心情感的起伏、強弱直抒而出,因此具有更強的感染力。抵達雷陽之後,憨山作《抵雷陽戍》詩,之一云:「舊說雷陽道,今過電白西。萬山嵐氣合,一錫瘴煙迷。末路隨蓬累,殘生信馬蹄。那堪深樹裏,處處鷓鴣啼。」之二云:「萬壑奔流下,千山積翠連。帆飛五嶺驛,猨掛九秋天。客路浮雲外,鄉心落日前。吾生猶未定,江漢是餘年。」〔註142〕詩中回顧了所經過的兇險,此時說起來容易,其中的兇險仍然可以讓讀者想見,讀者通過這些詩作似乎能見到其經歷過層層山水,穿過重重險阻,亦能感受旅途中經歷風霜雪雨的磨難。如欽義湛懷在《聞清公配竄雷陽》詩寫道:「天譴逾重嶺,雷陽去杳冥。文蛇噴霧毒,雕虎逆風腥。金錫更戈白,緇衣綴甲青。慈容時一轉,令作怖魔形。」〔註143〕湛懷靠想像就能知道憨山一路之苦辛。雪山法杲《憨山師自嶺南寄楞伽新疏並書賦答凡三首時大師以弘法罹難廢東海禪席遣戍南荒》詩亦書寫憨山自嶗山被貶嶺南事,之一云:「師於熱海放慈航,丹徼朱厓信渺茫。天意逆扶金策杖,君恩翻起鐵衣裳。山回象郡風煙黑,身倚蠻方日月黃。今夕短戈聊當錫,蓮花猶在舌端香。」之二云:「窮厓抱璞守空株,金石何從射覆盂。東北忽開千里霧,光明遙捧一函珠。春光藥草風齊折,筆吐心花露半蘇。百詰自慚非大慧,可堪瓶瀉及焦枯。」之三云:「曲女城頭沸若瀾,塵絲撩亂欲齊難。精神內斂搖雙筆,儒墨中央掉一丸。辨馬雄心從古夜,證龜狂膽自今寒。嗟嗟侯白銜枚去,赤幟憑師揚寶壇。」〔註144〕這些詩歌與憨山的詩作相互印證,可視之為旅途詩的焦心之作。

　　明代僧徒的別離之作,自明初就大量出現。宗泐就寫作了大量的別離詩歌,如《秋江送別》詩云:「江頭楊柳樹,秋雨更蕭蕭。可惜長條盡,那堪折短條。」〔註145〕本詩應該是宗泐為友人送別,以傳統的折柳送別友人;以秋雨蕭蕭、長條折盡襯托別離之傷情。《次韻送徐伯廉歸南陵》詩云:「把酒城南道,離懷去住同。鳥啼紅樹裏,人出翠微中。山雨添秋色,溪雲度晚風。倚樓相憶處,明月各西東。」〔註146〕詩中以「明月各西東」寫友朋的分別,注重

〔註142〕朱彝尊:《明詩綜》卷九十二,第4344頁。
〔註143〕錢謙益:《列朝詩集》閏集卷三,第327頁。
〔註144〕錢謙益:《列朝詩集》閏集卷三,第330頁。
〔註145〕宗泐:《全室外集》卷八。
〔註146〕宗泐:《全室外集》卷五。

表達送行者與被送行者有同樣的「離懷」。《送人歸南昌》詩云：「紅顏白髮映青袍，三十年前白下橋。亂後重逢天竺寺，相看如夢說前朝。」〔註147〕詩寫送別，卻更重寫分別前的相見，分別時竟仍然感覺到此次相見如同夢一般，將此次相見之不易（「三十年前」）與珍視抒寫得淋漓盡致。本詩寫出與友朋之間的情誼，能夠與友朋相見非常難得，不能相見則只有回憶了，《冬夜憶清遠道初二兄》詩云：「夜深霜氣寒，窗月皎如燭。鳴鴻尚遐徵，孤鶴亦驚宿。念我平生親，悵焉動心曲。四明是何處，苕溪如在目。異方詎能通，遠道何由縮。十年無一字，信是如金玉。白髮漸欺人，晤言安可卜。」〔註148〕與清遠、道初二人之間「平生親」的情誼「悵焉動心曲」，「異方詎能通，遠道何由縮」通過對不同空間不能相通、遙遠的路程不能驟縮的反問，表達不能相見而只能相憶的無奈；不僅不能相見且「十年無一字」，剩下的只有對「白髮」的歎息。

　　別離時是獨自遠行還是有友朋作伴，詩中表現出來的情緒往往有著很大的差別。宗泐《送王叔潤》詩中寫送別云：「平涼來又去，官滿復之官。塞晚黃雲合，邊秋白草寒。」第一句「平涼來又去」，寓意別離次數之多，多次的別離通過「塞晚黃雲合，邊秋白草寒」表達出別離時內心的不捨與淒涼之情，淒涼之情又通過最後一句「萬里關山月，吟詩獨自看」〔註149〕而得到深度的強化。可以相比較的是，《南澗》詩云：「攜友過南澗，槎橋類斷虹。鳥啼青嶂外，麑臥綠陰中。僧笠迎秋雨，樵歌落晚風。謝公雙屐健，獨入杏林東。」〔註150〕本詩同樣寫到旅途中之景，由於是與友人同行（「攜友過南澗」），表達出來的情緒完全不同，「斷虹」「鳥啼」「麑臥」無絲毫悲涼之意；詩中寫「秋雨」寫「晚風」，卻以「樵歌」相對，又寫「獨入」，亦以「健」相對，這些用語用詞表達的是從內心迸發出不可遏制的逸興。同樣的旅程之中，因為有友人的相伴，展現出兩種完全不同的情緒。再反過來對照《送王惠芳之金陵》詩中寫秋雨云「涼風一棹送君初，秋雨荒溪草樹疏」，以「荒溪」「草樹疏」寫出秋景的蕭涼，詩歌傳達的蕭涼之意，除了由秋景帶來的之外，「送」字是更為主要的，蕭涼之意不僅由秋季帶來的，更是由送行者的內心所透露出來的。

　　部分別離詩中並不寫別離之情，而是寫對未來之程的想像，這是宗泐創作

〔註147〕錢謙益：《列朝詩集》閏集卷一，第 263 頁。

〔註148〕宗泐：《全室外集》卷三。

〔註149〕宗泐：《全室外集》卷五。

〔註150〕宗泐：《全室外集》卷五。

的一種與眾不同的別離詩類型。《送僧遊廬山》詩寫送別友僧遊廬山,云:「廬山天下奇,良遊遂平素。江帆渺何之,連峰散晴霧。雲端五老人,粲然風骨露。青衣或來迎,木客時相遇。夜坐松底石,天燈知幾處。忽聞巖際鐘,忘卻東林路。」〔註151〕詩中沒有寫別離之感,著重寫廬山景色之奇,並想像廬山對僧者的迎接,以及僧者在廬山的遊覽與禪悟。可謂是一首別具一格的送別詩。寫法相同的有《贈安古心還山中》詩,云:「子來能幾時,遽有還山想。長笑輕別離,一策晨獨往。舊房青澗阿,夜雨新泉響。門前嘉樹林,陰陰夏條長。即此人事絕,遂爾長偃仰。得句林花開,彈琴山月上。蕭散世念疏,淡泊道心朗。白駒空谷中,誰能復驕軼。何彼名利人,勞生在天壤。」〔註152〕詩中首先以安古心「遽有還山想」寫「輕別離」,表現出對安古心與其會面不久就要別離的不滿,這種不滿並非真正的不滿,真正表現的是內心的不捨。「舊房青澗阿」之後的詩句描寫山中修行之景狀,絕人事、疏世念、道心淡泊而清朗,並於最後兩句中與執著於名利者的勞生相比較,凸顯出對安古心歸山的肯定。整首詩寫安古心歸山、寫別離、寫山中的修行,宗泐實際上是在把自己內心的歸向,借著給安古心送別而表達出來。《賦一曲亭送趙本初待制致仕歸越》組詩有四首,運用了相同的手法,之一云:「鑒湖一曲亭猶在,風物千年長不改。賀公去後趙公來,山水無情若相待。」之二云:「當時季真得賜歸,黃冠未必全忘機。爭似今朝玉堂老,還鄉仍著宮錦衣。」之三云:「鑒湖水闊吞平野,酒船直到亭階下。荷華曉日照尊罍,楊柳春風拂簷瓦。」之四云:「寄言逸興滄洲客,天與斯亭共行樂。醉倚欄杆撼不醒,夢中細聽鈞天樂。」〔註153〕組詩以一曲亭、鑒湖為中心,寫趙本初的致仕歸越。對致仕者來說,內心的情緒應該比較低落,宗泐在組詩中以歡快的筆調寫家鄉的景物應該歡迎致仕者的歸來,這樣就開解了致仕者的內心情緒。

如上引《賦一曲亭送趙本初待制致仕歸越》,宗泐的送別詩中有大量的組詩,相比較單首詩而言,組詩能將送別的情感表達的更為充分。《送思上人還雪上》組詩有六首,之一云:「玄冬雨雪方載陰,閉門黃葉和雲深。重岡複嶺鳥不度,豈有遠客來相尋。」之二云:「憐君兩屐無新齒,足跰荒途五百里。把蘿高陟麻姑壇,斫冰亂涉琴高水。」之三云:「為我巖居十日留,夜窗說盡

〔註151〕宗泐:《全室外集》卷三。
〔註152〕宗泐:《全室外集》卷三。
〔註153〕宗泐:《全室外集》卷四。

東西州。平生故人得消息，既有新喜仍新愁。」之四云：「我方無以慰幽獨，子來何遲去何速。山川悠悠錫影孤，海闊天高一黃鵠。」之五云：「謝君相知未深厚，索我詩詞我何有。自嗟百挫英氣摧，敢以文字誇人口。」之六云：「君當盛年宜自強，美玉雕琢為圭璋。明朝別後毋相忘，水晶宮裏涇川傍。」〔註154〕整組詩如同六個情節，描寫了來訪與離去的整個過程。《敬亭雲歌送吳子歸宣城》組詩有四首，之一云：「敬亭山中生白雲，有時化作五色文。從龍下山為雨去，欲與世上祛塵氛。」之二云：「由來舒卷不可測，遙天烱烱無遺跡。甘雨未洽塵未消，直使時人空歎息。」之三云：「歸來偃蹇敬亭上，點綴青山千萬狀。曾巔高擁白玉屏，半嶺間張素絲障。」之四云：「雲兮雲兮爾才未盡施，只恐復被蒼龍知。乾坤上下相追隨，青山欲戀無還期。」〔註155〕前三首寫敬亭山景送給朋友，第四首寫朋友有才華得不到施展與被認可的憐歎。《憶昔行贈朱伯賢還會稽》組詩有七首，之一寫曾經相見時的情形，云：「憶昔相逢白門道，君方壯年我差少。同鄉異域心最親，月夕風晨寫懷抱。」之二寫朱伯賢的才俊及早獲聲名，云：「南臺御史能薦才，薦才先取文章好。當時結交多俊髦，羨君獨得聲名早。」之三寫一別三十年，云：「江城一別三十秋，我出匡徒君宦遊。甲兵滿地音信斷，越雲楚水情悠悠。」之四寫相別三十年後的再相見，云：「今春錢塘忽相見，君未全衰我猶健。探得囊中著述書，松齋曉日開新卷。」之五寫二人的經歷相同，云：「君承明詔入史局，我亦奏對延和殿。秋深俱放還舊山，兼有賜金並賜燕。」之六寫朱伯賢歸家後應有的情形，云：「君家雲巢鑒湖曲，鯖魚膾肥粳稻熟。脫巾露頂松石間，如鹿如麛不羈束。」本詩的寫作方式如上所引《送僧遊廬山》兩首，之七寫以歌相互勉勵，云：「我歌此曲空復情，烈風蕩海鴻冥冥。世間富貴自可輕，且學清狂如賀生。」〔註156〕整組詩如多幕戲一般，將第一次相見、二人的相見相憶與相別、相互勉勵表達得清楚又充分。《送一初講經還京師奉詔住天禧寺》組詩有六首，之一云：「鳳城夜來雨，南風生綠槐。良友捨我去，老懷誰與開。」之二云：「晨雞戒蓐食，使者行相催。空餘淮甸月，長照講經臺。」之三云：「中都寡名緇，有此萬人特。問法常滿堂，白日無虛席。」之四云：「去留係重輕，山川為改色。風雨舊房前，蕭條芳草積。」之五云：「相知二十年，相見輒傾倒。平生江海

〔註154〕宗泐：《全室外集》卷四。

〔註155〕宗泐：《全室外集》卷四。

〔註156〕宗泐：《全室外集》卷四。

遊，如此眼中少。」之六云：「白首送歸情，何以寫懷抱。曉日幽林中，和鳴有黃鳥。」〔註157〕組詩圍繞「送歸情」而寫，將二人二十年的情感以「良友捨我去，老懷誰與開」盡情抒寫出來。

宗泐的別離詩，並不是一味地寫別離之情，而是根據別離的對象與實際情形，或寫別離之情，或對被送行者進行開解，或對被送行者加以勉勵，形式多樣而不拘一格。

由宗泐便可見，明初佛教僧徒的別離文字確實非常多，有別離就有別離之歌，道衍《送友人之松江得曙字》詩云：「潮來沙磧平，月落海門曙。汀蒲轉風葉，堤柳搖煙絮。江頭春可憐，天涯人獨去。有歌送君行，無酒留君住。雪浪沒沙鷗，雲帆出江樹。回首讀書堆，青山不知處。」〔註158〕詩中的「有歌送君行」，即別離時以詩歌相送。守仁《送瑄蘊中住持處州南明禪剎》長篇送別詩云：「南風吹沙江雨晴，道人挾錫辭神京。金陵故舊走相送，柳枝折盡勞勞亭。輕舟掛席二千里，山落南明如畫屏。三平老禪獨跨虎，溪頭撫掌來相迎。老禪高行世所重，叢林草木皆知名。高陽洞口洗缽處，石門日暮聞鐘聲。仙都勝境在咫尺，鼎湖龍去仙山青。龍髯隨地化碧草，服食壽與天齊傾。道人此地重經營，兵餘樓閣猶崢嶸。蘭燈粲月夜皎皎，天花吹雨朝冥冥。龍河倦客雙鬢星，作詩贈別難為情。明朝悵望隔山嶽，少謂一點雲邊明。」〔註159〕本首長篇送行詩中，以「故舊走相送」表明被送行者交遊之廣及相互間情誼之深，「作詩贈別難為情」寫送行者與被送行者之間不捨之情難以用詩歌表達出來，詩中又寫出了對蘊中即將開始自由自在修禪生活的嚮往與企羨，「龍河倦客雙鬢星」則寫出了自己天涯倦客的心情，增加了對自在修禪的企羨的程度。上述兩詩中的「有歌送君行」「作詩贈別難為情」，是別離詩中抒寫離情，為道衍所救的溥洽有《送金上人古上人制滿同還南翔》詩寫離情云：「涼入西霞木落初，送人長是歎離居。江山故壘三更夢，風雨寒燈一卷書。變化不同雞伏鵠，聰明已辯魯為魚。還山為問南翔鶴，秋影何時下碧虛。」〔註160〕詩中的「送人長是歎離居」便是普遍的離情，《送高懺首還越》詩云：「昔我來吳今五年，青山目斷東南天。越音未改吳音熟，每見鄉僧一惘然。上人何來亦瀟灑，才打

〔註157〕宗泐：《全室外集》續編。
〔註158〕《古今禪藻集》卷十八。
〔註159〕曹學佺：《石倉歷代詩選》卷三百六十六。
〔註160〕錢謙益：《列朝詩集》閏集卷一，第273頁。

鄉談便能解。觀光上國及期還,聽講長干前月罷。梵公此地跡猶存,為我重開懺悔門。石橋花飛香杏藹,蓮池蛙靜雨黃昏。夢中金鼓聲初歇,卻艤扁舟欲歸越。碧草遙憐茂苑春,蒼苔不掃蛾眉雪。竹間舊房蘿薜侵,篋書芸消生白蟫。人情懷土無古今,悒悒終為莊舄吟。我亦因之思禹穴,負擔未息愁難任。陸沉鄉井亦何事,白鷗有盟宜重尋。清鏡閣前湖水深,曾為先人照苦心。丈夫出處自努力,贈言愧比雙南金。」〔註161〕整首詩以回憶在吳五年的交往情形而寫二人之間的情感,並以此突出別離之情。

　　守仁《送珂月屋還處州分得清風峽》詩通過盼歸以寫離情,云:「巨靈何年移五嶽,石扇中開兩崖削。峽中六月清風寒,仰視青冥何漠漠。碧溪泉脈海眼通,白日雪花人面落。勾連石棧不可梯,縹緲煙中見樓閣。山人不歸今十年,幾度空林愁夜鶴。帝城遊覽豈不嘉,還念仙都舊巖壑。江淮雨過秋氣涼,金錫玲玲度寥廓。山川雖好毋久留,裂裟暫掛西巖角。玻璃瓶內浴香泉,早向雙溪問婁約。」〔註162〕本詩書寫兩種情感,一種是友人對「舊巖壑」的懷念之情,寫的被送行者的懷歸;詩中有大量的環境、及六月落雪等路途中異常的景致描寫,表明「山川雖好」卻急於歸「巖壑」之心。一種是詩者與被送行者之間的情誼,「問婁約」以再相見的期盼點出與送別者之間情誼之深。守仁《寄友人歸上洋》詩以反折柳之傳統寫離情,云:「四月南風吹白沙,春江游子思無涯。讀書未築樵東舍,送客先歸海上槎。萬里黃塵悲戰馬,滿城紅雨亂飛花。傷心不折湖邊柳,更待重來駕小車。」〔註163〕詩寫送別友人時「傷心」之情,送行的傳統是折柳,本詩卻反其意而為之「不折湖邊柳」,寓意不願意讓友人離開。本首詩應該非守仁所作,是錢謙益的誤收。守仁詩文被編輯為《夢觀集》,元代詩僧釋大圭的作品亦名《夢觀集》,本詩亦收入元人賴良編的《大雅集》卷六,《大雅集》編好之後由楊維楨刪定,因此本詩應該是出自釋大圭的《夢觀集》,而非釋守仁的《夢觀集》。從《鐵崖先生挽詩》《四月九日與斯道衍公登虎丘》等詩歌來看,錢謙益《列朝詩集》中所收守仁的詩歌中確實是有屬於守仁所作,這種情況說明錢謙益實際上就已經將釋大圭和釋守仁同名的《夢觀集》混淆了,將二人的詩歌混編在一起了。「贈別難為情」是難以表達別離之情,難以表達並不是不能表達,《送管時敏》詩云:「相見驚新歲,論交感舊

〔註161〕錢謙益:《列朝詩集》閏集卷一,第273頁。
〔註162〕曹學佺:《石倉歷代詩選》卷三百六十六。
〔註163〕錢謙益:《列朝詩集》閏集卷二,第284頁。

遊。春風揚子宅，明月庾公樓。白雪詞難並，青雲志已酬。別情何所似，不盡楚江流。」〔註164〕詩中以「不盡楚江流」來表達不知「何所似」的別情，離別時的惆悵之感躍然而出。

　　送別詩中往往將情誼之深與離去之易對照書寫，加深了別離時傷悲之情。如上引鄭文寶《柳枝詞》「不管煙波與風雨，載將離恨過江南」之語，以不管旅途前方的「煙波與風雨」的離去之堅決，寫出詩者內心的離恨。周邦彥《蘭陵王》詞中云「愁一箭風快，半篙波暖，回頭迢遞便數驛」，以「一」「半」的少量，寫離別的容易，以「數」寫別程的漸遠，三個數量字增厚了「愁」或離恨在心頭的堆積。如蘭的《秋江送別》屬於同類的手法，詩云：「江柳不堪折，江花照眼明。天將孤雁遠，風送一帆輕。紅樹宜秋色，黃蘆雜雨聲。吳雲半千里，如在月中行。」〔註165〕詩者別離的愁緒以「孤雁遠」起興，更以「風送一帆輕」的離別之易、「如在月中行」的離別之快而加深增厚，與開篇「江柳不堪折」相對應，將離情離恨充分寫出。雪浪《雪中西泠與明宗話別》詩云：「一經談北塢，片語別西泠。香刹朝朝共，雲山處處登。笠分千樹雪，船刺半湖冰。會盡庭前話，今然不夜燈。」〔註166〕「一」「片」寫別離之易，別離時回憶起的則是曾經「朝朝共」「處處登」的親密之情；別離前的徹夜悵歎不眠，是對親密之情的進一步書寫，並將依依不捨之情揭於詩前。海明（號破山）《別石車禪師》詩云：「欲別難為別，西林落月銜。且飛千里雪，聊掛一風帆。草引石欄屐，花飛金粟巖。浮雲本無著，何處尺書緘。」〔註167〕開篇以「欲別難為別」寫別離之難，但下文又以「聊掛一風帆」寫別離的輕易，二者的對照實際是增寫二人情誼之深；詩中並寫出離別之易的原因在於「浮雲本無著」。

　　上述別離詩中之深情厚誼，只有在真正的友朋或知音間才能表現出來，知音或友朋注重的是內心上的契合，這樣的知音往往很難尋覓，三十三歲而逝的僧無文在《擬古》中感歎知音之難，詩云：「時俗好蔽美，佩艾捐芳蘭。天地一以閉，賢者詎苟完。白璧獻楚人，投棄身為殘。伯牙失鍾子，山水不復彈。寥寥千載間，所歎知音難。」知音難求的原因在於「時俗」，可知無文曾經在時俗中受到不少的磨難，以致於發出這樣的感歎。由於知音之難求，當有知音

〔註164〕曹學佺：《石倉歷代詩選》卷三百六十六。
〔註165〕錢謙益：《列朝詩集》閏集卷二，第 287 頁。
〔註166〕錢謙益：《列朝詩集》閏集卷三，第 322 頁。
〔註167〕朱彝尊：《明詩綜》卷九十二，第 4372 頁。

時就會倍加珍視，上述所引詩歌無一不是對知音或友朋的珍視。無文感歎知音難求，並不是指他沒有知音，正是有內心契合的知音，更加知道知音之難求。無文有很多情誼深厚的友朋，在與友朋別離時，別離詩流露出的真情相當真摯，如《將之潤州簡崑山諸子》詩云：「囊攜贈什滿朋箋，豈用臨岐更黯然。瓦缽未謀前路食，草鞋先乞故人錢。江山半壁全輸我，風雪何心亦上船。他日若吟懷友句，定驚深壑老龍眠。」最後兩句表達情誼之深與思念之力量，《送懶雲師歸滇》詩寫與懶雲禪師交往，云：「一身初越死生關，萬里惟憑白足還。怕說雨昏江上寺，愁逢花發夢中山。心摧故國浮雲外，淚濕春風岐路間。瓢笠天涯誰念遠，無窮哀怨不能刪。」〔註168〕詩中表露二人之交往十分親近，「瓢笠天涯誰念遠」抒寫對知音的牽掛。詩中的懶雲禪師指的可能是明周，明周號懶雲，有送別詩《送人還壺關》，以景寫別離之情，詩云：「林花未吐怯輕寒，人在天涯送客還。千里好山迎馬首，白雲飛處是壺關。」明周詩作受到後七子之一謝榛的稱讚，錢謙益云「懶雲《除夕》詩，為謝茂秦所稱」，《都門除夕》詩云：「早眠輕節序，垂老倦精神。半夜兩年夢，孤燈千里身。缽分新歲飯，衣拂舊時塵。後飲屠蘇者，其如感歎頻。」〔註169〕詩者抓住除夕跨年前後的界限，抒發對時間流逝的感歎，詩句平淺，語氣亦平淡，感歎卻是極為深刻，能夠受到謝榛的稱讚並不意外。

　　遠別時作詩送別，對知音來說，即使非遠別之別同樣要送別，如實印《月夜送弱翁》詩云：「山客復何去，柴門故夜開。月寒醒鳥夢，松影誤溪苔。水上孤舟解，林端一磬來。知君非遠別，相送亦徘徊。」〔註170〕可知這個「弱翁」並非遠別而去，只是短暫出門而已，詩者竟然亦「相送亦徘徊」，可見真正友朋或知音之間的情誼之重。別離詩多數基本上寫的是別離的傷緒，妙聲《送沈行恕》詩中勸導別離者「毋為離別苦」，云：「挾策事行邁，言往五湖濱。陰風結山嶽，落葉滿河津。之子忽已遠，我懷將焉陳。志士惜白日，行客念蕭晨。況茲艱難際，奪我心所親。中情苟不移，在遠猶比鄰。毋為離別苦，庶以道自珍。」〔註171〕雖然勸慰別離雙方「毋為離別苦」，詩中的「陰風」「落葉」「我懷將焉陳」「奪我心所親」「在遠猶比鄰」等語，卻已經將別離之情抒發傾

〔註168〕朱彝尊：《明詩綜》卷九十二，第 4387 頁。
〔註169〕錢謙益：《列朝詩集》閏集卷二，第 315 頁。
〔註170〕錢謙益：《列朝詩集》閏集卷三，第 343 頁。
〔註171〕朱彝尊：《明詩綜》卷九十，第 4303 頁。

－235－

盡;「毋為離別苦」之語只是相互的勸慰。

僧徒別離作品中的別離之情極為豐富,使讀者能夠充分深入瞭解僧徒們的內心世界,在對佛教義理的闡發與透悟中,又展現了他們的情感世界,一幅幅踏上行程、不斷別離的畫面彷彿活生生地呈現在面前。

四

上文中可以看到,別離作品中抒發出的情感是多方面的,其中許多別離作品中寫到懷念與思念。有別離就有思念與懷念,是人之常情。作為佛教僧徒似乎應該以「空」來看待人與人之間的情感,僧徒們儘管在這些方面可能有更多更深的透悟,但人的常情仍然是存在的。或許正是因為對事物本質的透悟,僧徒們反而更加珍惜相互之間的情感,尤其是在別離時、孤寂地行走於旅途之中時。

上文看到旅途詩文中寫旅途中的景色、景致、苦辛等內容,同樣寫到感懷與懷念,包括在旅途中的感發,如宗倫《旅懷》詩云:「東吳隔千里,歸計尚茫然。忽見梅花發,他鄉又一年。」〔註172〕本詩雖然簡潔,詩中的「千里」「茫然」寫出遠離家鄉的孤寂與落寞,是寫「旅」;「忽見梅花發,他鄉又一年」具有極強的感發力量,是寫「懷」;看到梅花開放忽然覺察到遠離故土、寄居他鄉又一年了。旅途中的感發,極容易引起讀者內心的同感,如唐代詩人崔塗《春夕旅懷》詩云:「水流花謝兩無情,送盡東風過楚城。蝴蝶夢中家萬里,杜鵑枝上月三更。故園書動經年絕,華髮春惟兩鬢生。自是不歸歸便得,五湖煙景有誰爭。」〔註173〕宗倫《旅懷》的感發,與崔塗詩中「故園書動經年絕,華髮春惟兩鬢生」兩句展現出來的感發力量是一樣的。

詩中的感發力量是由思念帶出來的,僧徒們甚至如文人一般思念家鄉,如清㴠《思鄉》詩便寫到旅途中對家鄉的思念,云:「生涯霜鬢裏,舊宅閬溪旁。瑤草為誰綠,辟邪應自香。大車聲檻檻,君子志陽陽。何日騎魚去,攜孫看海桑。」〔註174〕如《思鄉》這樣的題目,僧徒一般很少寫,清㴠能寫作這樣的題目,有些出人意料,詩中通過構畫出家鄉之景致而表達對家鄉的思念。如宗倫、清㴠之作,僧徒們在大量的旅途之詩作中寫出了對家鄉、家人、

〔註172〕朱彝尊:《明詩綜》卷九十二,第4342頁。
〔註173〕祝穆編:《古今事文類聚》別集卷二十五,《四庫全書》本。
〔註174〕錢謙益:《列朝詩集》閏集卷一,第275頁。

友人的懷念，懷念之情與迸發出來的感發力量一樣，深入詩者與讀者內心。
克新《赴慧日寺途中寄繆同知》詩之一云：「舟楫南來處處過，海隅東去奈愁
何。蓼花帶雨紅連渚，黍穗迎秋翠委波。半日帆檣行柳末，一天風月宿蘆科。
道逢遺老詢時事，惟說州侯惠愛多。」之二云：「琴水東邊海盡頭，迷茫煙霧
接高秋。稗荒田野雞豚少，潮落汀沙魚鳥稠。虛市殘民茅結宇，空原枯骨草
連丘。重經古寺談灰劫，轉使孤懷增百憂。」〔註175〕詩中寫到沿途的景色，
戰爭後留下的殘破與荒涼，經歷過艱難的憂懷，及對所懷者曾經功績的頌揚；
本詩與眾不同的是以頌揚寫懷念。妙聲《王有恆聽雨篷》詩云：「江南雨多春
漠漠，簾簷中寬可淹泊。坐聽蕭瑟復琤琤，若在洞庭張廣樂。木蘭之楫青翰
舟，斜風細雨不須憂。筆床茶灶便終日，知我獨有滄浪鷗。廿年攜書去鄉國，
蕪城草深歸未得。援筆時作《廣陵散》，魚龍出聽天吳泣。江湖適意無前期，
身如行雲隨所之。平山堂上看春色，還憶江南聽雨時。」〔註176〕詩中的詩者
顯然是在旅途中，「滄浪鷗」「廿年攜書去鄉國」「江湖適意無前期，身如行雲
隨所之」等表明詩者是一直在旅途中，且是遙遙不知何所將歸的旅途，儘管
彼時有「洞庭張廣樂」之歡樂與喜悅，內心中所藏卻總是如《廣陵散》般的
悲壯；「平山堂上看春色，還憶江南聽雨時」是在悲壯落寞心緒下對往事的回
憶和眷戀。石窗德瑞《廣陵道中夜行有懷故園諸友》詩云：「潮落空江月滿洲，
夜涼沙際淡螢流。人家遠近迷煙樹，燈火微茫映客舟。露下蒹葭欹岸夕，風
驚絡緯野籬秋。天涯聚散相知少，惆悵蓬窗憶舊遊。」〔註177〕本詩與黃姬水
《金子坤姚元白陳子野盛仲交余伯祥招飲永寧寺》詩極為相似，云：「青郊歇
馬拂吳鉤，萍聚天涯共白頭。久舍新豐唯命酒，長謠故國一登樓。林殘半壑
飛寒雨，潮落空江急暮流。世路風煙悲去住，莫辭西日醉箜篌。」黃姬水（1509
～1574）乃黃省曾之子，著有《貧士傳》《白下集》《高素齋集》等。二詩所
用手法、所描述的意境都是一樣的，只是石窗德瑞之詩乃表達的是在旅途對
友人的懷念，聚散之中充滿了惆悵的憶念，黃姬水詩寫對世事的認識，人生
如萍聚顯然帶有佛教意識的色彩，最後「世路風煙悲去住，莫辭西日醉箜篌」
透露出對世事本質認識之後的悲涼；相比較而言，石窗德瑞之詩反而要更柔
和的多。

〔註175〕錢謙益：《列朝詩集》閏集卷一，第 276 頁。
〔註176〕妙聲：《東臯錄》卷上。
〔註177〕錢謙益：《列朝詩集》閏集卷二，第 314 頁。

　　宗泐寫思念的作品頗為不少，如《冰雪窩》詩云：「道人冰雪窩，巖棲稱岑寂。洞門白日陰，三徑青苔色。片雲簷外生，落葉階前積。更深芋火紅，晝靜茶煙碧。淡泊中自怡，安居無不適。彼美西方人，時時勞念憶。」〔註178〕詩中寫自己的簡陋的安居之處，儘管簡陋，宗泐卻是淡泊自怡，並於淡泊自怡中勞念「西方人」。如果說本詩勞念的是「西方人」，《短歌寄魏仲遠》詩懷念的就是友人了，詩之一云：「夏蓋湖吞上虞浦，魏君家在湖邊住。岸花汀草幾春秋，白鳥滄波自朝暮。」之二云：「知君愛客仍好奇，畫船載酒如渼陂。棹歌中流日將夕，璧月湧出青琉璃。」之三云：「嗟哉隱居端有道，世上無如閒處好。王充遺跡尚可尋，賀老風流良不少。」之四云：「去年聽詔來京國，識君臉紅頭半白。別懷空與水東流，海燕江鴻斷消息。」之五云：「今朝聞有東州船，尺書欲寄心茫然。福源精舍地最偏，安得與君湖上相周旋。」〔註179〕組詩懷念過去的相知，寫出「別懷」；聽聞有船去便寄書信與之，「安得與君湖上相周旋」是對長期「斷消息」之後相見的期盼。《和東軒見寄長相思》詩寫出了對友人的長相思，云：「長相思，何終極，有美人兮淮之側。攀援桂枝歌小山，盛服峨冠好顏色。昔年遺我雙龍刀，紫錦作襭縣素壁。中夜寒光貫斗牛，但恐屋頭飛辟歷（霹靂）。朝朝見物不見人，欲往從之腳無力。長相思，何終極。」〔註180〕詩中對友人的長相思之深，由於想見卻「腳無力」，反而進一步增加了長相思的深度。道衍《寄溪上諸友》詩將懷念寫得入心三分，云：「獨坐白雲深，常懷二三子。幽齋俯花竹，長溪渺煙水。迢迢不可到，惻惻那有已。尋訪定何時，短櫂秋風裏。」〔註181〕獨坐時對人「惻惻」不可已地懷念，尤為深沉。《宿福智精舍懷南鄰張羽來儀》詩中開篇「我客悵無依」寫出客居旅途的惆悵，惆悵之時的懷人之情往往更深，故在面對「清淡夕散歸，獨臥松軒裏」「露香檻前桂，月色池上水」之景時說出「懷爾正沉沉」〔註182〕。宗泐「沉沉」的懷友之情，體現在《懷友》詩中，之一云：「湖草青青上客舟，辛夷花老麥初秋。一春多少懷人夢，半在鄉山雨外樓。」之二云：「送盡梨花雪滿林，坐來桐樹已成蔭。十年故舊如雲散，一夜春愁似海深。」〔註183〕第一首中的

〔註178〕宗泐：《全室外集》卷三。
〔註179〕宗泐：《全室外集》卷四。
〔註180〕宗泐：《全室外集》卷四。
〔註181〕《古今禪藻集》卷十八。
〔註182〕《御選明詩》卷五。
〔註183〕《御選明詩》卷一百十四。

「多少懷人夢」與第二首中的「春愁似海深」，正是宗泐「懷爾正沉沉」般的深厚懷念。德祥《懷友》詩云：「三五月明滿，三五月明缺。行人去未遠，忽若三年別。此時道路間，北風何獵獵。局促瘏馬悲，蕭條秋草歇。所遇非所歡，中懷安可說。不念故里閭，甘為苦霜雪。」〔註184〕以「所遇非所歡」表明與友人彼此之間的相契與相互珍視；詩中沒有太多表達感情的詞，「去未遠」「忽若」「瘏馬悲」「蕭條」等表達分別期間情緒之惡，「中懷安可說」表達鬱結在內心之中的情愫無法用語言說出來。整詩沒有使用深度表達情感之辭，卻同樣感受到德祥與友人之間的無法用語言表達出來的深厚情感。

　　德祥《雪夜思南山禪友》詩寫對禪友的思念相當直白，云：「夕雪灑虛堂，禪身懶下床。楮衾清不暖，蠟燭冷無光。宿鳥爭枝響，寒花上路香。南山有兄弟，歲晚不能忘。」〔註185〕大部分篇幅都是在描寫景致，對景致的描寫似乎一直是在積蓄力量，直到最後一句「歲晚不能忘」才將這股力量釋放出來；雖然「歲晚不能忘」一句相當平淡，卻在前六句一直積蓄的力量下，對「兄弟」的思念之情表現得十分深厚濃鬱。妙聲寫懷友詩不少，如《次韻懷譚訥夫》詩直白地敘寫對友人的懷念，云：「吳山巖巖界空碧，湖水春深好顏色。芳草連天百鳥飛，獨憐王孫歸未得。驥垂兩耳愁空山，鵷駒高居十二閒。黃鵠一去不顧返，肯與雞鶩留人寰。落花冥冥闇南浦，山水清暉浩無主。先生豈不懷故都，舉世溷濁何須數。渚有蘭兮江有蘺，我思君兮來何時。一春兩度夢中見，是耶非耶空爾思。」〔註186〕詩中寫到兩種懷念，一種是懷念友人，一種是友人懷念故都。通過兩種懷念，詩者表達出急切盼望友人來訪之願，「一春兩度夢中見」將懷念之情寫得十分濃烈，「是耶非耶空爾思」是夢醒後的失望，無盡的失望又推高了「兩度夢中見」之思念之情的深切。圓旵《懷黃山吳仲玉》詩有同樣的表達，云：「千里黃山別幾年，冥鴻不見一書傳。昨宵忽共殘燈夢，三十六峰青刺天。」〔註187〕詩中寫與被懷念者在夢中相見，與友人別離多年，既不相見又不通書信，思念積深而致使在夢中相見。寫作使用的手法與文人無異，能看出明代僧徒詩文寫作的文人化頗深。妙聲擅長以特定的背景描寫，凸顯懷念之情，如《苦雨懷東皋草堂寄如仲愚》詩云：「四月淫雨寒淒迷，邊軍

〔註184〕錢謙益：《列朝詩集》閏集卷二，第288頁。
〔註185〕錢謙益：《列朝詩集》閏集卷二，第290頁。
〔註186〕妙聲：《東皋錄》卷上。
〔註187〕朱彝尊：《明詩綜》卷九十二，第4363頁。

夜歸聞鼓鼙。大麥漂流小麥黑，富家歎息貧家啼。書囊留滯北山北，草堂故在西枝西。焚香掃地虆閉戶，莫遣裟裟沾燕泥。」〔註188〕詩中以四月不絕的陰雨寫對友人的掛懷，詩中描寫的場景自然是被懷念者的境地，掛懷與擔憂懷念者的境地，透露得是兩人之間情誼的深厚。《和薛生早秋見寄》詩之二云：「涼風起蘋末，落葉灑衣裳。物色悲行客，乾坤入戰場。參軍髯尚短，太尉足何香。忽聽吟《梁甫》，懷人意甚長。」〔註189〕詩中以早秋的蕭瑟和悲涼，襯托出「懷人意甚長」之意的雋永。同樣的詩作有智舷《秋日寄懷吳少君》詩，云：「不堪鴻雁度寒雲，猶是高林帶夕曛。古路荒臺無過客，秋風落葉獨思君。閒房草色經旬別，遠寺鐘聲入夜聞。可道空山招隱處，卻憐野鶴在雞群。」〔註190〕在寒雲雨秋風落葉中「獨思君」，後四句在「獨思君」之後發出，更加增厚了「思君」的程度。

僧徒們所作懷念詩中，著眼的角度往往與眾不同。子賢一愚《送葉明齋如京》詩云：「傷君遠行邁，白日何淒其。微陽漏林光，稍稍照人衣。天高鳥垂翼，風緊花落枝。荒臺俯流水，萬里長相思。」〔註191〕這是一首別離詩，詩中寫到別離時的「傷君」，白日陽光的「淒其」反襯「傷君」的深沉，林下漏出的光線灑在送行者與被送行者的身上，別離雙方的落寞與孤寂頓時顯現出來；在傷感、孤寂情緒的醞釀下，詩者著重寫出的是「萬里長相思」的懷念。著有《秋水菴集》的一雨通潤，《將歸簡三如學公》詩云：「曉起春寒甚，思君巖上廬。當門雪幾許，倚杖興何如。不日理歸棹，無人傳別書。臨行重相憶，先此寄雙魚。」〔註192〕本詩也是一首別離詩，特點卻是預寫思念，在將別時知道今後無人能為之傳書，憶念其曾經的親密，遂「先此寄雙魚」。道敷《為茅止生作悼亡詩》詩寫的是對故世者的懷念，之一云：「憶汝立向晚，驚心月又明。忍從今獨見，曾照昔同行。孤枕苦難即，空閨寒自生。含情應不寐，到曉只盈盈。」之二云：「心惟結遐想，孤坐黯無言。誤聽滴花露，疑歸清夜魂。也知伊豈在，終是我難諼。短袖殘燈下，渾教污淚痕。」〔註193〕本詩沒有使用景色描寫以蓄勢，而是通篇直接抒寫對逝者的懷念，含情不寐、孤坐無言等

〔註188〕朱彝尊：《明詩綜》卷九十，第 4305 頁。
〔註189〕錢謙益：《列朝詩集》閏集卷二，第 300 頁。
〔註190〕朱彝尊：《明詩綜》卷九十二，第 4349 頁。
〔註191〕錢謙益：《列朝詩集》閏集卷二，第 306 頁。
〔註192〕朱彝尊：《明詩綜》卷九十二，第 4349 頁。
〔註193〕錢謙益：《列朝詩集》閏集卷三，第 337 頁。

語同樣表現懷念的深厚。實訥《懷葛震父》詩云：「虎峰言別後，懶與慢相兼。已過探梅約，翻因病酒淹。孤煙生石突，饑雀下茅簷。昨夜林中雪，看山一捲簾。」〔註194〕詩中寫出了對葛震父別後的懷念，但主要的詩意卻在寫自己別離後的孤寂，由自己的孤寂襯托友人的重要及思念的深度。無文《過胡白叔舊居》詩云：「衡宇依然沒草萊，已無吟叟杖蒼苔。夕陽一片疏籬下，幾點寒花獨自開。」〔註195〕詩寫經過友人故居觸發對友人的思念，詩中沒有使用濃情厚語之句，卻以「依然」「已無」「獨自開」等語寫出真切的思念之情。

　　上文引清濬《思鄉》詩，寫在旅途中家鄉是思念，清濬所作懷人詩、寄懷詩頗為不少。如《懷故人待一翁》詩云：「吳中夜半北風惡，自起開窗望天角。東湖西湖作銀流，大星小星如雨落。道不同兮不為謀，寥寥天地誰同儔。彼美人兮在何處，霜月冷浸青海頭。」〔註196〕詩中寫到二人道同為儔之難得，故於深夜獨對天地時發出深沉的懷念；「彼美人兮在何處」之語，使用香草美人的手法表達懷念之深。《寄仙巖翁》詩則有著不同的面目，云：「巾峰高插牛斗旁，高人一出草木黃。碧雲縹渺下溟漳，直來竺國吳山陽。吳山竺國山水重，丹灶煙鎖蓮花峰。一聲兩聲猿嘯月，十里五里松號風。高人放浪得真趣，半紙功名何足貴。白頭黃卷對青岑，金烏飛上裟羅樹。」〔註197〕詩中將仙巖翁所居住之地描寫成仙境，實際上這是詩者的期望，「高人放浪得真趣，半紙功名何足貴」就是期望的表達，能夠「放浪得真趣」，則功名富貴確實不足貴，尤其是生活於「金烏飛上裟羅樹」之境中，功名富貴更不足貴。猶如《謾興》詩云：「困來高枕臥崑崙，覺後凌風到海門。信手攪回推日轂，轉身挨倒洗頭盆。山川也作紅塵化，富貴徒留青冢存。好在黃眉脫牙叟，且同花下醉芳尊。」〔註198〕開篇「困來高枕臥崑崙」是寫自己期望之境的實現，「信手攪回推日轂，轉身挨倒洗頭盆」「且同花下醉芳尊」對應了「放浪得真趣」，「富貴徒留青冢存」對應了「半紙功名何足貴」。詩中儘管主要寫對友人居住之境的期羨，其實其中並含有對友人仙巖翁的懷念，期望與之同樣「放浪得真趣」「白頭黃卷對青岑」，同處「金烏飛上裟羅樹」之境中。「金烏飛上裟羅樹」之境與「半紙功名何足貴」是一種對比，反映了詩者對心境自由的嚮往，及對世俗功名的鄙

〔註194〕朱彝尊：《明詩綜》卷九十二，第 4367 頁。
〔註195〕《御選明詩》卷一百十五。
〔註196〕錢謙益：《列朝詩集》閏集卷一，第 275 頁。
〔註197〕錢謙益：《列朝詩集》閏集卷一，第 274 頁。
〔註198〕錢謙益：《列朝詩集》閏集卷一，第 274 頁。

棄，又是詩者佛教觀念的體現。法生（字化儀）《寄雲東》同樣在懷念詩中體現禪悟，詩云：「十年滄海共離群，三月風塵信未聞。芳草閉門春苒苒，落花啼鳥暮紛紛。歲華江上看流水，世事人間喻薄雲。雁宕天台何處所，采芝捫葛幸同君。」〔註199〕詩中期望與別離十餘年的友人同遊仙境，而「歲華江」顯然是杜撰之名，「歲華江上看流水」寓意時間的遷流不居，「世事人間喻薄雲」寓意世間世事如浮雲，是詩者對世事的體悟。

〔註199〕朱彝尊：《明詩綜》卷九十二，第 4346 頁。